1

Über mich

Keine Sorge, gleich geht es mit der Geschichte los! Vorher möchte ich dich nur kurz auf meinen Blog (dianamondsite.wordpress.de) aufmerksam machen. Dort findest du alles über mich und meine Geschichten, wie spannendes Bonusmaterial, Interviews, Hintergrundinformationen und exklusive Gewinnspiele. Wenn dir meine Bücher gefallen, erfährst du dort natürlich auch alles zu Neuerscheinungen.

Ich schreibe diesen Blog vor allem für meine Leser, weshalb ich auch gerne auf deine Wünsche eingehe. Wenn du etwas lesen willst oder dich etwas interessiert, schreib es mir auch gerne per E-Mail an dianamond@gmx.net.

Außerdem findest du mich auf Instagram. Dort heiße ich diana.mond.autorin. Ich veranstalte Umfragen, um deine Meinung zu meinen Geschichten zu erfahren! Wenn du auf Wattpad bist, kannst du mir auch dort folgen. Ich heiße DianaMondAutorin.

Ich schreibe leidenschaftlich gerne Jugendbücher und Liebesromane voller Geheimnissen, Verrat, Eifersucht und natürlich großen Gefühlen!

Und jetzt viel Spaß beim Lesen!
Dia

Keep your secret

Diana Mond

Kapitel 1:

Liebes Tagebuch,

ja, ich habe angefangen, Tagebuch zu schreiben. Darum soll es in diesem ersten Eintrag gehen. Ich möchte mich ein bisschen vorstellen und erzählen, warum ich überhaupt schreibe. Ich habe noch nie Tagebuch geschrieben und weiß auch gar nicht so genau, wie das geht. Aber ich fange einfach mal an...

Warum schreibe ich Tagebuch?

Ich schreibe nicht, weil ich irgendwelche spannenden Dinge aus meinem Leben festhalten will. Ich würde mein Leben keinesfalls als langweilig bezeichnen, aber darum geht es hier nicht. Ich schreibe als eine Art Selbsttherapie. Immer, wenn ich mich mit jemandem streite oder so, denke ich den ganzen Tag darüber nach. Es macht mir jedes Mal zu schaffen.

Ich denke über die Dinge nach, die ich den anderen am liebsten sagen würde, aber das tue ich nicht. Und ich glaube, dass es mir gut tun würde, alles hier drinnen rauszulassen. In einem Streit sagt man oft Sachen, die man später bereut. Diese Sachen schreibe ich dann einfach hier auf. Daher will ich auch nicht, dass irgendjemand mein Tagebuch liest.

Worüber werde ich schreiben?

Keine Ahnung. Ich werde alles schreiben, was mir einfällt oder mich beschäftigt. Mal sehen. Ich weiß es noch nicht.

Wer bin ich?

Mein Name ist Lucy und ich bin 16. Ich gehe in die 10. Klasse eines Gymnasiums, habe einige Freunde und führe ein relativ normales Leben. Es ist nicht langweilig, bei mir und meiner Clique ist immer etwas los. Über meine Freunde kann ich auch mal etwas schreiben, aber ich gehe davon aus, dass ich das sowieso schon tun werde.

So, das war mein erster Eintrag. Ich weiß nicht genau, wie

viel oder wie oft ich schreiben werde. Vielleicht höre ich
auch in zwei Wochen schon wieder auf, weil ich keine Lust
mehr habe. Mal sehen.

Bis dann!
Lucy

Ich packte mein Tagebuch in meine Tasche und verließ
den Bus. Die Osterferien waren seit zwei Tagen vorbei,
was mir überraschend wenig ausmachte. Nur noch
wenige Wochen bis zu den Sommerferien! Ich freute
mich jetzt schon.
Vor der Schule stand wie immer Mike.
„Hey Lucy! Darf ich dir irgendetwas anbieten?"
Es war kein Geheimnis, dass Mike in der Schule
Süßigkeiten verkaufte, die er zuvor wahrscheinlich in
irgendeinem Supermarkt besorgt hatte. Wie genau er
sich organisierte, wusste ich nicht, aber man bekam bei
ihm die Süßigkeiten, die es sowieso am Schulkiosk gab,
nur günstiger. Die Preise an dieser Schule waren aber
auch übertrieben hoch! Im Discounter um die Ecke gab
es die Sachen zum halben Preis! Daher war Mikes
Aktion genial. Er verdiente sich eine goldene Nase
daran. Dennoch musste Mike immer aufpassen, dass er
nicht von den Lehrern erwischt wurde, da es natürlich
illegal war.
„Nein, lass mal", erwiderte ich.
„Die Osterschokolade gibt es jetzt zum halben Preis!",
erwähnte Mike.
Er lächelte mich an. Ich ging zu ihm.
„Zum halben Preis?", fragte ich ungläubig nach.
„Ja, Ostern ist vorbei und ich muss das Zeug
loswerden."

8

Ich nickte.

„Okay, dann nehme ich so einen Hasen."

Ich bezahlte meine Schokolade und verabschiedete mich von Mike. Er war ein guter Typ, konnte aber auch wirklich wütend werden. So waren Süßigkeitendealer eben.

Ich ging zu meinem Klassenraum, vor dem schon einige meiner Mitschüler warteten. Nachdem ich meine Tasche abgestellt hatte, ging ich zum Schließfach. Da betrat Mira den Gang. Sie trug wie immer nur goldene und pinke Sachen. Ihre Haare waren perfekt frisiert, jede Strähne saß. Mit ihrem Make-Up und ihrem Styling sah sie aus wie ein Model.

„Warum brezelst du dich denn heute so auf?", fragte ich, während sie an mir vorbei ging.

Sie blieb stehen und drehte sich um. Mit ihren Händen umklammerte sie eine kleine Handtasche und in ihrem Blick sah ich, dass sie die Frage nicht verstand.

„Heute ist vielleicht dieser eine Tag, der mein Leben für immer verändert, und dann will ich eben perfekt aussehen! Vielleicht läuft heute zufälligerweise ein Modeagent hier lang und entdeckt mich! Jeder Tag könnte der Tag sein, an dem ich groß herauskomme. Und wenn es so weit ist, bin ich auf jeden Fall vorbereitet", erklärte sie, machte kehrt und lief zu ihrem Klassenraum.

Mira war nicht in meiner Klasse, aber in meinem Jahrgang. Wir hatten daher einige Kurse zusammen und kannten uns relativ gut. Allerdings gab es kaum jemanden, der Mira nicht kannte. Es war nicht übertrieben, zu sagen, dass sie das beliebteste Mädchen des Jahrgangs war. Wenn nicht sogar der ganzen Schule.

Woran genau das lag, konnte ich gar nicht sagen.

Ich nahm meine Bücher aus dem Spind und schloss ihn.
Jessica lief an mir vorbei, ohne ein Wort zu sagen. Sie
war ein merkwürdiges Mädchen. Früher waren wir viel
zusammen, aber das hatte sich geändert. Sie hatte kaum
Freunde in der Klasse und war meistens alleine. Ich
konnte kaum einschätzen, was ihr durch den Kopf ging.
Eigentlich kannte ich sie gar nicht mehr richtig.

Hinter ihr kam Raphael den Flur entlang. Er war in
Miras Klasse, verbrachte aber mehr Zeit bei den Leuten
aus meiner Klasse. Ich mochte Rapha. Er kam auch
gleich zu mir und umarmte mich zur Begrüßung.

„Wie geht es dir?", fragte er mich.

„Gut."

„Sehen wir uns in der Pause?"

Ich nickte.

„Das freut mich."

Er zwinkerte mir zu und ging zu seinem Klassenraum.
Ich ging ebenfalls zu meinem Raum und packte meine
Bücher in meine Tasche. Layla war schon hier und
unterhielt sich mit Matteo, ihrem Freund. Ich war mit
beiden gut befreundet und begrüßte sie sofort.

„Wusstet ihr, dass Mike jetzt die Schokoladenhasen zum
halben Preis verkauft?", fragte ich.

„Ist ja klar, er will die unbedingt loswerden", meinte
Matteo.

„Dann hole ich mir auch gleich noch einen. Außerdem
wollte ich noch Kekse für meine Schwester mitnehmen",
erklärte Layla.

Pünktlich zum ersten Klingeln kam Mike den Flur
entlang, gefolgt von einigen Schülern, die anscheinend
etwas bei ihm kaufen wollten.

„Jetzt nicht, ich muss zum Unterricht! Kommt in der Pause wieder!", sagte er und sie gingen.

Layla öffnete den Mund, um etwas zu sagen, aber Mike unterbrach sie:

„In der Pause."

Sie nickte und hielt die Klappe.

„Mike, ich verlange jetzt sofort meine Karamellbonbons!", tönte Miras helle Stimme über den Gang.

Er drehte sich genervt um und sah sie an.

„Ich habe doch gesagt: In der Pause! Ich habe keinen Bock, von irgendwelchen Lehrern erwischt zu werden!"

„Das… ist mir so was von egal! Jetzt rück die Bonbons raus!"

Er seufzte, holte aus seiner Tasche eine Packung Karamellbonbons und gab sie ihr. Sie bezahlte und ging in ihre Klasse, ohne sich bei ihm zu bedanken.

Warum Mike ihr die Bonbons verkauft hatte? Weil Mira die wohl einflussreichste Schülerin der Schule war.

Wenn sie bei ihm kaufte, kaufte jeder seine Sachen. War sie wütend auf ihn, war die ganze Schule auf ihn wütend. Zumal Mira selbst mehr als fies sein konnte. Wenn sie irgendjemanden bei der Schulleitung verpetzen wollte, tat sie das nicht persönlich, sondern stiftete irgendjemanden dazu an. Sie war nicht zu unterschätzen.

„Dann eben in der Pause", meinte Layla seufzend.

Mike nickte ihr dankbar zu.

„Dieses Geschäft ist echt anstrengend."

„Aber es läuft", meinte Matteo.

„Und wie!", sagte ich, schwer beeindruckt.

Ich lehnte mich an die Wand und blickte den Flur

hinunter, als gerade Evelyn kam. Automatisch verdrehte ich die Augen.

„Du brauchst gar nicht so blöd zu gucken. Ich gehe auch noch in diese Klasse!", meinte Eve, wie sie von allen genannt wurde.

„Bitte… sei doch einfach still", meinte ich.

„Hättest du wohl gerne!"

Es war kein Geheimnis, dass Eve und ich keine Freunde waren. Wir waren mehr oder weniger verfeindet. Das wussten die meisten aus meiner Klasse. Wir waren nie einer Meinung. Ich stimmte für eine Klassenfahrt nach London, sie wollte nach Paris. Ich wollte Pullover designen, sie war für T-Shirts. Egal, was ich sagte, sie widersprach mir. Ich konnte gar nichts dafür!

Liebes Tagebuch,

ich möchte dir meine Freunde vorstellen. Oder einfach die Leute, die so täglich um mich herumschwirren… Eigentlich möchte ich aber besonders von einer Person erzählen, weswegen ich mich bei den anderen kurzfassen will.

Ich sitze übrigens gerade auf dem Schulhof auf einer Bank. Hinten auf der Treppe ist Jessica oder einfach Jess. Sie ist wie immer alleine und liest vermutlich irgendetwas auf ihrem Handy. Sie ist sehr schüchtern oder bloß arrogant. Ich weiß es nicht… Oder eine gute Mischung aus beidem. Ich mag Jess nicht mehr besonders. Sie hält sich wahrscheinlich einfach für etwas Besseres, weil sie gute Noten hat. Ich mag keine Streber…

An einer Wand lehnt Mira, die beliebteste Schülerin des Jahrgangs. Wenn nicht sogar der ganzen Schule… Sie hat mir nichts getan, aber manchmal habe ich den Eindruck, dass Mira einfach nicht ganz dicht ist. Sie fühlt sich wie ein Superstar und die Meisten lassen sich davon komplett blenden. So auch Samuel und Raphael, die gerade neben ihr stehen. Samu ist ein ziemlicher Mitläufer. Manchmal glaube ich, dass er gar keine eigene Meinung hat. Raphael ist in Ordnung. Er geht in die Parallelklasse und wir haben früher viel zusammen gemacht.

Mike scheint mit dem Verkauf von Süßigkeiten gut zu verdienen. Ich glaube, er passt gut in das Klischee des Mafiabosses. Er manipuliert sehr viel. Er selbst hingegen ist schwer durchschaubar. Man weiß nie, ob er über sein Mittagessen nachdenkt oder darüber, wie am besten an die Weltherrschaft kommt.

Und dann ist da noch Evelyn, die größte... Nein, ich möchte keine Schimpfwörter in meinem Tagebuch haben. Aber ich hasse sie. Wirklich. Es gibt niemanden, der schlimmer ist. Sie ist einfach arrogant, asozial und gemein. Ich rege mich gerade schon wieder auf, weswegen ich lieber von meinen besten Freunden erzählen möchte.

Layla und Matteo. Sie sind zusammen und manchmal habe ich einfach den Eindruck, dass sie absichtlich alle in ihrer Umgebung eifersüchtig machen wollen. Es ist echt schön, dass sie verliebt sind, aber das kann einem auch echt auf die Nerven gehen. Vor allem, wenn man selbst unglücklich verliebt ist...

Und von ihm möchte ich eigentlich erzählen. Sein Name ist Mason und er geht in den Jahrgang unter uns. Früher war er in unserer Klasse und wir waren wirklich die besten Freunde auf der Welt. Jeden Nachmittag haben wir uns getroffen und Dinge unternommen. Im Nachhinein kann ich sagen, dass es die schönste Zeit meines Lebens war. Schon damals war ich unsterblich in ihn verliebt. Er war einfach perfekt. Für mich zumindest. Auch wenn er nichts für mich empfand, war ich glücklich.

Aber dann ist er sitzengeblieben und alles hat sich verändert. Ich weiß noch genau, wie ich geweint habe, als wir ihn verabschiedet haben. Alle haben mir gesagt, wir könnten auch weiterhin Kontakt haben. Unsere Klassenräume waren im gleichen Gang und wir würden uns häufig sehen. Aber die Wahrheit ist... Seit er weg ist, haben wir uns kein einziges Mal mehr getroffen. Ab und zu haben wir geredet, aber auch das wurde von Zeit zu Zeit weniger.

Zwei Jahre ist er jetzt schon weg und wir haben seit Monaten kein Wort mehr miteinander geredet. Meine Freunde sagen mir, ich solle ihn vergessen. Es war schön damals, aber diese Zeit war nun eben vorbei. Mal ehrlich: Wie soll ich ihn vergessen, wenn ich ihn jeden Tag in der Schule sehe und er dabei noch so unglaublich gut aussieht? Und dann spielt er auch noch Fußball. Auf dem Schulhof, vor mir. Jetzt. Ich hatte schon immer eine Schwäche für Jungs, die Fußball spielen. Und er war verrückt danach. Das Schlimmste ist, dass ich ihn immer noch liebe, obwohl wir seit Monaten keinen Kontakt mehr haben, was gefühlt jeden Tag mehr wehtut.

Jetzt dreht er auch noch seinen Kopf und sieht zu mir hinüber. Er sagt irgendetwas zu seinen Jungs. Ich hoffe, er bemerkt nicht, wie ich ihn heimlich beobachte. Ich kann nichts dafür! Ich liebe ihn einfach!

Oh, nein! Er kommt hierher! Ich schreibe später weiter.

Bis bald!
Lucy

Kapitel 2:

Ich klappte mein Tagebuch schnell zu, damit Mason nicht sah, dass ich über ihn geschrieben hatte. Er sah mich an und kam auf mich zu. Ich atmete immer schneller. Er fuhr sich durch die Haare und stand plötzlich vor mir. Ich wusste nicht, wie mir geschah. Was war plötzlich los? Er redete doch seit Monaten, vielleicht sogar Jahren, nicht mehr mit mir.

„Lucy? Kann ich kurz mit dir reden?"

Oh mein Gott, seine Stimme! Wie lange hatte ich seine Stimme nicht mehr gehört? Ich hatte sie schon ab und zu gehört, aber es war etwas vollkommen anderes, wenn er mich dabei ansah und meinen Namen sagte. Ich liebte die Art, wie er es sagte. Das kleine Kratzen in seiner Stimme raubte mir fast den Atem.

„Äh... Ja, klar. Ich... Ich bin so überrascht, dass du mich ansprichst", sagte ich ehrlich und stand auf.

„Schlimm, oder?", fragte er.

Ich sah ihn verwirrt an, da ich nicht verstand, was er meinte.

„Wir reden kaum noch miteinander. Ist es so verwunderlich, dass ich mich mit einer alten Freundin unterhalte?"

Ich schüttelte den Kopf.

„Es sollte zumindest nicht so sein, da hast du recht", meinte ich.

Er lächelte mich an und mir wurde fast schon schwindlig. Ich spürte meine weichen Knie und lehnte mich nervös an die Wand hinter mir. Wir schwiegen uns an und er strich sich erneut durch die Haare.

„Ziemlich unangenehm, oder?", fragte Mason.

„Worüber wolltest du mit mir reden?"

Er sah mich unsicher an.

„Eigentlich wollte ich dir nur sagen, dass ich... die Zeit früher irgendwie vermisse und gehofft habe, wir könnten mal wieder etwas zusammen machen... Nur, wenn du willst, natürlich!"

Ich nickte eifrig. Und wie ich das wollte!

„Ich meine, wir müssen uns doch nicht so blöd anschweigen. Wir können doch reden, wie Freunde. Früher hatten wir uns so viel zu sagen. Ich fände es einfach schade, unsere Freundschaft einfach aufzugeben. Oder wie siehst du das?", fragte Mason.

„Ganz genau so. Also, wie machen wir das jetzt?"

Meine Nervosität verschwand so langsam. Er war ja doch nur alter, sehr guter Freund. Ein Freund, den ich bedingungslos liebte.

„Wollen wir uns demnächst mal wieder treffen?", fragte er.

„Ja, können wir machen. Wann denn?"

„Wir wäre es mit dem Wochenende?"

„Okay, also Samstagabend?"

„Gut. Ich hole dich ab!"

Mason lächelte mich noch einen Moment an, bevor er sich umdrehte und zu seinen neuen Freunden zurückging, die uns schon beobachtet hatten. Ich atmete tief durch und setzte mich wieder. Ich hatte ein mulmiges Gefühl im Magen. Irgendetwas stimmte doch nicht! Hatte er das nur wegen seinen Freunden gemacht? Vielleicht hatte er eine Wette mit ihnen abgeschlossen, dass er ein Mädchen klarmachen sollte. Da sie nicht wussten, dass wir uns schon kannten, war das ein perfekter Plan.

Ich schlug mir den Gedanken aus dem Kopf. Ich kannte Mason und so etwas traute ich ihm definitiv nicht zu. So war er einfach nicht. Er war die Treue und Loyalität in Person. Noch nie hatte er irgendetwas getan, das anderen schadete. Er war immer ein Vorbild für mich gewesen. Ich hatte ihn schon immer bewundert.

„Na, Lucy ist schon wieder fleißig am Nummern verteilen?", hörte ich plötzlich Samuels Stimme.

„Was willst du denn?", fragte ich gereizt.

„Nichts, nichts... Ich meine, du weißt doch, was Jungs wollen, wenn sie dich am Wochenende zu sich nach Hause einladen, oder?"

Ich sah ihn verwirrt an.

„Ach, komm schon! Es ist doch offensichtlich, dass er nur mit dir schlafen will!"

Ich schüttelte den Kopf. Er hatte zwar zwei Jahre kein Wort mit mir gewechselt und lud mich jetzt ein, aber das musste doch nicht heißen, dass er nur das Eine von mir wollte, oder?

Samuel musterte mich derweil grinsend. Er kannte Mason nicht, da er erst seit diesem Schuljahr in meiner Klasse war. Natürlich dachte er jetzt irgendwelchen Mist.

„Du weißt doch, dass ich recht habe", sagte er.

„Lass sie einfach in Ruhe", hörte ich eine ruhige Stimme. Evelyn tauchte merkwürdigerweise neben Samuel auf. Ich wunderte mich gerade noch darüber, dass sie mir half, da fügte sie hinzu:

„Lucy lässt halt alles mit sich machen. Auch wenn ein Junge sie für Jahrzehnte mit dem Arsch nicht anguckt, lässt sie ihn an sich ran. Manche Mädchen sind eben einfach zu blöd, um zu bemerken, wenn ein Typ sie nur

17

benutzt."

Eve warf mir einen mitleidigen Blick zu, bevor sie sich umdrehte, die Haare über die Schulter warf und ging. Ich kochte vor Wut. Ich wusste genau, dass das einer der Momente war, für die ich mir mein Tagebuch angeschafft hatte. Daher setzte ich mich auf eine Bank und schlug es auf.

Liebes Tagebuch,

ich bin so wütend! Da passiert mir einmal etwas Schönes im Leben, da müssen es mir die anderen wieder ruinieren! Mason hat mit mir gesprochen. Er wünscht sich wieder mehr Kontakt zu mir und hat mich gleich für Samstag eingeladen. Es ist kein richtiges Date, eher so wie ein Treffen unter Freunden, aber er hat keinen anderen eingeladen... Wir werden nur zu zweit sein. Das ist fast schon wie ein Date. Fast.

Aber dann kamen Samuel und Evelyn und mussten mir alles vermiesen. Er hat gesagt, Mason würde nur mit mir schlafen wollen. Das stimmt natürlich nicht, so ist er einfach nicht... Dabei hat er auch gar nicht gesagt, dass wir zu ihm nach Hause gehen. Er meinte nur, er würde mich abholen. Ob er irgendetwas geplant hat?

Ich weiche vom Thema ab. Dann kam auch noch Eve, diese... und hat ihm zugestimmt. Sie meinte, ich würde mir von Mason alles gefallen lassen. Das hat sie natürlich viel fieser ausgedrückt.

Ich freue mich auf das Treffen, denn ich mag Mason wirklich sehr. Und Samuel ist einfach ein Idiot. Ich wusste von Anfang an, dass er ein Idiot ist. Das steht dem schon quasi vor der Stirn geschrieben. Man sieht es ihm richtig an, dass er nichts drauf hat.

Evelyn ist sowieso die größte Heuchlerin auf diesem

Planeten. Sie spielt die Liebe, Nette, die keinem etwas
zuleide tun kann und hinter dem Rücken macht sie einen dann
fertig. Sie ist einfach so falsch und hinterhältig, das ist der
Wahnsinn.
Aber ich will eigentlich gar nicht weiter über meine
bescheuerten Mitschüler nachdenken. Ich treffe mich
Samstag mit Mason! Ich kann es noch gar nicht fassen. Das
ist der Mason! Der Mason, mit dem ich seit zwei Jahren
keinen Kontakt hatte. Der Mason, in den ich seit Ewigkeiten,
wirklich Ewigkeiten verliebt bin! Ich drehe durch!
Ich melde mich dann wieder, wenn ich wieder mit Mason
geredet habe! Oder wenn meine Mitschüler mich weiter
nerven... Je nachdem, was früher eintritt... Vermutlich
Letzteres.

Bis zum nächsten Eintrag!
Lucy

Kapitel 3:

Als ich nach der Schule mit Matteo und Layla an der Bushaltestelle wartete, beobachtete ich Mason, welcher wie immer ganz in der Nähe bei den anderen Jungs aus seiner Klasse war. Tief in mir drinnen hatte ich gehofft, er würde einmal herübersehen, mir zulächeln, vielleicht sogar winken, aber das war nicht der Fall. Also sprach ich weiter mit meinen Freunden. Ich wollte ihnen von meinem Treffen mit Mason erzählen.

„Erinnert ihr euch noch an Mason?", fragte ich, mitten im Gespräch.

„Dein Ernst?", fragte Layla lachend.

„Natürlich, er war jahrelang in unserer Klasse", sagte Matteo, der ebenfalls ein Grinsen im Gesicht hatte.

„Er hat mich heute angesprochen und gesagt, dass er gerne wieder mehr mit mir machen würde", erzählte ich.

Layla und Matteo sahen sich kurz an.

„Ich weiß nicht… Findet ihr das nicht auch irgendwie merkwürdig?", fragte ich.

Layla lächelte mich an und blinzelte ein paar Mal. Matteo antwortete:

„Ich nicht. Er war vor ein paar Tagen bei mir und hat mir das Gleiche gesagt."

„Wir haben uns auch schon für Samstag verabredet", sagte ich.

Ich sah zu Mason. Er lachte mit seinen Freunden gerade über irgendetwas. Ich liebte sein Lachen.

„Aber… du willst doch nichts von ihm, oder?", fragte Layla verwirrt.

Ich seufzte.

„Doch… irgendwie schon."

„Ich werde ihn nachher mal anschreiben. Ich würde mich gerne mal wieder mit ihm treffen", sagte Matteo.

„Oh, mein Bus kommt!", rief Layla plötzlich. „Ciao, Lucy! Bis morgen, Schatz!"

Sie gab Matteo noch einen Kuss auf den Mund, bevor sie in den Bus einstieg.

Wir riefen ihr noch eine Verabschiedung hinterher, aber ich war mir nicht sicher, ob sie es überhaupt gehört hatte. Ich bemerkte, wie Matteo mich von der Seite beobachtete.

„Ist etwas?", fragte ich.

„Ich würde mich freuen, wenn es ein bisschen so wird früher."

Ich nickte.

„Ich habe ihn, ehrlich gesagt, ziemlich vermisst. Und er hat wirklich mit dir geredet?", fragte ich.

„Ja. Er kam zu mir und meinte, dass er nicht will, dass wir uns noch weiter voneinander entfernen, weil wir doch früher alle so gute Freunde waren."

„Okay… Ich freue mich schon so auf Samstag. Wer weiß… vielleicht gibt es ja noch Überraschungen."

Die Woche verging schneller, als mir lieb war. Ich hätte mich gerne besser vorbereitet, mir tausend Gesprächsthemen überlegt oder mir Antworten auf alle Fragen, die er mir stellen konnte. In den letzten zwei Jahren hatte ich mir immer wieder vorgestellt, wie ich ihm von allen Dingen erzähle, die sich verändert hatten, seit er weg war. Aber ich hatte kaum Zeit, mir überhaupt ein Outfit zurechtzulegen.

Und plötzlich war es Samstag und ich saß auf der

Treppe meines Hauses und wartete darauf, dass Mason an der Tür klingelte. Mein Handy hatte ich in meiner Handtasche zusammen mit Taschentüchern, Lippenstift und meinem Mascara verstaut. Alles Dinge, die Mädchen eben so brauchten. Ich wühlte gerade noch nach meinen Kopfhörern, da klingelte es plötzlich. Ich bekam kaum Luft, als ich dann vor der Tür stand. Meine Eltern wussten Bescheid, dass ich mit Mason weg war. Ich ordnete meine letzten Gedanken, dann machte ich auf. Nicht zu meiner Überraschung stand Mason davor. Zu meiner Überraschung hatte er mir sogar eine Rose mitgebracht, die er mir ohne Worte überreichte. Ich war sowieso unfähig, einen Laut von mir zu geben, während ich sie in meiner Hand betrachtete und an ihr roch.

„Die ist wunderschön", sagte ich dann doch und sah zu ihm auf. „Danke."

Er schmunzelte.

„Du siehst auch nicht gerade schlecht aus. Wollen wir los?", fragte er.

Ich nickte und schloss die Tür. Die Situation war mir etwas unangenehm, deshalb griff ich eines der wenigen Gesprächsthemen auf, die ich mir überlegt hatte: die alte Zeit, Erinnerungen. Und diese Rose erinnerte mich an einen ganz besonderen Tag.

„Weißt du noch, Valentinstag vor zwei Jahren?", fragte ich.

Mason lachte.

„Ja, das tue ich."

„Wir haben uns am Nachmittag getroffen und dann bist du plötzlich in einem Laden verschwunden und hast diesen riesigen Strauß Rosen gekauft…"

Mit meinen Händen demonstrierte ich die Größe des

Straußes. Ich sah in den Himmel, wo die Sonne fast schon unterging. Ich strahlte mit ihr um die Wette, bei der Erinnerung an diesen besonderen Tag.

„… Du hast jedem von uns eine Rose geschenkt und die übrigen haben wir geköpft. Wir haben Fußball damit gespielt, sie zerrupft und zertrampelt, weil wir den Valentinstag alle gehasst haben."

Mason nickte.

„Das war einer der schönsten Tage, die wir zusammen verbracht haben. Aber es gibt einen, der mir noch mehr in Erinnerung geblieben ist", sagte er.

„Ach ja? Und welcher ist das?"

„Der, an dem wir mit unserer Klasse im Phaeno waren."

Ich blieb stehen und sah ihn verwirrt an, da ich mich nicht daran erinnern konnte. Plötzlich fiel es mir wieder ein und ich schlug mir die Hände vor den Mund. Wie konnte ich das vergessen? Mason amüsierte mein Anblick offensichtlich und er erzählte:

„Wir waren mit unserer Klasse im Phaeno. Danach sind wir mit Matteo und Mike in der Stadt essen gegangen. Die beiden mussten früher gehen und wir wollten zu zweit zu Laylas Training. Das haben wir dann auch gemacht, aber als es dunkel wurde, mussten wir nach Hause. An der Bushaltestelle haben wir uns verabschiedet. Ich habe dich gezwungen, die zwei Stationen mit dem Bus zu fahren. Aber ich habe dir nicht gesagt, dass ich dann die zwei Stationen laufen würde…"

Er sah mich an.

„Ich war sogar noch vor dem Bus da. Ich werde niemals vergessen, wie du mich angesehen hast, als du ausstiegst. Dann habe ich dich bis zur Haustür gebracht, wo wir darauf gewartet haben, dass mein Vater mich abholt. An diesem Tag habe ich dich das erste und einzige Mal umarmt. Aber nicht besonders lange, weil ich nicht wollte, dass mein Vater uns sieht. Er hätte das sicher falsch verstanden."

„Du hast recht", sagte ich.

„Womit?"

„Das war eindeutig der schönste Tag."

Mason lächelte. Ich nicht.

„Ich vermisse diese Zeit. Früher waren wir so glücklich. Wir haben uns oft getroffen und so viel Mist gemacht, aber uns immer aus der Sache herausgezogen. Wir waren so genial! Und wir waren ein Team, ein unschlagbares Team. Niemand hat sich mit uns angelegt, weil uns alle respektiert. Wir haben über alles entschieden. Seit du weg bist, hat sich viel geändert", erklärte ich.

„Ehrlich? Bei mir hat sich kaum etwas geändert. Meine Schwester ist größer geworden, aber sonst... Ich spiele immer noch Fußball, meine Noten sind so lala und wir machen immer noch viel Terror in der Schule", erwiderte Mason.

„Ja, aber bei uns... Jess ist nicht mehr Klassensprecherin, ich habe aufgehört, Klavierstunden zu nehmen, wir machen gar keinen Terror mehr... Im Gegenteil, wir sind voll langweilig geworden. Wir streiten uns nie mit anderen! Die ganze Klasse ist in vollkommener Harmonie! Kannst du dir das vorstellen?"

„Die 10a hat keinen Streit? Das ist ja echt verrückt!", sagte Mason lachend.

Wir waren mittlerweile an der Wiese neben dem Spielplatz angekommen, an der wir uns früher schon immer getroffen haben. Ich setzte mich neben Mason auf einen kleinen Hügel und sah in den Himmel, der schon erste Sterne zeigte.

Ich spürte Masons Blick auf mir, wie er mich von Kopf bis Fuß musterte. Es war schon komisch, wie wir uns unterhielten… Wie alte Freunde, die lange nichts mehr gemacht hatten. Denn genau das waren wir, auch wenn ich mir sehnlichst wünschte, da wäre mehr.

Meine Nervosität war eigentlich schon weg, doch sie kam langsam wieder, als wir uns nebeneinander hinlegten. Mit der linken Hand umklammerte ich meine Rose. Diese Blume würde ich von nun an nie wieder hergeben. Ich war überglücklich, dass Mason sie mir gegeben hatte.

Ich bekam eine Gänsehaut, als ich spürte, wie Mason nach meiner rechten Hand griff. Schnell drehte ich meinen Kopf zur Seite und sah ihn an. Er verwirrte mich. Ich war kein kleines Kind mehr, das Missverständnisse einfach akzeptierte. Erwachsene redeten über die Dinge und schafften Klarheit. Ich wollte erwachsen sein.

„Was soll das?", fragte ich und schüttelte den Kopf.

„Was meinst du?"

„Das alles!"

Ich setzte mich auf.

„Mason, ich verstehe dich nicht. Du lädst mich auf einmal ein, schenkst mir diese Rose. Dann deinen Lieblingstag, von dem du mir erzählt hast, und jetzt willst du meine Hand halten! Was soll das, Mason? Willst du etwas von mir?"

Ich sah ihn bitterernst an.

„Du weißt, wie ich für dich empfinde. Du wusstest

schon damals, dass du mehr als ein Freund für mich
bist. Dann tu' mir das bitte nicht an und spiel nicht mit
mir! Weil sich für mich seit damals nichts geändert hat."
Mason sah mich ernst an. Normalerweise war er ein
spaßiger Typ, aber man konnte auch einfach Klartext mit
ihm reden. Das gefiel mir sehr.

„Für mich hat sich aber seitdem alles geändert", sagte er.
Ich brauchte eine Sekunde, um zu verstehen, was das
hieß. Mason hatte mich nie geliebt. Er hatte gewusst,
was ich für ihn empfand, aber gefühlt hatte er trotzdem
nie das Gleiche, was wiederum bedeutete…

„Ich habe dich vermisst und gemerkt, wie viel du mir
bedeutest", sagte Mason.

„Warum erst jetzt? Warum kommst du erst jetzt zu mir?"

„Man merkt erst, wie sehr man etwas braucht, wenn es
nicht mehr da ist…"

„Du bist seit fast zwei Jahren weg!"

„Eben!"

Er seufzte.

„Die Zeit verging so schnell. Und auf einmal war schon
ein Jahr rum. Dann gab es wieder Zeugnisse… Ich hatte
so viel Stress und habe gar nicht gemerkt, wie lange es
schon her war. Ich wollte nicht noch mehr Zeit verlieren
und habe dich deshalb angesprochen. War das so
verkehrt?"

Ich sah weg.

„Nein… Du hast auch mit Matteo gesprochen, richtig?"

Er nickte.

„Er ist mein Freund und ich habe ihn auch vermisst. Wir
treffen uns morgen."

„Da hast du ziemlich viel zu tun."

„Für meine Freunde mache ich das."

Wir lächelten uns einen Moment an. Er wurde plötzlich wieder ernst.

„Um noch einmal auf das ursprüngliche Thema zurückzukommen…"

Er sah hoch und rückte ein Stück näher an mich heran. Ich beobachtete ihn mit offenem Mund und war schon nicht mehr in der Lage, mich zu bewegen. Er legte eine Hand auf meine Wange und streichelte mich. Ich traute mich kaum, ihm in die Augen zu sehen, weil ich wusste, dass ich mich dann nicht mehr kontrollieren konnte. Seine Augen hatten es mir schon immer angetan. Und seine Haare! Jetzt, als ich hinsah, verzauberten sie mich wieder. Ich hob meine Hand und strich vorsichtig hindurch. Sie waren genauso weich, wie sie aussahen. Mason legte einen Finger auf meine Unterlippe und als er ihn wieder wegnahm, küsste er mich. Wir hatten uns schon umarmt und schon nebeneinander geschlafen, aber geküsst hatte er mich noch nie. Zumindest nicht in echt. In meinen Träumen und meiner Fantasie dafür umso öfter. Aber in der Realität fühlte es sich einfach besser an, das hatte ich geahnt.

Nachdem er sich ganz sanft von mir löste, sah er mir in die Augen. Ich versuchte, meine Gedanken zu ordnen, aber es ging mir einfach zu schnell.

„Ich mag dich wirklich sehr. Also wenn du mich immer noch magst…"

„Das tue ich."

Mason nickte.

„Dann würde ich mich sehr freuen, wenn wir unsere Geschichte verlängern könnten und ein neues Kapitel beginnen…"

Ich sah ihn verwirrt an.

„Ein Kapitel, in dem wir mehr als Freunde sind?", fragte ich hoffnungsvoll.

Er nickte grinsend.

„Hör auf, so zu grinsen! Ich kann mich gar nicht konzentrieren."

„Dann sollte ich wohl weitermachen, damit du zusagst."

„Es gefällt mir nicht, dass du genau weißt, wie ich ticke."

„Lucy… Hab doch keine Angst! Ich nutze meine Fähigkeiten schon nicht aus… Ich will dich einfach nur als meine Freundin!"

Ich lächelte. Davon hatte ich immer geträumt. Warum sagte ich nicht einfach zu?

„Ja, dann sind wir eben jetzt ein Paar. Aber ich will nicht, dass das so eine Kleinkinderbeziehung wird."

Er schüttelte den Kopf.

„Nein, wir treffen uns einfach ab und zu und dann sehen wir schon, wie es läuft."

„Warum bist du nur so perfekt?", fragte ich.

„Dann haben wir da etwas gemeinsam."

Ich spürte, wie meine Wangen brannten. Mason streichelte erneut darüber und küsste mich. Und das deutlich intensiver, als ich jemals geküsst worden bin.

Liebes Tagebuch,

ich bin überglücklich. Mason und ich haben uns geküsst! Ich kann es immer noch nicht glauben, dabei ist es schon wieder einen Tag her. Das Kribbeln spüre ich immer noch! Ich denke rund um die Uhr daran und muss jedes Mal wieder lächeln. Es war ein magischer Abend. Zuerst hat Mason mir eine Rose mitgebracht und dann sind zu unserem ehemaligen Lieblingsplatz gegangen. Wir haben geredet und dann hat er mich geküsst. Wir sind jetzt so etwas wie ein Paar.

Ist das zu glauben? Ich habe Mason so lange geliebt und jetzt liebt er mich auch. Zwei Jahre habe ich ihm jeden verdammten Tag nachgetrauert. Seit er weg ist, ist mein Leben grauenhaft. Alles hat sich verändert! Aber jetzt… Jetzt bekomme ich vielleicht das zurück, was mir seit zwei Jahren fehlt.

Ich habe es immer noch nicht realisiert. Mason hat mit mir geredet und mich geküsst! Er liebt mich. Mason liebt mich! Der Mason, den ich schon seit Jahren mag. Ich habe ihn so unfassbar vermisst. Vielleicht wird alles so wie damals. Ich würde es mir wünschen.

Die achte Klasse war das schönste Schuljahr von allen. Ich hatte meine Clique und wir waren die besten Freunde. Wir haben uns fast täglich getroffen. Wir haben so viel Scheiße gebaut, aber uns immer wieder herausgeredet, weil wir alle zusammengehalten haben. Niemand hat einen anderen verraten. Ich habe ihnen bedingungslos vertraut. Ich erinnere mich an all die Momente im Unterricht, in denen wir uns nur ansehen mussten, um zu wissen, dass wir alle das Gleiche dachten. Nonverbale Kommunikation war unsere Spezialität. Wir kannten einander in- und auswendig.

Es war eine unglaublich Zeit. Umso unglaublicher ist, dass jetzt alles wieder so wie früher werden könnte. Nein, so sollte ich nicht denken. Mason kommt nicht zurück. Aber er war derjenige, der unsere Gruppe zusammengehalten hat. Es geht nicht einmal nur um unsere Truppe oder unsere Freundschaft. Ich habe Mason zurück. Das ist schon das Beste, was mir passieren konnte.

Umso schöner ist, dass ich ihn gleich morgen wiedersehe. Ich bin so gespannt auf seine Reaktion. Wird er mich mit einem Kuss begrüßen? Oder will er vielleicht noch nicht, dass die anderen von uns wissen? Ich könnte das verstehen. Beziehungen darf man nicht an die große Glocke hängen, sonst nerven alle einen damit. Ich freue mich auf morgen,

dann sehe ich Mason wieder! Am liebsten würde ich ihn noch
einmal küssen, es war so schön!

Bis morgen!
Lucy

Kapitel 4:

Nachdem ich mein Tagebuch in meine Schultasche gepackte hatte, ging duschen. Ich war extra früh aufgestanden, um mir Locken zu machen, damit ich wunderschön aussah. Zwar liebte er mich nicht nur wegen meinem Aussehen, aber es schadete doch nicht, ihn umzuhauen, oder?

Ich kam zur ersten Stunde in die Schule, obwohl diese ausfiel. So konnte ich Mason am Morgen noch sehen. Ich kannte seinen Stundenplan nicht, hoffte jedoch, er hätte die erste im Klassenraum. Meine Tasche stellte ich vor unseren Raum, da wir die zweite Stunde dort hatten. Ich bemerkte, dass schon ein paar weitere Taschen hier standen. Layla und Matteo standen eng aneinander gekuschelt an der Wand und küssten sich ab und zu. Da sie mich nicht ansahen, ignorierte ich sie einfach. Ich hatte jetzt auch meinen Freund, mit dem ich die anderen eifersüchtig machen konnte. Zwar war Mason für viele nicht der ideale Mann, aber für mich schon. Ich fand ihn perfekt. Alle waren sich jedoch einig, dass er der treueste Freund war. Freundschaft stand bei ihm über allem. Während ich so über ihn nachdachte, kam Mason plötzlich in den Flur. Er stellte seine Tasche an seinem Raum ab und sah anschließend auf. Er sah mir direkt in die Augen. Aber während ich ihn anlächelte, war sein Blick todernst. Ich konnte nicht einmal einschätzen, ob er wütend oder traurig war. Genauso wenig wusste ich, was passiert war.

Mein Blick wurde ernst, während ich zu meinem Schließfach ging, welches direkt neben seinem Raum war. Auch wenn Mason anscheinend ein Problem hatte,

hatte ich erwartet, er würde mich grüßen oder wenigstens ansprechen. Aber das war nicht der Fall. Er ignorierte mich und ging sogar ein Stück weg. Ich dachte angestrengt darüber nach, warum er mich so behandelte.

„Mason?", fragte ich.

Er kam auf mich zu. Warum hatte ich das getan? Ich wusste nicht einmal, was ich sagen sollte. Man sollte immer zuerst denken und dann reden. Das war manchmal sehr hilfreich. Ich beschloss spontan, ihn so zu begrüßen, als hätte er mich nicht todernst angesehen, und lächelte.

„Ich freue mich, dich wiederzusehen. Samstag war das echt schön mit dir und ich würde mich freuen, wenn wir das wiederholen könnten", sagte ich.

Mason sah auf seine Schuhe und schüttelte langsam den Kopf. Ich fand es traurig, dass er mir nicht einmal in die Augen schauen konnte.

„Nein, eher nicht."

Ich schluckte.

„Und warum nicht?"

Er starrte weiter auf den Boden und antwortete nicht.

„Mason, würdest du bitte mit mir reden? Was ist los?"

Er hob langsam den Kopf und sah mir in die Augen. Noch nie hatte er mich so intensiv angesehen.

„Ich möchte mich lieber von dir fernhalten. Es geht einfach nicht. Bitte akzeptier das", sagte er.

Er drehte um und wollte gehen, aber das konnte ich nicht zulassen. Er hatte mir gerade einfach so einen Korb gegeben!

„Mason!", rief ich.

Er drehte sich noch einmal um und sah mich an.

„Ist das dein Ernst? Wir treffen uns, du küsst mich und sagst, du willst mit mir zusammen sein und jetzt auf einmal beendest du es und nennst nicht einmal einen Grund? Was soll das? Was habe ich falsch gemacht?"
Mason sah einen Moment auf den Boden.
„Du hast nichts falsch gemacht. Es liegt nicht an dir, sondern an mir. Ich habe einfach gemerkt, dass das mit uns nicht funktioniert. Es ist nicht das, was ich will. Das mit uns ist vorbei!"
Er drehte sich um und ging. Obwohl er gleich Unterricht in diesem Raum hatte, ging er. Ich blieb wie angewurzelt stehen. Das konnte doch nicht wahr sein! Was war denn passiert, dass er so einen Sinneswandel hatte? Ich verstand nichts mehr!
Als ich mich umdrehte, sah ich Matteo, der vor dem Klassenraum stand und zu mir sah. Ich atmete tief durch und versuchte, meine Tränen zurückzuhalten.
Verzweifelt versuchte ich, nicht darüber nachzudenken. Ich würde erst einmal alles in mein Tagebuch schreiben. Aber als ich an meine Tasche ging, fand ich es nicht. Ich musste es zu Hause vergessen haben.
Plötzlich spürte ich eine Hand, die sich auf meine Schulter legte und sah Matteo, der mich besorgt musterte.
„Alles in Ordnung?"
Ich antwortete nicht darauf.
„Kann ich dich mal etwas fragen?", fragte ich.
Er nickte.
„Du hast dich doch gestern mit Mason getroffen, oder? Hat er sich da irgendwie merkwürdig verhalten?"
Nach kurzem Nachdenken schüttelte Matteo den Kopf.
„Nein, er war ganz der Alte. Warum? Was ist denn los?"

„Er hat gesagt, dass er nichts mehr mit mir zu tun haben will. Dabei haben wir uns Samstag so gut verstanden!"
Ohne etwas zu sagen, nahm er mich in den Arm und drückte mich fest an sich. Als ich mich wieder von ihm löste, sah ich ein letztes Mal zu Mason.
Überraschenderweise sah er auch gerade zu mir und Matteo und beobachtete uns. Er sah traurig aus. Ich verstand immer noch nicht, warum er das tat.
„Wo ist Layla?", fragte ich.
„Sie ist mit Jess irgendwohin abgehauen, Mädchensachen machen", antwortete Matteo.
Ich lächelte zaghaft. Für ein wirkliches Lachen war meine Laune einfach zu schlecht.
Ich verbrachte die erste Stunde mit Matteo. Wir spielten ein Kartenspiel vor dem Kiosk und redeten. Ich war froh darüber, einen Freunde wie ihn zu haben, der sich um mich kümmerte, wenn es mir schlecht ging. Viel lieber wäre es mir jedoch, wenn Mason auch so ein Freund gewesen wäre.
„Die Stunde fängt gleich an. Vielleicht willst du dich noch einmal frischmachen", sagte Matteo irgendwann.
Ich sah auf die Uhr und lachte dann.
„Sehe ich wirklich so schlimm aus?"
„Ein wenig."
Er zwinkerte mir zu. Ich stand auf und ging zur Toilette. Als ich wieder zum Klassenraum kam, standen fast alle schon vor der Tür. Meine Klassenkameraden schienen nicht zu bemerken, wie schlecht es mir ging. Oder es interessierte sie nicht. Ich ging jedenfalls zu Layla, die wieder bei Matteo in den Armen lag.
„Hey, wie geht es dir?", fragte ich.
„Schlecht, weil ich eben schon gehört habe, dass es dir

auch schlecht geht."

„Nein, es ist alles gut."

Layla und Matteo sahen sich stirnrunzelnd an.

„Matteo hat mir schon erzählt, was passiert ist. Du musst mich nicht anlügen."

Ich sah zur Seite und presste meine Lippen aufeinander, um meine Tränen zurückzuhalten.

„Es ist doch nicht schlimm, dass ich es ihr erzählt habe, oder?", fragte Matteo.

Ich schüttelte den Kopf.

Layla nahm mich in den Arm.

„Ich bin für dich da, wann immer du mich brauchst."

„Danke."

„Und er hat wirklich nicht gesagt, warum er dich auf einmal nicht mehr sehen will?", fragte sie.

„Ich verstehe das auch nicht", sagte Matteo. „Es ist ja anscheinend nichts passiert und gestern war er auch ganz normal. Hast du wirklich keine Ahnung, wieso er so drauf ist?"

Ich schüttelte den Kopf.

„Merkwürdig", meinte er.

„Vielleicht hat er auch einfach gerade so einen Tag und morgen entschuldigt er sich schon wieder bei dir", sagte Layla.

„Das glaube ich nicht, aber danke für eure Hilfe."

Ich lächelte beide an. Wir warteten noch ein paar Minuten auf unseren Lehrer. Im Klassenraum saß ich neben Layla in einer hinteren Ecke. Ganz in der Nähe von Evelyn, welche mir ein böses Lächeln zuwarf. Ich hasste sie so sehr.

„So dann holt doch bitte eure Hausaufgaben heraus, damit wir sie vergleichen können", sagte Herr Müller, unserer Deutschlehrer.

Ich fasste in meine Tasche, um meine Mappe herauszuholen und fand dabei mein Tagebuch. Verwirrt nahm ich es heraus und sah es einen Moment an.

„Mein Tagebuch…", murmelte ich.

„Was ist damit?", fragte Layla.

Ich schüttelte den Kopf und schob es zurück in die Tasche.

„Nichts, schon gut."

War ich wirklich so durch den Wind, dass ich es vorhin übersehen hatte? Aber nund hatte ich es wieder und konnte in der Pause alles aufschreiben. Dabei würde ich die Geschichte mit Mason am liebsten schnell wieder vergessen.

Nach der Stunde mussten wir zu unserem Biologieraum und verbrachten die große Pause dort. Layla und Matteo kümmerten sich lieb um mich. Sie gingen sogar mit mir zu Mike und kauften mir Schokolade. Es half zwar nichts, aber sie lenkten mich ein wenig ab. Dabei hätte ich am liebsten Tagebuch geschrieben. Da ich nicht unhöflich sein wollte, verbrachte ich die Pause mit meinen Freunden und verschob das Schreiben auf später.

Wie ich kurz darauf merkte, war das absolut nicht mein Tag. Es ereignete sich schon die nächste Katastrophe und diese sollte mein Schulleben für immer verändern. Es fing ganz harmlos an. Ich ging einfach den Gang zu unserem Klassenraum entlang, als mir eine Versammlung von Schülern vor einer Tür auffiel. Layla stand auch dabei. Als sie mich sah, kam sie sofort zu mir.

„Das musst du dir ansehen", sagte sie in ernstem Ton.

Vollkommen verängstigt ging ich zur Tür. Alle sahen

mich an. Viele machten Fotos von den Zetteln, die an der Tür hingen. Als ich näher heranging, erkannte ich meine Schrift. Ich las den Text und auf einmal wurde mir klar, dass das Kopien aus meinem Tagebuch waren. Bei genauerem Hinsehen fiel mir auf, dass es nur die Passagen waren, in denen ich schlecht über meine Mitschüler geschrieben hatte.

Apropos Mitschüler, sie alle standen drumherum und sahen mich böse an. Sie hatten gelesen, was ich über sie geschrieben hatte, und hassten mich dafür. Ich konnte es verstehen, denn es standen echt fiese Sachen drauf. Und irgendwie tat es mir sogar ein kleines bisschen leid.

Meine erste Reaktion war, die Zettel abzureißen und bei mir zu behalten. Eigentlich war es zwecklos, da sowieso schon tausende Fotos gemacht worden waren, welche in wenigen Sekunden in alle Klassengruppen der Schule geschickt werden würden. Mir war augenblicklich klar, was diese Einträge auslösen würden. Sie würden mein Leben ruinieren.

Und so kam es auch. Ich ging zu unserem Klassenraum und erntete von allen böse Blicke. Ich hörte Stimmen, die durcheinander sprachen und tuschelten.

„Das hätte ich nicht von ihr gedacht."

„Echt fies von ihr!"

„Endlich sehen alle dein wahres Gesicht."

Der letzte Satz stammte von Evelyn. Von wem auch sonst? Selbst die sonst so schüchterne Jess drehte sich von mir weg. Layla und Matteo standen einfach im Flur. Sie wussten auch nicht, wie sie darauf reagieren sollten. Keiner traute sich, mich anzusprechen, bis irgendwann Mira den Anfang machte.

„Echt nett, was du da über uns geschrieben hast", sagte

sie mit einem ironischen Lächeln. „Ich hätte nicht gedacht, dass so viel böses Blut durch dich fließt."

Sie warf die Haare über ihre Schulter und ging. Dafür kamen die Anderen.

„Steht mir hier irgendwo auf die Stirn geschrieben, wie blöd ich bin? Ist doch schön, dass ich genau so aussehe, wie ich auch bin, oder Lucy?", fragte Samuel.

„Ich? Arrogant?", sagte Jessica kopfschüttelnd.

„Ist ja echt schön, dass ich anscheinend alle manipuliere. Aber ich verticke keine Drogen! Ich bin Süßigkeitenverkäufer! Und genau-so-wenig will ich die Weltherrschaft! Was schreibst du denn da für einen Mist? Du bist anscheinend diejenige, die nicht ganz dicht ist! Mira ist vollkommen normal!", schrie Mike.

„Genau! Lass Mira in Ruhe! Du bist doch nur neidisch, weil sie viel beliebter ist als du!", hörte ich die Stimme von Kate, einer guten Freundin und Bewunderin von Mira.

„Stört es dich wirklich so sehr, wenn Layla und ich uns küssen?", fragte Matteo. „Ich kann ja verstehen, dass du neidisch bist, aber… wir sind nun mal zusammen."

„Neidisch trifft es auf den Punkt", meinte Jessica. „Du bist neidisch auf Mira, weil sie beliebter ist. Du bist neidisch auf deine beste Freundin, weil sie einen tollen Freund hat. Und du bist neidisch auf mich, weil ich viel bessere Noten habe, als du sie je haben wirst!"

Für einen Moment war ich sprachlos. Ich war überrascht, was mir alles an den Kopf geworfen wurde. Neid. Das war hart. Gerade von Jess hätte ich nicht gedacht, dass sie so eine große Klappe haben konnte.

„Du bist so eine hinterlistige Kuh!", sagte Samuel. „Ins Gesicht sagst du keinem, was du denkst, aber hinter dem Rücken wird dann gelästert."

„Genau, du Heuchlerin!", meinte Jess.

Ich sah zu Evelyn, welche an der Wand lehnte und amüsiert lächelte.

„Willst du gar nichts dazu sagen?", fragte ich.

Sie schüttelte langsam den Kopf.

„Ich wusste schon, dass du mich hasst. Das ist nichts Neues. Aber, was du über die anderen so geschrieben hast... Ach, Lucy. Ich hätte nicht gedacht, dass du wirklich *so* falsch bist. Alles, was du jetzt abbekommst, hast du verdient."

Ich ging auf sie zu und zeigte mit meinem Finger auf sie.

„Du warst das! Du hast diese Kopien aufgehangen!"

Wie erwartet, spielte sie die Unschuldige.

„Ich?", fragte sie und deutete mit dem Finger auf sich selbst. „Nein, aber das war eine echt geile Idee! Applaus für den, der das getan hat!"

Sie fing an, in die Hände zu klatschen und die anderen stimmten mit ein.

„Schön, dass wir jetzt die wahre Lucy kennengelernt haben", hörte ich Mira.

Ich ging in den Klassenraum und setzte mich an meinen Platz. Das war grauenhaft! Eine absolute Katastrophe! Alle waren wütend auf mich. Selbst Layla sagte kein Wort zu mir. Ich wollte nicht, dass sie etwas Falsches von mir dachte. Aber ich hatte keine Kraft, mit ihr zu reden. Ich hatte immer noch nicht richtig realisiert, was überhaupt passiert war.

Während der nächsten Stunde warfen die Leute aus der letzten Reihe mich mit Papierkugeln ab. Ein kleiner Trost war immerhin, dass sie erwischt wurden und das Zeug später wieder aufsammeln mussten. Das änderte nichts daran, dass ich mich schlecht fühlte. Auf einmal hatte ich das Gefühl, alleine dazustehen.

In der zweiten großen Pause wurden mir erneut einige Beleidigungen an den Kopf geworfen. Als sie endlich fertig waren, ging ich auf Layla und Matteo zu, die nebeneinander standen und sich nicht berührten.

„Lay, können wir reden?", fragte ich.

Sie sah mich ausdruckslos an.

„Damit du mir sagen kannst, wie sehr es dich stört, dass ich glücklich bin?"

„So war das doch gar nicht gemeint."

„Ich weiß."

Plötzlich lächelte sie.

„Ich kann gar nicht böse auf dich sein, wenn ich sehe, wie gemein alle zu dir sind. Außerdem kann ich dich irgendwo verstehen. Du trauerst immer noch Mason hinterher und wir machen vor deinen Augen herum. Das war nicht fair."

„Nein. Ihr habt doch das Recht dazu, eure Beziehung zu genießen, auch wenn es mir schlecht geht."

Ich sah zu Matteo.

„Und wie siehst du das?"

„Ich war schon überrascht, was du da geschrieben hast. Aber du bist unsere Freundin und wir unterstützen dich natürlich."

„Danke!", sagte ich und umarmte beide.

Ich setzte mich auf eine Bank und klappte mein Tagebuch auf. Ich wollte einfach nur schreiben.

Liebes Tagebuch,

ich bin zerstört. Das ist der schlimmste Tag, den ich je erlebt habe. Und das sage ich nicht einfach nur so. Ich würde am liebsten aus dem nächsten Fenster springen. Oder mich mit einer Tafel Schokolade in meinem Zimmer verkriechen und nie wieder herauskommen.

Mason hat mir gesagt, dass er sich von mir fernhalten will. Einfach so. Ich verstehe das nicht. Warum? Ab und zu habe ich geglaubt, dass er mich doch nur verarscht hat. Aber das stimmt nicht. Ich habe gesehen, wie er mich angesehen hat. Er wirkte traurig und verletzt. Da steckt etwas anderes dahinter, aber ich habe keine Ahnung, was es sein könnte. Er will es mir nicht sagen. Ich bin verwirrt.

Aber das war noch nicht alles. Als ich zu unserem Klassenraum gegangen bin, hingen an einer Tür Kopien von meinem Tagebuch! Es waren Texte, in denen ich schlecht über meine Mitschüler geschrieben habe. Alle haben gelacht. Alle hassen mich. Ich wäre am liebsten im Erdboden versunken. Es war grauenhaft. Ich spüre, dass das noch länger Thema sein wird.

Dabei weiß ich nicht, wie die Kopien dort hingekommen sein könnten. Jemand hat sie natürlich dort aufgehangen. Aber wer? Und wie kam er da heran? Ich habe mein Tagebuch doch nie unbeaufsichtigt gelassen! Zumal diese Person das Buch mit nach Hause genommen haben muss, um die Kopien zu machen.

Ich kann mir keinen Reim darauf machen. Genau so wenig wie auf Mason. Irgendetwas stimmt nicht. Vielleicht sollte ich herausfinden, was es ist. Zuerst muss ich jedoch aufpassen. Alle sehen mich an. Einige halten sogar die Kamera drauf, für den Fall, dass jemand auf mich losgeht.

Es ist grauenhaft. Ich weiß nicht, was ich machen soll. Ich habe Angst, gemobbt zu werden. Wenn alle sich von mir abwenden, weiß ich wirklich nicht mehr weiter. Und was ist mit Mason? Jetzt, wo mich alle hassen, wird er sich doch erst recht von mir fernhalten. Damit sein Ruf nicht auch noch kaputt geht.

Wäre ich nicht ich selbst, hätte ich Mitleid mit mir. Dabei

sagt man das wahrscheinlich immer so leicht, wenn man selbst in so einer Situation ist. Ich kann die anderen auch verstehen, aber... Macht das nicht jeder? Jeder spricht oder schreibt doch mal schlecht über einen anderen.
Ich werde jetzt erst einmal versuchen, den Schultag zu überleben. Ich will eigentlich nur noch nach Hause.

Bis irgendwann.
Lucy

Kapitel 5:

Ich war davon ausgegangen, dass es das war. Jetzt
konnte doch nicht noch mehr passieren, oder? Falsch.
Irgendjemand hatte es sich offensichtlich zur Aufgabe
gemacht, mir den schlimmsten Tag meines Lebens zu
bescheren. Wir hatten Mittagspause. Ich saß auf einer
Bank und malte eine Zeichnung in mein Tagebuch, um
mich zu entspannen.

Aber dann kamen alle anderen zu mir. Sprich: Layla,
Matteo, Mike, Samuel, Raphael, Jess, Evelyn und Mira.
Und sie alle sahen mich böse an. Ich war zunächst
verwirrt und sah sie einfach an.

„Wie konntest du das tun?", zischte Mike plötzlich.

„Was habe ich denn getan?", fragte ich vorsichtig.

Ich hatte absolut keine Ahnung, was los war.

„Jetzt tu doch nicht so, als würdest du das nicht
wissen!", sagte Mira.

„Du hast Frau Kassler erzählt, dass Mike hier
Süßigkeiten verkauft", erklärte Layla.

Ich lachte.

„Was? Das ist doch lächerlich! Das war ich nicht!"

„Ach ja? Warum hat Frau Kassler mir dann höchst
persönlich gesagt, dass sie die Informationen von dir
hat?", fragte Mike.

Ich sah ihn fassungslos an. Nach Lachen war mir jetzt
nicht mehr zumute.

„Ich war das wirklich nicht! Keine Ahnung, woher sie es
weiß, aber nicht von mir!"

„Warum sollte sie lügen?", fragte Samuel.

„Ich weiß es nicht!", rief ich. „Was hat sie denn genau
gesagt?"

„Sie hat gesagt, dass sie mich erst mal verwarnt. Aber,
wenn sie mich noch einmal erwischt, dann gibt es
wirklich Ärger", erzählte Mike.

„Dankeschön, Lucy! Deinetwegen müssen wir jetzt die
total überteuerten Sachen vom Kiosk kaufen, anstatt
alles günstig bei Mike zu bekommen!", sagte Mira.

Ich seufzte.

„Ich war es nicht."

„Warum hat dann Frau Kassler gesagt, dass du es
warst?", fragte Matteo.

„Keine Ahnung."

„Also ich glaube unserer Lehrerin. Das ist alles nur
deine Schuld!", rief Mira.

„Warum hast du das getan?", fragte Jess.

„Lasst gut sein. Sie sagt sowieso nichts", meinte Evelyn.
Sie ging einige Meter, dann drehte sie sich um und rief:
„Du scheiß Petze!"

„Ich hasse dich!", sagte auch Mira und ging.

Mike schüttelte nur den Kopf, Jessica warf mir einen
bösen Blick zu. Bevor er auch ging, sagte Samuel:

„Ich wusste, dann man dir nicht trauen kann! Du hast
echt böses Blut!"

Raphael ging ohne einen Kommentar. Matteo und Layla
blieben noch einen Moment und starrten auf den Boden.

„Ich war das nicht, das müsst ihr mir glauben!", sagte
ich. „Findet ihr das nicht auch merkwürdig, was heute
alles passiert ist? Es scheint fast, als… hätte es jemand
auf mich abgesehen."

„Das ist doch Blödsinn", meinte Layla.

„Wer hat dann Frau Kassler von Mikes Gewerbe
erzählt?"

Sie antworteten nicht.

„Ihr glaubt, dass ich es war?"

Layla zuckte mit den Schultern und Matteo meinte: „Keine Ahnung, was ich glauben soll. Ich brauche erst einmal etwas Zeit für mich."

Lay nickte und sie gingen gemeinsam.

Ich atmete tief durch. Den restlichen Tag war ich so vorsichtig wie nur irgend möglich. Ich hatte das Gefühl, noch mehr böse Blicke zu bekommen. Überall wurde getuschelt. Es war grauenhaft. Aber das war nicht mein größtes Problem. Ich hatte Angst. Es war so viel geschehen. War es das? Oder kam da noch mehr?

Den restlichen Tag über verkroch ich mich entweder oder ich war ganz aufmerksam und vorsichtig. Als endlich nach zehn Stunden die Schule zu Ende war, war ich überglücklich. Ich wiegte mich schon in Sicherheit, als ich an der Bushaltestelle ankam und meine Tasche abstellte.

Doch plötzlich spürte ich, wie etwas gegen meinen Rücken flog. Ich wusste sofort, was es gewesen war. Eine Wasserbombe. Seufzend drehte ich mich um und sah einen Jungen in meinem Alter, der gleich zwei weitere auf mich warf. Und er traf ziemlich gut. Ich kannte ihn nicht. Das verwirrte mich noch mehr. Warum warf mich ein Fremder ab?

Er verschwand ziemlich schnell. Ich dachte daran, ihm nachzulaufen, wusste aber, dass es sinnlos war. Mein Bus kam bald und ich war vollkommen durchnässt. Ich wollte nicht noch mehr ausgelacht werden. Das taten schon alle, die an der Bushaltestelle standen. Und Mira nahm alles mit dem Handy auf.

„Muss das sein?", fragte ich gereizt.

Ich durchlebte den schlimmsten Tag meines Lebens und

davon gab es jetzt dutzende Fotos und Videos.

„So einen Moment muss ich doch festhalten", erwiderte Mira lächelnd. „Meine Follower werden begeistert sein."

Ich sagte nichts weiter dazu und setzte mich auf eine Kante. Meine Klamotten waren vollkommen durchnässt und ich zitterte.

„Das hast du verdient, du Petze!", rief irgendjemand, den ich nicht kannte.

Das Gerücht machte schon die Runde. Bestimmt wusste es am nächsten Tag die ganze Schule. Alle werden wütend auf mich sein, dabei hatte ich nichts gemacht. Ob ich deswegen beworfen wurde? Dieses Gerücht tauchte gerade erst auf, das konnte eigentlich nicht sein. Irgendetwas lief falsch. Es passierten so viele Dinge. Ich wollte gar nicht wissen, was mir am nächsten Tag zustoßen würde. Jetzt hasste mich immerhin schon die ganze Schule…

Liebes Tagebuch,

der schlimmste Tag aller Zeiten. Nach meinem letzten Eintrag ging es nämlich noch weiter. Alle kamen zu mir und behaupteten, ich hätte Mike bei einer Lehrerin verpetzt. Deshalb kann er vorübergehend keine Süßigkeiten mehr verkaufen und alle denken, ich sei Schuld. Die ganze Schule hasst mich! Wegen der Tagebucheinträge und dieser Nummer.

Und nach dem Unterricht hat mich irgendein Idiot mit Wasserbomben abgeworfen. Alle haben gelacht und Mira hat es auch noch gefilmt.

Seitdem werde ich auf allen sozialen Medien zugespamt. Ich erhalte Drohungen, Hassnachrichten und alle schicken mir die Fotos und Videos von den Dingen, die mir zugestoßen sind. Ich fühle mich so mies, dabei habe ich nichts gemacht.

Ich weiß nicht, warum all diese Dinge passieren. Ich habe Mike nicht verpetzt! Und Mason will nichts mehr von mir wissen!

Eben hat Mira ein Foto gepostet, auf dem ich total durchnässt nach dieser Wasserbombenattacke zu sehen bin. Dazu hat sie geschrieben „Ich soll verrückt sein? Immerhin verpetze ich niemanden. Jetzt können wir keine Süßigkeiten mehr kaufen! Danke @Lucy!" In den Kommentaren geben ihr alle recht und mich beschimpfen sie. Mira hat viele Fans, sie ist sehr beliebt. Das wirkt sich jetzt natürlich negativ auf mich aus.

Ich weiß echt nicht, was ich tun soll. Selbst Matteo und Layla sind skeptisch. Keiner glaubt mir und keiner wird mir mehr vertrauen. Mike darf nichts mehr verkaufen und da ist es verständlich, dass alle wütend auf mich sind. Dabei war ich es gar nicht... Aber warum hat Frau Kassler dann gesagt, dass ich es war? Oder hat sie das vielleicht gar nicht gesagt? Hat Mike das vielleicht nur behauptet? Warum sollte er das tun?

So viele Fragen und ich habe keine Antworten... Aber ich habe Angst vor morgen. Heute ist so viel passiert und ich weiß nicht, ob das alles war. Irgendwie scheint mir, als hätte es jemand auf mich abgesehen. Es konnte doch kein Zufall sein, dass das alles jetzt passierte! Allen voran Mason, der sich merkwürdig verhält. Ich verstehe nicht, was mit ihm los ist.

Für einen Moment hat es sich so angefühlt wie damals. Ich hatte Mason zurück. Es war so wie früher. Zwar nicht genau so, aber es hat sich so angefühlt. Ich habe wieder dieses Kribbeln gespürt und das schöne Gefühl, jemanden zu haben, auf den ich mich verlassen kann. Seit Mason weg ist, fühle ich mich allein. Ich habe Layla und Matteo, aber es ist nicht das Gleiche. Mir ist klar, dass es niemals wieder so sein wird wie damals und genau das ist das Problem.

Ich will es nicht wahrhaben, dass ich diese Zeit nicht zurück bekommen kann. Ich weiß es, aber es wirklich zu akzeptieren ist eine andere Sache. Tief in mir drinnen sehne ich mich immer noch nach der Vergangenheit. Ich kann nicht einfach damit abschließen. Alle sagen mir, ich solle Mason und die Zeit damals vergessen, aber es geht nicht. Ich kann nicht. Weil ich nicht mit etwas abschließen kann, das immer noch ein wichtiger Teil in meinem Leben ist. Mason ist für mich immer noch präsent. Ich sehe ihn jeden Tag und denke ständig an ihn.

Man muss sich im Leben immer wieder fragen: Wenn ich drei Wünsche frei hätte, was würde ich mir wünschen? Ich habe dabei immer an realistische Dinge gedacht. Oft habe ich gesagt: Ich wünsche mir, die große Liebe zu finden, viel Geld zu verdienen und glücklich zu werden. Oder Ähnliches. Dann muss man sich fragen: Was wäre, wenn ich nur einen Wunsch frei hätte? Es hilft einem, herauszufinden, was einem am wichtigsten ist. Und wenn ich mir jetzt alles wünschen könnte, wüsste ich genau, was ich wählen würde. Ich wünschte mir, dass alles wieder so sein könnte wie damals, bevor Mason sitzengeblieben ist.

In der 8. Klasse... Das war die schönste Zeit meines Lebens. Wenn ich könnte, würde ich alles anders machen. Und verhindern, dass Mason sitzenbleibt. Ich weiß, dass das vermutlich gar nicht möglich war. Er muss selbst an sich arbeiten. Aber trotzdem mache ich mir oft Vorwürfe, weil ich das Gefühl habe, nicht alles gegeben zu haben. Ich hätte etwas tun können. Aber ich habe versagt. Ich habe ihn gehen gelassen. Ich habe zugelassen, dass wir uns auseinanderleben und nichts dagegen unternommen. Stattdessen habe ich gewartet, bis er mich angesprochen hat. Diese Gedanken erschweren es mir, Mason zu vergessen.

Ich melde mich dann morgen wieder. Mal sehen, wie der Tag wird. Vielleicht mache ich einen Counter und zähle mit, wie viele Beleidigungen mir nachgerufen werden. Ich hoffe, ich werde nicht zu sehr von allen gehasst. Ich habe nichts gemacht! Ich bin unschuldig, ich war es nicht. Irgendetwas läuft gerade schief... Jemand hat es auf mich abgesehen. Ich weiß nicht, wer es ist, oder warum er mir das antut, aber anders kann ich mir diese Dinge nicht erklären.

Wünsch mir Glück!
Lucy

Kapitel 6:

Ich bin nie gerne zur Schule gegangen. Aber an keinem
Tag ist es mir so schwer gefallen, meinen Mitschülern
gegenüberzutreten, wie an diesem. Ich spürte überall die
Blicke auf mir. Vielleicht bildete ich es mir nur ein, aber
ich hatte das Gefühl, überall beobachtet zu werden. Als
ich in unseren Klassenraum kam, grüßte mich keiner.
Einige sahen mich an, doch dann sahen sie wieder weg.
Ich stellte meine Tasche an meinen Platz und ging zu
Mike, der an seinem Handy spielte. Das Beste war wohl,
das Ganze einfach zu klären.
„Ich wollte kurz mit dir reden, um dir zu erklären, dass
ich…"
Mike legte seufzend sein Handy auf den Tisch, stand auf
und ging einfach aus dem Raum. Ich sah ihm noch einen
Moment nach, bevor ich mich wieder zu meinem Platz
begab. Dieses Verhalten war Kindergarten, aber
irgendwo konnte ich ihn auch verstehen.
Ich war glücklich, als endlich Layla zusammen mit
Matteo in den Raum kam. Sie hielten sich an den
Händen und kicherten. Als sie mich sahen, wurden ihre
Blicke todernst. Es war ihnen unangenehm. Ich war
ihnen unangenehm.
„Hallo", sagte ich.
„Hi", meinte Lay und setzte sich neben mich.
Sie lächelte mich aufmunternd an, was ein gutes Zeichen
war.
„Ich habe noch einmal nachgedacht und finde, dass ich
als Freundin zu dir halten und dir beistehen sollte. Ich
verzeihe dir sogar, dass du Mike…"
„Ich habe Mike nicht verpetzt! Ich war das nicht!", rief

53

ich aufgebracht.

„Ist doch jetzt auch egal… Wir halten zu dir."

Ich merkte, dass sie mir nicht glaubte. Es tat weh. Daher stand ich auf und ging. Ich ging nach draußen auf den Schulhof. Ich schlang meine Arme um meinen Körper und bereute einen Moment, dass ich meine Jacke nicht mitgenommen hatte. Aber dann wäre mein Abgang nicht so kraftvoll gewesen. Eigentlich kam es sowieso nicht darauf an. Es ging darum, dass mir keiner glaubte. Nicht einmal Layla und Matteo.

Ich setzte mich auf eine Bank, um ein paar Minuten zu entspannen, bevor der Unterricht losging. Obwohl wir keinen Nachmittagsunterricht hatten, würde es ein langer Tag werden. Das spürte ich. Ich glaubte nicht, dass das gestern schon alles gewesen war. Wenn mir wirklich jemand schaden wollte, dann könnte heute noch einiges passieren.

Während ich so in Gedanken versunken war, setzte sich jemand neben mich. Als ich meinen Kopf zur Seite drehte, hätte ich jeden erwartet, aber niemals Mason. Doch er war es. Er saß neben mir und sah stumm geradeaus. Ich machte es ihm nach. Es war mir super unangenehm und ich hatte keine Ahnung, wie ich mich verhalten sollte.

Hatte er sich zu mir gesetzt, weil er mir etwas sagen wollte? Warum sagte er dann nichts? Wenn er sich von mir fernhalten wollte, warum setzte er sich zu mir? Es gab genug andere Plätze, wo er hingehen konnte. Aber woher wusste er, dass ich hier war? Hatte er mich beobachtet?

Mit der Zeit hörte ich auf, mir Fragen zu stellen und akzeptierte, dass er neben mir saß. Und irgendwann freute ich mich sogar, dass er bei mir war, anstatt verletzt zu sein. Ich hatte das Gefühl, er wollte mir beistehen und für mich da sein. Wir saßen minutenlang nebeneinander und sagten kein Wort. Trotzdem hätte ich meine Zeit nie schöner verbringen können. Ich hatte Mason. Für einen Moment hatte ich ihn. Bis es klingelte. In drei Minuten begann die erste Stunde. Mason und ich standen gleichzeitig auf und wollten gehen, aber ich wollte eine solche Gelegenheit nicht ungenutzt lassen. Mich quälte die Frage, was mit ihm los war.

„Mason?"

Er drehte sich um.

„Können wir einen Moment reden?"

„Was soll das bringen?"

„Ich möchte einfach wissen, was passiert ist und warum du dich so mir gegenüber verhältst."

„Lucy, versteh doch einfach, dass es vorbei ist! Ich habe gemerkt, dass das mit uns nicht funktioniert!"

„Aber warum? Was ist denn passiert?"

„Nichts."

Ich seufzte.

„Warum weiß ich, dass du lügst?"

Er zuckte mit den Schultern.

„Sag du es mir!"

„Ich sehe es dir an", sagte ich. „Ich sehe es in deinen Augen, wenn du mich ansiehst. Ich sehe, dass du mit mir reden willst, aber es nicht kannst. Du willst uns nicht aufgeben. Aber ich verstehe nicht, warum das so ist."

Mason antwortete nicht. Er sah mich einfach nur an.

„Willst du nichts dazu sagen?"

„Ich kann dir nichts dazu sagen."

„Also gibt es doch etwas, das du mir verschweigst!"

„Ja!"

Dieses Wort reichte, um mich komplett sprachlos zu machen. Man hörte nur das zweite Klingeln. Die erste Stunde begann. Aber das war mir im Moment total egal. Mason hatte zugegeben, dass es doch einen Grund hatte, warum er sich so verhielt.

„Willst du mir nicht sagen, was es ist?", fragte ich.

Er kam auf mich zu, legte seine Hände auf meine Schultern und gab mir einen Kuss auf die Wange.

„Bitte, akzeptier einfach, dass ich nicht mit dir darüber reden kann. Halt dich einfach von mir fern. Das ist für alle das Beste."

Damit drehte er sich um und ging. Das ist für alle das Beste. Dieser Satz wiederholte sich noch einige Male in meinem Kopf, in der Hoffnung, zu verstehen, warum er mir das sagte. War es gut für mich, dass er sich von mir fernhielt? Nein, definitiv nicht! Ich vermisste ihn, ich mochte ihn. Mit ihm war alles besser. War es für ihn gut, sich von mir fernzuhalten? Keine Ahnung. Nein. Ich sehe ihm doch an, dass er unglücklich mit dieser Situation ist!

Er hat nicht gesagt, dass es für uns beide das Beste ist, sondern für alle. Alle. Wer soll das sein? Spielte hier noch irgendjemand mit, von dem ich nicht wusste? Zwang ihn womöglich jemand dazu, das zu tun? Ich verstand es nicht. Wer sollte das sein? Und warum?

Ich ging zurück zu meinem Klassenraum. Unsere Lehrerin war zum Glück noch nicht da. Auch die Parallelklasse wartete noch. Lara und Naomi kamen zu mir. Sie waren gute Freundinnen und kannten auch Mira sehr gut.

„Lucy, darf ich dich kurz etwas fragen?", fragte Lara.
Ich nickte.
„Weißt du, was wir in WPU aufhaben?"
„Äh… Sollen wir nicht diesen einen Text lesen?"
Sie nickte.
„Aber müssen wir auch Stichpunkte machen oder nur
lesen?"
„Keine Ahnung. Ich werde mir bestimmt die wichtigsten
Sachen herausschreiben."
„Okay, ich wusste nur nicht, was…"
Sie hörte auf, als wir plötzlich Miras Stimme hörten:
„Hört ihr bitte auf, euch mit dieser Verräterin zu
unterhalten? Sie ist eine gemeine, egoistische Petze und
hat es nicht verdient, mit euch zu reden."
Lara und Naomi sahen erst sich und dann mich unsicher
an.
„Du hast recht", sagte Naomi.
Die beiden gingen zurück zu ihrer Klasse. Mira lächelte
mich noch einmal falsch an, dann ging sie ebenfalls.
Ich war nicht die Böse in diesem Film. Mira war es aber
auch nicht. Der oder die Böse war die Person, die mir
diese ganzen Dinge antat. Mira ließ sich davon nur
anstiften. Sie war es nicht. Wobei…
Ich sah zu, wie Mason in den Flur kam. Mira ging zu
ihm. Sie redeten kurz, dann umarmte sie ihn ganz lange
und sah mir dabei direkt in die Augen. Vielleicht tat sie
es nur, weil sie mir eins auswischen wollte, weil sie
glaubte, ich hätte Mike verpetzt. Vielleicht hatte sie aber
auch etwas damit zu tun. Ich rief mir wieder ins
Gedächtnis, dass Mira und Mason früher zusammen
gewesen waren, bevor… er uns verließ.
Das war im Übrigen auch der Grund, warum ich nie so

richtig warm mit Mira geworden bin. Sie war beliebt, hatte einen perfekten Freund. Und ich? Ich habe mich nach alldem gesehnt. Erst nachdem Mason gegangen ist, habe ich erkannt, dass ich alles hatte, was ich brauchte. Und seit alle mich hassten, war ich ganz allein. Ein scheußliches Gefühl.

Den ganzen Tag erwartete ich die nächste Katastrophe. Aber direkt nach der Mathestunde habe ich es nicht erwartet.

„Lucy, kommst du noch kurz zu mir? Ich möchte mit dir reden", sagte mein Lehrer Herr Brauer nach der Stunde. Ich dachte mir nichts dabei und ging nach vorne. Meine Mitschüler nahmen in der Zwischenzeit ihre Sachen für die große Pause. Die meisten sahen trotzdem zu mir und meinem Lehrer, als wollten sie nicht verpassen, was er mir sagte. Herr Brauer schien jedoch darauf zu warten, dass alle weg waren. Es machte mir Angst. Deshalb wollte ich gerne schon einmal wissen, worum es denn überhaupt ging.

„Was möchten Sie denn von mir?", fragte ich.

Mein Lehrer beugte sich ein Stück zu mir und flüsterte: „Es geht um deinen Brief."

Ich sah ihn verwirrt an.

„Welcher Brief denn?", fragte ich in normaler Lautstärke. Herr Brauer holte ein Blatt aus seiner Tasche und reichte es mir.

„Den hast du mir doch gestern ins Fach legen lassen."

Ich las mir vollkommen verwirrt und geschockt durch, was auf dem Papier stand.

Lieber Herr Brauer,

ich kann Ihnen nicht länger verschweigen, was ich für
Sie empfinde. Ich weiß, dass es falsch ist, aber ich glaube
daran, dass das mit uns beiden funktionieren kann. Ich
empfinde sehr viel für Sie und kann das nicht länger
unterdrücken. Sie sind alles für mich. Bei Ihrem Lächeln
werde ich schwach...

Ich hörte auf zu lesen, als mir schlecht wurde. Ein
Liebesbrief an einen Lehrer und er war von mir
unterschrieben! Ich schüttelte vor Entsetzen den Kopf.
„Das... das ist nicht von mir! Ich habe das nicht
geschrieben!", rief ich entsetzt.
Ich sah zu den übrigen Schülern meiner Klasse. Alle
beobachteten mich und Herrn Brauer.
„Wer war das?", fragte ich wütend.
Evelyn, welche noch an ihrem Platz in der ersten Reihe
stand, riss mir den Zettel aus der Hand und lachte.
„Das ist ein Liebesbrief", sagte sie.
„Evelyn, ich bitte dich", ermahnte Herr Brauer.
Sie gab mir den Brief zurück. Ich sah zu meinem Lehrer.
„Sie müssen mir glauben, der kam nicht von mir.
Irgendjemand will mich fertigmachen. Seit gestern spielt
mir irgendjemand Streiche. Ich habe diesen Brief nicht
geschrieben..."
„Ist gut, ich glaube dir natürlich. Schüler spielen
einander manchmal Streiche. Das ist bestimmt nicht
böse gemeint", sagte Herr Brauer.
„Nein, Sie verstehen das nicht. Irgendjemand will mich
fertigmachen. Sie denken vielleicht, ich sei paranoid,
aber so ist es nicht."
„Ich denke, du übertreibst ein bisschen."

Ich seufzte.

„Vielleicht."

„So viel braucht es also, um Lucy an ihre Grenzen zu bringen", kommentierte Evelyn.

Ich ging zu meinem Platz, nahm meine Tasche und ging. Keiner glaubte mir. Und bald würde die ganze Schule glauben, ich wäre in Herrn Brauer verliebt. Was ist nur plötzlich los?

Liebes Tagebuch,

ich habe schon immer aus der Reihe getanzt. Egal, was meine Klasse gemacht hat, ich hatte immer etwas daran auszusetzen. Bei keiner Abstimmung habe ich bekommen, was ich wollte. Ich stimmte für eine Klassenfahrt nach London, wir fuhren Segeln. Ich wollte unseren Klassenpullover blau färben, er wurde grau. Ich möchte einen Keksverkauf machen, wir verkaufen Rosen. Und die auch noch viel zu teuer!

Jetzt habe ich den Salat, denn all diese Aktionen tragen nicht gerade dazu bei, dass die anderen mir verzeihen. Dabei bin ich mir eigentlich immer noch keiner Schuld bewusst. Ich habe Mike nicht verpetzt. Und die Tagebucheinträge waren vielleicht nicht supernett, aber einfach nur ehrlich. Wenn sie die Wahrheit nicht ertragen können, ist das nicht mein Problem.

Ich weiß, dass es falsch ist. Ich war gemein. Das muss ich mir eingestehen. Ich habe einen Fehler gemacht. Aber tut das nicht jeder mal? Ich würde niemandem glauben, wenn er mir sagt, dass er noch nie schlecht über jemanden gedacht hat. Und ob ich schlecht über jemanden denke oder es gleich aufschreibe, ist wirklich kein Unterschied. Schließlich ist ein Tagebuch auch nur eine Wiedergabe der Gedanken.

Ich mache mir viele Gedanken. Über alles Mögliche. Ich

frage mich, warum Mason sich so komisch verhält und wer mein Tagebuch veröffentlicht hat. Und warum meint Frau Kassler, dass ich ihr von Mikes Geschäft erzählt habe? Ich kenne sie kaum. Wir hatten sie noch nie im Unterricht. Woher kennt sie also meinen Namen? Irgendjemand muss ihr gesagt haben, sie soll sagen, dass ich es war. Anders kann ich es mir nicht erklären. Ich muss herausfinden, wer mir schaden will.

Aber zuerst habe ich etwas anderes vor. Ich will mich mit meinen Mitschülern vertragen. Früher mochte ich Streit. Dann war endlich mal etwas los. Probleme machen das Leben interessant. Wäre doch langweilig, wenn immer alles perfekt laufen würde! Heute denke ich ähnlich. Trotzdem gefällt mir die aktuelle Situation nicht. Streit ist interessant, solange man Freunde hat, die einen unterstützen. Seit Mason weg ist, habe ich das Gefühl, alleine zu sein. Ich habe zwar immer noch Layla und Matteo, aber es ist einfach nicht mehr das Gleiche. Mason hat unsere Gruppe zusammengehalten. Ich möchte mich wieder mit den anderen anfreunden. Dafür gibt es mehrere Gründe. Es ist immer gut, wenn es Leute gibt, die einem helfen, wenn man Hilfe braucht. Zum anderen fühlt es sich einfach blöd an, beleidigt zu werden und ständig böse Blicke zu bekommen. Außerdem hilft es mir vielleicht, die Person zu finden, die mir all das angetan hat. Und natürlich hat man jemandem zum Reden, mit dem man all seine Sorgen und Probleme teilen kann.

Aber wie stelle ich das an? Am sinnvollsten ist es bestimmt, sich persönlich auf alle einzustellen und mit ihnen zu reden. Reden ist immer gut. Ich denke, ich fange mit Mira an. Denn: Hat man den Anführer, ziehen die anderen mit. Wenn ich Mira überzeuge, wird mir die ganze Schule verzeihen. Sie kann das. Mira hat es sogar schon geschafft, dass Schach jetzt als cool gilt. Auf der Klassenfahrt hat sie viel Schach gespielt und mit unserem Lehrer geübt. Seitdem sind alle im Schach-Fieber.

Jetzt, wo ich meinen Plan habe, kann eigentlich gar nichts mehr schiefgehen. Ich hoffe, die anderen verzeihen mir und alles wird wieder wie früher. Ich melde mich dann und schreibe, ob es geklappt hat.

Bis bald!
Lucy

Kapitel 7:

Ich packte mein Tagebuch weg und ging zu den anderen, welche in einer Traube zusammenstanden. Ich näherte mich ihnen mit flauem Gefühl im Magen. Die Situation war komisch. Es lag Spannung in der Luft. Die anderen hatten mich noch nicht gesehen.

„Aber Lucy darf nichts davon erfahren!", hörte ich Mike sagen.

Mira räusperte sich und deutete auf mich. Ich ging noch ein Stück näher und fragte:

„Was darf ich nicht erfahren?"

„Glaubst du echt, wir erzählen dir das jetzt?", erwiderte Mike und verdrehte die Augen.

Ich hatte keine Ahnung, was ich darauf antworten sollte. Sie schlossen mich aus. Sie wussten Dinge, die ich nicht erfahren durfte. Das tat weh.

„Okay, dann... gehe ich mal wieder", murmelte ich und drehte mich um.

Ich setzte mich auf eine Bank und dachte nach. Wenig später setzte sich Layla neben mich.

„Geht es dir gut?"

Ich antwortete nicht.

„Sei bitte nicht beleidigt."

„Was habt ihr besprochen?", fragte ich.

Sie sah auf den Boden.

„Du willst es mir nicht sagen?"

„Lucy, Mike hat gesagt..."

„Ich weiß, was er gesagt hat! Aber du bist doch meine Freundin!"

„Es tut mir leid."

Damit stand sie auf und ging. Ich bemerkte,dass Mira

ganz in der Nähe stand und uns beobachtete. Das war meine Chance! Ich wollte endlich meinen guten Ruf wiederherstellen! Ich stand auf und ging zu ihr. Sie musterte mich. Dabei wirkte Mira keinesfalls verwirrt. Es schien eher, als wüsste sie ganz genau, was ich vorhatte. Ich bewunderte sie insgeheim dafür.

„Ich wollte mich bei dir entschuldigen, für die Dinge, die ich über dich geschrieben habe", sagte ich.

Sie rührte sich nicht.

„Das habe ich erwartet."

Ich runzelte die Stirn.

„Jetzt, wo die ganze Schule über dich lacht, kommst du an und entschuldigst dich. Kleiner Tipp: Wenn man sich entschuldigt, dann sollte man es tun, weil es einem wirklich leid tut. Und nicht, damit die anderen einen wieder mögen."

Plötzlich trat Mira einige Schritte zur Seite. Und schon knallte eine Wasserbombe über mir gegen die Wand und ich wurde klatschnass. Ich sah zu meinem Angreifer. Es war aber nicht einer allein. Verschiedene Schüler aus unserem Jahrgang, aber auch welche aus den unteren, hielten Wasserbomben in der Hand und lachten. Ich versuchte gar nicht erst, wegzulaufen, sondern ließ sie mich einfach abwerfen.

Als sie fertig waren, machte Mira noch ein Foto von mir. Ich war total durchnässt und mir war kalt.

„Das könnte ein neuer Trend werden", sagte Mira und lächelte.

Alle wurden ruhig, als unser Lehrer Herr Brauer zu uns rüberkam. Nach dem angeblichen Liebesbrief traute ich mich kaum, ihm in die Augen zu sehen.

„Was soll denn das? Ihr seid in der 10. Klasse und

benehmt euch wie im Kindergarten!", sagte Herr Brauer.
Er kam zu mir rüber und mir wurde augenblicklich
mulmig.

„Alles okay?"

„Ja, ich bin nur etwas nass, aber es geht mir gut."

Ich presste nervös die Lippen aufeinander.

„Wenn du irgendwelche Probleme hast, kannst du
jederzeit zu mir kommen."

Ich nickte nur und wartete bis er wieder weg war. Er
meinte es vielleicht nur gut, aber ich ahnte, dass es bei
meinen Mitschülern weniger gut ankommen würde.

„Und jetzt lässt sich Lucy von ihrem Lover verteidigen",
meinte Evelyn lachend. „Wahrscheinlich war der
Liebesbrief doch von ihr und seitdem sind die beiden
heimlich ein Paar."

Ich wollte mir das nicht länger gefallen lassen. Eve hatte
es immer auf mich abgesehen. Es sprach alles dafür, dass
sie die Schuldige war.

„Du warst das doch bestimmt, oder?", fragte ich und
ging auf sie zu.

„Ich?"

Sie deutete mit der Hand auf sich selbst.

„Das hättest du wohl gerne. Ich bin absolut unschuldig."

„Du hast jemanden angeheuert, damit er mich mit
Wasserbomben abwirft! Und du hast auch mein
Tagebuch kopiert und diesen lächerlichen Liebesbrief
geschrieben!", sagte ich und hob drohend meinen
Zeigefinger.

„Ich war es nicht.", wiederholte Evelyn. „Mal ganz
ehrlich: Sieht mir das ähnlich? Kinderstreiche? Diese
Nummer mit den Wasserbomben ist so was von
Kindergarten! Lächerlich. Ich würde tiefgründigere

Sachen machen, aber dich doch nicht mit Wasserbomben abwerfen!"

Ich war still. Sie hatte recht. Wenn Evelyn jemandem schaden wollte, machte sie schwerwiegendere Dinge. Einmal hatte sie jemandem die Sportsachen geklaut. Nachdem er dann bei einem Lehrer war, hatte sie die Sachen zurückgelegt. Alle dachten, er wäre verrückt geworden, und von unseren Lehrern hatte er auch Ärger bekommen, weil er Lügen erzählt hatte. Ich wusste, dass es Eve war, weil es sich irgendwie herumgesprochen hatte.

Selbst wenn sie mir die Streiche gespielt hatte: Warum würde sie dann ihr eigenes Werk herunterspielen? Nur zur Tarnung? Ich weiß nicht. Zumal sie sehr überzeugend wirkte. Sie sprach schon fast abwertend über die Nummer mit den Wasserbomben. Ich glaubte ihr. Ich hatte mich damit geirrt. Sie war es nicht. Jetzt stand ich wieder blöd dar.

„Denk erst mal darüber nach, bevor du irgendwelche Leute ohne Beweise beschuldigst!", sagte Eve.

Sie hatte recht. Ich brauchte Beweise. Ich musste nachforschen, um den wahren Täter zu finden. Wer hatte ein Motiv? Wer hatte die Möglichkeiten zu den Taten? Wer war ein möglicher Zeuge? Welche Indizien oder gar Beweise konnte ich auftreiben? Am besten sprach ich erst einmal mit den Leuten, die direkt am Geschehen beteiligt waren.

Liebes Tagebuch,

mein Plan lief eher… bescheiden. Mira hat mich durchschaut. Sie ist noch klüger, als ich gedacht habe. Dann wurde ich mit Wasserbomben abgeworfen und Mira hat es fotografiert.

66

Die Bilder werden natürlich schon überall herumgeschickt. Als wäre das noch nicht genug kam dann auch noch Herr Brauer und hat gesagt, die anderen sollten mich in Ruhe lassen. Die Gerüchteküche brodelt.

Ich will mich davon nicht unterkriegen lassen. Es läuft zwar im Moment nicht gut, aber es werden bestimmt wieder bessere Zeiten kommen... Das Traurige ist, dass ich mir das seit zwei Jahren einrede. Seit Mason weg ist. Es hat sich seitdem nichts geändert.

Nein, ich möchte nicht schon wieder über Mason schreiben. Zwar denke ich Tag und Nacht an ihn, aber im Moment habe ich tatsächlich einmal Wichtigeres zu tun. Ich muss meinen guten Ruf wiederherstellen. Dieses Mal werde ich es anders angehen.

Ich möchte denjenigen finden, der mir das alles angetan hat. Dann werden alle über diese Person. Denn niemand mag Leute, die anderen etwas Schlechtes antun. Selbst wenn diese Person es verdient hat. Habe ich das? Vielleicht. Ich habe wirklich keine netten Sachen über die anderen geschrieben.

Ist ja jetzt auch egal. Wenn ich die Person finde, die so fies zu mir war, wird nicht mehr über mich geredet. Dann bin ich das Opfer und nicht der Täter. Zwar bin ich auch nicht gerne das Opfer, aber immer noch besser, als von allen beleidigt zu werden. Da ist mir Mitleid lieber.

Das Problem ist nur: Ich habe keine Ahnung, wer mir das angetan hat. Ich habe nicht einmal mehr Verdächtige. Es fällt mir keiner ein, der einen Grund hatte, mir zu schaden. Die Einzige, die mich hasst, ist Evelyn. Aber die habe ich eigentlich schon ausgeschlossen.

Am besten fange ich damit an, die Leute zu befragen, die aktiv dabei waren. Heißt: Ich werde mit Frau Kassler reden und sie fragen, warum sie behauptet hat, dass ich Mike bei ihr verpetzt habe. Evelyn kann ich nebenbei immer noch ein bisschen beobachten. Wer weiß... Vielleicht hat sie doch

etwas zu verbergen. Ich traue ihr einiges zu.
Mal sehen, ich melde mich dann wieder, wenn es Neuigkeiten gibt. Natürlich auch, wenn es keine gibt.

Bis morgen!
Lucy

Kapitel 8:

Mittwoch. Drei Tage bis zum Wochenende. So wie ich mich fühlte, brauchte ich aber Ferien, mindestens. Rente wäre auch schön. Aber nein, ich musste zur Schule. Zu meiner grauenhaften Schule mit allen grauenhaften Mitschülern und Lehrern. Der Tag verging ziemlich schnell.

Ich wurde ein paar Mal darauf angesprochen, ob etwas zwischen mir und Herrn Brauer lief. Ich erklärte daraufhin, dass dort nichts, absolut nichts, wäre und nur irgendjemand diesen blöden Liebesbrief gefälscht hatte. Darauf gingen die Meisten kichernd und tuschelnd weg.

Ich suchte den ganzen Tag nach Frau Kassler, fand sie aber nicht. Eine Gelegenheit ergab sich erst nach der letzten Stunde. Fremdsprachen. Sie unterrichtete einen Spanischkurs. Nach der Stunde ging ich schnell in den Raum, um mit ihr zu reden. Es machte keinen Sinn, dass sie behauptete, ich hätte Mike bei ihr verpetzt.

Plötzlich kam ich mir ganz blöd vor. Wie stand ich denn bitte da? Was sollte ich sagen? „Entschuldigung, aber wieso behaupten Sie, ich hätte Ihnen von Mikes Geschäft erzählt, obwohl ich das gar nicht getan habe?" Wie hörte sich das denn an? Ich musste trotzdem mit ihr reden. Vielleicht war es einfach nur ein Missverständnis.

„Möchtest du etwas von mir?", fragte Frau Kassler mich.

„Ja, ich wollte einen Moment mit Ihnen reden."

„Worum geht es?"

Ich überlegte kurz, wie ich es am besten ausdrücken sollte.

„Sie haben Montag gesagt, ich wäre bei Ihnen gewesen und hätte erzählt, dass Mike auf dem Schulhof Dinge

69

verkauft", sagte ich.

„Hätte ich das nicht tun sollen?"

Ich sah sie verwirrt an.

„Ich habe Ihnen das doch gar nicht erzählt."

Es war still. Keiner von uns sagte ein Wort. Ich
versuchte, in ihrem Blick zu erraten, was sie dachte.
Doch bevor ich zu einem Entschluss kam, sagte sie:
„Natürlich. Du warst doch Montag bei mir und hast mir
gesagt, was Mike so treibt, und dass ich ihn am besten
verwarnen soll."

„Was? Nein! Ich war das nicht! Das kann nicht sein!",
beteuerte ich.

Sie kam einen Schritt auf mich zu.

„Lucy, ist alles in Ordnung mit dir? Kannst du dich
wirklich nicht daran erinnern?", fragte Frau Kassler.
Sie sagte es mit einer solchen Überzeugung, dass ich für
einen Moment tatsächlich daran zweifelte, ob ich Mike
nicht doch verpetzt hatte. Aber nur für einen Moment.
Das konnte nicht sein! Ich würde nie einen meiner
Freunde verpfeifen! Schon gar nicht Mike, bei dem ich
selbst regelmäßig eingekauft habe.

Ich verabschiedete mich schnell von Frau Kassler und
ging. Das war eine merkwürdige Situation gewesen.
Leider rutschte ich sofort in die nächste. Im Flur stand
Mike und musterte mich wütend.

„Was hast du gemacht? Den nächsten von uns verpetzt?"
Frau Kassler kam aus dem Raum und wir warteten
einen Moment, bis sie weg war.

„Mike, denk doch bitte kurz nach! Warum sollte ich dich
verpfeifen? Ich habe doch selbst immer deine Sachen
gekauft!"

„Warum sollte Frau Kassler lügen?", fragte Mike.

Ich antwortete nicht, weil ich selbst keine Antwort darauf hatte. Ich wusste nicht, warum sie log.

Raphael kam in diesem Moment an uns vorbei.

„Hey, Mike! Kann ich noch ein Snickers haben?", fragte er.

Es brauchte nur einen Blick und Rapha wusste, dass er das nicht hätte fragen dürfen.

„Das verheimlicht ihr mir? Dass du dein Geschäft weiterführst?", fragte ich geschockt.

„Toll! Erzähl es ruhig gleich dem nächsten Lehrer! Danke, Raphael! Dir erzähle ich nie wieder ein Geheimnis!", sagte Mike.

Er drehte sich um und ging.

„Das war ein Versehen!", rief Raphael ihm nach.

Er zwinkerte mir zu und verließ ebenfalls das Gebäude.

Mein Gespräch mit Frau Kassler hatte mich also kein Stück weiter gebracht. Bis auf die Tatsache, dass ich glaubte, sie wäre durchgedreht. Aber von irgendjemandem musste sie es ja wissen.

Es war Donnerstag und ich kaufte mir Süßigkeiten beim Kiosk. Ich wollte Mike nicht noch mehr provozieren, indem ich fragte, ob ich bei ihm einkaufen durfte. Wahrscheinlich hätte er es ohnehin abgelehnt. Ich fragte mich seit Stunden, was ich tun konnte, um herauszufinden, wer hier gegen mich spielte. Ich wusste nicht wirklich weiter. Bis ich jemanden im Gang sah. Es war der Typ, der mich am Montag mit Wasserbomben abgeworfen hatte. Seitdem bekam ich jeden Tag nach der Schule einiges ab. Es waren inzwischen nicht mehr nur Wasserbomben. Einige Schüler brachten Wasserpistolen mit zur Schule, um mich abzuschießen. Dabei kannten mich die meisten nicht einmal.

Das alles nur wegen diesem Jungen. Ich kannte ihn auch nicht. Das heißt, dass die Person, die mir Schaden zufügen wollte, ihn engagiert hatte. Das wiederum bedeutete, dass er wusste, wer mein Feind war.

„Hey du!", rief ich.

Er blieb stehen und sah mich überrascht an.

„Du warst doch derjenige, der mich vor ein paar Tagen mit Wasserbomben beworfen hat!"

Er nickte.

„Warum hast du das gemacht?"

Wie auf Knopfdruck sah er auf den Boden und murmelte:

„Äh… Scheiße, ich habe nicht damit gerechnet, dass du mich ansprechen würdest… Dafür werde ich noch mehr verlangen."

Ich beobachtete ihn verwirrt.

„Noch mehr verlangen? Heißt das, du wurdest dafür bezahlt, mir zu schaden?"

„Ich habe dir nicht geschadet! Ich habe dich nur mit Wasserbomben beworfen, mit dem Rest hatte ich nichts zu tun!"

„Aber du wurdest dafür bezahlt?", wiederholte ich.

Er zögerte einen Augenblick bevor er nickte.

„Ja, ich habe mir damit etwas Geld verdient."

Ich wollte nicht länger um den heißen Brei herumreden und kam zum Punkt:

„Wer hat dich beauftragt?"

„Nein, das sage ich dir nicht. Ich habe schon viel zu viel erzählt. Vielleicht kriege ich sonst gar nichts mehr."

Ich seufzte.

„Bitte! Ich brauche diese Information! Hast du denn gar keine Schuldgefühle?", fragte ich.

„Ehrlich gesagt nicht, nein. Es war lustig."

„Ich fand das überhaupt nicht lustig! Sag mir jetzt, wer mir schaden will!", forderte ich.

„Nein!"

„Sag es!"

„Vergiss es."

Ich ballte meine Hände zu Fäusten.

„Sagst du es mir, wenn du das Geld bekommen hast?"

Er überlegte einen Moment.

„Ich habe es für einen Freund oder eine Freundin gemacht und ehrlich gesagt will ich nicht, dass er oder sie erfährt, dass ich es herumerzählt habe. Finde dich einfach damit ab, dass du von mir nichts erfährst!"

„Kannst du mir nicht einmal einen Tipp geben?"

„Du wirst es bestimmt bald von alleine herausfinden. War nett, mal mit dir zu quatschen!"

Er winkte mir noch, bevor er mich im Gang stehen ließ. Ich ärgerte mich zunächst wie verrückt, doch konnte es irgendwo auch verstehen. Vielleicht lohnte es sich, hartnäckig zu bleiben. Ich würde ihn womöglich später noch einmal darauf ansprechen und versuchen, Mitleid zu erwecken.

Liebes Tagebuch,

es ist Freitag und ich bin im Bus auf dem Weg zur Schule. Warum schreibe ich also um diese Uhrzeit schon? Es ist etwas passiert. Nichts Weltbewegendes, nichts Gefährliches... Hoffentlich.

Ich hatte letzte Nacht einen Traum. Ich habe von Mason geträumt. Aber fangen wir besser am Anfang an: Ich war mit meinen Freunden in der Stadt. Es waren Layla, Matteo und Mike dabei. Wir waren im Kino und etwas essen. Mason war mit seinen neuen Freunden, den Leuten aus seiner Klasse, auch dort. Ich habe ihn überall gesehen.

Dann plötzlich lag er dort. Auf dem Boden, die Augen weit geöffnet und starrte ins Leere. Er hatte wohl irgendwelche Drogen genommen und starb daran! Ich fing an zu weinen und versuchte verzweifelt, ihn ins nächste Krankenhaus zu bringen. Dann wachte ich auf.

Mason ist gestorben. Oder fast. Ich weiß es nicht genau. Keiner hat etwas getan, um ihn zu retten. Ich war die Einzige, die für ihn da war. Es war grauenhaft. Ich werde nie vergessen, wie er da auf der Straße lag mit diesem leeren Blick in seinen Augen. Er geriet auf die schiefe Bahn. Es ging ihm schlecht. Und ich war die Einzige, die etwas dagegen getan hatte. Ich war die Einzige, die es überhaupt bemerkt hatte.

Jetzt frage ich mich natürlich, was dieser Traum zu bedeuten hat. Ich mache mir Sorgen um Mason. Auch wenn er mir wehgetan hat, wünsche ich mir, dass er glücklich ist. So ist das eben, wenn man jemanden wirklich liebt. Vielleicht spiegelte sich in diesem Traum meine Angst, ihn zu verlieren. Ich habe heute Morgen noch schnell im Internet geguckt, was die Traumdeutung davon sein könnte. Der Tod einer Person im Traum steht für ein Ende und einen Neubeginn. Wenn man von einer bestimmten Person träumt, kann es bedeuten, dass man mit dieser Person abschließt.

Ich schließe mit ihm ab!

Man muss natürlich auch in Betracht ziehen, wie ich auf den Tod reagiert habe. Ich habe versucht, ihn zu verhindern. Ich habe geweint. Das bedeutet vermutlich, dass ich langsam mit ihm abschließe, es aber eigentlich gar nicht will. Oder tatsächlich Angst davor habe, ihn zu vergessen.

Es wäre eigentlich schön, mit ihm abzuschließen und ihn endlich zu vergessen. Weil ich weiß, dass es sowieso nichts

bringt, weiter an ihm festzuhalten. Seit zwei Jahren
versuche ich schon, ihn zu vergessen. Es ist mir nie gelungen.
Vielleicht ist jetzt der richtige Zeitpunkt, endlich
loszulassen.
Aber mein Traum geht mir nicht aus dem Kopf. Die
Vorstellung, dass es Mason schlecht geht... Ich kann diesen
Gedanken nicht ertragen. Deshalb werde ich einfach
herausfinden, wie es ihm geht. Erst wenn ich weiß, dass alles
in Ordnung ist, kann ich wieder beruhigt schlafen.

Bis heute Abend!
Lucy

Kapitel 9:

Als ich aus dem Bus stieg, flogen mir schon die ersten
Wasserbomben entgegen. Ausnahmsweise ärgerte es
mich dieses Mal wirklich, weil es noch früh am Morgen
und meine Klamotten schon total durchnässt waren. Von
meiner Schultasche ganz zu schweigen.

In Klassenraum angekommen, legte ich meine Jacke auf
die Heizung. Einige meiner Mitschüler sahen mich
grinsend an. Schön, dass ihnen mein Leid so viel Freude
bereitete. Ich hasste jeden einzelnen von ihnen. Außer
Layla und Matteo. Sie taten wenigstens so, als hätten sie
Mitleid mit mir. Ich konnte verstehen, dass sie im
Moment auch nicht besonders gut auf mich zu sprechen
waren. Trotzdem redeten wir ab und zu über alles.

Den ganzen Tag war ich auf der Suche nach Mason.
Mein Traum ließ mich nicht in Ruhe und ich musste
einfach wissen, ob es ihm schlecht ging. In jeglicher
Hinsicht. Ob nun gesundheitlich oder psychisch. Aber
natürlich fand ich ihn nicht. Wenn man jemandem aus
dem Weg gehen wollte, traf man ihn an jeder Ecke.
Wenn man aber jemanden suchte, fand man ihn nicht.
In einer kleinen Pause war ich an meinem Schließfach
und dann endlich sah ich ihn, wie er aus dem Raum
herauskam. Ich überlegte schnell, was ich sagen wollte,
und holte tief Luft.

„Mason?"

Er drehte sich um und sah mich wenig überrascht an.

„Du gibst wohl nie auf, oder?"

„Ich möchte dir nur eine Frage stellen."

Ich sah auf den Boden und legte mir erneut die Worte
zurecht. Mason sah mich währenddessen

erwartungsvoll an.

„Bist du glücklich?"

Einige Sekunden sahen wir uns still an. Dann nickte er.

„Ja."

Es wirkte trotzdem wie eine Reflexreaktion. Wie man eben auch immer sagte, dass es einem gut ging, obwohl dem oft nicht so war.

„Nein, bist du glücklich? Wirklich glücklich? Mit der gesamten Situation gerade?"

Mason wartete einen Moment, bevor er fast atemlos sagte:

„Ja."

Er sah auf den Boden und schluckte.

„Warum weiß ich, dass du lügst?"

„Sag du es mir", antwortete er stimmlos.

„Ich sehe es dir an."

„Lucy, lass es doch einfach. Es hat keinen Zweck."

„Ich möchte doch nur verstehen, was mit dir los ist. Irgendetwas stimmt nicht!"

Mason sah kurz an mir vorbei.

„Vielleicht findest du es irgendwann selbst heraus."

Dann ging er. Ich drehte mich um und sah Matteo zu mir kommen.

„Was ist los? Was hat er gesagt?", fragte er und einen Arm um mich.

„Er hat gesagt, dass ich irgendwann vielleicht selbst herausfinde, warum er so komisch ist…"

Ich beobachtete, wie Matteo schluckte.

„Das ist merkwürdig."

Ich nickte. Plötzlich hatte ich eine ganz verrückte Idee.

„Sag mal, du weißt doch nicht zufällig etwas darüber, oder?"

„Ich?"

Matteo ließ mich los und sah mich geschockt an.

„Ich bin doch dein Freund! Glaubst du wirklich, ich hätte etwas damit zu tun?"

„Ich weiß nicht! Im Moment habe ich keine Ahnung, wer das alles gewesen sein könnte und da muss ich eben alle Möglichkeiten in Betracht ziehen."

Er schüttelte den Kopf.

„Du vertraust mir nicht."

„Doch, ich vertraue dir! Es war doch nur ein kleiner Gedanke… Verstehst du das denn nicht?"

„Natürlich. Du machst gerade eine schwierige Zeit durch und bist verwirrt… Aber vergiss nicht, Layla und ich, wir sind deine Freunde. Wir sind auf deiner Seite und stehen hinter dir."

„Danke."

Ich machte weiterhin keine Fortschritte bei meinem Plan, meinen Feind zu finden. Den ganzen Tag über war ich wachsam. Ich achtete verstärkt auf meine Mitmenschen. Wenn etwas Außergewöhnliches vor sich ging, würde ich es bemerken. Tatsächlich geschah etwas.

Es war die zweite große Pause, ich kam gerade vom Vertretungsplan und sah, wie Mira auf dem Schulhof mit Mason redete. Was hatten die denn miteinander zu tun? Klar, sie waren früher das Traumpaar der Schule gewesen, aber soweit ich wusste, hatten sie auch schon seit Ewigkeiten keinen Kontakt mehr. Warum also redeten sie miteinander?

Die Frage wurde schneller beantwortet, als ich gedacht hatte. Denn schon kurz darauf kam Mira zurück zu der Ecke, in der sich die meisten aus unserem Jahrgang während der Pause aufhielten. Ihre Freundinnen, oder Anhängerinnen, liefen zu ihr und löcherten Mira sogleich mit Fragen.

„Wie ist es gelaufen?"

„Seid ihr jetzt wieder zusammen?"

„Liebt er dich noch?"

Mira sagte mit einem strahlenden Lächeln im Gesicht: „Wir sind zwar noch kein Paar, aber so wie er mit mir geredet hat, ist nichts unmöglich."

Sie sah zu mir.

„Er hat gesagt, dass sich zwischen uns nichts geändert hat."

Es fühlte sich an, als würde man mir erneut das Herz brechen. Wollte Mason nur Mira eifersüchtig machen? Es sah ihm nicht ähnlich. So etwas würde er nicht tun. Zumal Mira sowieso nicht so gut auf mich zu sprechen war.

„Es war klar, dass ihr bald wieder zusammenkommt. Ihr gehört einfach nicht getrennt! Ihr seid doch unser Traumpaar!", sagte Luise.

Ich setzte mich auf eine Bank und steckte mir Kopfhörer in die Ohren. Lay kam zu mir, um mich anscheinend zu trösten.

„Wie läuft es denn mit dir und Mason?", fragte sie.

„Schlecht."

„Immer noch keine Fortschritte?"

„Nein und anscheinend sich er und Mira sich wieder so nah wie früher."

„Das wird schon wieder."

Layla legte tröstend einen Arm um mich.

Dennoch ging es mir den ganzen Tag nicht aus dem

Kopf, dass Mira und Mason möglicherweise bald wieder ein Paar sein konnten. Ich brauchte Gewissheit, sonst würde ich mir das ganze Wochenende darüber Gedanken machen. Da Mira mich sowieso nur anlügen und zusätzlich noch beleidigen würde, musste ich mit Mason reden.

Ich fand ihn nach der letzten Stunde an der Bushaltestelle bei seinen Freunden. Ich traute mich nicht, ihn anzusprechen, wenn er bei seinen Klassenkameraden war. Daher wartete ich, bis sie weg waren, und ging zu ihm.

„Mason, kann ich kurz mit dir reden?"

Er seufzte.

„Tut mir leid, dass ich dich schon wieder nerve, aber es ist wichtig."

„Wenn du immer noch wissen willst, was los ist, kannst du gleich wieder gehen. Ich werde dir darauf nicht antworten."

„Nein, das ist es nicht."

Mason sah mich verwirrt an.

„Was willst du dann?"

Ich sah auf den Boden. Irgendwie schämte ich mich dafür, ihm diese Frage zu stellen.

„Ist es wahr, dass du kurz davor bist, wieder mit Mira zusammen zu kommen?"

Er war weiterhin verwirrt, lachte aber.

„Was? Nein! Natürlich nicht! Wer erzählt das denn?"

„Mira. Sie hat gesagt, du hättest gesagt, dass sich nichts seit damals geändert hat."

„Es hat sich einiges geändert. Sie zum Beispiel. Das ist nicht das Mädchen, in das ich mich verliebt habe. Sie ist total verrückt!"

81

Ich lächelte über seine Worte. Vor allem, weil es fast das Gleiche war, das ich in mein Tagebuch geschrieben hatte. Mason lächelte mich ebenfalls an.

„Früher warst du immer in sie verliebt. Du wusstest genau, was ich für dich empfunden habe, aber du hattest immer nur Augen für sie. Ich habe dich nicht interessiert…"

Man konnte die Trauer in meiner Stimme hören, trotzdem musterte Mason mich ganz genau.

„Ihr habt euch beide sehr verändert. Du bist nicht mehr so verrückt wie früher, sondern viel reifer. Ich finde es wirklich toll, wie du mit deinen Problemen umgehst."

Sofort erschien wieder ein Lächeln auf meinem Gesicht.

„Ich mag dich wirklich sehr, Lucymaus."

Lucymaus. Ich hatte das Gefühl, zu sterben. Vor Liebe, natürlich.

Aber dann wurde Mason wieder ernst und sah auf den Boden.

„Mach dir bitte keine falschen Hoffnungen. Das mit uns ist schwierig und ich… will nichts kaputt machen."

Ich nickte.

„Okay. Bis bald!", sagte ich und ging.

Ich durfte mir selbst keine falschen Hoffnungen machen, das hatte er aber schon längst getan mit allem, was er gesagt hatte. Lucymaus. Noch nie hatte ich mich so über einen Spitznamen gefreut.

Liebes Tagebuch,

endlich ist Wochenende. Das war wohl die aufregendste Woche meines Lebens. Es gab viele Höhen und Tiefen. Aber es geht mir gut. Ich habe es überlebt und jetzt kann es nur noch besser werden.

Ich habe immer noch nichts Neues herausgefunden. Mason geht es gut. Mehr oder weniger. Ich merke ihm an, dass er auch nicht zufrieden ist mit dieser Situation, aber im Großen und Ganzen geht es ihm gut. Ich glaube nicht, dass ihm in den nächsten Tagen irgendetwas Schlimmes passiert. Heute war ein komischer Tag. Zuerst war da diese Unterhaltung mit Mason, bei der hohe Spannung in der Luft lag. Man hat gemerkt, wie unangenehm uns beiden das Ganze war. Wir sind eher im Negativen auseinandergegangen. Später hat Mira dann erzählt, sie und Mason würden womöglich bald wieder zusammenkommen. Der Gedanke war für mich unerträglich! Es hat mich an die alte Zeit erinnert. Damals waren Mason und Mira ein Paar und unglaublich glücklich. Man konnte sie nicht trennen. Ich war schon damals in ihn verliebt und das wusste jeder. Auf der einen Seite eine schreckliche Zeit, aber auf der anderen Seite war ich damals unglaublich glücklich über die Freundschaft, die wir alle hatten.

Ich habe dann noch einmal mit Mason geredet. Ich musste einfach wissen, ob er wirklich noch etwas von Mira wollte. Aber er hat mir erzählt, dass Mira nur Mist gesagt hat. Jetzt, da ich darüber schreibe, fällt mir ein... Ich weiß gar nicht, was die beiden wirklich besprochen haben. Das muss ich auf jeden Fall noch herausfinden. Eigentlich haben die beiden nämlich auch gar keinen Kontakt mehr. Zumindest nach meinem Wissen.

Wie mache ich jetzt weiter? Frau Kassler glaubt oder behauptet, ich hätte Mike verpetzt. Dieser komische Typ will mir nicht erzählen, wer ihm gesagt hat, er solle mich mit Wasserbomben bewerfen. Ich könnte mir den Liebesbrief besorgen und vielleicht über die Schrift herausfinden, wer ihn verfasst hat. Aber alles, was passiert ist, war so perfekt durchdacht und sorgfältig geplant, dass ich mich frage, ob diese Person also so blöd war, den Brief selbst zu schreiben, damit die Handschrift ihn oder sie verrät? Ich bezweifle es.

Wer mein Tagebuch kopiert hat, kann ich auch schlecht herausfinden. Also,y muss ich in die andere Richtung ermitteln. So wie in WPU: Vorwärts- und Rückwärtskinematik. Ich überprüfe einfach alle Verdächtigen und beobachte sie. Einer wird sich schon verraten.

Wer kommt als Verdächtiger infrage?

- Evelyn, weil sie mich hasst und mich schon immer gehasst hat.
- Mira, weil ich mit ihrem Ex ausgegangen bin, für den sie anscheinend immer noch Gefühle hat.
- Mason, möglicherweise. Ich weiß nicht, was mit ihm los ist, deshalb kann es sein, dass er auch irgendwie etwas damit zu tun hat. Auf jeden Fall weiß er etwas.
- Jess, weil ich in der letzten Deutscharbeit eine bessere Note hatte als sie. Ich glaube, es hat sie ganz schön geärgert.
- Samuel. Ich weiß nicht, warum. Aber er kommt mir irgendwie komisch vor.

Ich denke, ich fange bei Evelyn an. Ihr traue ich es einfach am ehesteny zu. Zwar sieht ihr das mit den Wasserbomben wenig ähnlich, aber vielleicht hat sie es genau deshalb gemacht. Um von sich abzulenken. Ich weiß nicht. Könnte doch sein. Auf jeden Fall werde ich sie beobachten. Alles, was passiert ist, war im Zusammenhang so ein großer, zugegeben genialer, Plan, der perfekt zu Eve passt.

Ich melde mich wieder, wenn ich Neuigkeiten habe.

Bis nächste Woche!
Lucymaus

Kapitel 10:

Gleich am Montag fing ich damit an, Evelyn zu beobachten. Ich verfolgte sie auf Schritt und Tritt. In jeder Pause war ich unauffällig in ihrer Nähe. Es fiel nicht besonders auf, da sie meistens am selben Platz war wie die anderen aus unserem Jahrgang. Ab und zu musste ich die anderen verlassen und wurde anschließend von Layla darüber ausgefragt, wo ich denn gewesen war.

Es brachte zunächst nichts. Ich konnte auch nicht immer in Evelyns Nähe sein. Nur in der Schule. Natürlich hätte ich sie theoretisch auch Nachmittags verfolgen können, aber praktisch gesehen, war sie sowieso die meiste Zeit zu Hause und es hatte keinen Zweck. Zumal ich auch noch andere Dinge zu tun hatte.

Aber bereits am Dienstag zahlten sich meine Mühen aus. Es war eine Stunde vor Schulschluss und wir hatten Religion, beziehungsweise Werte und Normen. Ich wusste vom Vertretungsplan, dass Evelyn die letzte Stunde frei hatte. Wie auch Raphael, Mira und Samuel. Sie versammelten sich alle im Flur, um die letzte Stunde zusammen zu verbringen.

Ich ging zu meinem Schließfach, um sie unauffällig zu belauschen. Eve sah irgendwann auf ihr Handy und meinte dann:

„Ich muss noch etwas Wichtiges erledigen. Bis morgen!"

Ich spürte es. Das war der Moment. Dort steckte definitiv mehr dahinter. Eve verheimlichte etwas.

Ich lief so schnell ich konnte zu unserem Raum, legte meine Sachen auf den Tisch und sagte zu Layla:

„Ich gehe noch kurz zur Toilette."

Dann ging ich Evelyn hinterher. Ich versteckte mich hinter jeder Ecke und das war auch gut so, denn sie drehte sich permanent um. Als wollte sie sich vergewissern, dass ihr auch niemand folgte. So etwas taten nur Leute, die etwas zu verbergen hatten.

Für mich war klar, dass Eve sich mit jemandem traf, der ihr zuvor geschrieben hatte. Aber wer? Mason? Vielleicht erpresste sie ihn. Aber womit? In meinem Kopf bildeten sich die merkwürdigsten Theorien. Möglicherweise sollte ich Mason auch mal genauer unter die Lupe nehmen. Er könnte sich auch nur so seltsam verhalten, weil er mit allem etwas zu tun hatte. Schließlich hatte er sich von mir getrennt, bevor all diese Dinge passiert sind. Das war doch verdächtig!

Aber zurück zu Evelyn. Sie lief zur Bushaltestelle, an der auch der Parkplatz war. Die meisten Lehrer stellten ihr Auto hier ab, wenn sie zur Schule kamen. Ich versteckte mich hinter einem Gebüsch und sah plötzlich, zu wem sie ging: Frau Kassler. Sie stand vor ihrem Auto und wartete auf Eve. Was hatten die beiden denn miteinander zu tun?

Sie redeten. Sie diskutierten. Evelyn war offensichtlich mit irgendetwas unzufrieden, was Frau Kassler ihr gesagt hatte. Ich konnte es leider nicht verstehen, da ich zu weit weg stand. Nach einem kurzen Gespräch sah Eve sich erneut nervös um, bevor sie mit Frau Kassler ins Auto stieg und wegfuhr.

Das war mit Abstand das Krasseste, was ich dieses Schuljahr gesehen hatte. Aber was hatte es zu bedeuten? Auf jeden Fall hatte Eve irgendetwas mit Frau Kassler zu tun. Vielleicht war sie ihre geheime Informantin, ihr Spion. Sie musste es gewesen sein, die Mike verpfiffen hat. Das musste ich den anderen erzählen. Damit würde ich endlich meine Unschuld beweisen. Dann war Eve die Böse und ich das Opfer, dem das alles angehängt worden war. Diese Rolle gefiel mir.

Dann musste Evelyn auch zugeben, die anderen Taten begangen zu haben. Ich hatte den Schuldigen gefunden und konnte endlich wieder in Ruhe und Frieden leben. Das dachte ich zumindest.

Ich wollte es den anderen nicht einfach so erzählen. Alle sollten es gleichzeitig erfahren, vor Evelyns Augen. Das war meine Rache für alles, was sie mir angetan hatte. Sie hatte es so verdient. Daher rief ich in der großen Pause am Mittwoch alle zusammen:

„Könnt ihr bitte kurz herkommen? Ich möchte etwas sagen. Danke."

Die meisten blickten skeptisch, taten aber trotzdem, was ich gesagt hatte. Samuel, Mike, Raphael, Matteo, Layla, Evelyn, Jess, Mira, ihre Anhänger und ich standen zusammen. Ich blickte durch die Runde, bis mein Blick bei Eve hängen blieb. Es war ein fieser Blick.

„Ich glaube, Evelyn möchte uns etwas sagen. Oder, Eve?"

Ihre Augen verengten sich zu Schlitzen.

„Ich weiß nicht, was du meinst."

„Ach, komm schon! Ich habe dich gestern gesehen!"

Sie antwortete nicht mehr und sah offensichtlich ertappt aus.

„Evelyn hat Mike bei Frau Kassler verpetzt!", sagte ich.

„So ein Blödsinn! Ich war das nicht!", widersprach sie.

„Ich habe dich gestern mit Frau Kassler gesehen. Du hast mit ihr geredet und bist dann auch noch in ihr Auto eingestiegen!"

„Sag mal, hast du mich beobachtet?"

„Eve?", fragte Mike schockiert. „Hast du mich wirklich verpetzt?"

Sie verschränkte die Arme vor der Brust.

„Natürlich nicht! Ich liebe deine Sachen und würde dich nie verpfeifen!"

„Was hast du dann bei Frau Kassler gemacht?", fragte Mira.

Evelyn seufzte. Keiner sagte etwas. Alle sahen sie nur an und warteten gespannt darauf, was sie zu sagen hatte.

„Ich habe mit ihr geredet, weil… sie meine Mutter ist."

Stille. Weiterhin sagte keiner etwas. Eve sah sich in unserer Runde um und wartete gespannt auf eine Reaktion von uns. Ich hatte ihr wirklich viel zugetraut, aber das überraschte mich dann doch.

„Sie ist deine Mutter?", fragte Matteo.

„Warum hast du uns das nie erzählt?", kam es von Jess.

„Na, warum wohl? Wer will schon eine Lehrerin als Mutter haben, die dann auch noch an dieser Schule unterrichtet? Wir haben das immer geheim gehalten, sind getrennt nach Hause gefahren und das alles… Gestern hatte ich einen Arzttermin, zu dem ich nicht zu spät kommen durfte. Deshalb musste ich mit ihr fahren."

„Ich kann das gar nicht glauben!", meinte Layla.

Dieses Geständnis unterstützte allerdings meine These nur noch mehr. Das wusste auch Mike:

„Dann warst du es also, die ihr von meinem Geschäft erzählt hat! Es ist deine Mutter, du musst es gewesen sein!"

„Wie gesagt: Ich war es nicht", versicherte Eve weiterhin.

„Hat deine Mutter denn sonst irgendetwas dazu

gesagt?", fragte Raphael.

Sie nickte.

„Ja, ich habe sie danach gefragt."

„Und?", fragte ich.

Eve sah mich an.

„Sie hat gesagt, dass du es nicht warst."

„Seht ihr! Ich habe doch gesagt, ich war es nicht!", rief ich.

„Wer war es dann?", fragte Mike.

„Das hat sie nicht gesagt. Sie meinte, die Person wollte anonym bleiben. Sie wusste nur, dass Lucy und ich uns nicht so gut verstehen und hat es deshalb im Reflex auf sie geschoben", erklärte Evelyn.

„Merkwürdig", meinte Jess.

„Aber ich war es nicht! Habt ihr gehört? Ich bin unschuldig!", sagte ich.

„Ja, ja, dafür hast du ganz andere Sachen gemacht!", meinte Mike.

„Was? Ist das dein Ernst? Du hast mich die ganze Zeit beschuldigt und jetzt willst du dir diesen Fehler nicht einmal eingestehen?"

„Ja, tut mir leid."

„Dafür hast du viel Mist in dein Tagebuch geschrieben!", sagte Mira.

„Warst du das vielleicht, Mira? Hast du das alles veröffentlicht?"

„Beweis mir das erst einmal, bevor du mich anschuldigst!"

Wir beendeten unsere Diskussion, als eine Wasserbombe auf mich flog. Ich sah in die Richtung, aus der sie kam, und sah Jess.

„Tut mir leid, das musste sein", meinte sie

schulterzuckend.

Ich merkte schnell, dass meine Unschuld keinen interessierte. Ich hatte gedacht, sie würden sich bei mir entschuldigen und mich wieder in ihre Gruppe aufnehmen. Nicht einmal Layla oder Matteo zeigten irgendeine Form des Mitgefühls, dass ich die ganze Zeit unschuldig von allen beleidigt wurde. Es änderte sich nichts. Und ich stand wieder am Anfang bei der Suche nach dem wahren Schuldigen. Ohne Spur, ohne Unterstützer.

Am nächsten Tag wollte ich versuchen, Mason etwas auf den Zahn zu fühlen. Er hatte sich von mir getrennt, bevor all die anderen Dinge passiert waren. Daher war es in meinen Augen nicht unrealistisch, dass er mit diesen Dingen etwas zu tun hatte. Möglicherweise war er es selbst und hatte sich von mir getrennt, weil er wusste, dass mich bald alle hassen würden. Vielleicht wollte er sich für irgendetwas an mir rächen und hat deswegen das alles organisiert.

Ich glaubte zwar eigentlich nicht daran, aber eine andere Spur hatte ich im Moment nicht. Daher ging ich in der Pause zu Mason. Er kam gerade vom Kiosk und aß eine Brezel.

„Mason?"

Seine Reaktion auf mich war eigentlich wie erwartet: Er verdrehte die Augen.

„Ich weiß, ich nerve dich. Aber das ist das letzte Mal, dass ich dich anspreche. Versprochen!", sagte ich.

„Was willst du?"

„Na ja, weißt du… Du weißt doch bestimmt, dass mir in letzter Zeit ein paar unschöne Dinge passiert sind…"

„Ja, davon redet die ganze Schule."

„Ja… Jedenfalls wollte ich eigentlich nur wissen, ob du…"

Ich stockte. Die Frage kam mir nicht so leicht über die Lippen. Mason sah mich erwartungsvoll an.

„Ob du eventuell etwas damit zu tun hast? Oder weißt, wer es gewesen sein könnte?"

„Dein Ernst? Nein, ich war das nicht. Und ich habe auch keine Ahnung, wer das war."

Er sah einen Moment zur Seite und sagte dann:

„Okay, nein, ich lüge dich nicht an. Ich habe so eine Ahnung, beziehungsweise eine Vermutung."

Ich vergrößerte meine Augen.

„Wirklich? Wer war es?"

„Das darf ich dir nicht sagen."

„Warum nicht?", fragte ich wütend.

„Du kennst mich. Ich verrate niemanden."

„Du warst immer ein treuer Freund. Dann sei das doch auch jetzt und hilf mir!", forderte ich.

Mason schüttelte den Kopf.

„Da du von einer Vermutung sprichst, kann ich davon ausgehen, dass es dieselbe Person ist, die auch dafür verantwortlich ist, dass du dich von mir fernhältst?", fragte ich.

„Stimmt, ich sollte mich eigentlich von dir fernhalten… Ich sollte mich langsam mal daran halten. Von mir erfährst du sowieso nichts", antwortete Mason.

„Kannst du mir nicht einen Tipp geben? Das Motiv zum Beispiel?"

„Das Motiv… Eigentlich kann es diese Person gar nicht gewesen sein, weil das nicht zum Motiv passen würde… Weißt du, im Grunde will dir diese Person gar nicht schaden", erklärte Mason.

„Also wollte mich die Person vor dir beschützen?",
fragte ich.

„Ich habe schon viel zu viel gesagt. Tschüss!"

Mason ging schnell, bevor ich ihm noch mehr Fragen
stellen konnte. Ich blieb mehr als verwirrt zurück.
Verzweifelt versuchte ich, diese Informationen zu
verarbeiten, aber es klappte nicht. Es machte einfach
keinen Sinn.

Einen Einfall hatte ich dann doch noch. Der Liebesbrief,
den ich angeblich an Herrn Brauer geschrieben habe. Die
Handschrift könnte den eigentlichen Verfasser
enttarnen. Ich glaubte zwar nicht daran, aber es war eine
der letzten Möglichkeiten, die mir blieben, um
herauszufinden, wer mir das alles angetan hatte. Zum
Glück hatten wir Donnerstags Mathe.

Gleich nach der Stunde ging ich zu unserem Lehrer und
fragte ihn danach. Er hatte ihn nicht dabei, aber
immerhin hatte er ihn noch nicht weggeworfen. Zwar
sagte er mir, er hätte auch schon versucht, die Schrift zu
identifizieren, aber ich solle es trotzdem versuchen.
Einen Versuch war es wert.

Da der Brief bei ihm zu Hause war, konnte er ihn mir
erst am Freitag mitbringen. Gleich in der ersten Stunde
bekam ich ihn. Einige meiner Mitschüler sahen mich
sofort blöd an, aber ich kommentierte das nur mit einem
Lächeln. Eine neue Chance, eine neue Hoffnung.

„Was hast du denn da?", fragte mich Layla.

„Das ist der Liebesbrief, den irgendjemand an Herrn
Brauer geschrieben hat. Ich möchte versuchen, die
Schrift zu identifizieren", erklärte ich.

„Cool, ich helfe dir."

Wir lasen ein wenig und versuchten, uns zu erinnern, ob wir diese Schrift irgendwo schon einmal gesehen hatten.

„Also, ich habe keine Ahnung und ich kenne echt viele Handschriften", meinte Layla.

„Ich weiß auch nicht, von wem das sein könnte."

„Wieso achtet ihr nicht auf die charakteristischen Merkmale der Schrift und guckt euch dann unauffällig die Schriften unserer Mitschüler an?", fragte Matteo, der einen Platz weiter neben Layla saß.

Wir taten, was er uns gesagt hatte und uns fiel vor allem das T auf. Außerdem waren am Ende der Wörter immer kleine Schnörkel. In der Mathestunde beeilte ich mich besonders, denn die Schüler, die schon fertig waren, durften immer herumgehen und anderen helfen. Das tat ich dann auch. Dabei half ich aber weniger, sondern sah mir die verschiedenen Handschriften an. Irgendwann setzte ich mich wieder auf meinen Platz.

Herr Brauer sah mich fragend an und ich schüttelte den Kopf, um zu zeigen, dass ich nicht wusste, wer diesen Text geschrieben hatte.

„Ach Lucy, irgendwann wird sowieso herauskommen, was du für unseren Lehrer empfindest! Also versuch gar nicht erst, jemand anderem den Brief anzuhängen!", sagte Evelyn.

Sie sah kurz zu Herrn Brauer und machte dann mit ihren Lippen Kussbewegungen in meine Richtung. Zu meinem Bedauern machte einige andere Mitschüler ebenfalls mit.

„Brauchst du eigentlich Hilfe, Eve?", fragte ich scheinheilig.

„Wenn du dir meine Schrift ansehen möchtest, hier

bitte!"

Sie reichte mir ihr Heft.

„Ich habe nichts zu verheimlichen."

„Auch nicht, dass deine Mutter Lehrerin an unserer Schule ist?"

Sie warf mir ihren Killerblick zu, sagte aber nichts.

Ich nahm ihre Schrift unter die Lupe, aber sie sah der Schrift aus dem Brief nicht einmal ähnlich. Ich gab ihr das Heft zurück.

„Glaubst du wirklich, dass die Person so dumm ist, den Brief selbst zu schreiben?", fragte Evelyn.

„Wer weiß… Ich werde es sehen."

Meine Zuversicht blieb. Noch.

„Du wirst doch nie herausfinden, wer dir das alles angetan hat", meinte Eve.

„Das werden wir ja noch sehen."

Liebes Tagebuch,

es ist zum Heulen. Ich mache einfach keine Fortschritte. Es scheint fast unmöglich, den Täter zu finden.

Aber fangen wir beim Anfang an. Ich habe Evelyn verfolgt und tatsächlich etwas herausgefunden: Sie ist die Tochter von Frau Kassler. Das hat Eve immer vor der Klasse geheim gehalten. Verständlich. Das Ganze konnte nur deshalb funktionieren, weil Evelyn den Nachnamen ihres Vaters hat. Wahrscheinlich ist das auch der Grund, warum wir Frau Kassler noch nie im Unterricht hatten. Eve hat zugegeben, dass ihre Mutter gesagt hat, dass ich Mike nicht verpetzt habe. Aber das hat keinen interessiert!

Als nächstes habe ich mir den Liebesbrief besorgt und versucht, die Schrift zu erkennen. Es hat nicht funktioniert. Also wieder zurück auf Anfang. Ich hatte noch ein komisches Gespräch mit Mason. Er hat gesagt, dass die

Person, die daran schuld ist, dass er sich von mir fernhält, mir nicht schaden will, sondern mich beschützen möchte. Und dann musste ich Mason auch noch versprechen, ihn nicht mehr anzusprechen!

Vorgestern habe ich mich mit Layla getroffen. Wir waren in der Stadt shoppen. Zwar war es Freitag und daher sehr voll, aber wir hatten trotzdem viel Spaß. Es hat sich ein bisschen wie früher angefühlt. Ich freue mich, dass immerhin sie noch für mich da ist.

Mike spricht kein Wort mehr mit mir. Mira ist nur noch zickig und gemein. Jess zieht sich in letzter Zeit noch mehr zurück. Sie hat sich sehr verändert, zu früher. Zu Raphael habe ich noch weniger Kontakt. Er ist in der Parallelklasse, da ist es kein Wunder, aber ich finde es trotzdem Schade. Samuel konnte ich noch nie leiden und ich mache auch kein Geheimnis daraus. Zumindest in meinem Tagebuch nicht.

Wie sind meine nächsten Schritte? Ich habe absolut keine Ahnung. Alle Anhaltspunkte sind weg. Wahrscheinlich ist es am besten, abzuwarten und Tee zu trinken. Das Problem? Ich hasse Tee. Genau wie Kaffee. Ich bin eher so der Sommertyp, der Fruchtsäfte und Cocktails trinkt.

Vielleicht habe ich ausnahmsweise mal Glück und der Täter begeht einen Fehler und verrät sich. Oder es meldet sich jemand bei mir, der etwas weiß. Oder mir fällt wieder etwas ein, das mir weiterhelfen kann. Ich werde es sehen. Wenn es wieder etwas zu erzählen gibt, melde ich mich.

Bis dahin tschüss!
Lucymaus

Kapitel 11:

So langsam wurde es wärmer. Das merkte man auch
daran, dass meine Freunde oder ehemaligen Freunde
nicht wie immer die Pause in unserer Ecke verbrachten,
sondern auf einer Tischtennisplatte mitten auf dem
Schulhof, wo sie Karten spielten. Es waren alle da: Mike,
Raphael, Layla, Matteo, Samuel, Evelyn, Jess und Mira,
merkwürdigerweise ohne ihre Fans.
Ich setzte mich neben Rapha und bekam ein
freundliches Lächeln von ihm. Auch von den anderen
kamen keine Beleidigungen oder nervigen Kommentare.
Nicht einmal von Eve. Ich fühlte mich willkommen und
spielte die nächsten Runden mit. Jessica blühte langsam
wieder auf. Der Verlust von Mason hatte ihr wohl in
letzter Zeit auch sehr zu schaffen gemacht. Es war falsch
von mir gewesen, sofort anzunehmen, sie wäre arrogant
geworden.
„Lucy? Willst du ein Snickers? Für dich nur 45 Cent",
sagte Mike.
Ich nickte grinsend und kramte etwas Kleingeld aus
meiner Hosentasche.
„Ich freue mich, dass du weitermachst."
„Ich mich auch. Es wurmt mich nur, dass ich keine
Ahnung habe, wer mich wirklich verpetzt hat. Wie ihr
merkt, gehe ich das Ganze jetzt kleiner an und verrate es
nur den engsten Freunden, aber das gefällt mir nicht. Ich
will wissen, wer es Frau Kassler erzählt hat", sagte Mike
nachdenklich.
„Ja… Ich möchte auch zu gerne wissen, wer für das alles
verantwortlich ist", antwortete ich.
Es wurde einen Moment still. Es wurde erst wieder laut,

als irgendjemand angerannt kam und mich mit einer Wasserpistole abspritzte.

„Sag mal, spinnst du?", schrie Mira, welche nicht einmal ansatzweise so nass wurde wie ich.

Als es endlich vorbei war, war ich so durchnässt wie noch nie. Ich stand von der Platte auf. Meine Freunde hatten auch etwas abbekommen, aber nicht so viel wie ich. Natürlich nicht, die Attacke galt ja auch mir.

„Es ist schon zwei Wochen her und hört immer noch nicht auf!", sagte ich.

Matteo stand auf und legte mir seine Jacke über die Schultern.

„Dann wird sie aber ganz nass", meinte ich.

„Das macht nichts. Du sollst nicht frieren."

Wir gingen zusammen von den anderen weg. Ich merkte, dass er reden wollte. Wir setzten uns an einem Holztisch einander gegenüber.

„Wie geht es dir?", fragte er.

„Mittlerweile etwas besser. Aber die ganze Sache lässt mich immer noch nicht los. Es ist schon zwei Wochen her, die Zeit vergeht so schnell... Ich möchte wissen, wer dafür verantwortlich ist."

„Das kann ich verstehen. Wie läuft es eigentlich mit Mason?"

Ich seufzte. Das war ein schwieriges Thema.

„Manchmal habe ich das Gefühl, dass wir uns wieder richtig nahe stehen. Aber dann ist er wieder so abweisend. Ich weiß einfach nicht, was mit ihm los ist."

Matteo nickte verständnisvoll.

„Redet ihr noch oft?"

Ich schüttelte den Kopf.

„Ab und zu habe ich versucht, etwas aus ihm

herauszubekommen, aber er schweigt wie ein Grab."

„Hör mal, Lucy… Ich meine das wirklich nicht böse, aber vielleicht wäre es das Beste, Mason einfach zu vergessen."

„Soll das ein Witz sein? Ich versuche seit fast zwei Jahren, ihn endlich zu vergessen, aber es klappt nicht. Ich glaube, ich werde ihn bis zu meinem Lebensende lieben."

„Ich weiß, es ist schwer, aber bestimmt wirst du irgendwann jemanden finden, der dich noch viel glücklicher machen kann als er."

„Matteo, versteh doch: Mason macht mich glücklich. Und ich ihn auch. Es hat irgendeinen Grund, warum er sich von mir abwendet. Wenn ich den erst einmal kenne, kann ich alle Probleme lösen und mit Mason glücklich sein."

„Wenn du meinst, dass das so einfach ist…"

„Warum redest du mir das denn aus?", fragte ich verwirrt.

„Ich will doch nur, dass du glücklich bist. Und ich merke, dass du dich in etwas hineinsteigerst. Du hast Mason so lange nachgetrauert, ich denke, dass es das Beste ist, so langsam zu akzeptieren, dass er weg ist. Du solltest einen Schlussstrich ziehen."

„Für dich sagt sich das so leicht. Du bist glücklich mit Layla. Ihr seid seit über zweieinhalb Jahren ein Paar. Du weißt nicht, wie sich das alles für mich anfühlt."

„Ich kann es mir vorstellen."

Ich seufzte.

„Vielleicht hast du recht. Ich muss mit ihm abschließen." Ich erinnerte mich an meinen Traum, in dem Mason gestorben ist. Auf einer Website über Traumdeutung stand, dass ein Traum über den Tod bedeutet, dass man mit der Person abschließt.

„Das finde ich gut", meinte Matteo.

Er lächelte mich aufbauend an.

„Ich bin mir sicher, dass du das schaffst. Lay und ich sind immer für dich da. Das weißt du, oder?"

Ich nickte.

„Ja. Danke."

Als es klingelte, gingen wir wieder nach rein. Ich ging ganz normal zu meinem Schließfach, als plötzlich Mira neben mir auftauchte und mich mit ihren übertrieben geschminkten Augen ansah. Zuerst wunderte ich mich, dass sie überhaupt zu mir kam, dann fand ich mich damit ab. Man musste Mira nicht verstehen. Sie war verrückt.

„Versuchst du immer noch, denjenigen zu finden, der für diese… Streiche verantwortlich ist?", fragte sie.

Ich nickte und schloss mein Fach auf.

„Hast du… schon irgendwelche Fortschritte gemacht?"

„Nein, warum fragst du?"

„Es interessiert mich eben. Das muss ganz schön viel Organisation gewesen sein. Da muss es jemand wirklich auf dich abgesehen haben", meinte Mira lachend.

„Sag mal… Du weißt doch, wer das war, oder?", fragte ich misstrauisch.

„Ich? Nein! Wie kommst du darauf?"

Ich zuckte mit den Schultern.

„Du weißt doch immer über alles Bescheid, kennst die neusten Gerüchte… Ich dachte, wenn jemand etwas weiß, dann du! Außerdem hast du das letztens selbst gesagt."

„Hab ich das? Ja… Aber dieses Mal weiß ich nichts. Ich

habe keine Ahnung."

„Wirklich?"

„Ehrenwort."

Sie legte sich eine Hand auf Herz und ging. So ganz traute ich ihr nicht. Mira wusste bestimmt mehr, als sie zugab. Immerhin wusste sie immer alles. Sie hatte überall ihre Quellen, die sie über die neuesten Gerüchte informierten. Und sie machte es mal öffentlich, mal behielt sie es für sich. Man konnte Mira alles anonym erzählen, sie verriet nie, woher sie die Informationen hatte. Meistens sowieso aus erster Hand. Und sie war eine gute Schauspielerin.

Nach der Schule entdeckte ich an der Bushaltestelle den Jungen, der mich vor zwei Wochen mit Wasserbomben beworfen hatte. Er war der Einzige, der mir noch helfen konnte. Er wusste, wer ihn dafür bezahlt hatte. Etwas Anderes blieb mir wohl nicht mehr.

„Hey, du da!", rief ich.

Er drehte sich um.

„Du schon wieder…", meinte er grinsend.

„Ich möchte auf der Stelle wissen, wer dich damals bezahlt hat", forderte ich todernst.

„Ich habe es dir doch schon gesagt: Ich werde niemanden verraten."

„Aber ich muss endlich wissen, wer mir das alles angetan hat! Ich habe schon alles versucht, du bist der Letzte, der mir noch helfen kann! Anders finde ich es nie heraus!"

Er seufzte und wurde langsam ernst.

„Na schön. Ich gebe dir einen Hinweis. Den Rest musst du selbst herausfinden."

Ein breites Grinsen bildete sich auf meinem Gesicht.
Ungläubig fragte ich:

„Wirklich?"

„Ja."

„Kriegst du dann nicht Ärger von der Person?"

„Schon, aber ich finde, du hast es verdient, die Wahrheit
zu erfahren. Muss ziemlich schlimm sein, nichts zu
wissen. Und irgendwie tust du mir leid."

Ich nickte eifrig und fiel ihm um den Hals.

„Danke, danke, danke!", rief ich.

Er schob mich von sich.

„Schon gut… Ich gebe dir auch nur einen Tipp. Es ist
quasi ein Rätsel, das du lösen musst. Das habe ich mir
extra überlegt. Es ist nicht besonders schwer, du wirst es
bestimmt hinkriegen, wenn du dich nicht zu blöd
anstellst…"

Er machte mich langsam wirklich neugierig. Aber die
Idee mit dem Rätsel gefiel mir.

„Jetzt sag schon!", forderte ich.

„3-0-0-9."

Ich sah ihn verwirrt an.

„Was?"

„Das war es."

„3-0-0-9? Ein Zahlencode?"

„Genau. Du wirst es schon entschlüsseln. Denk einfach
daran, dass man überall Zahlen findet. Viel Glück!"

Etwas verwirrt ging ich wieder. Auf dem Weg lief ich an
Mason vorbei, der zwar mit seinen neuen Freunden
redete, mich aber trotzdem beobachtete. Ich ging zu
Layla und Matteo. Sie hielten wie immer Händchen und
sahen sich verliebt in die Augen. Da konnte man schon
neidisch werden. Lay bemerkte meinen verwirrten Blick

und fragte:

„Ist etwas passiert?"

„Kennt ihr euch mit Zahlencodes aus?", fragte ich.

Die beiden sahen einander kurz an.

„Ein wenig", meinte Matteo.

„Was könnte 3-0-0-9 bedeuten?"

Layla überlegte nicht lange:

„30.09., ein Datum."

Ich lächelte.

„Das ist es! Es ist ein Geburtstag!"

Es war tatsächlich leicht. Sogar noch leichter als gedacht. Zum Glück hatte ich Freunde wie Layla und Matteo, die mir halfen.

„Was ist das denn jetzt?", fragte Matteo.

„Wisst ihr noch, wie ich vor zwei Wochen mit Wasserbomben abgeworfen wurde?"

„Wie könnten wir das vergessen?", fragte Layla.

„Du bekommst seitdem jeden Tag etwas ab!", meinte Matteo.

Ich nickte.

„Der Junge, der mich abgeworfen hat, wurde dafür bezahlt. Er wollte mir nicht sagen, wer ihn beauftragt hat, sondern mir nur einen Hinweis geben. Dann hat er mir diesen Zahlencode gegeben. Und dank euch weiß ich jetzt, dass das das Geburtsdatum des Übeltäters ist. Danke!", erklärte ich.

„Nichts zu danken!", meinte Lay.

Sie machte eine abschweifende Handbewegung.

„Dafür hat man doch Freunde", sagte Matteo.

„Genau. Und ich habe die besten der Welt!"

Liebes Tagebuch,

ich denke, Mira weiß etwas. Nein, sie weiß ganz sicher etwas. Mira weiß immer über alles Bescheid, was in der Schule passiert. Natürlich hat sie es abgestritten, aber vor kurzem hat sie es zugegeben. Vielleicht will sie sich nur wichtig machen. Ich weiß es nicht.

Aber egal. Ich brauche sie gar nicht. Ich habe nämlich noch einmal mit diesem Jungen geredet, der mich mit Wasserbomben beworfen hat. Er ist dafür verantwortlich, dass ich immer noch fast jeden Tag nass gemacht werde. Von Fremden! Es ist ein neuer Trend geworden.

Er hat mir jedenfalls einen Tipp gegeben, mit dem ich die Person finden soll, die ihn beauftragt hat. Er wurde nämlich dafür bezahlt. Sein Hinweis war… seltsam. Es ist ein Zahlencode: 3009. Zuerst wusste ich nicht genau, was das bedeuten soll, aber Layla hatte die Idee, dass es ein Datum sein könnte. Der 30.09., das könnte der Geburtstag des Täters sein.

Mir fällt niemand ein, der an diesem Datum geboren wurde. Aber ich kenne auch nicht alle Geburtstage unserer Klasse auswendig. Zum Glück haben wir einen Kalender in unserem Raum, auf dem alle eingetragen sind. Ich werde morgen mal hineinsehen und gucken, ob tatsächlich jemand am 30.09 seinen Geburtstag feiert.

Ich werde auch in den anderen Räumen schauen, ob irgendwo ein Kalender oder Steckbriefe hängen. Vielleicht ist die Person gar nicht aus meiner Klasse, aber aus meinem Jahrgang. Ich werde es herausfinden. Ich stehe kurz davor, das Geheimnis zu lüften.

Ich bin so aufgeregt! Bald werde ich die Wahrheit kennen! Ich habe weiterhin keinen Verdächtigen und werde wahrscheinlich überrascht sein. Am liebsten würde ich es jetzt schon wissen. Ob sich etwas ändern wird, wenn ich es weiß? Wahrscheinlich schon. Ich werde diese Person hassen und die anderen bestimmt auch. Sie unterstützen mich. Ich bin so neugierig!

Wenn ich es endlich weiß, werde ich als erstes die Sache mit Mason klären. Dann können wir endlich wieder zusammen sein. Oder eben nur Freunde. Es würde mir reichen.

Ich denke oft an ihn. Ich vermisse unsere Freundschaft, die Gespräche und wie wir die ganze Nacht durchgemacht haben. Ich vermisse unsere Partys und die Pokernächte. Ich vermisse sogar, wie wir uns immer mit den anderen aus unserer Klasse gestritten haben. Denn in diesen Streits habe ich gespürt, dass ich nicht alleine bin. Ich hatte meine Freunde und wir waren das stärkste Team, das ich je erlebt hatte.

Letzte Nacht habe ich von Mason geträumt. Wie immer, eigentlich. Von unserer Schule gab es eine große Laufveranstaltung. Wir waren alle da. Während Layla, Matteo, Mike, Jessica und Rapha bei Mason waren, habe ich mich eher zurückgezogen. Ich weiß selbst nicht, warum. Vermutlich wollte ich ihm aus dem Weg gehen, weil ich wusste, dass er nicht gut für mich ist.

Irgendwann hat sich Mason neben mich gesetzt. So, als wollte er mit mir reden. Ich habe ihn dann gefragt, wie es ihm geht und ob es irgendetwas Spannendes aus seinem Leben zu erzählen gibt. Er hat es verneint und mich dassselbe gefragt. Ich habe mit einem breiten Lächeln angefangen, alles zu erzählen, was mir in den Sinn kam. Das Beste war, dass Mason nicht stumm zugehört hat, sondern auf mich eingegangen ist. Er hat mir Fragen gestellt und mit Mimik und Gestik reagiert.

Er hat mir zugestimmt. Ich habe wieder gespürt, dass mich jemand versteht, dass jemand so denkt wie ich. Wir haben geredet und gelacht. Er konnte mich schon immer zum Lachen bringen wie kein anderer. Es hat sich angefühlt wie in den alten Zeiten und war einfach nur atemberaubend schön. Während ich das hier schreibe, habe ich schon wieder ein breites Grinsen im Gesicht. Dabei ist es mir egal, wie es in der Realität im Moment aussieht. In meinen Träumen leben er und die Vergangenheit weiter. Vielleicht ist es falsch. Ich sollte in der Gegenwart leben. Aber es macht mich glücklich, von ihm zu träumen. Es rettet mir den Tag und erhält meine Hoffnungen.

Ich denke, ich muss diesen Traum nicht deuten, es ist offensichtlich: Ich vermisse Mason, unsere Gespräche und die alte Zeit. Es war so schön, dass ich es immer noch nicht loslassen möchte oder kann. Ich habe kein Problem damit, weiter daran festzuhalten. Eigentlich halte ich gar nichts fest. Ich weiß, wie die Realität aussieht und mache mir auch keine wirklichen Hoffnungen. Nur in meinen Träumen und meiner Vorstellung durchlebe ich das, was ich vermisse noch einmal. Ich weiß nicht, was daran falsch sein sollte. Es macht mich glücklich.

Ich habe noch nie mit jemandem darüber gesprochen. Ich habe noch nie jemandem erzählt, dass ich immer noch von Mason träume. Die meisten wissen, dass ich noch etwas für ihn empfinde, aber worum es mir wirklich geht, weiß kaum einer. Ich wüsste auch nicht, wem ich es erzählen sollte. Layla und Matteo würde es nur belasten. Sie sind gut darüber hinweg, sie verstehen das nicht. Zumal ich nicht weiß, was es überhaupt bringen soll, mit jemandem darüber zu reden.

Ich bin froh, dass ich es aufschreiben kann. Es hilft mir, meine Gedanken zu sortieren und loszulassen. Außerdem will ich nicht, dass jemand weiß, wie ich mich wirklich damit fühle. Ich würde jemandem einen tiefen Einblick in mich selbst geben. Das macht mich verletzlich und schwach. Es soll nicht jeder wissen, wie ich mich fühle. Mich versteht sowieso keiner. Außer ihm, Mason. Er kannte uns alle schon immer bis ins kleinste Detail. Zumindest hat er so getan. Ich habe ihn schon immer dafür bewundert.

Okay, ich fange jetzt nicht wieder mit dem Schwärmen an und damit, dass ich ihn eigentlich für alles bewundert habe:

Seine Reife, seine Einstellung, seine Entscheidungen... Nur die Entscheidung, sitzenzubleiben konnte ich nicht nachvollziehen. Gut, man könnte jetzt sagen, das sei nicht seine Schuld, aber er hätte wirklich mehr lernen können. Zu unserem engsten Freundeskreis gehörte auch Jess, die Klassenbeste, und sie hätte ihm sicherlich geholfen.

Mason war schon immer zu stolz um Hilfe anzunehmen. Er hat nie von seinen Problemen oder Ängsten erzählt. Man konnte nie etwas aus ihm herausfinden. Stattdessen wollte er immer nur anderen helfen. Lobenswerte Einstellung auf der einen Seite. Aber hat er sich damit einen Gefallen getan, dass er Jess nicht um Hilfe gebeten hat? Nein! Ich frage mich, was passiert wäre, wenn er sie danach gefragt hätte.

Eigentlich brauchte Mason keine Nachhilfe. Er konnte alles und war nur zu faul zum Lernen. In Fächern, für die man nicht viel lernen musste, war er gut. In Mathe hatte er immer Dreien und auch in den anderen Hauptfächern war er nicht übel. Außer in Spanisch, aber da könnte es auch daran liegen, dass er zu wenig gelernt hat. Mason war immer viel beschäftigt. Während die anderen Jungs Computerspiele gespielt haben, war er auf dem Fußballplatz oder bei seinen Freunden. Er war kaum zu Hause und hatte immer so viele Hobbys.

Es war also doch irgendwie seine eigene Entscheidung, nicht so viel zu lernen und dafür sitzenzubleiben. Wenn er es so wollte... Ich werde jetzt erst einmal herausfinden, wer am 30.09. Geburtstag hat und diese Person dann zur Rede stellen. Und dann schreibe ich es sofort auf.

Bis hoffentlich bald!
Lucymaus

Kapitel 12:

Als ich am nächsten Tag in die Schule kam, lächelte ich zum ersten Mal seit langer Zeit wieder. Ausgerechnet an diesem Morgen war unser Klassenraum abgeschlossen, aber mir machte das nichts aus, da ich jeden Lehrer, der vorbeilief, fragte, ob er uns den Raum aufschließen konnte. Der erste meinte, er hätte keinen Schlüssel. Die zweite weigerte sich. Aber der dritte schloss uns die Tür auf, sodass wir in den Raum konnten.

Ich stellte meine Tasche an meinem Platz ab und ging dann sofort zur Pinnwand, an der unser Geburtstagskalender hing. Ich hatte ein breites Grinsen im Gesicht, während ich unendlich nervös zum September blätterte. Das Lächeln verschwand wieder, als ich sah, dass niemand aus unserer Klasse am 30. Geburtstag hatte. Ein paar Sekunden starrte ich einfach nur auf diesen Fleck, als würde ich hoffen, dass ganz plötzlich doch noch ein Name dort stehen würde.

„Und?", hörte ich Laylas Stimme.

Sie stellte sich neben mich und sah auf das Blatt.

„Es hat niemand am 30.09. Geburtstag!", sagte ich. „Sind hier wirklich alle eingetragen?"

Sie dachte einen Moment nach.

„Ich glaube, Samuel steht noch nicht drinnen. Er ist ja noch nicht so lange in der Klasse."

„Was ist mit mir?"

Wir drehten uns um und sahen zu Samu. Er saß auf seinem Platz und sah uns an.

„Wann hast du Geburtstag?", fragte Layla.

„Warum wollt ihr das wissen?"

„Sag es doch einfach!", forderte ich.

„21. Dezember."

Layla und ich sahen uns an.

„Meinst du, er hat uns angelogen?", fragte ich Lay in der Pause.

„Warum sollte er? Er hat doch keine Ahnung, warum wir das wissen wollten."

„Stimmt. Gleich haben wir Fremdsprachen. Ich werde mal im Raum der B-Klasse nachsehen, ob die irgendwo die Geburtstage stehen haben."

„Genau. Dann schaue ich im Raum der C-Klasse, wo ich Französisch habe."

Ich umarmte sie.

„Danke, Layla. Du bist eine wahre Freundin."

„Ich werde immer an deiner Seite sein."

Es klingelte und wir gingen in unsere Räume. Ich fand in meinem Spanischraum wieder einen Geburtstagskalender und blätterte zum September durch. Am 30. war niemand eingetragen. Luisa, eine Schülerin aus der B, kam zu mir.

„Was machst du?"

Ich lächelte.

„Ich finde echt schön, wie ihr euren Kalender gestaltet habt. Wir haben auch einen, aber der ist nicht so hübsch", log ich.

„Soweit ich weiß, haben alle Klassen einen gemacht", meinte Luisa schulterzuckend.

„Weißt du, meine Klasse ist aber auch total unorganisiert. Wir haben die neuen Schüler noch nicht einmal eingetragen."

„Echt? Wir schreiben alle neuen immer sofort ein. Unser Klassenlehrer achtet da auch drauf", erzählte Luisa.

Ich nickte. Das heißt, aus dieser Klasse hatte ganz sicher niemand am 30.09. Geburtstag. Ich kam nicht weiter.

Als unser Lehrer in den Raum kam, setzten wir uns hin. Ich konnte mich in der Stunde kaum konzentrieren, da ich nur darüber nachdachte, wer am 30.09. Geburtstag hatte, beziehungsweise wie ich das herausfinden konnte. Ich hatte schon zwei Klassen aus unserem Jahrgang durch: die A und die B. Die C überprüfte Layla und aus der D konnte es eigentlich niemand sein. Ich kannte gar keinen von denen. Und mit anderen Jahrgängen hatte ich auch nichts zu tun.

Ich hoffte nur, dass Lay Neuigkeiten für mich hatte. Sonst musste ich mir etwas anderes überlegen. Die Stunde zog sich leider wie Kaugummi. Ich fing schon weit vor Schluss an, meine Sachen zu packen. Ich wollte so schnell wie möglich zu Layla. Ich musste ganz dringend mit ihr reden.

Als es dann doch endlich klingelte, war ich als erste aus dem Raum und ging zu unserem Klassenraum. Layla kam kurz nach mir. Sie setzte sich neben mich.

„Und?", fragte ich ungeduldig.

„Im Kalender der C steht nur Nicolas Clavio beim 30.09. und der ist vor drei Jahren nach Bayern gezogen."

Ich seufzte.

„Mist! Was mache ich denn jetzt?", fragte ich.

„Ich könnte in WPU noch einmal im Raum der D nachsehen, aber mit denen hast du doch eigentlich nichts zu tun, oder?", fragte Lay.

Ich nickte.

„Ich kann mir nicht vorstellen, dass es einer von ihnen war. Warum auch?"

„Ich weiß es nicht. Und wenn der Code doch kein

Geburtsdatum sein soll?", fragte Layla.

„Was soll er denn sonst bedeuten?"

„Keine Ahnung. Wir müssen einfach mal in Ruhe darüber nachdenken. Dann fällt uns bestimmt etwas ein."

Ich lächelte.

„Ich bin echt froh, dich zu haben", sagte ich.

„Das freut mich. Wir kriegen das schon hin. Du darfst nur nicht aufgeben. Dann findest du bestimmt alles heraus."

Ich fing seitdem an, noch mehr auf meine Umgebung zu achten. Überall sind Zahlen versteckt. Ich achtete auf die Raumnummern, aber der Zahlencode führte zu keinem Klassenraum. Ich achtete auf Noten, aber auch das machte keinen Sinn. Ich machte mir selbst über Uhrzeiten Gedanken. Nach der Religionsstunde sagte Layla mir, dass auch in der D-Klasse niemand am 30.09. Geburtstag hatte.

Ich überlegte, ob es eine Nummer für irgendetwas sein konnte. Der 3009. Schüler oder so. Aber wir waren nicht einmal annähernd so viele. Ich drehte das Ganze sogar um: 600E. Das sah schon eher nach einem Klassenraum aus. Aber so einen gab es bei uns nicht.

Nach der sechsten Stunde hatte ich dann endlich die Erleuchtung. Ich packte gerade meine Bücher ins Schließfach, als zwei Fünftklässlerinnen an mir vorbeiliefen. Sie suchten anscheinend ihren Spind, den sie sich neu gemietet hatten. Süß. Ich machte lächelnd mein Schließfach zu und in diesem Moment fiel mir etwas auf. 3116 war auf meinem Spind geschrieben.

„Eine Schließfachnummer…", murmelte ich.

Mir kam die Idee. 3009 war ein Schließfach! Ich grinste
wie verrückt. Ich hatte es! Ich hatte das Rätsel gelöst.
Sofort lief ich durch den Flur und guckte mir die ganzen
Schließfächer an. Die Nummern waren nicht in der
richtigen Reihenfolge. Und ganz in der Nähe fand ich
tatsächlich den Spind mit der Zahl 3009. Ich lachte. Das
war genial. Der Mieter war der Übeltäter.
Hinten im Flur sah ich jemanden. Ich sah den Jungen,
der mir dieses Rätsel gestellt hatte. Er sah mich kurz an
und nickte dann. Ich lag richtig. Das war die Lösung. Ich
war kurz davor, den Täter zu entlarven. Jetzt musste ich
nur noch die nächsten Tage dieses Fach im Auge
behalten und herausfinden, wer es benutzte.

Das allerdings stellte sich als schwieriger heraus, als
anfangs gedacht. Offensichtlich benutzte der Mieter sein
Fach nicht mehr oder nur sehr selten. Ich beobachtete
das Schließfach ständig. Nach den Pausen gingen die
meisten zum Spind. In diesen Pausen stand ich immer
ganz in der Nähe und wartete. In den kleinen Pausen
war ich auch immer auf dem Flur. Wenn ich es nicht
war, waren es Layla oder Matteo. Wir hatten ihm
mittlerweile auch von dem Rätsel erzählt und er war
bereit, uns zu helfen. Ich hatte gute Freunde.
Ein paar Tage lang tat sich nichts. Der Täter ging nicht
zu seinem Fach. Ich machte mir bereits Sorgen und
vermutete, er könnte wissen, wie dicht ich ihm auf den
Fersen war. Aber woher? Das konnte nicht sein. Es
machte keinen Sinn. Ich gab trotzdem nicht auf. Ich
wartete jeden Tag im Flur und behielt dieses blöde
Schließfach im Auge.
Und dann passierte etwas. Am Donnerstag nach der

letzten Stunde ging der Mieter zu seinem Schließfach.
Ich stand im Flur und sah mit offenem Mund zu. Wie
erwartet, war es ein Junge. Nur Jungs nutzten ihr
Schließfach so selten. Er schloss seinen Spind in aller
Seelenruhe auf, nichtsahnend, dass ich ihn endlich
entlarvt hatte. Ich ahnte es auch kaum. Es ging nicht in
meinen Kopf rein. Ich konnte es kaum glauben. Aber es
war wahr. Ich starrte ihn immer noch fassungslos an.
„Ist etwas?", fragte er, nachdem er meinen Blick bemerkt
hatte.
Ich schüttelte den Kopf. Er würde noch erfahren, dass
ich es wusste. Aber nicht jetzt und hier. Alle sollten es
erfahren. Ich würde ihn bald zur Rede stellen. Dann
hassten die anderen ihn und nicht mich. Und alles
würde wieder so wie früher werden. So, wie ich es mir
wünschte.

Liebes Tagebuch,

ich kann es kaum glauben. Ich weiß endlich, wer mir all diese
schrecklichen Dinge angetan hat! Ich weiß es! Oh mein Gott,
ich könnte ausflippen! Seit Wochen war ich nicht mehr so
glücklich.
Das Rätsel war doch schwerer, als gedacht. 3009 ist kein
Geburtsdatum, wie anfangs vermutet. Nachdem ich dann also
alle Schüler unseres Jahrgangs auf ihren Geburtstag hin
überprüft hatte, fand ich heraus, dass 3009 die Nummer
des Schließfaches von dem Übeltäter ist. Ich habe das Fach
Tag und Nacht beobachtet. Nein, eigentlich nur in der
Schulzeit, aber dieser Mistkerl ist nie hingegangen! Typisch
Jungs!
Heute nach der 6. hat er dann aber doch ein paar Bücher
weggebracht. Und da habe ich dann endlich herausgefunden,
wer er ist. Soll ich es verraten? Es ist... Samuel! Verwirrend,

114

oder? Ich verstehe es nicht. Er hatte doch gar kein Motiv. Und es war kein harmloser Streich, den man irgendjemandem mal spielen kann. Er hat sehr viel Zeit und Arbeit hier hineingesteckt und sogar bares Geld! Das macht man nicht einfach so!

Das war unter anderem der Grund, warum ich ihn nicht sofort angesprochen habe, nachdem ich wusste, dass er der Schuldige ist. Ich musste einen Moment darüber nachdenken. Nun habe ich aber schon mehrere Stunden nachgedacht und bin trotzdem zu keinem Entschluss gekommen. Vielleicht verrät er mir etwas mehr über seine Ambitionen, wenn ich ihn morgen anspreche. Vor allen Leuten. Die anderen sollen erfahren, was für einen Freund sie haben.

Kann ich mir überhaupt sicher sein, dass er es wirklich ist? Auf der einen Seite frage ich mich, warum dieser Typ mich anlügen sollte. Er hat mir sogar zu verstehen gegeben, dass das mit dem Schließfach richtig ist. Natürlich könnte es auch ein Ablenkungsmanöver sein. Er will den wahren Täter nicht verraten. Aber es deswegen irgendeinem Unschuldigen in die Schuhe schieben? Ich glaube es nicht.

Ich werde es morgen herausfinden. Samu wird es zugeben müssen. Ich bin, ehrlich gesagt, sehr gespannt auf seine Beweggründe. Ich kann mich nicht erinnern, ihm jemals einen Grund gegeben zu haben, mich nicht zu mögen. Wir waren nie besonders eng befreundet. Ich hatte vor ein paar Wochen zwar einen kleinen Streit mit ihm, aber reicht das aus, um ihn zu so einer Tat zu bewegen? Was muss in seinem Kopf vorgehen, dass er sich so etwas ausdenkt? Und es auch noch durchzieht?

Er hat mich vor allen lächerlich gemacht. Als er mein Tagebuch veröffentlicht hat, hat er meine tiefsten Gedanken und Emotionen preisgegeben. Das ist wirklich beschämend. Er hat dafür gesorgt, dass alle mich hassen und ich immer noch fiese Nachrichten in sozialen Netzwerken bekommen und mit Wasserbomben beworfen werde! Es hört nicht auf.

Ich hätte Lust auf Rache. Am liebsten würde ich ihm etwas antun, das noch viel schlimmer ist. Etwas, an das sich die Leute für immer erinnern werden. Es wird auch in Jahren noch im Gespräch sein. Samuel wird für immer damit verbunden sein. Er wird es nie abschütteln können. Alle werden immer daran denken, was ihm damals passiert ist. Aber ich tue das nicht. Ich merke, wie mir die Wut hochsteigt. Es kommen Seiten von mir zum Vorschein, auf die ich nicht stolz bin. Ich kann so etwas nicht tun. Viele würden sagen: „Lass dich nicht auf das gleiche Niveau herab!" Aber das ist mir egal. Darum geht es nicht. Es ist mir nicht wichtig, was die Leute von mir denken. Es ist nur wichtig, was einer denkt. Und der wäre ganz und gar nicht stolz auf meine Tat.

Genau das ist es. Ich tue es nicht, weil das Mason enttäuschen würde. Ich sage mir selbst: „Sei ein Mädchen, in das Mason sich verlieben würde!" Dafür liebe ich ihn. Er holt das Beste aus mir heraus. Er bewegt mich in solchen Momenten dazu, ein besserer Mensch zu sein. Und sei es nur, um ihm zu gefallen. Andere begehen für ihren Freund Straftaten oder fangen an, zu rauchen, weil sie dann vor dem anderen als cool dastehen. Bei Mason ist das anders. Er macht aus mir einen besseren Menschen.

Bis nach Samuels Geständnis!
Lucymaus

Kapitel 13:

Am nächsten Tag konnte ich Samuel kaum aus den
Augen lassen. Ich beobachtete ihn und fragte mich,
warum er das alles getan hatte. Ich hatte kein
Verständnis für dafür. An diesem Tag war ich
schweigsam. Ich hielt mich zurück und beobachtete. Das
fiel auch Layla auf. Sie fragte mich ab und zu, was los
war, und ich antwortete nur, sie würde es in der Pause
erfahren.
Dann war der Moment gekommen. Es war große Pause.
Alle waren auf dem Schulhof. Gleich würde die
Wahrheit ans Licht kommen.
„Könnt ihr mal kurz alle herkommen?", fragte ich.
Einige fingen an zu meckern, aber mit Laylas und
Matteos Hilfe kamen dann doch alle zusammen.
„Weißt du es?", fragte Matteo.
Ich nickte.
„Ich weiß jetzt, wer mir all diese Sachen vor ein paar
Wochen angetan hat."
Einige Blicke wurden ausgetauscht. Es wurde ein wenig
gemurmelt.
„Sag schon!", forderte Eve.
Ich sah zu Samuel.
„Samu, willst du mir nicht etwas sagen?", fragte ich.
Er sah mich mit großen Augen an.
„Was? Ich war das nicht!", sagte er.
„Lüg mich nicht an! Ich weiß, dass du es warst!"
„Woher? Hat Mario es dir erzählt?"
„Wenn das dieser Typ ist, den du bezahlt hast, damit er
mich mit Wasserbomben bewirft, dann ja!", sagte ich.
Samuel war plötzlich still. Er war es tatsächlich. Kein

Zweifel. Alle sahen ihn an.

„Aber ich verstehe das nicht. Warum hast du das gemacht?", fragte ich.

Er schüttelte den Kopf.

„Warum?", fragte ich erneut.

„Los, jetzt rück endlich mit der Sprache raus!", forderte auch Mira.

Die anderen stimmten zu.

Samuel sah mich bittend an.

„Können wir das vielleicht unter vier Augen besprechen? Bitte!"

„Nein!", riefen die anderen fast gleichzeitig.

„Jetzt sag es!", forderte ich.

Er machte mich immer neugieriger. Was würde es ändern, wenn die anderen weg wären?

„Ich habe es gemacht, weil… ich in Evelyn verliebt bin", erklärte Samu.

Fassungslose Blicke.

„Was?", fragte Raphael.

Einige sahen zwischen Eve und Samu hin und her. Ich verstand nichts.

„Ich mag Eve schon länger und weiß natürlich, dass sie sich nicht so gut mit Lucy versteht. Also habe ich gedacht, ich spiele ihr ein paar Streiche und errege so ihre Aufmerksamkeit. Ich habe gedacht, es würde sie freuen", erklärte Samuel.

„Warum hast du es dann nicht gleich zugegeben?", fragte Mira.

Berechtigte Frage. Alle warteten gespannt auf eine Antwort.

„Das wollte ich. Aber dann habe ich mitbekommen, dass sie die Aktion eher peinlich fand. Es hat ihr nicht gefallen, da habe ich es lieber für mich behalten."

Wahnsinn. Jetzt ging es in dieser Unterhaltung mehr um Samuel und Eve als um das, was mit mir passiert war. Dabei war ich hier das Opfer seiner Liebe. Nur um Evelyn zu beeindrucken, hatte er mir so viel Schaden zugefügt! Das schienen alle zu vergessen.

„Eve, was sagst du denn dazu?", fragte Jess.

Alle sahen zu Samuels Geliebten. Sie hatte noch kein Wort zu der ganzen Sache verloren. Plötzlich erschien ein Lächeln auf ihrem Gesicht.

„Das ist das Süßeste, das jemals jemand für mich getan hat! Und du hast das alles wirklich nur für mich gemacht?", fragte sie mit einem Leuchten in den Augen, das ich noch nie bei ihr gesehen hatte.

Samu, welcher nun auch wie ein Honigkuchenpferd grinste, nickte. Eve umarmte ihn vor lauter Freude.

„Sag mal, Eve, hast du Lust, dich mal mit mir zu treffen?", fragte Samuel.

„Ja!"

Es wurde immer schöner. Meine Tragödie führte zu ihrem Liebesglück. Jetzt, da ich auch noch sah, wie gut es Samu ging, fühlte ich mich selbst noch schlimmer. Er hatte es nicht verdient, so glücklich zu sein, weil er mir meine Liebe kaputt gemacht hatte! Moment…

„Eine Sache musst du mir aber noch erklären", sagte ich.

Samuel sah mich an und nickte.

„Was hast du gemacht, dass Mason sich so komisch verhält? Und wie hast du das mit meinem Tagebuch hingekriegt?"

„Oh! Ach so, nein, das war ich gar nicht", sagte Samuel.

„Hä?"

„Ich sollte das vielleicht kurz klarstellen. Ja, ich habe

Mario bezahlt, damit er dich mit Wasserbomben bewirft und ich habe Mira Bescheid gesagt, damit sie das filmt…"

Mira lächelte mich bei dieser Aussage scheinheilig an. Sie hatte es also doch gewusst.

„…Und auch der Liebesbrief kam von mir. Ich habe meine Schwester gebeten, dass sie ihn schreibt, damit man meine Handschrift nicht erkennt und dann habe ich ihn in das Fach von Herrn Brauer legen lassen. Aber mit der Sache mit dem Tagebuch hatte ich nichts zu tun! Und auch was mit deinem komischen Mason ist, weiß ich nicht. Und damit das klar ist: Ich habe Mike nicht verpetzt!", erklärte Samuel.

Ich seufzte. Samu und Eve gingen. Die meisten anderen auch. Ich setzte mich auf eine Bank. Layla kam zu mir.

„Ich hätte echt nicht gedacht, dass es mehrere Täter sind! Ich bin bis jetzt immer davon ausgegangen, dass alle Sachen von einer Person gemacht wurden!", sagte sie.

„Ich auch."

„Und? Hast du eine Idee, wie du den Anderen finden kannst?"

Ich schüttelte den Kopf.

„Irgendjemand hat mein Tagebuch kopiert und aufgehängt. Jemand ist dafür verantwortlich, dass Mason so komisch ist. Und jemand hat Mike verpetzt. So, wie Eve das gesagt hat, hat die Person nicht bewusst entschieden, dass das Ganze auf mich geschoben wird. Von daher stelle ich mir die Frage, ob das damit überhaupt noch zusammenhängt."

„Gute Frage", meinte Layla. „Apropos Mike, er macht für nächste Woche Sandwiches. Man kann sie vorbestellen."

„Okay, ich gehe mal zu ihm."

Ich stand auf und lief zu Mike, der irgendetwas auf ein Blatt Papier schrieb.

„Hey", sagte ich.

„Hey. Was ist?"

„Ich habe gehört, Montag gibt es Sandwiches."

Er nickte.

„Willst du auch eines?"

„Gerne. Am besten mit Salami und Käse. Geht das?"

„Klar."

„Und was kostet das?"

„Äh… Das steht noch nicht fest. Ich muss zu Hause erst einmal rechnen", erklärte Mike.

„Okay, danke."

Damit ging ich wieder. Er war komisch. Dass er nicht wusste, wie die Preise sein werden… Er machte so etwas doch nicht zum ersten Mal. Ich wunderte mich einen Moment darüber, aber beschloss anschließend, nicht länger darüber nachzudenken. Er kannte die aktuellen Preise nicht. Mike musste erst gucken, wie viele Bestellungen er bekam, bevor er einen Preis festlegen konnte. Zumal er sehr vorsichtig war, seit Frau Kassler sein Geheimnis kannte.

Ich verzichtete an diesem Abend darauf, Tagebuch zu schreiben. Es war zu deprimierend. Niemanden interessierte, was Samuel mir angetan hatte. Zugegeben, war das gar nicht so viel. Okay, die Nummer mit den Wasserbomben war böse. Vor allem, weil das jetzt alle machten. Aber ich hatte den Eindruck, dass es schon wieder nachließ. Es könnte daran liegen, dass Mira aufgehört hatte, Videos davon ins Internet zu stellen.

Aber obwohl die Veröffentlichung meines Tagebuchs schlimmer war, hatte mir Samuel echt wehgetan. Das Gesamtbild machte es. Ich hatte gehofft, es würde ihm wenigstens ein bisschen leidtun. Hatte er sich überhaupt bei mir entschuldigt? Ich glaube nicht. Aber anstatt dass er jetzt dafür bestraft wurde, so nach dem Motto „Karma macht das schon", traf er sich mit Evelyn, dem Mädchen, das er liebte.

Jeder hatte Glück in der Liebe außer mir. Seit Matteo und Layla zusammen waren, trafen wir uns extrem selten. Sie schlossen mich nicht direkt aus, aber ich wollte auch nicht das dritte Rad am Wagen sein.

Es belastete mich. Ich hatte geglaubt, ich hätte den Schuldigen gefunden, aber so war es nicht. Es machte mich traurig. Gerade als ich glaubte, ich hätte mein Lächeln verloren, passierte etwas, das mir neuen Mut gab.

Ich kam am Montagmorgen in unseren Klassenraum und fing sofort an zu grinsen, bei dem Anblick.

„Na, Raphael, immer noch eine heimliche Leseratte?", fragte ich und stellte meine Tasche ab.

Rapha war allein in meinem Klassenraum und stand bei uns am Bücherregal. So war er schon immer gewesen. Vermutlich hatte er die Bücher seiner Klasse schon alle durch. Das hielt er aber natürlich streng geheim.

„Und du? Kannst du immer noch so schlecht küssen wie damals?", konterte er.

„Ich denke schon, dass ich mich ein wenig gebessert habe."

„Echt? Das will ich sehen!"

Er legte eine Hand in meinen Nacken und küsste mich. Es fühlte sich genauso an wie früher. Ich mochte es, meinen Ex zu küssen.

„Ja, tatsächlich etwas besser."

„Etwas?"

„Nein, du küsst toll."

Er lehnte sich erneut zu mir hinüber, doch ich schob ihn weg.

„Was, wenn jemand hereinkommt?", fragte ich nervös.

„Was? Hast du Angst, dass Gerüchte aufkommen? Ich glaube, dein Image würde es im Moment nur verbessern", meinte Raphael.

Ich sah ihn böse an und ging dann zum Regal. Ich nahm mein Lieblingsbuch heraus und gab es ihm.

„Das musst du lesen."

Er sah es sich kurz an und nickte.

„Cool, danke!"

Rapha nahm es mit und ging damit zur Tür. Er öffnete sie, blieb aber noch einen Moment stehen und sah mich an.

„Das mit uns beiden wird nichts mehr, oder?"

Ich schüttelte langsam den Kopf.

„Ich denke nicht."

Er lächelte und legte sich eine Hand aufs Herz.

„Sehe ich genauso", sagte er erleichtert.

Ich ging zu Rapha und umarmte ihn.

„Wir bleiben für immer Freunde, oder?", fragte ich.

„Das sagt man doch immer. Manchmal klappt es einfach nicht", erwiderte er.

„Du redest von Mason. Aber ich rede von uns. Wir werden nicht noch einmal zusammenkommen, aber ich will unsere Freundschaft nicht auch noch verlieren."

„Du wirst mich nicht verlieren. Auch wenn ich mich manchmal eher verdeckt halte, bin ich immer in deiner

Nähe. Und es tut mir übrigens alles sehr leid, was passiert ist."
„Das muss es nicht! Du konntest ja nichts dafür!"
Er nickte.
„Ja, du hast recht. Tschüss Lucy!"
Raphael gab mir einen Kuss auf die Wange, bevor er endgültig ging. Ich mochte Rapha. Ich mochte ihn sehr. Er war ein ehrlicher Mensch und ich schätzte und respektierte ihn. Für einen Moment ging es mir wieder gut. Ich lächelte darüber, dass er sich heimlich in unseren Klassenraum schlich, um sich unsere Bücher anzusehen.
Kurz nachdem er weg war, kamen Samuel und Evelyn in den Raum. Zusammen. Lachend. Aber das war nicht einmal das Merkwürdigste daran. Eve stupste ihn an und deutete auf mich. Während sie zu ihrem Platz ging, kam Samuel zu mir.
„Lucy, ich wollte mich übrigens noch bei dir entschuldigen für alles, was ich getan habe. Das ist gestern in all dem Trubel irgendwie untergegangen."
„Schon vergessen", antwortete ich ehrlich.
Ich konnte ihm nicht böse sein.
„Wie läuft es mit Eve?", fragte ich.
„Super. Wir treffen uns heute. Danke dafür."
Ich nickte. Dann beugte ich mich ein Stück vor und flüsterte:
„Sag mal, hat Eve dir gesagt, du sollst dich bei mir entschuldigen?"
Er nickte und ich sah ihn geschockt an.
„Wieso?"
Samu zuckte mit den Schultern.
„Sie mag dich."

Damit ging er zu Evelyn, die uns beobachtete. Hatte sie gehört, was wir geredet hatten? Außer uns war keiner im Raum, also höchstwahrscheinlich schon. Warum hatte sie ihm denn gesagt, er solle sich entschuldigen? Eve hasste mich! Vielleicht hatte Samuel gelogen. Möglicherweise wollte er, dass seine Freundin sich mit mir gut verstand. Aber sie hatte ihn doch angetippt und auf mich gedeutet! Dass sie mich mag, hatte er auf jeden Fall nur so dahingesagt. Es klang wie seine Vermutung und nicht wie ein Fakt.

Eve sollte mich mögen? Das würde bedeuten, dass das Universum aus dem Gleichgewicht geriet. Die physikalischen Gesetze funktionierten nicht mehr und die Welt würde untergehen! So in etwa fühlte sich der Gedanke an, dass Evelyn und ich einander mögen sollten. Es klang einfach falsch. Es klang, als würde man sagen, dass die Schwerkraft nicht mehr galt! Vollkommen unmöglich. Unsere Feindschaft war so fest in dieser Welt. Ohne ging es nicht. Ich könnte es mir nicht vorstellen. Meine Welt geriet irgendwie aus der Bahn.

Liebes Tagebuch,

Samuel war tatsächlich der Täter. Zumindest der halbe Täter. Denn er hat nicht alles gemacht. Der Liebesbrief kam von ihm und auch der Typ, der mich mit Wasserbomben beworfen hat, wurde von ihm bezahlt. Aber ich muss noch herausfinden, wer mein Tagebuch veröffentlicht und Mike bei Frau Kassler verraten hat. Und natürlich, warum Mason so komisch ist!
Samu hat es zugegeben. Er hat es getan, weil er so unsterblich in Evelyn verliebt ist und sie so erobern wollte.

Super romantisch, nicht? Und während die Beiden ihre
Zweisamkeit genießen, weine ich immer noch Mason nach und
habe keine Ahnung, warum er so ist, wie er im Moment eben
ist. Aber ich werde es herausfinden. Hoffentlich. Dabei
habe ich keine Idee, wie ich weitermachen werde.

Was mich aber immer noch wundert, ist, dass jemand Mike
verpetzt hat, ohne zu beabsichtigen, es auf mich zu
schieben. Das bedeutet, dass der Übeltäter, der mein
Tagebuch veröffentlicht hat, nicht zwangsläufig die gleiche
Person ist, die Mike verraten hat. Ich möchte herausfinden,
wer es war, obwohl es nicht gegen mich war. Mike ist mein
Freund und ich helfe ihm.

Aber darüber wollte ich eigentlich nicht schreiben. Die
Situation ist blöd und das weiß ich. Irgendetwas tief in mir
drinnen sagt mir aber, dass ich eines Tages die Wahrheit
kennen werde. Ich kann mir nicht vorstellen, für immer
unwissend zu bleiben. Das fühlt sich falsch an.

Eigentlich wollte ich über Raphael schreiben. Weil wir uns
seit langer Zeit mal wieder geküsst haben. Ich fange einfach
mal am Anfang an: Vor gut einem Jahr waren Raphael und ich
ein Paar. Wir waren nicht wirklich verliebt, aber ich habe
gedacht, es könnte mir helfen, über Mason hinwegzukommen.
Raphael hat das auch gesagt. Irgendwie waren wir so gut
befreundet und alle haben immer gesagt, wir wären das
perfekte Paar... Da haben wir uns eingebildet, mehr
füreinander zu empfinden.

Es war keine ernste Beziehung. Eher etwas Lockeres. Wir
haben auch schnell gemerkt, dass dieses Liebeszeug nichts
für uns ist. Wir sind beste Freunde und das werden wir auch
immer bleiben. Er liebt es, sich über mich lustig zu machen
und mich zu necken. Ich liebe es auch.

Wir bereuen es aber nicht, eine Beziehung geführt zu
haben. Für zwei Wochen. Wir lachen heute immer noch
darüber und klopfen Sprüche. Ich mag, dass alles so
unbeschwert und locker zwischen uns ist. Wir sagen uns

immer die Wahrheit und sind ehrlich zueinander. Er sagt mir, dass für ihn nicht mehr als eine Freundschaft zwischen uns ist. Ich sage ihm das Gleiche.

In letzter Zeit haben wir uns ein wenig aus den Augen verloren. Wir reden nicht mehr so oft und treffen uns erst recht nicht. Ich finde das sehr schade. Aber Raphael sagt, dass ich mich immer auf ihn verlassen kann. Ich glaube ihm, weil es die Wahrheit ist. So war es schon immer gewesen. Heute Morgen habe ich ihn bei uns im Klassenzimmer erwischt, wie er sich ein Buch von uns ausleihen wollte. Ich habe ihm eines empfohlen. Dann hat er mich geküsst. Obwohl wir kein Paar sind, mag ich es, ihn zu küssen. Küssen ist schön. Ich glaube, er sieht das genauso. Wir haben noch ein wenig geredet. Er hat gesagt, dass ihm alles sehr leid tut, was passiert ist. Rapha ist ein sehr mitfühlender Mensch. Ich danke ihm sehr für alles, was er für mich tut.

Am Ende hat er mich gefragt, ob ich glaube, dass das mit uns noch einmal etwas wird. Als Paar, versteht sich. Ich habe gesagt, dass ich nicht daran glaube, und er hat mir zugestimmt. Aber ganz ehrlich? Ich weiß es nicht. Im Moment könnte ich mir nicht vorstellen, noch einmal mit ihm zusammen zu kommen. Aber Gefühle kann man nicht beeinflussen. Ich kann es mir jetzt zurzeit nicht vorstellen, aber später... So in zwanzig Jahren vielleicht.

Auf jeden Fall könnte ich mir kein Leben ohne ihn vorstellen. Und ich könnte uns schon irgendwann als Paar sehen. Wir wären ein süßes Paar. Wir wären kein verkrampftes Liebespaar, das immer eifersüchtig ist, ins Kino geht und schnulzige Filme anguckt. Wir wären ein tolles Paar. Ein Paar, das immer Spaß zusammen hat und viel lacht.

Das einzige Problem dabei ist Mason. Eigentlich nicht direkt Mason, sondern meine Gefühle für ihn. Ich kann ihn nicht vergessen, auch wenn ich es permanent versuche. Er ist seit zwei Jahren weg und ich habe ihn immer noch nicht losgelassen.

Ich glaube, Jess geht es ähnlich. Nur, dass sie keine Liebe für ihn empfindet. Aber als Freund vermissen wir ihn. Wahrscheinlich hat sie sich deshalb so zurückgezogen. Ich werde mal mit ihr reden. Wir verstehen einander und haben etwas gemeinsam. Ich denke, wir werden uns gut verstehen. Ein klärendes Gespräch ist genau das Richtige für uns. Außerdem möchte ich mit Mike reden. Er scheint überhaupt nicht wissen zu wollen, wer ihm geschadet hat. Dabei wäre das wichtig, wenn er weiter verkaufen will. Vielleicht kann ich etwas herausfinden. Ich werde einfach mal mit ihm sprechen. Ich muss nur etwas mehr über sein Geschäft erfahren, dann wird das bestimmt nicht so schwer.

In meinen Angelegenheiten kann ich gerade sowieso nichts machen. Abwarten und Tee trinken. Zum Kotzen. Aber was soll ich machen? Ich kann nichts über die Tagebucheinträge herausfinden und auch nicht, was mit Mason los ist. Also kann ich mich gerade auf Mike konzentrieren. Und auf die Schule. Wir schreiben gerade schon wieder so viele Arbeiten. Es ist der Endspurt vor den Zeugnissen. Ich hasse die Schule. Wer nicht?

Bis zum nächsten Eintrag!
Lucymaus

Kapitel 14:

Am nächsten Schultag in der Pause kam Raphael wieder zu mir und umarmte mich ganz lange und innig. Ich genoss die Nähe zu ihm sehr.

„Na, haben wir da das neue Traumpaar?", hörte ich Miras Stimme.

Sie hielt mal wieder ihr Handy auf uns.

„Nein, ich will nichts von ihr", versicherte Raphael.

„Natürlich", meinte Mira nur ironisch.

Wir ignorierten sie und unterhielten uns einen Moment über die aktuelle Situation in der Schule. Früher hatte Rapha auch mit dem Sitzenbleiben zu kämpfen gehabt. Aber im Gegensatz zu Mason hatte er sich gefangen. Wobei Mason sich angeblich auch gebessert hatte.

Als Mike dann auch endlich mal kam, ließ ich Raphael stehen und ging zu ihm.

„Kann ich kurz mit dir reden?", fragte ich.

„Klar."

Ich war kurz überrascht, wie freundlich er mir geantwortet hatte. Seit er wusste, dass ich ihn nicht verpetzt hatte, besserte sich unsere Beziehung wieder. Es freute mich sehr. Letztendlich wendete sich doch alles wieder zum Guten.

„Na, du weißt doch, dass irgendjemand dich bei Frau Kassler verpetzt hat", fing ich an.

Er nickte.

„Willst du gar nicht herausfinden, wer es war?"

Er seufzte.

„Doch, schon, aber ich glaube einfach nicht, dass es mir gelingen wird. Wie soll ich das denn erfahren?", fragte Mike.

„Vielleicht kann Eve ihre Mutter noch einmal fragen. Sie erzählt es ihr bestimmt", antwortete ich.

„Das hat sie schon versucht. Warum willst du das überhaupt wissen? Es geht dich doch gar nichts an."

„Ich will dir helfen."

Er lächelte.

„Hast du irgendeinen Plan?"

„Man könnte es andersherum probieren und überlegen, wer ein Motiv hätte."

„Es ist illegal. Das war vermutlich der Beweggrund. Und der bringt uns nicht weiter. Es könnte jeder gewesen sein."

„Ich glaube nicht, dass es nur daran lag. Vielleicht könntest du mir etwas mehr über dein Geschäft erzählen. Wie du so arbeitest und wie es in letzter Zeit gelaufen ist…", schlug ich vor.

Mike zögerte einen Moment.

„Soll ich dir das Geheimnis wirklich verraten?"

Ich nickte.

„Ich weiß nicht…"

„Bitte!"

„Na schön!"

Er machte mich wirklich neugierig. Aber gerade, als er es mir erzählen wollte, hörte ich eine Stimme, die meinen Namen rief. Ich drehte mich um und sah Eve und Samuel, die mit zwei Wasserpistolen auf mich schossen und lachten. So, so, sie fand es also albern. Eve würde sich wohl nie ändern. Immerhin konnte ich nirgendwo Mira sehen. Das bedeutete, dass es das ganze Spektakel wohl nicht im Internet zu sehen geben würde. Gott sei Dank!

Mike und ich setzten uns auf eine Bank. Ich war

gespannt, was er mir erzählen wollte. Ich hatte so das Gefühl, dass es etwas Großes war.

„Okay, dann erzähle ich dir jetzt alles über mein Geschäft."

„Oh, da will ich zuhören!", sagte Layla plötzlich und kam zu uns. An ihrer Hand hielt sie Matteo, den sie wie einen Hund hinter sich her zog.

„Was ist los?", fragte Jess.

„Mike erzählt uns das Geheimnis seines Verkaufs", antwortete Layla.

„Oh. Raphael, komm her! Das musst du dir anhören!", rief Jessica.

Evelyn und ihr neuer Liebhaber kamen natürlich auch. Wenn alle zusammenstanden, musste es etwas Interessantes geben.

Ich sagte kein Wort. Mike sah man an, dass es ihm nicht gefiel, die Anderen auch noch dabei zu haben. Doch die achteten gar nicht auf ihn. Ich versuchte, entspannt zu bleiben. Er würde es mir trotzdem erzählen.

„Sagst du es uns bitte?", fragte ich in dem liebsten und süßesten Ton, den ich hatte.

Er seufzte.

„Wir erzählen es auch nicht weiter", meinte Raphael. Die Anderen stimmten zu.

„Was ist hier los? Habe ich etwas verpasst?", fragte Mira.

„Ich wollte gerade Lucy etwas über mein Geschäft erzählen und jetzt…"

Sie unterbrach ihn barsch:

„Oh, das muss ich filmen!"

Sie zückte gerade ihr Handy, als Matteo sie ermahnte:

„Leg das Ding weg! Mike erzählt uns das nur, wenn wir es keinem weitersagen."

„Okay…", meinte Mira. „Du weißt, ich kann schweigen wie ein Grab."

Mike nickte. Er blickte langsam durch die Runde und überlegte offensichtlich, ob er uns allen vertrauen kann. Anscheinend sollte es keiner erfahren, daher durfte man es nur den engsten Vertrauten sagen. Schließlich lächelte er.

„Gut. Ich erzähle euch jetzt ein Geheimnis. Das darf keiner sonst erfahren. Verstanden?"

Wir alle nickten.

„Ihr denkt vielleicht mein Geschäft ist eine einmalige Sache, aber so ist es nicht. Ich bin Teil einer großen Bande von Jugendlichen, die überall in der Stadt Süßigkeiten verkaufen. Wir sind in allen Schulen unterwegs und nehmen insgesamt ziemlich viel ein. Ich bin dabei nur der Letzte in der Rangordnung", erzählte Mike.

„Ich komme nicht mit. Wie soll ich mir das vorstellen?", fragte ich.

Das schien komplizierter und verstrickter zu sein, als ich je gedacht hätte. Ich hätte nicht erwartet, dass Mike in so einer Sache mit drinnen steckte. In meiner Vorstellung ging er einfach in irgend so einem Discounter einkaufen und verkaufte es dann teurer weiter. Aber ich hatte ja keine Ahnung.

„Es gibt einen großen Chef des Ganzen", sagte Mike.

„Wer ist das?", kam es von Raphael.

„Ich kenne ihn nicht. Er leitet das Unternehmen, gibt alle Anweisungen und übernimmt das Organisatorische.

Also das ist so das, was ich gehört habe. Er bestimmt alle Preise und entscheidet, was überhaupt verkauft wird. Ich muss regelmäßig meine Verkaufszahlen angeben und einen großen Betrag meines verdienten Geldes abgeben."

„Wow, das ist krass", meinte Mira. „Und wie läuft das dann genau ab mit den eingekauften Sachen?"

„Es gibt extra Leute, die im Großmarkt und Discounter einkaufen. Je nachdem, wo es günstiger ist. *So günstig wie möglich, so teuer wie nötig* ist unser Motto. Wir machen das nicht, um viel Geld zu verdienen. Es ist ein Protest gegen die hohen Preise in Schulen. Die Einkaufslisten schreibt übrigens auch der Chef. Er weiß genau, wie viel verkauft wird und wo genau die Bestellungen hingehen. Das übernimmt dann der Kurier", erklärte Mike.

„Und wer ist das?", fragte Eve.

„Weiß ich auch nicht!"

„Wie kannst du das nicht wissen?", fragte Lay.

„Es ist kompliziert. Ich bekomme die Sachen regelmäßig im Park. Der Kurier packt sie in eine Tüte und versteckt sie. Ich habe keine Ahnung, wer es wirklich ist."

Es wurde still. Alle dachten nach. Sollten wir ihm glauben? Sagte er wirklich die Wahrheit? Irgendwann sprach Mira das aus, was alle dachten:

„Das ist doch Blödsinn! Wie kann es sein, dass du weder den Chef noch den Kurier dieses ganzen Gebildes kennst? Wie bist du da hineingekommen, wenn du doch angeblich keine Ahnung über die Identität der Anderen hast? Zumal das doch dämlich ist, da mitzumachen. Du musst von all deinen Einnahmen etwas abgeben. Da macht man das lieber alleine und behält den Rest für sich! Wieso sollte das stimmen?"

„Wenn ihr mir nicht glaubt, ist das euer Pech! Ja, ich gebe einen großen Teil des Geldes ab. Aber dafür habe ich deutlich weniger Arbeit! Ich muss nicht selbst einkaufen, keine Preise vergleichen oder ausrechnen. Ich muss mir keine Sonderaktionen überlegen! Zum Beispiel habe ich gestern Sandwiches verkauft. Die musste ich nicht selbst machen. Ich habe nur die Bestellung weitergegeben und sie verkauft", erklärte Mike.

Meiner Meinung nach machte das Sinn.

„Ihr könnt mir glauben oder nicht. Aber ich kann es beweisen!", sagte Mike.

„Und wie?", fragte Jess.

„Sobald ich die nächste Lieferung bekomme, nehme ich euch mit. Dann seht ihr es!"

„Du könntest das auch selbst hingelegt haben", argumentierte Evelyn.

„Eine Frage: Warum sollte ich das machen? Was für einen Grund hätte ich, euch anzulügen?"

„Du willst dich cool fühlen?", meinte Eve.

„Es stimmt. Ich bin wirklich glücklich, ein Teil einer so großen Gruppe zu sein! Ich bin froh, etwas gegen die hohen Preise in den Schulcafeterien zu machen. Aber ich lüge euch nicht an. So eine Arbeit würde ich mir nicht machen", meinte Mike.

„Also ich glaube dir. Und ich werde dir helfen, herauszufinden, wer dich verpetzt hat!", sagte ich.

„Danke, aber ich glaube, das ist aussichtslos."

„Man darf nur nie die Hoffnung verlieren."

Wir verbrachten die ganze Pause damit, über Mike und sein Geschäft zu reden. So wirklich wichtige Sachen erzählte er dann doch nicht. Er verriet zum Beispiel nicht, wie viel er verdiente. Oder der Chef. Dafür redete er von den Problemen, die auftraten. Zum Beispiel, dass die Schokolade im Sommer immer schmolz. Außerdem ging es um Transportmittel und andere organisatorische Dinge. Wir merkten schnell, dass dieses Geschäft kein Zuckerschlecken war und Mike eigentlich froh sein konnte, dass er nicht alles machen musste.

Die ganze erste Pause wurde geredet. Ich hatte keine Möglichkeit, Jess zu zeigen, dass ich sie verstand. Dabei wollte ich das gerne. Weil ich mich auch immer freute, wenn jemand auf mich zukam. In der zweiten großen Pause konnte ich dann endlich mit ihr reden. Wie so oft saß sie alleine auf einer Bank und las etwas auf ihrem Handy. Ich setzte mich neben sie.

Wir schwiegen. Sie legte sogar ihr Handy weg, sagte aber zunächst kein Wort. Ich hatte mir vorher lang und breit überlegt, was ich zu ihr sagen wollte, aber dann bekam ich kein Wort heraus! Ihr ging es zum Glück anders.

„Du vermisst Mason sehr, oder?", fragte sie.

„Du auch?"

Sie nickte.

„Es geht dir sehr nahe, oder? Deshalb bist du in letzter Zeit so… schweigsam. Ich weiß auch nicht", sagte ich.

„Ja. Früher war alles besser. Das sagt man doch so, oder?"

Ich nickte.

Und dann saßen wir einfach nur da und lächelten uns an. Manchmal brauchte es keine Worte. Wir wussten auch so, dass wir einander verstanden und uns auf den anderen verlassen konnten. Irgendwann umarmten wir uns auch.

„Ich verstehe dich", sagte ich, kurz vor dem Klingeln.

„Ich weiß. Du hast Mason echt geliebt und er war

damals nur mit Mira zusammen. Und jetzt ist er weg
und… es ist alles so schwierig."

„Ich glaube nicht, dass die Dinge von sich aus
kompliziert sind. Dinge werden erst kompliziert, weil
wir sie kompliziert machen."

„Das stimmt auch wieder. Hast du es kompliziert
gemacht?", fragte Jess.

„Nein. Mason war das."

„Wir hätten etwas tun können."

„Ich denke nicht."

„Doch!", widersprach sie. „Ich bin gut in der Schule, ich
hätte ihm helfen können! Ihr hattet andere Probleme,
aber ich doch nicht! Ich wäre dazu in der Lage gewesen,
es zu verhindern."

„Wenn er sich nicht verbessern will, dann bringt das
auch nichts. Und er wollte nicht. Das war seine
Entscheidung", meinte ich.

„Ich glaube, Mason ist einer von diesen Leuten, die nicht
von sich aus um Hilfe bitten. Er gehört eher zu denen,
die stumm darauf warten, dass andere es erkennen."

„Ja, aber wir haben es ihm angeboten und er hat
abgelehnt. Immer wieder. Wir sollten uns nicht die
Schuld daran geben."

„Hast du auch Schuldgefühle?", fragte Jessica.

„Manchmal."

„Ich frage mich oft, wie wir heute wären, wenn er noch
da wäre."

Ich nickte.

„Er hat Leben in unsere Gruppe gebracht. Wenn er da
war, schien immer die Sonne. Er hat uns dazu bewegt,
uns zu bewegen. Wir haben immer gespielt, gelacht und
waren eigentlich immer glücklich. Ich kann mich nicht

daran erinnern, dass wir uns jemals gelangweilt haben oder schlecht drauf waren", meinte ich.

„Aber glaubst du, das lag wirklich nur an Mason?"

„Nein, es lag an unserer Clique. Aber unsere Clique ist nicht mehr unsere Clique, seit er weg ist."

„Wir haben uns eben alle verändert", meinte sie. „Das ist normal."

„Eben, deshalb frage ich mich auch oft, ob es genauso gekommen wäre, wenn er noch in unserer Klasse wäre. Ich denke nicht."

„Ich auch."

Es klingelte. Wir blieben sitzen.

„Es war schön, mal wieder mit dir zu reden. Wir sind uns echt ähnlich", sagte Jess und stand auf.

„Ja. Es tut mir leid, was ich über dich in mein Tagebuch geschrieben habe. Wir haben Masons Abschied alle unterschiedlich verarbeitet und da habe ich dein Verhalten wohl fehlinterpretiert."

„Schon vergessen. Alles wieder wie früher?", fragte sie.

„Das wäre schön", sagte ich seufzend. „Ich werde mein Bestes dafür geben."

„Ich auch."

Wir umarmten uns und gingen zusammen nach rein. Und wie damals mit Mason hatte ich das Gefühl, eine verlorene Person wiederbekommen zu haben.

Liebes Tagebuch,

es ist großartig. Jess und ich haben geredet und wir sind uns so ähnlich. Wir könnten Zwillinge sein. Wir haben dieselben Gedanken, dieselben Sorgen und Gefühle. Ich hatte vollkommen vergessen, warum ich früher mit all meinen Freunden befreundet war. Ich habe das, was ich an ihnen geliebt habe, irgendwie aus dem Blick verloren. Grauenhaft, oder? Ich werde alles tun, um den Zauber in ihnen wieder sehen zu können. Denn sie sind zauberhaft. Jeder einzelne ist es.

Mike hat uns allen ein großes Geheimnis verraten und uns erzählt, wie sein Geschäft wirklich funktioniert. Es ist verrückt. Ich hätte nie gedacht, dass er Teil einer Bande ist! Er hat gesagt, sie wollen protestieren gegen die hohen Preise am Schulkiosk. Wenn alle bei ihnen kaufen und keiner mehr in der Schule, dann müssen die etwas tun. Deshalb verkaufen sie auch alles so günstig wie möglich, aber so teuer wie nötig.

Ich finde, das ist eine gute Sache. Wir müssen in der Schule teilweise doppelt so viel bezahlen wie im nächsten Supermarkt. Das finde ich krass. Wir sind Schüler! Von daher unterstütze ich diese Aktion gerne. Habe ich schon immer.

Interessant finde ich aber, dass Mike weder den Chef kennt noch den Kurier, der ihm die Süßigkeiten bringt. Er hat gesagt, er würde die Sachen im Park in einer Tüte bekommen. Ich finde das komisch, aber interessant. Zu gerne würde ich wissen, wer das dort hinbringt. Und wer der Chef des Ganzen ist. Es ist eine tolle Idee und ich denke rund um die Uhr darüber nach. Wie wohl die Kommunikation abläuft, wenn sie sich nicht kennen? Wo werden die Sachen gelagert nach dem Einkaufen? Wie werden sie transportiert? Wie werden die Preise errechnet?

Das nächste Mal will Mike uns mitnehmen, wenn er eine Lieferung bekommt. Ich hoffe, das passiert bald. Ob es feste Termine gibt, wann die neuen Sachen geliefert werden? Oder muss er irgendwie Bescheid sagen, wenn seine Ware ausverkauft ist? Es muss viel Organisation in dieser Bande stecken. Ich bin so aufgeregt! Wahrscheinlich stelle ich mir alles viel besser oder spannender vor, als es in Wirklichkeit ist. Ich bin absolut begeistert von dieser

Truppe!

Aber im Moment habe ich andere Sorgen. Ich schreibe morgen eine wichtige Arbeit. Jeder kennt es vermutlich und es ist ein grauenhaftes Gefühl. Die Klassenarbeit entscheidet über meine Zeugnisnote. Zumal es mein Hassfach ist: Erdkunde. Es ist einfach nur Auswendiglernen und hat nichts mit Intelligenz zu tun. Auswendiglernen kann jeder. Intelligenz heißt, Sachverhalte zu verstehen und sich damit selbstständig neue Dinge aneignen zu können.

Ich verstehe nicht, warum es solche Fächer wie Erdkunde gibt. Natürlich hat es, wie jedes andere Fach auch, wichtige Themen. Zum Beispiel finde ich es wichtig, die Kontinente, Länder und Planeten zu kennen. Man sollte auch in etwa wissen, warum wir Tag und Nacht und Jahreszeiten haben. Aber so etwas haben wir schon alles durch. Jetzt machen wir nur noch Dinge, die man auswendig lernt und nach zwei Wochen schon wieder vergessen hat.

Mein Problem ist die Lehrerin. Sie hat mir eine Vier im Mündlichen gegeben! Das heißt, ich muss mindestens eine Zwei schreiben, um auf eine drei auf dem Zeugnis zu kommen! Ich hatte noch nie eine Vier auf dem Zeugnis. Das wäre grauenhaft. Unsere Lehrerin ist auch noch dafür bekannt, schlechte Noten sowohl im Mündlichen als auch in den Arbeiten zu verteilen. Das heißt, ich setze mich gleich noch hin und lerne fleißig Erdkunde. Ich habe schon viel gelernt und kann es eigentlich auch, aber es schadet nicht, es noch einmal durchzulesen.

Wenn ich Neuigkeiten habe, schreibe ich wieder! Wünsch mir Glück!

Bis hoffentlich bald!
Lucymaus

Kapitel 15:

Am nächsten Morgen vor der Schule ging ich zu Mike, um mir bei ihm einen Schokoriegel zu kaufen.

„Es ist echt schade, dass ihr keine Brezeln verkauft", meinte ich.

„Ja, aber wie willst du die frisch verkaufen?", erwiderte er.

„Keine Ahnung. Du könntest sie morgens aufbacken."

„Ich müsste das erst mit meinem Chef absprechen."

„Der kriegt das doch nicht mit!"

Mike lehnte sich zu mir herüber.

„Es wird gemunkelt, dass ich beobachtet und kontrolliert werde."

Ich runzelte die Stirn.

„Herrscht ja sehr viel Vertrauen bei euch."

Mike zuckte nur mit den Schultern.

„Wann bekommst du eigentlich die neue Ware?", fragte ich.

„Weiß ich noch nicht."

„Und wie erfährst du es?"

„Ich schreibe mit dem Chef. Es läuft alles per SMS", erklärte Mike.

Das machte Sinn. Heutzutage wird immer mittels der Anonymität des Internets kommuniziert. Aber könnte man das nicht theoretisch zurückverfolgen? Ich fragte mich ohnehin, was für einen Sinn es hatte, sich zu verstecken.

„Warum zeigt sich der Chef eigentlich nicht?", fragte ich.

„Weil das alles ziemlich illegal ist. Wir müssten es eigentlich als Gewerbe anmelden und Steuern bezahlen."

„Stimmt. Natürlich. Hatte ich gerade vergessen", meinte ich.

„Kein Problem. Es ist noch so früh. Da ist man schon mal durcheinander."

„Ich gehe schon mal zum Klassenraum", sagte ich. „Du solltest auch kommen. Wir schreiben gleich die Arbeit."

„Ich habe es nicht vergessen!", erwiderte Mike lachend.

„Fandest du die Arbeit schwer?", fragte ich Layla in der Pause zur zweiten Stunde.

„Nein, es war in Ordnung. Und du?"

„Ich fand es gut. Ich bin mir sicher, dass es eine Zwei wird."

„Das freut mich."

Lay holte aus ihrer Tasche eine Brotdose und öffnete sie. Neben einem Brot und etwas Schokolade befand sich auch ein rosafarbener Zettel darin.

„Was ist das?", fragte ich.

Layla nahm den Zettel und sah ihn sich an. Dann fing sie an, zu grinsen.

„Ich bin eingeladen zu Miras Party!", sagte sie begeistert.

Mira war unsere Partykönigin. Sie schmiss in den Sommerferien immer eine Party bei sich zu Hause. Es war oft eine Übernachtungsparty, aber schlafen tat selten jemand. Stattdessen badeten wir die ganze Nacht in ihrem Pool oder machten Stockbrot. Mira ließ sich jedes Jahr etwas Neues einfallen! Es waren oft eine Menge Leute da, aber nur ausgewählte. Es war ein Privileg, zu ihrer Party kommen zu dürfen.

„Steht da noch etwas drauf?", fragte ich.

„Nein. Hier steht nur, dass ich nähere Informationen

von ihr bekomme. Ich werde in der Pause mal zu ihr gehen."

Das tat Layla auch. Ich beobachtete, wie sie mit Mira und ihren Freunden redete. Ich hatte noch keine Einladung bekommen und wunderte mich nicht besonders darüber. Nach dem Trubel, den es um mich gab. Traurig machte es mich trotzdem. Miras Party war das Event des Jahres und ich würde es verpassen! Wir waren vielleicht nicht die besten Freunde, aber seit Mason weg war, hatten wir häufiger etwas zusammen gemacht. Und ich war die letzten Jahre immer dabei gewesen!
Als Layla zurückkam, erzählte sie mir, was Mira gesagt hatte:
„Es geht nicht um ihre große Sommerparty. Sie macht nur eine kleine Feier am Wochenende. Wir werden grillen und ein paar Spiele spielen. Keine große Sache."
Es verletzte mich dennoch. Gerade zu einer kleinen Party mit den engsten Freunden würde ich auch gerne gehen.
„Du bist auch eingeladen?", fragte Matteo, der zu uns stieß.
Layla nickte.
„Und du?", fragte er an mich gewandt.
Ich schüttelte den Kopf.
„Ich habe noch keine Einladung bekommen."
„War ja klar", hörte ich Evelyn. „Ich komme auf jeden Fall und Samuel bringe ich auch mit."
Mira kam zu uns rüber.
„Nein, das wirst du nicht tun. Bei dieser Feier dürfen nur Leute mit Einladung kommen. Aber du hast es auch

gar nicht nötig, ihn mitzubringen."

Sie reichte Samuel eine Einladung.

„Cool. Danke!"

Ich seufzte. Selbst dieser Trottel wurde eingeladen, aber
ich nicht!

Mira sah einen Moment zu mir hinüber. Dann ging sie,
ohne ein Wort zu sagen. Super. Ich war also tatsächlich
nicht eingeladen. Sonst hätte sie mir die Einladung doch
schon gegeben!

Auch wenn es hieß, es solle nur eine kleine Feier mit
engsten Freunden werden, stellte sich heraus, dass doch
die halbe Schule eingeladen war. Ich wurde selbst Zeuge
davon. Als ich in einer Pause an mein Schließfach ging,
hörte ich, wie Mira mit Mason redete.

„…. und deshalb würde ich mich sehr freuen, dich als
Special-Guest auf meiner Party begrüßen zu dürfen."

„Mira, ich weiß nicht…"

„Schon klar, wir waren in letzter Zeit nicht so dick, aber
wir würden uns alle sehr freuen, wenn du kommst."

„Ich überlege es mir."

„Gut, dann überleg es dir!", meinte Mira und ging.

Mason sah mich an.

„Gehst du auch hin?"

Ich schüttelte den Kopf.

„Ich bin nicht eingeladen."

Er sah mich verwirrt an. Es überraschte ihn genau so
sehr wie mich. Mason sagte allerdings nichts. Er ging
einfach. Sehr mitfühlend.

Ich schlug mein Schließfach zu und entdeckte, dass eine
Einladung daran klebte.

„Überraschung!", sagte Mira, die plötzlich neben mir

auftauchte.

Sie lachte, wurde aber schnell wieder ernst und lehnte sich gegen die Schließfächer.

„Ja, ich habe lange darüber nachgedacht, ob ich dich einladen soll. Außerdem musste ich zuerst Mason einladen, weil er vermutlich nicht kommen würde, wenn er wüsste, dass du auch kommst."

„Das war also nur Strategie?"

„Genau."

Sie lachte.

„Ich dachte schon, ich wäre nicht eingeladen!", meinte ich.

„Ich habe auch überlegt, dich nicht einzuladen. Nach dem, was du in deinem Tagebuch über mich geschrieben hast…"

„Das tut mir echt leid. Es war wirklich nicht böse gemeint. Warum ist es dir denn so wichtig, dass Mason kommt?", fiel es mir wieder ein.

„Ich glaube einfach, dass es… lustig werden kann mit ihm", antwortete Mira. „Also wirst du kommen?"

Ich überlegte einen Moment und seufzte.

„Ich weiß nicht. Wenn Mason auch kommt und Samuel und Eve… Und womöglich auch noch die andere Person, die mein Tagebuch kopiert hat…"

„Ach, komm schon! Wir sind doch alle Freunde! Es wird alles gut, darum kümmere ich mich persönlich. Versprochen!", sagte Mira.

„Okay, dann komme ich."

„Super."

Sie ging einige Meter und drehte sich dann noch einmal um.

„Und viel Glück beim Turnier morgen! Wir werden euch

in Grund und Boden spielen!"
„Das werden wir noch sehen!"

Am nächsten Tag war das Volleyballturnier. Jeder
Jahrgang spielte jedes Jahr ein Turnier. Die Klassen einer
Jahrgangsstufe spielten gegeneinander. In diesem Jahr
war Volleyball dran. Die A galt sonst immer als die beste
Klasse und wir waren in den Turnieren meistens
mittelmäßig. Wir hofften eher auf den dritten Platz als
auf den Sieg.
Früher hatte uns das immer sehr getroffen, aber im
Laufe der Jahre hatten wir uns daran gewöhnt und
versuchten, einfach Spaß zu haben. Natürlich
behaupteten wir scherzhaft immer, wir würden
gewinnen. Wir konnten immerhin über uns selbst
lachen.
Nachdem wir uns alle umgezogen hatten, spielten wir
uns warm. Im Gegensatz zu den anderen Mädchen aus
unserer Klasse waren Lay und ich gar nicht so schlecht.
Ob unsere Mannschaft gut genug war, um gegen die
anderen anzukommen, würde sich an diesem Tag
zeigen.
Wir setzten uns auf die Tribüne und aßen eine
Kleinigkeit.
„Glaubst ihr, wir können heute einen guten Platz
erreichen oder vielleicht sogar gewinnen?", fragte ich.
„Ist doch egal!", meinte Layla.
„Ich finde, wir sind echt gut dieses Jahr", meinte Mike.
„Na und? Wir haben die letzten Jahre auch immer
gedacht, wir wären richtig gut und dann haben wir doch
immer verloren!", sagte Eve.
„Es war immer richtig knapp. Ich denke, wenn wir uns

richtig anstrengen, haben wir gute Chancen", meinte ich.

Ich sah zum Eingang der Sporthalle und stellte mir einen Moment vor, wie es wäre, wenn Mason uns besuchen würde. Er käme einfach herein, würde direkt zu unserer Tribüne kommen und uns aufbauende Worte sagen. Er würde uns Glück wünschen und uns sagen, dass es nicht schlimm ist, zu verlieren und wir fantastisch sein werden. Es wäre schön, wenn Mason uns besuchen würde.

„Erwartest du jemanden?", fragte Matteo lächelnd.

Er wusste genau, was los war.

„Ich hoffe, dass Mason zu uns kommt", antwortete ich ehrlich.

„Du glaubst doch nicht wirklich, dass der uns besucht!", meinte Evelyn. „Er hat uns alle längst vergessen! Mason ist ein Idiot! Er hat seine Freunde und kümmert sich nicht mehr um uns! Erst recht nicht um dich!"

Ich sah sie geschockt an und für einen Moment hatte ich das Gefühl, mir würden die Tränen kommen. Ich war kein Mensch, den man schnell zum Weinen brachte, aber Mason war mir wichtig und es ging mir sehr nahe, was Eve gesagt hatte.

„Es ist nun mal die traurige Wahrheit", fügte sie noch hinzu.

Ich hoffte nur verzweifelt, Mason würde doch kommen, damit ich Evelyn beweisen konnte, dass sie Unrecht hatte! Wir waren ihm nicht egal.

Den ganzen Tag über gab ich mein Bestes in den Spielen und behielt in den Pausen die Tür im Blick. Ich erwartete ihn verzweifelt. Als ich einen Moment abgelenkt war, hörte ich, wie Layla meinen Namen sagte. Ich sah zur Tür und fing automatisch an, zu grinsen. Mason und seine Freunde kamen in die Halle.

Ich hatte es gewusst. Er hatte uns nicht vergessen! Wir waren ihm nicht egal! Ich freute mich so sehr, dass er an diesem Tag zu uns kam, um uns zu unterstützen. Er hatte sich nicht verändert, wie die Anderen immer sagten.

„Eve!", sagte ich.

Sie drehte sich um und ich deutete auf Mason. Er ging am Rand der Halle entlang Richtung Tribüne.

„Und? Was sagst du jetzt?"

Tatsächlich sagte sie gar nichts. Sie sah mich nur traurig an und schüttelte den Kopf. Ich sah wieder zu Mason und verstand, warum sie so reagierte. Er war nicht auf dem Weg zu uns. Er war bei einem Jungen aus seiner Klasse, der im Sanitätsdienst mithalf und deswegen auch hier war.

Ich war fassungslos. Meine ganze Welt, die ich mir in den letzten Sekunden aufgebaut hatte, brach wieder in sich zusammen. Ich hatte einen Kloß im Hals. In mir zog sich alles vor Schmerzen zusammen. Es fühlte sich an, als würde ich innerlich verbluten.

Eve legte mir eine Hand auf die Schulter. Ich sah sie an. Sie lachte mich nicht aus, sondern hatte einen mitfühlenden Blick. Ich war ihr in diesem Moment unglaublich dankbar dafür.

„Er ist ein Idiot. Halt dich einfach von ihm fern!", riet sie mir in einem ruhigen Ton.

Ich schüttelte jedoch den Kopf und wischte mir die Tränen aus den Augenwinkeln.

„Nein, das lasse ich mir nicht gefallen!"

Meine ganze Trauer verwandelte sich in Wut. Ich war wütend auf Mason, weil er sich so unmöglich verhielt. Er war schon auf dem Rückweg. Auch nachdem er mit seinem Freund geredet hatte, kam er nicht mehr zu uns hinüber. Ich lief ihm nach.

„Mason!", rief ich wütend.

Er blieb stehen und drehte sich um. Seine Freunde hielten ebenfalls und sahen mich an. Ich ignorierte sie. Hier ging es nur um Mason.

„Ist das dein Ernst?", fragte ich. „Du kommst hierher, zu dem Turnier deiner alten Klasse und dann kommst du nicht einmal zu uns, um uns viel Glück zu wünschen?"

Während seine Freunde ihn auslachten, blieb Mason ernst.

„Geht schon mal vor, ich komme gleich nach!", sagte er.

Sie gingen. Ich sah Mason weiterhin wütend an. Er sah nur auf den Boden und sagte nichts.

„Willst du nichts dazu sagen?", fragte ich.

„Was soll ich denn sagen? Ist es jetzt wirklich so schlimm?"

Ich machte einen Schritt zurück, als könnte ich mich so vor seiner Aussage schützen. Es tat ihm nicht einmal leid! Es war ihm komplett egal, was er mir und uns allen damit antat. Er trat auf meinem Herzen herum und ignorierte es dann. Aber ich wollte mir das nicht gefallen lassen. Er sollte spüren, dass er nicht alles mit mir machen konnte.

„Weißt du was? Du hast recht! Es ist vollkommen egal, wenn du ein arrogantes Arschloch sein willst! Dein Verhalten ist echt asozial, egoistisch und kindisch! Aber wenn du dich so geben willst, ist das nicht mein Problem! Du kannst auch meinetwegen so ein Arschloch bleiben!", schrie ich ihn an.

Ich blieb einen Moment still, um meinem letzten Satz noch mehr Ausdruck zu verleihen.

„Ich hatte dich bloß anders in Erinnerung."

Damit ging ich. Ich ließ ihn stehen, weil er es nicht anders verdient hatte. Eigentlich hatte er es nicht einmal verdient, dass ich überhaupt noch mit ihm redete. Aber er sollte wenigstens wissen, was ich von ihm dachte.

Als ich wieder zur Tribüne kam, fühlte ich mich nicht unbedingt besser, aber befreit. Eve wartete merkwürdigerweise auf mich. Sie hielt ihre Hand hoch und ich schlug ein.

„So wird es gemacht!", sagte sie.

Es freute mich, dass sie so dachte. Gerade weil es Evelyn war.

„Warum sagst du das?", fragte ich.

„Weil du dir nicht alles von Mason gefallen lassen kannst! Auch wenn du ihn liebst, darfst du ihm nicht das Gefühl geben, er könnte mit dir umspringen, wie es ihm gerade passt", erklärte sie.

„Ich weiß. Deswegen habe ich das ja auch getan."

„Und es war genau richtig!"

Sie lächelte kurz. Eve lächelte nicht oft.

„Was hat er denn gesagt?", fragte sie.

Ich dachte kurz nach.

„Nicht viel. Er hat genau genommen gar nichts gesagt. Zuerst hat er nur gefragt, ob ich es denn wirklich so schlimm finde. Dann habe ich ihm eine Ansage gemacht und bin gegangen. Oder war das falsch?"

„Nein! Man darf ihn gar nicht erst irgendwelche Ausreden oder Lügen erzählen lassen!"

Ich schmunzelte. Wir waren wohl gar nicht so

unterschiedlich, wie ich immer dachte.

Liebes Tagebuch,

heute war unser Volleyballturnier. Alle 10. Klassen haben
gegeneinander gespielt, wobei jede Klasse zwei
Mannschaften gestellt hat. Meine wurde letztendlich Dritte.
Gar nicht so schlecht, oder?
Das Turnier an sich war mir eigentlich ziemlich egal. Es hat
mich viel mehr interessiert, was drumherum passierte.
Mason war da. Ich kann gar nicht in Worte fassen, wie es
sich angefühlt hat, als er durch die Tür hereinkam. Alle
meine Hoffnungen, Träume und Wünsche waren plötzlich
wieder da und ich habe fest daran geglaubt, dass sie wahr
werden könnten.
Ich habe gedacht, Mason wäre unseretwegen gekommen.
Kann man auch annehmen. Schließlich sind wir seine alte
Klasse und ich dachte, er wäre gekommen um uns zu
unterstützen. Turniere waren für uns immer schon eine
heikle Sache. Ich kann ja in diesem Eintrag meine
Lieblingsgeschichten von unseren Turnieren erzählen. Das
mache ich gleich. Zuerst erzähle ich diese Geschichte zu
ende. Sie hat aber kein Happyend.
Doch Mason war gar nicht unseretwegen da. Er hat einen
Freund aus seiner Klasse besucht, der im Sanitätsdienst ist.
Ich war so enttäuscht. Für einen Moment habe ich mich so
unendlich gefreut, dass er an uns gedacht hat. Und selbst
wenn er seinen Freund besucht: Ist es denn zu viel verlangt,
kurz zu kommen und uns viel Glück zu wünschen? Das, was er
abzieht, ist einfach nur asozial und fies.
Das habe ich ihm dann auch gesagt. Evelyn hat mich dabei
unterstützt. Über Eve und mich könnte ich auch noch
Geschichten erzählen, aber ich glaube, das mache ich beim
nächsten Mal. Jetzt kommen erst einmal meine drei liebsten
Turniergeschichten:

1. Es war das Brennballturnier in der sechsten Klasse. Ich erinnere mich noch gut daran, wie unsere Lehrerin uns hoch und heilig versprochen hat, es würde keine Geräte geben. Und natürlich war der Parcours mit Geräten. Im Sportunterricht habe ich um die sechs Punkte in einem Spiel geholt. Bei dem Turnier keinen einzigen. Den ganzen Tag nicht. Ich war nicht schnell genug auf dem Kasten. Wir hatten es ja kein einziges Mal geübt! Die anderen Klassen kannten die Geräte schon ganz genau.

Aber darum soll es jetzt nicht gehen. Worauf ich hinaus will, ist, dass wir ganz genau wussten, wir hatten keine Chance. Also haben wir stattdessen Mist gemacht. Matteo und Mason haben auf den Matten Rollen gemacht. Layla hat ein Rad auf dem Weg geschlagen. Mike ist trotz einer Verletzung mit gelaufen, um uns zu unterstützen. Wir hatten Spaß.

2. Auf dem Fußballturnier in der siebten Klasse waren Jungs und Mädchen getrennt. Wir haben uns aber trotzdem gegenseitig unterstützt. Immer wenn die Jungs gespielt haben, saß ich auf der Bank bei den Auswechselspielern und habe sie mit Wasser versorgt und sie angefeuert. Die Jungs haben das Gleiche bei uns gemacht. Und das war mein Highlight. Ich kam gerade vom Platz bei den Mädchen auf die Bank, da haben die Jungs mir Wasser gegeben. Besser gesagt, Mason hat mir Wasser gegeben. Sein Wasser! Es war seine Flasche, aus der er zuvor noch getrunken hatte! Anschließend haben sie mir gesagt, ich soll einfach ruppiger spielen. Ich sollte sie umhauen, so wie sie es bei uns gemacht haben. Das habe ich dann auch getan. Ich habe ein Mädchen aus der gegnerischen Mannschaft so umgehauen, dass sie danach sogar geweint hat. Es könnte aber auch nur daran liegen, dass wir letztendlich gewonnen haben. Ich habe mich gefreut.

3. Meine Lieblingsgeschichte kommt auch vom Fußballturnier. Wir waren jung und wollten einfach Spaß haben. Also haben

wir uns heimlich einen Ball ausgeliehen. Ich schreibe bewusst ausgeliehen, weil wir ihn natürlich später zurückgeben wollten. Wir hatten Glück und eine andere Halle unserer Schule war ebenfalls offen und komplett leer. Wir konnten ohne einen Lehrer die ganze Sporthalle für uns nutzen. Es war ein tolles Gefühl. Wir haben natürlich keinen Blödsinn gemacht, sondern nur ein bisschen gespielt.

Später sind wir dann auch noch nach draußen gegangen. Wir haben auf einer Wiese hinter der Schule gespielt. Aber natürlich musste irgendjemand den Ball über den Zaun ins Gebüsch schießen! Mason und ich sind dann reingegangen und haben versucht, uns hindurchzuzwängen. Auf der anderen Seite des Gebüsches war auch ein Zaun und davor waren große Mülltonnen, die sich als sehr nützlich erwiesen.

Ein Lehrer von uns kam vorbei. Das haben Mason und ich natürlich nicht mitbekommen, aber die anderen schon. Sie standen dort und hielten Wache für genau so einen Fall. Wir hätten großen Ärger bekommen! Wir hatten uns unerlaubt einen Ball genommen und diesen auch noch ins Gebüsch geschossen! Ich erinnere mich noch gut daran, dass Layla auf der anderen Seite war, um uns zum Ball zu lotsen. Matteo und Mike passten auf und grüßten unseren Lehrer lautstark. Mason und ich konnten gerade noch so hinter eine Mülltonne gehen und uns verstecken.

Den Ball haben wir trotzdem nicht bekommen. Ich weiß nicht genau, ob es an uns lag, aber im nächsten Jahr waren die Körbe mit den Bällen alle zugeschlossen und wir haben auch keinen Ball mehr bekommen.

Jetzt möchte ich aber noch kurz über ein anderes Thema schreiben. Am Wochenende steigt Miras Party. Es soll nur eine kleine Feier werden, zum Anfang der Partysaison. Mira ist bekannt für ihre tollen Partys und wird sogar als Königin betitelt. Es ist eine Ehre, zu ihrer Party kommen zu dürfen! Und Mason wird da sein! Ich freue mich sehr darauf. Es wird aufregend. Ich erzähle danach, wie es war!

Bis nach der Party!
Lucymaus

Kapitel 16:

Am Samstag war es dann soweit. Miras *kleine* Party
stieg. Ich zog mir ein eleganteres Outfit an, da es ein
entspannter Abend werden sollte und keine ausfallende
Party. Ich trug daher ein langes schwarzes Kleid mit
einer grünen Lederjacke. Ich liebte diese Jacke.
Meine Mutter fuhr mich zu Mira. Ihre Eltern besaßen ein
großes Anwesen, aber gefeiert wurde dieses Mal nur auf
ihrer Dachterrasse. Als ich kam, saßen schon die meisten
meiner Freunde hier, redeten und tranken etwas. Im
Hintergrund lief etwas Musik und das Licht der
langsam untergehenden Sonne tauchte alles in eine
angenehmes Flair. Ich roch bereits die Grillkohle, die
gerade von Mike zum Glühen gebracht wurde.
Mason sah ich noch nicht. Dafür Mira. Sie lief umher
und sorgte dafür, dass alles perfekt lief und jeder
zufrieden war. So verteilte sie fleißig Decken, weil es an
diesem Abend doch etwas kühl wurde. Ich nahm mir
ebenfalls eine und setzte mich.
„Lucy, möchtest du etwas trinken?"
„Ich hätte gerne ein Bier!", rief Mike von hinten.
„Ich habe doch schon gesagt: Es gibt kein Bier! Das soll
ein entspannter Abend werden und keine Party, bei der
sich alle betrinken. Es gibt nur etwas Wein!", antwortete
Mira.
„Ich denke, ich nehme eine Sprite", sagte ich.
„Okay, dann hole ich sie dir."
Sie lief rein und holte ein frisches Glas, an das sie eine
pinke Gummiblume klemmte, damit ich es
wiedererkannte.
„Mira, willst du dich nicht auch mal hinsetzen?", fragte

ich.

„Nein, ich bin Gastgeberin, also kümmere ich mich um alles!", antwortete sie.

„Wir sind alle zufrieden. Es ist super im Moment! Komm, setz dich zu mir!", meinte ich.

Sie setzte sich neben mich und sah auf ihre Hände.

„Manchmal habe ich große Angst", sagte sie plötzlich.

Ich war so verblüfft, dass ich zunächst nicht wusste, was ich antworten sollte.

„Wovor?", fragte ich schließlich.

„Alles zu verlieren."

„Was zu verlieren?"

„Mich."

Mira hob den Kopf und sah mich an.

„Ich habe Angst, alles zu verlieren, was mich ausmacht. Ich habe auch lange darüber nachgedacht, ob es eine gute Idee ist, diese Art von Feier zu machen. Ich habe einen Ruf als Partykönigin und ich habe manchmal einfach Angst, die Leute zu enttäuschen."

Ich lächelte. Nicht, weil ich mich über sie lustig machen wollte. Ich fand es schön, dass auch eine Mira, die immer so perfekt schien, Sorgen und Ängste hatte. Und dass sie es auch noch zugab!

„Das musst du nicht", antwortete ich. „Mach dir keine Sorgen, die Anderen zu enttäuschen, sondern mach einfach das, was du willst! Die Anderen werden dann schon mitziehen. Sieh mal!"

Ich deutete auf zwei Mädchen, die an einem anderen Tisch Schach spielten. Mira lächelte.

„Das hast du zum Trend gemacht. Dinge sind erst cool, wenn coole Leute sie tun. Es gibt Leute, die folgen Trends und welche, die setzen sie. Du hast immer schon die Trends gesetzt. Normalerweise halte ich nicht viel davon, aber was du machst, finde ich gut. Du hast gesagt, dass Rauchen blöd ist. Niemand aus unserem Jahrgang raucht! Du machst eine Party, auf der es nahezu keinen Alkohol gibt. Das finde ich mutig und wirklich toll."

Sie nickte.

„Danke für diese Worte. Ich weiß, dass ich beliebt bin und Leute das tun, was ich sage. Deshalb versuche ich immer, ein Vorbild zu sein und gute Dinge zu tun", erklärte Mira. „Ich werde jetzt mal schauen, ob wir anfangen können, zu grillen."

„Mach das", meinte ich.

Sie stand auf und ging. Was für ein faszinierender Mensch Mira doch war. Auch wenn sie manchmal etwas verrückt wirkte, war sie doch eine tolle Person, die ich insgeheim sehr bewunderte. Es kam nicht oft vor, dass man solche ernsteren Gespräche mit ihr führen konnte, aber ich liebte es, mit ihr zu reden. Man merkte, dass sie klare Prinzipien und Vorstellungen hat.

Ich sah meine Freunde, die in einer Ecke Karten spielten. Das hatten wir schon immer gerne gemacht. Ich stand auf und ging zu ihnen.

„Ich habe keine Lust mehr", sagte Raphael gerade und legte seine Karten auf den Tisch.

„Also? Neue Runde?", fragte Matteo.

Layla, Mike und Jess stimmten zu.

„Ich spiele für Raphael weiter", sagte ich.

„Okay, dann so", meinte Matteo.

Ich hob die Karten auf und sah sie mir an. Sie waren echt grauenhaft. Rapha musste richtig schlecht gespielt haben. Das bedeutete, ich musste mir richtig Mühe geben.

„Du bist dran", sagte Jessica zu mir.

Ich nickte, spielte für Raphael weiter und gewann letztendlich. In diesen Spielen war ich schon immer gut gewesen. Ich sah mich nach Raphael um und entdeckte ihn bei Mason. Die beiden standen an einer Wand und redeten. Ich freute mich darüber. Vielleicht fanden wir eines Tages doch wieder alle zusammen.

„Lucy?", fragte Mike.

Ich drehte mich um und sah ihn an.

„Ich habe erfahren, dass ich nächste Woche neue Ware bekomme."

„Super! Nimmst du uns dann mit?", fragte ich.

Er nickte. Ich sah wieder zu Raphael und Mason, welche sich gerade voneinander verabschiedeten.

„Erzähl mir bitte später alles, ja? Ich muss kurz weg."

„Okay, bis später."

Ich lief zu Raphael und begrüßte ihn.

„Was hast du denn mit Mason besprochen?", fragte ich.

Er lachte.

„Du bist immer noch total verknallt in ihn, oder?"

„Nein…", erwiderte ich. „Er war nur in letzter Zeit sehr merkwürdig und ich versuche immer noch, herauszufinden, warum er so ist."

Rapha grinste weiterhin.

„Du kannst mir nichts vormachen. Er gefällt dir."

„Ja, aber diese Aktion beim Volleyballturnier war echt nicht in Ordnung."

Er nickte.

„Ich habe schon davon gehört."

„Von wem denn?"

„Jess hat es mir erzählt."

Ich sah mich um und entdeckte Mason, der an einer
Wand lehnte und uns beobachtete. Das musste ich
einfach zu meinem Vorteil nutzen. Ich lächelte Raphael
an und legte eine Hand auf seine Schulter.

„Ich finde es echt toll, dass du dich so gut mit Jessica
verstehst", meinte ich.

„Ach… wir sind gar nicht so gut befreundet. Wir haben
nur zufällig mal geredet."

Ich grinste.

„Okay."

Raphael sah mich erst verwundert an, dann entdeckte er
Mason und lächelte.

„Du willst ihn eifersüchtig machen."

Ich sah auf den Boden.

„Mit mir?"

Er lachte.

„Na gut."

Ich hob meinen Kopf wieder und sah ihn verwirrt an. Er
umarmte mich. Aber nicht so, wie man einen guten
Freund umarmt. Es war eine tiefe, innige, fast schon
liebevolle Umarmung. Als er sich von mir löste, sahen
wir uns tief in die Augen. Sein Blick raubte mir
tatsächlich für einen Moment den Atem. Er nahm meine
Hand.

„Komm, setzen wir uns!"

Ich nickte nur und ging mit ihm. Mein Blick schweifte
kurz zu Mason herüber, welcher weiterhin zu uns
hinübersah. Als wir uns setzten und Raphael seinen
Arm um mich legte, löste er sich aus seiner Position.
Mira trat vor und schlug mit einem Löffel vorsichtig
gegen ihr Glas. Langsam wurde es ruhig und alle sahen
zu ihr.

„Ich freue mich sehr, dass ihr alle gekommen seid und heiße euch alle herzlich Willkommen hier auf meiner Dachterrasse. Wir wollen heute den Beginn des Sommers und damit der Partysaison feiern. Es sind bald Sommerferien und ich werde natürlich wieder meine Megaparty schmeißen. Aber erst einmal feiern wir heute diesen schönen Abend. Besonders freue ich mich darüber, dass Mason gekommen ist. Ich denke, ich spreche für alle, wenn ich sage, dass wir dich ganz schrecklich vermissen und wir dir alles Gute wünschen. Auch freue ich mich sehr über die Anwesenheit von Lucy. Du hattest es nicht leicht in der letzten Zeit und ich finde es sehr mutig von dir, heute hierher zu kommen. Ich meine, höchstwahrscheinlich sitzt die Person, der du das alles zu verdanken hast, auch hier in der Runde… Lasst uns einfach einen schönen Abend haben!"

Ich wusste nicht so recht, was ich von dieser netten Ansprache halten sollte, aber ich applaudierte wie alle anderen auch. Mira sah zu mir und Rapha.

„Und was ist das hier mit euch beiden?", fragte sie.

Wir sahen uns an. Was sollte ich denn jetzt sagen? Ich musste gar nicht antworten, das übernahm Raphael. Und seine Antwort machte mich fast sprachlos.

„Manchmal sagen Taten mehr als Worte."

Und er küsste mich. Einfach so, vor allen Leuten! Die Leidenschaft, die er in diesen Kuss legte, überraschte mich wirklich. Wir hatten uns schon oft geküsst, aber dieses Mal war es anders. Er war ein faszinierender Schauspieler. Als er sich von mir löste, zwinkerte er mir unauffällig zu. Mira lehnte sich zu uns hinüber und flüsterte:

„Mir könnt ihr nichts vormachen."

Ich beobachtete, wie Mason aufstand und Richtung Ausgang ging. Mira lief ihm sofort hinterher.

„Ich glaube, er hat es geschluckt", meinte Rapha.

Ich nickte traurig. Ich fühlte mich nicht wohl damit, ihm wehzutun.

„Er hat es verdient. Ich dachte, du wolltest ihn eifersüchtig machen."

„Ja… Er hat es auch verdient nach dem, was er auf dem Volleyballturnier abgezogen hat. Trotzdem fühle ich mich nicht wohl dabei, ihm wehzutun. Ich liebe ihn und wenn man jemanden wirklich liebt, wünscht man sich, dass diese Person glücklich ist."

„Dann sag ihm das doch!"

Ich runzelte die Stirn.

„Du bereust es doch schon wieder, dann geh doch einfach hin und entschuldige dich! Sag ihm, dass du ihn nicht verletzen willst, aber es nicht okay fandest, was er getan hat", meinte Raphael.

„Ja, ich werde mal mit ihm reden", sagte ich. „Nachher."

Ich stand auf und wollte mir etwas zu trinken holen.

Doch dann sah ich Layla, Matteo, Jess und Mike.

„Lucy!", rief Lay.

Ich ging zu ihnen.

„Ich wollte eigentlich nur fragen, was da jetzt genau zwischen dir und Raphael läuft…", meinte sie.

„Nichts. Rein gar nichts."

„Aber du hast ihn doch geküsst", sagte Mike.

„Ja, aber das haben wir nur gemacht, um…"

Ich sah mich kurz um.

„…Mason eifersüchtig zu machen."

„Ach so, okay. Ich hatte mich bloß schon gefreut, weil

161

ich gedacht habe, wir vier könnten dann auf Doppeldates gehen", sagte Layla lachend. „Wann gehen wir eigentlich mal wieder aus, mein Schatz?"

Matteo runzelte die Stirn.

„Ach, weißt du, Lay, ich bin im Moment nicht so in der Stimmung für Rendezvous."

Ich setzte mich zu ihnen und wir spielten weiter Karten. Irgendwann fragte Mira, wer von den Jungs den Grillmeister spielen wollte und so legten Mike und Raphael das Fleisch auf. Layla, Jessica und ich aßen in der Zwischenzeit etwas Nudelsalat und redeten über dieses und jenes. Matteo hörte die meiste Zeit nur gelangweilt zu oder sah sich in der Gegend um.

Auch mein Blick ging immer wieder zu Mason. Mit Entsetzen musste ich feststellen, dass er sich mit Evelyn unterhielt. Ob sie etwas über mich sagte? Oder über die Sache, die beim Volleyballturnier passiert war? Ich wusste es nicht. Und wahrscheinlich wollte ich es auch gar nicht wissen. Ich traute Eve viel zu. Auch, dass sie ihm nur schlechte Dinge über mich erzählte, damit er gar nichts mehr mit mir zu tun haben wollte.

„Lucy?", hörte ich Jess fragen.

Ich schreckte auf und sah sie an.

„Wo bist du mit deinen Gedanken?", fragte Layla.

„Auf dem gleichen Planeten, auf dem Matteo auch gerade ist", antwortete Jessica.

Ich seufzte.

„Ich habe nur… nachgedacht."

„Über Mason?", riet Lay.

Ich nickte.

„Der Abend ist noch lang. Du wirst bestimmt noch einmal die Gelegenheit haben, mit ihm zu reden", sagte

Jess.

„Will ich das überhaupt?"

„Ja!", sagten beide.

„Ich habe ehrlich gesagt keine Lust mehr, über ihn zu reden. Matteo?", fragte ich.

Er sah mich an.

„Ja?"

„Was ist los mit dir? Du bist total in Gedanken versunken."

„Nichts, nichts. Ich bin nur etwas müde, das ist alles."

Layla kuschelte sich an ihren Freund.

„Ich könnte jetzt so hier mit dir einschlafen", sagte sie.

Matteo lächelte und legte einen Arm um sie.

„Die Würstchen sind fertig!", rief Mike vom Grill aus.

Ich stand mit meinem Teller auf und ging zu ihnen.

„Was kannst du mir denn empfehlen?", fragte ich Raphael.

Er tat mir ein Würstchen auf meinen Teller.

„Mit Käse und rundum braun. So, wie du es magst."

„Danke!", sagte ich und drehte mich um.

Dabei stieß ich fast noch mit Mason zusammen. Ich ging einfach an ihm vorbei und setzte mich wieder an meinen Platz.

Der Abend kam richtig in Gang, als Mira Musik abspielte. Es wurde immer dunkler und sie zündete Kerzen an. Die Stimmung war gut. Alles war sehr entspannt. Ich hatte mir eine Decke genommen und saß bei Layla, Jess, Raphael und Mike. Mason war nicht zu sehen. Genauso wie Matteo, der auch spurlos verschwunden war. Ich stand auf und wollte eine neue Colaflasche von drinnen holen. Doch ich blieb am Eingang stehen, als ich Masons Stimme hörte.

„Matteo, du siehst das komplett falsch! Sie hasst mich!"

„Nein, sie hasst dich nicht! Sie liebt dich. Und das weißt du ganz genau", erwiderte Matteo.

„Ja, du hast ja recht."

„Du weißt, was du jetzt zu tun hast, oder?"

„Das ist alles nicht so einfach, wie du denkst!", sagte Mason.

„Ich weiß, dass es nicht leicht ist. Aber wenn du es schon beendest, dann mach das wenigstens, ohne ihr wehzutun! Ich will auf keinen Fall, dass sie leidet!"

„Wie soll ich das denn bitte machen?"

„Keine Ahnung! Lass dir was einfallen!"

Matteo kam nach draußen und lief dabei fast gegen mich. Er sah mich mit großen Augen an.

„Hast du… etwas gehört?", fragte er vorsichtig.

Ich nickte langsam.

„Ich habe Mason nur gesagt, er soll dich nicht verletzen und so", erklärte Matteo.

„Ich weiß. Aber ich denke, es ist besser, wenn du dich da raus hältst", erwiderte ich.

„In Ordnung. Ich mische mich nicht wieder ein. Es gefällt mir nur nicht, dich so traurig zu sehen."

Er ging zurück zu den Anderen und ich ging ins Haus. Da war Mason. Er lehnte an der Wand und sah mich an. Ich wollte am liebsten gar nicht mit ihm reden, sondern einfach schnell wieder weg. Ich ging an den Schrank, holte eine Colaflasche heraus und drehte sofort wieder um.

„Können wir reden?", fragte Mason ruhig.

„Wenn du versuchen willst, es schmerzfrei zu beenden, dann kannst du das gleich wieder lassen."

Er schüttelte den Kopf.

„Das hatte ich nicht vor."

„Was willst du dann?"

„Ich will dich eigentlich nur fragen, was das soll. Du willst mich mit Raphael eifersüchtig machen? Ist das dein Ernst?"

Obwohl es offensichtlich war, war ich überrascht, wie schnell er mich durchschaut hatte.

„Ich habe ihn geküsst. Na und? Es kann dir doch egal sein!", fuhr ich ihn an.

„Ich glaube, du verstehst mich falsch. Es ist mir auch scheißegal, wen du küsst. Oder wie oft du jemanden küsst. Oder wie viele du am Tag küsst! Es wäre mir sogar egal, wenn du hier vor allen mit ihm schlafen würdest!", sagte er.

Er legte eine kurze Pause ein und atmete tief durch.

„Ich finde dieses Spiel einfach nur lächerlich und albern. Und genau so hatte ich dich in Erinnerung!"

Mason rauschte an mir vorbei nach draußen. Wieder einmal wurde mir bewusst, dass einen nur Menschen, die einem wichtig sind, wirklich verletzen können. Es tat weh, was er zu mir sagte. Als hätte ich mich kein Stück geändert! Als wäre ich immer noch das Mädchen, das hoffnungslos in ihn verliebt war! Als wäre ich immer noch das Mädchen, in das er sich nie verlieben würde.

Ich wartete noch einige Minuten und versuchte, wieder klarzukommen. Es war nicht gut, allen zu zeigen, wie sehr er mich verletzt hatte. Vor allem ihm nicht. Ein paar kleine Tränen liefen mir über die Wange, aber ich wischte sie schnell weg, damit keiner sehen konnte, dass ich geweint hatte.

Ich blieb nicht mehr lange auf der Party. Masons Anwesenheit tat mir zu sehr weh. Mike erzählte mir genau, wann er die neue Ware bekam und wie das Ganze ablaufen würde. Nächste Woche war es schon soweit. Dann konnten wir vielleicht bald herausfinden, wer Mike verpetzt hatte.

Liebes Tagebuch,

heute war ich auf Miras Party. Es war zuerst ganz schön. Wir haben Karten gespielt und gegessen. Raphael hat mich geküsst, um Mason eifersüchtig zu machen. Ich war mir nicht sicher, ob das so eine gute Idee war. Später habe ich dann mit Mason geredet. Er fand das natürlich gar nicht lustig und hat gesagt, ich wäre albern und kindisch. Eben genau wie früher.

Ich denke, ich muss gar nicht schreiben, wie sich das für mich anfühlt. Zu hören, dass die Person, die ich liebe, mich lächerlich findet, ist grauenhaft. Ich liebe ihn so sehr. Als er mir gesagt hat, dass er mich vermisst hat und uns beiden noch eine Chance geben möchte, war das der schönste Moment meines Lebens. Aber seit er gesagt hat, dass er sich von mir fernhalten muss, ist alles so kompliziert.

Mir wird wieder einmal klar, dass ich herausfinden muss, warum Mason sich so verhält. Das ist die einzige Lösung. Aber alles zu seiner Zeit. Nächste Woche bekommt Mike seine neue Ware. Dann kann er uns beweisen, dass er bei allem die Wahrheit gesagt hat.

Darüber wollte ich aber eigentlich nicht schreiben. Stattdessen möchte ich etwas erzählen, was schon viele, viele, viele Jahre zurückliegt. Es ist die Geschichte, warum Eve und ich verfeindet sind. Ich glaube, ich habe in diesem Buch geschrieben, wir hätten uns schon immer gehasst und uns nie verstanden. Das ist auch unser offizielles Statement dazu. Aber die Wahrheit ist es nicht.

Eve und ich waren Freunde. Damals. Wir waren zusammen in der Grundschule und unzertrennlich. Es gab immer mal wieder kleine Konflikte, aber nichts Weltbewegendes. Sie hat mich sogar dazu überredet, in ihrem Sportverein mitzumachen. Und das hat dann letztendlich dazu geführt, dass wir für immer verfeindet sind.

Evelyn hat Tischtennis gespielt. Da ihrer Schülermannschaft aber noch ein Spieler gefehlt hat, hat sie mich überredet, auch in ihrem Verein anzufangen. Sie hat mir viel gezeigt, wir haben ständig trainiert. So viel, dass ich schnell besser wurde und irgendwann wirkliche nahe an Eve herankam. Ich könnte jetzt behaupten, dass sie damit nicht klarkam und eifersüchtig wurde.

Aber das wäre gelogen. Es kam von uns beiden. Im Tischtennis erkennt man die Stärke eines Spielers an seiner Punktzahl. Jeder Spieler hat einen QTTR-Wert. Wenn man gegen jemanden gewinnt, der mehr Punkte hat als man selbst, bekommt man Punkte dazu. Wenn man gegen jemanden verliert, der weniger Punkte hat, werden einem welche abgezogen. So sieht man immer, wie man sich verbessert oder verschlechtert.

Ich kam ziemlich schnell an Evelyns Punktzahl heran. Wir nahmen uns nicht viel. Mal war sie vorne, mal war ich vorne. Mit der Zeit entwickelte sich ein regelrechter Wettbewerb zwischen uns. Wir haben immer mehr trainiert und wollten unbedingt besser sein als die andere. Es war schlimm. Wir haben uns gestritten und dann kam auch noch die Frage, wer von uns beiden an Platz 1 der Mannschaft gesetzt werden sollte.

Ich habe aufgehört. Irgendwann habe ich so viel trainiert, dass ich für nichts Anderes mehr Zeit hatte. Der Druck wurde immer größer und die Spannung zwischen Eve und mir immer höher. Ich wollte das nicht mehr. Als ich angefangen habe mit Tischtennis, hat es mir Spaß gemacht. Ich habe es mit einer Freundin gespielt. Aber irgendwann habe ich nur noch gegen meine Feindin gekämpft. Und das wollte ich nicht mehr.

Evelyn hat auch irgendwann aufgehört. Die Dinge ändern sich, aber wir sind seitdem zerstritten. Natürlich geht es nicht mehr darum. Es ist einfach zum Alltag geworden, dass wir beide uns hassen. Man gewöhnt sich daran und hinterfragt es auch gar nicht mehr. Wir behaupten einfach immer, wir hätten uns schon immer gehasst. Wenn wir die wahre Geschichte erzählen würden, würden alle versuchen, uns dazu zu bringen, uns wieder zu vertragen.
Meistens denke ich selbst gar nicht mehr an die wirkliche Geschichte. Ich lüge gar nicht mehr bewusst. Obwohl lügen auch echt ein hartes Wort ist... Ich schreibe dann wieder, wenn es Neuigkeiten gibt.

Bis zu den Neuigkeiten!
Lucy(maus), keine Ahnung, ob ich mich noch so nennen soll...

Kapitel 17:

Am Montag verging die Schule überraschend
problemlos. Ich lief Mason kaum über den Weg und
wenn, dann hatten wir keine Zeit oder Möglichkeit zu
reden. Nicht, dass ich das wollte… Am Nachmittag
sollte Mike neue Süßigkeiten bekommen. Wir trafen uns
alle in der Stadt. Ich war eine der ersten, die zum
Treffpunkt kamen. Nach und nach stießen dann auch die
Anderen hinzu und ganz zum Schluss auch noch Jess.
Sie entschuldigte sich noch kurz, bevor Mike dann sagte:
„Wir gehen jetzt gemeinsam die Sachen holen. Ich bitte
euch wirklich, das keinem zu erzählen und es auch nicht
zu filmen."
Er sah zu Mira, welche nur die Augen verdrehte.
„Dann gehen wir jetzt los!"
Wir liefen zusammen durch den Park der Innenstadt.
Mike sah sich überall genauestens um. Offenbar wollte
er nicht, dass uns jemand beobachtete. Er hielt neben
einer Bank mit einem Mülleimer. Daneben lag eine
kleine Tüte.
„Seht ihr? Hier bekomme ich immer die neuen Sachen."
Er füllte die Süßigkeiten in einen Stoffbeutel um und
behielt diesen bei sich.
„So und jetzt muss ich noch meine ganzen
Verkaufszahlen und das Geld zurück packen. Dann
kommt wohl irgendwann jemand und holt das Zeug
wieder ab", erklärte Mike.
Er tat, was er eben erklärt hatte und wir alle sahen zu.
Skepsis machte sich wieder breit.
„Hast du nie gewartet und geguckt, ob jemand
kommt?", fragte Evelyn.

„Na ja, ich habe es schon einmal versucht, aber niemanden gesehen", antwortete er.

„Ach, komm schon! Wen willst du hier eigentlich verarschen? Als ob ihr das wirklich so macht!", sagte Mira.

„Warum nicht?", fragte Mike.

„Weil das super dämlich ist! Es könnte total einfach geklaut werden. Zumal diese Geheimnistuerei keinen Sinn hat. Wenn du sowieso geheim hältst, dass da noch mehr Leute hinter dir sind, kannst du die Anderen auch kennen. Außerdem bist du, Mike, sonst immer die misstrauischste Person, die ich kenne! Das passt alles nicht!", erklärte Mira.

„Dem stimme ich zu", sagte ich.

„Es ist aber so! Ihr habt es doch gesehen! Ich habe diese Tüte doch nicht selbst hier hin gelegt!", meinte Mike.

Wir sahen uns alle misstrauisch an.

„Warum sollte ich lügen?", fragte Mike.

„Vielleicht, weil du die Anderen schützen willst. Du weißt genau, dass wir sonst weiter nachfragen würden, bis du es uns sagst. Daher gibst du vor, nichts zu wissen", erklärte Mira.

„Das stimmt nicht…", meinte Mike.

„Wenn das alles wirklich stimmen sollte… Warum verstecken wir uns dann nicht einfach hier in der Nähe und warten, bis jemand kommt?", schlug Evelyn vor.

„Da wird eh niemand kommen!", rief Mira.

Ich stutzte.

„Warum bist du dir eigentlich die ganze Zeit so sicher, dass Mike lügt?", fragte ich.

„Weil es doch offensichtlich ist! Diese Story ist so… einfallslos. Es hört sich an, als käme es aus einem Film.

So läuft das in echt nicht ab!", meinte sie.

„Du scheinst dich gut damit auszukennen. Sicher, dass du nicht in dieser Truppe mit drinnen steckst?", fragte Raphael.

Sie schnaubte.

„Ich weiß echt eine Menge, aber von dieser Gruppe wusste selbst ich nichts. Bei so viel Geheimniskrämerei ist das auch kein Wunder…"

„Wollen wir uns jetzt verstecken?", drängelte Samuel. Wir beschlossen, unsere Diskussion hinter dem nächsten Gebüsch weiterzuführen.

„Was habt ihr denn alle? Glaubt ihr ihm das wirklich?", fragte Mira uns.

Sie sah mich an.

„Glaubst du ihm?"

Ich sah zu Mike, welcher mich bittend ansah.

„Er ist unser Freund und wenn er uns das sagt, dann glaube ich ihm. Aber ich muss zugeben, dass die ganze Geschichte etwas unglaubwürdig klingt…", sagte ich.

„Na warten wir es ab. Vielleicht kommt bald jemand", meinte Evelyn.

Und so warteten wir. Wir warteten und warteten, aber es passierte nichts. Wir saßen über eine Stunde da und beobachteten diese blöde Tüte! Niemand kam. Zum Glück hatte Matteo ein Kartenspiel dabei, sodass wir uns damit die Zeit vertreiben konnten. Es war schönes Wetter und so wurde es doch ganz nett.

Mike spielte nicht mit. Er schrieb permanent mit jemandem. Wahrscheinlich wollte er wissen, ob doch noch mal jemand die Tüte abholen kam. Wir wussten nicht, ob oder was geantwortet wurde. Irgendwann übernahm Mira das Wort:

„Ich wette um 5€, dass heute keiner mehr kommt."

„Mir wurde geschrieben, dass das Geld erst heute Abend abgeholt wird", erklärte Mike.

„Ja, klar!", sagte Mira lachend. Sie schüttelte den Kopf.

„Also Mike, ich glaube diesen Mist auch nicht. Bis heute Abend würde das Geld sicher geklaut werden!", meinte auch Matteo lachend.

„Jetzt sag doch endlich die Wahrheit!", sagte Layla.

„Das ist die Wahrheit!", beteuerte Mike.

Er seufzte.

„Mike?", fragte Jess.

Die beiden sahen sich an.

„Lass es. Das kaufen die uns doch eh nicht ab!"

Alle horchten auf und sahen sie geschockt an.

„Euch? Das kaufen wir *euch* nicht ab?", fragte ich verwirrt.

Jessica sah auf den Boden und nickte.

„Ich bin auch ein Teil von ihnen. Ich spiele den Kurier und transportiere die Waren und das Geld", erklärte sie.

„Also hat Mike uns doch angelogen. Ich habe es euch gesagt!", rief Mira.

„Ja, ich wollte Jessicas Identität geheim halten. Das hatten wir doch so abgesprochen!", sagte Mike.

„Aber du hast doch gemerkt, dass dir das keiner geglaubt hat."

„Lucy hat mir geglaubt."

„Lucy ist ja auch naiver als wir alle zusammen", warf Mira ein.

Ich sah sie an.

„Wo bin ich denn bitte naiv? Ich versuche, herauszufinden, wer mir das alles angetan hat und spreche da keinen als unschuldig aus.", verteidigte ich

172

mich.

„Ach bitte! Du würdest es doch keinem von uns ernsthaft zutrauen, wenn wir es abstreiten. Du bist doch diejenige, die am meisten Wert auf Loyalität und Freundschaft legt. Seit Mason weg ist, klammerst du dich so verzweifelt an die Anderen, die dir noch bleiben, dass du denen doch jeden Scheiß abkaufen würdest!"

Ich war sprachlos. Noch nie hatte Mira mir so offen und ehrlich gesagt, was sie von mir dachte. Dabei nahm Mira eigentlich nie ein Blatt vor den Mund. Aber das traf mich dann doch. Vor allem, weil ich genau wusste, dass sie recht hatte.

„Können wir bitte beim Thema bleiben? Ich würde gerne wissen, wie es sein kann, dass Jess auch ein Teil dieser Gruppe ist", sagte Raphael.

Er hatte recht. Miras und meine Streitigkeiten waren im Moment nebensächlich.

„Ich hätte euch vielleicht die Wahrheit sagen sollen, aber Jess und ich wollten eigentlich nicht preisgeben, dass sie das ist", sagte Mike.

„Ich habe dir von Anfang an gesagt, dass wir es den anderen erzählen können, aber da hattest du schon diese komische Geschichte erfunden, die wir dann durchziehen mussten!", erwiderte Jess genervt.

„Ja, tut mir leid! Ich kann es jetzt auch nicht mehr ändern."

„Jessica, wie ist das denn? Was genau machst du?", fragte Layla.

„Und kennst du den Chef?", fragte ich.

„Wie bist du dazu gekommen?", kam es von Samuel.

Sie seufzte.

„Ich werde euch alles in Ruhe erklären, aber jetzt ist es

schon spät und ich muss los. Ich verspreche euch, dass ich alle eure Fragen beantworte, nur nicht jetzt! Okay?", fragte sie.

Die meisten von uns gaben sich damit einverstanden.

„Sie braucht doch nur Zeit, um sich eine sinnvolle Story auszudenken, die wir ihr abkaufen können... Ja, ja, so ist das heutzutage. Die Wahrheit nimmt keiner mehr so genau", murmelte Mira.

Wir ignorierten sie. Sie überlegte sich immer so viele Verschwörungstheorien. Das durfte man nicht alles glauben. Obwohl sie häufig recht hatte. Mit ihrer Menschenkenntnis entlarvte Mira jeden Lügner und auch in diesem Fall hatte sie recht gehabt, was Mike betraf.

Am nächsten Tag waren alle gespannt auf Jessicas Geschichte. In der großen Pause wollten wir sie alle zusammen ausquetschen. Aber dann kam mir Mason in die Quere. Ich war gerade an meinem Schließfach, da stellte er sich neben mich.

„Können wir einen Moment reden?", fragte er.

Ich versuchte, ihn nicht anzusehen, während ich sagte: „Ich wüsste nicht, was ich mit dir zu bereden hätte."

Er seufzte.

„Siehst du? Genau das meinte ich! Warum können wir uns nicht einfach wie erwachsene Menschen unterhalten?"

„Du hast ja recht...", murmelte ich.

Wir gingen nebeneinander den Flur entlang.

„Also, was wolltest du mir sagen?", fragte ich.

„Ich wollte mich dafür entschuldigen, dass ich beim Turnier nicht zu euch gekommen bin. Und auch dafür,

dass ich dich auf der Party so angemacht habe",
antwortete er.

„Okay, dann entschuldige ich mich dafür, dass ich dich
mit Raphael eifersüchtig machen wollte."

Er nickte dankbar.

„War es das jetzt?", fragte ich.

Mason seufzte.

„Ich weiß, dass mein Verhalten beim Volleyballturnier
nicht nett war, aber du verstehst es nicht. Ich bin jedes
Mal in einem Zwiespalt, ob ich mich dir nähern darf
oder nicht...", erklärte er.

„Wer verbietet es dir?", fragte ich verwirrt.

„Das kann ich dir nicht sagen."

„Warum nicht?"

„Weil ich nicht will, dass du deine anderen Freunde
auch noch verlierst."

Ich war sprachlos.

„Wieso sollte ich meine anderen Freunde verlieren?"

„Lucy, ich will dir das wirklich nicht erzählen... Es
würde dir nur noch mehr Kummer bereiten", sagte
Mason.

„Hast du nicht mal gesagt, dass die Person mich
schützen will?"

„Nein, das hast du gesagt. Ich habe gesagt, dass diese
Person dir nichts Schlechtes will."

„Aber warum sollte es mich denn dann traurig
machen?"

„Ich kann dir das wirklich nicht sagen", meinte er.

„Kannst oder willst du es mir nicht sagen?"

„Ich will es dir nicht sagen, weil ich dir nicht wehtun
will. Außerdem weiß ich, dass du es sowieso nicht
verstehen würdest."

„Ich verstehe es auch nicht!", sagte ich wütend. „Mason, hör doch auf, immer in Rätseln zu reden!"

Er schüttelte den Kopf und gab mir einen Kuss auf die Stirn.

„Es tut mir leid", sagte er noch und ging.

Wieder einmal blieb ich total verwirrt zurück. Ich versuchte auch gar nicht erst, eine Erklärung dafür zu finden, da mir das sowieso nicht gelingen würde. Und da sagte man immer, Frauen seien kompliziert!

Ich ging zu den anderen, die alle schon sehnsüchtig auf mich warteten.

„Na sieh mal einer an! Die Prinzessin gibt uns die Ehre, auch noch einmal zu kommen", sagte Evelyn.

„Tja, dann ist die perfekte Lucy wohl doch nicht ganz so perfekt…", murmelte Mira, welche sich gerade ihre Nägel feilte.

„Ich habe mit Mason geredet", erklärte ich.

Alle sahen mich gespannt an und sogar Mira legte ihre Feile weg.

„Und was hat er gesagt?", fragte Matteo.

„Er hat total in Rätseln gesprochen und gemeint, er könnte mir nicht sagen, warum er so ist, weil er nicht will, dass ich noch andere Freunde verliere…", antwortete ich.

Er nickte.

„Komisch."

Ich sah durch die Runde.

„Wenn ihr irgendetwas wissen würdet, würdet ihr es mir doch sagen, oder?", fragte ich.

„Auf jeden Fall!"

„Natürlich!"

„Klar!"

Von den meisten kamen zustimmende Antworten. Mira lachte nur.

„Das glaubst du doch nicht wirklich? Du bist immer noch so naiv! Jeder hat ein dunkles Geheimnis. Und irgendwer muss ja etwas wissen", sagte sie.

Ich sah sie an.

„Weißt du etwas?"

Sie runzelte die Stirn und überlegte.

„Ich weiß eine Menge, aber warum Mason sich von dir abwendet, weiß ich nicht. Dafür weiß ich, wer dein Tagebuch kopiert und veröffentlicht hat", sagte Mira.

„Wer denn?", fragte ich gespannt.

Sie lachte.

„Ja, das wüsstest du jetzt gerne, was? Ich erzähle es dir lieber nicht… Denn wenn die anderen wissen, dass ich Geheimnisse ausplaudere, dann erzählen sie mir keine mehr, weißt du?"

Ich nickte traurig. Das hatte ich mir schon gedacht. Mira wusste über alles Bescheid, aber weitererzählen tat sie es selten.

„Ich kann trotzdem mal versuchen, etwas über Mason herauszufinden", sagte sie.

„Ich glaube, er ist im Moment nicht so gut auf dich zu sprechen", erwiderte ich.

„Unterschätz mich nicht!"

Ich sah zu Jess.

„So, tut mir leid. Jetzt kannst du uns alles erzählen!", sagte ich und setzte mich neben Layla.

Sie lächelte mir aufmunternd zu und legte ihren Kopf auf meine Schulter.

„Okay… Was genau wolltet ihr noch einmal wissen?",

fragte Jess.

Ihre Nervosität stand ihr ins Gesicht geschrieben.

„Wie bist du dazu gekommen, da mitzumachen?", fragte Samuel.

„Wie genau läuft das ab?", fragte Raphael.

„Kennst du den Chef?", fragte Layla.

Jess atmete tief durch und nickte.

„Ich kenne den Chef nicht. Ich kenne nur ein paar andere, die auch mitmachen, aber den Chef kennt keiner von uns", erzählte sie.

„Lügen!", rief Mira.

Ich dachte einen Moment darüber nach, ob Mira nicht doch irgendwie dort mitmachte oder vielleicht sogar der Chef persönlich war. Aber eigentlich traute ich ihr das nicht zu. Mira war nicht dumm, aber so ein Unternehmen zu führen, war wirklich viel Arbeit und ich glaubte einfach nicht, dass sie die Zeit dafür hatte. Sie beschäftigte sich mit anderen Dingen.

„Also, ich überbringe immer die ganzen Sachen. Ich hole die Ware von denen, die sie einkaufen, und bringe sie ins Lager. Und das Gleiche dann eben mit dem Geld. Es ist alles ziemlich strukturiert. Der Chef gibt mir die Anweisungen über SMS. Eigentlich auch keine große Sache. Nur eben etwas aufwendig", erzählte Jessica.

„Und wie bist du in dieses Business geraten?", fragte Matteo.

„Ein Freund von mir ist früher für das Geschäft einkaufen gegangen. Er kam immer in den Großmarkt, das war sehr praktisch. Aber er ist vor einiger Zeit schon weggezogen."

„Diese… Geschichte ist ja ganz nett. Ich nehme sie euch auch soweit ab. Nur eine Sache ergibt für mich keinen

Sinn: Wie kann es sein, dass keiner weiß, wer der Oberboss dieser Sache ist? Hat das keiner mal hinterfragt? Ihr gebt dem total viel Geld und wisst nicht einmal, wer er ist?", fragte Mira.

„Er will nicht erkannt werden. Verständlicherweise", antwortete Jess.

„Ja, aber das klappt doch mit der ganzen Kommunikation nicht!"

„Wir machen alles über das Internet. Heutzutage klappt das echt gut", versicherte Jessica.

Mira machte eine abschweifende Handbewegung und kümmerte sich wieder um ihre Nägel.

„Du hast gerade gesagt, du würdest die Sachen lagern. Wo machst du das?", fragte Evelyn.

Ausnahmsweise stellte sie mal eine kluge Frage.

Jess zögerte.

„Es gibt so einen Kleingarten in einer Anlage. Er gehört dem Chef. Dort passiert alles Organisatorische und wir lagern dort auch die Süßigkeiten", sagte sie.

„Kannst du uns das mal zeigen?", fragte ich.

Sie nickte.

„Ich kann euch hinbringen, wann immer ihr Zeit habt. Solange ihr das keinem anderen zeigt und nichts durcheinanderbringt", antwortete sie.

„Natürlich nicht!", sagte Layla.

„Gut. Wie wäre es mit Donnerstag? Da muss ich sowieso dorthin", schlug Jess vor.

„Solange wir früh hinfahren, passt es bei mir. Wie weit ist der denn weg?", fragte ich.

„Es ist nicht weit. Am besten fahren wir mit dem Fahrrad von der Schule aus dorthin. Dann sind wir in einer Viertelstunde da."

Von den Anderen konnten fast alle auch am Donnerstag. Samuel sagte ab, aber meiner Meinung nach war das auch kein großer Verlust. Zumindest einer, den wir bewältigen konnten. Während alle nach der Pause nach drinnen gingen, hielt Jess mich am Arm fest und bat mich so, noch ein wenig draußen zu bleiben. Sie wollte mir anscheinend etwas sagen.

„Ich weiß, dass dir Freundschaften und Loyalität und Ehrlichkeit sehr wichtig sind, deshalb möchte ich dir die Wahrheit sagen", erklärte Jessica.

Ich runzelte die Stirn.

„Ich kenne den Chef unserer Gruppe, aber ich kann dir nicht sagen, wer es ist", sagte sie.

„Warum nicht?", fragte ich.

„Es geht nicht wegen des Geschäfts… Aber keine Sorge, wir haben besprochen, dass er oder sie sich Ende des Schuljahres zu erkennen gibt."

„Kennt Mike ihn auch?"

Sie schüttelte den Kopf.

„Gut, ich werde es keinem sagen. Danke für deine Ehrlichkeit."

Liebes Tagebuch,

Mike hat uns belogen. Er kennt sehr wohl jemanden, der bei seiner Gruppe mitarbeitet: Jess. Sie beliefert ihn mit Waren und holt das Geld ab. Sie hat gesagt, dass sie den Chef nicht kennt. Im Vertrauen hat sie mir aber dann doch erzählt, dass sie ihn kennt, er sich aber noch nicht zeigen kann. Das soll sich jedoch bald ändern.

Was mir im Moment zu schaffen macht, ist eine andere Sache. Ich habe mit Mason geredet. Er spricht immer noch in Rätseln und ich habe keine Ahnung, was er mir damit sagen will. Wahrscheinlich will er mir gar nichts sagen, sonst würde er es doch direkt tun. Er will mir nur sagen, dass ich nicht sauer auf die Person sein soll, die dafür verantwortlich ist, dass er sich so verhält. Aber warum? Ist er nicht auch traurig über diese Situation?

Abgesehen von diesen kleinen Problemen ist in der Schule alles gut. Ich verstehe mich mit allen soweit gut. Mit Eve ist alles so wie immer. Mira ist überraschend nett zu mir. Nach dieser Sache mit meinem Tagebuch war sie eine Zeit lang nicht so gut auf mich zu sprechen, wie die meisten anderen auch. Aber das hat sich alles wieder beruhigt und wir verstehen uns gut.

Mira verhält sich bloß komisch Mike und Jess gegenüber. Sie ist fest davon überzeugt, dass sie uns anlügen und den Chef sehr wohl kennen. Natürlich hat sie recht und das weiß ich. Aber warum ist sie sich da so sicher? Ich glaube, das ist einfach ihre Intuition. Mira kann das einfach.

Ich möchte eine Geschichte erzählen. In den letzten Einträgen waren es immer schöne, deshalb werde ich nun eine traurige Geschichte erzählen. Ich möchte mich daran erinnern, wie wir Mason verloren haben. Warum ich das mache? Weil ich die Vergangenheit akzeptieren, aber nicht verdrängen will.

Mason war noch nie gut in der Schule. Schon in der fünften Klasse gehörte er zu den schlechtesten Schülern und man konnte ahnen, dass er nicht mit uns zusammen seinen Abschluss machen würde. Aber er hat sich gebessert. Wir hatten andere Lehrer und es sah wirklich gut für ihn aus. Ich habe mich gefreut. Deshalb war es umso überraschender, als es Ende der achten Klasse hieß, dass er sitzen bleibt.

Wir erfuhren es erst zwei Tage vor den Sommerferien. Ich war geschockt, konnte es gar nicht glauben. Wir, also Matteo, Layla, Mike und ich, haben sogar noch versucht, es zu verhindern. Wir waren bei unserem Klassenlehrer und haben gefragt, ob und wie man es noch verhindern kann. Er hat leider geantwortet, dass es zu spät sei und wir früher etwas hätten sagen müssen. Dabei hatten wir es nicht erwartet.

Am Tag des Abschieds haben wir dann eine Mappe gemacht. Jeder hatte ein eigenes Blatt, auf dem wir einen Text schreiben oder etwas malen konnten. Das haben wir ihm dann geschenkt. Ich muss zugeben, dass ich gar nicht mehr genau weiß, was ich auf diesen Zettel geschrieben habe. Natürlich habe ich mir Mühe gegeben und über eine Seite geschrieben. Aber ich erinnere mich noch daran, dass ich es vergessen hatte und dann in der Pause noch schnell etwas geschrieben habe.

„....und hoffe, dass du uns nicht vergisst." oder so ähnlich habe ich am Schluss geschrieben. Aber an den Rest kann ich mich wirklich nicht mehr erinnern. Mich würde mal interessieren, ob Mason diese Mappe immer noch hat. Ich stelle mir vor, wie er sich eines Abends auf sein Bett setzt, die Mappe aus seiner Schreibtischschublade holt, sich unsere Texte durchliest und an die alte Zeit zurückdenkt. Bei dieser Gelegenheit fällt mir auf, dass ich keine Ahnung habe, wie sein Zimmer überhaupt aussieht. Wir waren immer so viel unterwegs, immer draußen und nie bei ihm zu Hause. Ich weiß, wo er wohnt, aber bei ihm drinnen war ich noch nie. Ich kann mir aber trotzdem denken, wie sein Zimmer aussieht. An den Wänden hängen ganz viele Fußballposter und Plakate. Bestimmt ist es unordentlich, er ist schließlich ein Junge. Hoffentlich hat er irgendwo noch unsere Mappe. Ich kann schlecht einschätzen, ob er sich darüber gefreut hat. Es ist eben ein Standardgeschenk, das man einfach so gibt, weil man eben etwas geben muss. Die meisten aus unserer Klasse haben sich auch nicht viel Mühe damit gegeben und eben die typischen Sätze geschrieben. Nachdem Mason also unser Geschenk bekommen hat, haben wir noch Kuchen gegessen. Und dann war der Tag auch schon vorbei. Bevor wir alle gingen, wurde sich natürlich noch verabschiedet. Ich erinnere mich noch daran, wie ich gerade an meinem Schließfach war, als große Aufregung herrschte. Auf die Frage, was denn passiert sie, sagte mir jemand, Mason hätte Mira eine Rose geschenkt. Zu diesem Zeitpunkt waren die beiden nicht mehr zusammen. Ein Traumpaar waren sie dennoch. Es war bekannt, dass Mira nicht unbedingt mehr etwas von Mason wollte, er hingegen war total verliebt in sie.

Dass er ihr dann auch an seinem letzten Tag eine Rose geschenkt hat, hat mich sehr verletzt. Ich habe beim Abschied geweint. Dabei ging es nicht nur um den Abschied an sich, sondern auch um die Tatsache, dass der Junge, den ich liebe, einer anderen eine Rose geschenkt hatte. Letztendlich habe ich auch noch eine bekommen, aber nur, weil Matteo gesagt hat, dass ich doch so traurig bin, dass mir eine Rose bestimmt eine Freude bereiten würde. Die Rose stand wochenlang, bis sie komplett verwelkt war, in meinem Zimmer.

Das war sie. Die Geschichte, wie Mason unsere Klasse verlassen hat. Wir haben danach in den Sommerferien noch etwas zusammen gemacht, aber dann nicht mehr. So hat mein neues Leben angefangen. Alle Erinnerungen sortiere ich seitdem nur noch in die Zeit mit Mason und in die Zeit ohne Mason ein. Es hat sich alles verändert. Damit hat es begonnen.

Bis zur nächsten Seite
Lucymaus

Kapitel 18:

Am Donnerstagnachmittag trafen wir uns alle mit
unseren Fahrrädern an der Schule. Als ich ankam,
warteten die meisten Anderen schon. Matteo saß an der
Treppe zur Schule, Layla auf seinem Schoß. Ich ließ sie
lieber in Ruhe, da sie wie immer sehr verliebt aussahen.
Evelyn stand an ihrem Fahrrad. Sie hatte die Arme
verschränkt und beobachtete mich. Raphael lehnte an
einer Wand und sah nachdenklich auf den Boden. Ich
wollte ihn nicht stören und blieb daher einfach an
meinem Fahrrad stehen.

Es dauerte nicht lange, da kamen auch noch Jess, Mira,
Samuel und Mike. Wir fuhren gemeinsam mit unseren
Fahrrädern quer durch die Stadt. Ich fand es schade,
dass Mason nicht dabei war. Dass er überhaupt nichts
von alldem mitbekommen hatte. Er kannte Mikes
Geschäft möglicherweise, aber was wirklich
dahintersteckte, wusste er nicht.

Früher hatten wir alles gemeinsam gemacht. Mason war
ein fester Teil unserer Gruppe gewesen. Wir hatten aber
nicht eine Sekunde daran gedacht, ihn einzuladen. Wie
es wohl wäre, ihn heute dabeizuhaben? Alles wäre
schöner mit ihm. Aber er war nicht da. Er war weg. Und
er wollte es so. Mason hatte jederzeit die Chance, wieder
mit uns befreundet zu sein. Er wusste genau, dass er
mich ganz einfach haben konnte. Er musste es nur
sagen.

An diesem Tag war er nicht da. Alles ging weiter. Und
das Schlimmste war, dass er nicht eine Sekunde fehlte.
Wir redeten und alberten herum wie früher. Der einzige
Unterschied waren die Leute, die dabei waren.

Nach zwanzig Minuten kamen wir an einer Kleingartenanlage an. Als ich den Fahrradständer neben den Parkplätzen sah, fiel mir zum ersten Mal auf, dass ich kein Fahrradschloss dabei hatte. Ich dachte zuerst an Layla oder Matteo, meine besten Freunde, und ging zu ihnen.

„Leute, ich habe mein Schloss vergessen. Können wir uns vielleicht eins teilen?", fragte ich.

Sie sahen sich kurz an.

„Tut mir leid", sagte Layla schließlich. „Wir teilen uns schon eins und ich weiß nicht, ob ein drittes Fahrrad da noch dranpasst."

„Schon gut!", hörte ich Evelyns Stimme. „Ich schließe deins mit an."

Sie nahm mein Fahrrad, schob es zu ihrem eigenen und hockte sich hin, um das Schloss zu befestigen.

Ich verschränkte die Arme vor der Brust.

„Und was willst du dafür?"

Sie sah kurz hoch, machte dann aber weiter mit dem Schloss und sagte nichts. Ich runzelte kurz die Stirn, doch dann gingen wir alle auch schon den Weg entlang. An den Seiten reihten sich die Gärten aneinander. Alle mit einem kleinen Häuschen und vielen Gemüsebeeten. Vor einem hohen, grünen Zaun hielt Jessica an und schloss auf.

„Dort links wachsen Erdbeeren, aber ich bezweifle, dass die schon reif sind", sagte sie. „Radieschen und Gurken haben wir auch hier."

Wir gingen über einen kleinen Weg zum Häuschen. Links waren Beete und rechts eine kleine Wiese mit einem Apfelbaum in der Mitte. Wir gingen zum Haus, das Jess aufschloss.

Drinnen sahen wir uns um, was kaum möglich war, da wir sehr viele Personen waren und das Häuschen wirklich sehr winzig war. An den Wänden hingen Zettel mit vielen Zahlen und Waren, die auch Mike verkaufte. Überall standen Daten drauf und dahinter waren einige Haken. Auf dem Tisch lag ein Zettel mit handschriftlichen Notizen über mögliche Spezialangebote.

Daneben lag eine Mappe, die ich mir genauer ansah. Für jeden verkauften Artikel fanden sich hier die Rechnungen. Der Kaufpreis stand dort und der Verkaufspreis. Außerdem war genau geregelt, wie viel vom Gewinn der Chef bekam und wie viel der Verkäufer. Ein Teil wurde auch abgezogen, um Jessica zu bezahlen.

Wie aufs Stichwort kam Jess und nahm mir die Mappe ab. Sie lächelte mich entschuldigend an, aber das war gar nicht nötig. Ich verstand, dass sie nicht unbedingt preisgeben wollte oder durfte, wie viel jeder von ihnen verdiente. Viel war es trotzdem nicht.

„Warst du schon einmal hier?", fragte Layla, offensichtlich an Mike gerichtet.

Er schien vollkommen überwältigt.

„Ich hatte keine Ahnung davon."

Jess holte ein paar Gläser aus einem Schrank.

„Wollt ihr vielleicht etwas trinken? Wir haben Wasser, Cola und Apfelsaft."

Sie stellte die Gläser auf den Tisch und füllte denjenigen, die etwas trinken wollten, ein. Ich wollte nichts. Ich wollte mich nur weiter umsehen.

Aus den Augenwinkeln sah ich, dass Matteo sich einen Schokoriegel nehmen wollte. Doch bevor ich etwas sagen konnte, schlug Jess ihm schon auf die Pfoten.

„Lass das! Die sind zum Verkauf!", sagte sie.

„Es stört doch nicht, wenn einer fehlt…", erwiderte Matteo.

„Natürlich stört das! Die sind genau abgezählt und bezahlt! Der Chef würde ausflippen, wenn einer fehlt!" Matteo verdrehte die Augen, ließ aber die Finger von den Riegeln. Jessica nahm einen Zettel von der Wand.

„Das alles sind Daten, an denen ich Waren ausliefern muss. Im Gegenzug bekomme ich die gesamten monatlichen Gewinne. Die Bezahlung für den letzten Monat erfolgt dann immer eine Woche später, nachdem das Geld abgezählt wurde. Alles ziemlich kompliziert, aber eigentlich ist es gut organisiert", erklärte sie.

Sie öffnete einen Schrank. Neben einem dicken Ordner befanden sich darin noch eine Kasse und viele Briefumschläge, auf denen Namen geschrieben standen. Auf einem stand Mikes. Diesen nahm Jessica heraus.

„Ich denke, es ist kein Problem, wenn du dein Geld etwas früher bekommst", sagte sie.

Mike öffnete lächelnd den Umschlag und zählte seinen Lohn. Dann stutzte er.

„Müsste das nicht eigentlich mehr sein?", fragte er.

Jess zuckte mit den Schultern.

„Frag mich das nicht! Der Chef kümmert sich um das Geld. Ich überbringe es nur…", antwortete sie.

Sie drehte um und holte den Ordner aus dem Schrank. Jessica öffnete die letzten Seiten und erklärte:

„Unsere Grundregeln, Prinzipien und Ambitionen. Hier steht zum Beispiel drinnen, dass wir uns dazu verpflichten, niemandem etwas über die anderen Mitarbeiter zu sagen, solange diese es nicht preisgeben

wollen. Wir verraten uns nicht gegenseitig. Außerdem
steht noch einmal klar geschrieben, dass es nicht unser
Ziel ist, viel Profit zu machen. Wir wollen, dass Schüler
günstig in der Schule Nahrung bekommen und nehmen
unseren Lohn nur als Ausgleich für die Arbeit, die wir
investieren. So sollte es zumindest bei uns sein…"
Sie blätterte um.
„Hier steht alles über unsere Preise und weiteres
organisatorisches Zeug."
Sie blätterte noch ein paar Mal um. Vorne waren viele
Klarsichtfolien, die mit Klebezetteln versehen waren.
„Das sind alle Quittungen von den Einkäufen, sowie die
Verkaufszahlen für jeden Verkäufer und jede Ware."
Alles war streng sortiert. Ich war schwer beeindruckt
von den unternehmerischen Fähigkeiten des Chefs.
Jessica sortierte ein paar Zettel ein und stellte den
Ordner anschließend zurück in den Schrank. Dann
schloss sie die Geldkassette auf und sortierte ebenfalls
einiges ein. Anschließend setzte sie sich auf das Sofa und
sah uns an.
„Ihr erzählt niemandem davon, führt niemanden hierher
und kommt auch selbst nie ohne mich her!
Verstanden?", fragte sie.
Wir alle nickten oder bejahten.
„Das ist wirklich sehr wichtig für uns und unser
Geschäft. Es wäre grauenhaft, wenn irgendetwas
durcheinander geriete. Und sei es auch nur ein fehlender
Schokoriegel!"
Sie warf Matteo einen bösen Blick zu.
Mir wurde wieder bewusst, wie verrückt es war, dass
gerade Jess Teil einer solchen Bande war. Es kam mir so
surreal vor, dass gerade sie, das schüchterne Mädchen,

gegen die Preise an unseren Schulen kämpfte.
Normalerweise lehnte Jessica sich nie auf, sie sagte
selten ihre Meinung und protestierte schon gar nicht.
Vielleicht war genau das der Grund, warum sie hier
mitwirkte. So konnte sie im Geheimen etwas bewirken,
ohne wirklich offensiv jemandem widersprechen zu
müssen. Wie sollte man auch aktiv etwas gegen die
Preise an unserer Schule tun?Dass einfach alle nichts
mehr kaufen sollten, war nur eine theoretische Lösung.
Es wird immer Schüler geben, die doch Essen in der
Pause brauchten und deshalb etwas kauften. Von daher
war dieses System eine gute Lösung. Wenn es auch
einige Schwachpunkte aufwies…

Ich hatte die Hoffnung, doch noch die Wahrheit zu
erfahren, eigentlich schon aufgegeben. Wenn jemand
etwas darüber wusste, wer mein Tagebuch geklaut und
veröffentlicht hatte, hätte er sich doch schon längst
gemeldet, oder? Das hatte ich auch gedacht, bis ich dann
am Montag in der Pause angesprochen wurde.
„Du bist Lucy, oder?", fragte mich ein junges Mädchen.
Ich schätzte, dass sie in die siebte Klasse ging.
Ich nickte und musterte sie verwirrt. Ich hatte immer
noch keine Ahnung, was sie von mir wollte.
„Du erinnerst dich doch noch daran, wie vor einem
Monat deine Tagebucheinträge in der Schule
aufgehangen wurden?", fragte sie.
„Natürlich, wie könnte ich das vergessen? Aber…
Warum fragst du mich das?"
Am liebsten hätte ich schon Luftsprünge gemacht bei
dem Gedanken, dass sie womöglich etwas wusste. Ich
wollte mir jedoch keine falschen Hoffnungen machen

und wartete deshalb auf ihre Antwort.

„Und weißt du mittlerweile, wer das gewesen ist?",
fragte sie.

Ich schüttelte den Kopf. Ich wurde unruhig, da ich
endlich die Wahrheit von ihr hören wollte.

„Was willst du von mir?"

„Ich... weiß, wer es war", gestand sie.

Stille. Ich bemühte mich, meinen schnellen Atem und
mein klopfendes Herz unter Kontrolle zu bringen. Ich
schluckte. So angespannt wie jetzt war ich ewig nicht
mehr gewesen. Nicht einmal vor der letzten
Mathearbeit.

„Wer war es?", fragte ich schließlich.

Sie sah mich mit großen Augen an.

„Na ja, weißt du... Ich habe mir überlegt, dass ich dir
damit einen großen Gefallen tue, und da habe ich
gedacht, dass es nur fair wäre, eine Gegenleistung zu
bekommen...", erklärte sie.

Ich sah sie geschockt an.

„Du willst eine Gegenleistung dafür, dass du mir die
Wahrheit sagst?"

Sie nickte.

„Was?"

„Du kannst meine Hausaufgaben für mich machen! Es
ist Stoff der siebten Klasse, das sollte für eine
Zehntklässlerin kein Problem sein."

Ich sah sie fassungslos an. Ich konnte kaum glauben,
was sie sagte. Es musste ein Scherz sein. Allerdings sah
sie nicht aus, als würde sie Witze machen. Ich atmete tief
ein und dachte nach. Es war eine Kleinigkeit. War es mir
das nicht wert?

„Also ich mache deine Hausaufgaben und dann sagst du

mir, wer mein Tagebuch veröffentlicht hat?",
wiederholte ich.

Sie nickte.

„Na schön", sagte ich seufzend. „Um welches Fach geht
es denn überhaupt?"

„Mathe."

Ausgerechnet mein Lieblingsfach… Ich verzog das
Gesicht, nickte aber. Was tat man nicht alles, um die
Wahrheit zu erfahren?

„Super. Wann möchtest du sie machen?", fragte mich
das kleine Mädchen.

„Ich habe heute Nachmittagsunterricht mit langer
Mittagspause. Da habe ich Zeit", antwortete ich.

„Gut, dann gibst du mir die Sachen morgen vor der
ersten Stunde und dann sage ich dir, wer das mit
deinem Tagebuch war", beschloss sie.

Sie holte aus ihrem Ranzen das Mathebuch und ihr Heft
heraus und gab sie mir. Sie zeigte mir, was ich machen
sollte und ich sah es mir an. So schwer konnte es gar
nicht sein…

Als ich dann in der Mittagspause an den Aufgaben saß,
war es doch schwieriger als anfangs vermutet. Ich
bekam es hin, aber es dauerte etwas, bis ich wirklich den
Dreh raus hatte. Nebenbei aß ich noch diese
schrecklichen Nudeln aus der Mensa, aber letztendlich
schmiss ich etwa die Hälfte davon weg.

Ich war gerade gut dabei, da kam Layla und setzte sich
neben mich. Ich legte den Stift weg und sah sie an. Sie
las in dem Heft.

„Was ist das?", fragte sie.

„Äh…"

Ich sah nachdenklich auf die Matheaufgaben. War es eine gute Idee, ihr davon zu erzählen? Als ich gerade etwas sagen wollte, kamen Mira, Matteo, Mike und Jess. Evelyn und Samuel waren wahrscheinlich knutschend auf der Toilette...

„Nicht so wichtig", sagte ich nur zu Layla.

Wenn ich es jetzt vor Mira sagte, wusste es bald die ganze Schule. Natürlich würden sie es sowieso bald erfahren und es wäre zweifellos interessant, wie sie reagieren würden. Aber ich hatte es im Gefühl, dass es besser war, erst einmal nichts zu sagen.

„Hatten wir etwas in Mathe auf?", fragte Mike mit sichtlicher Panik in den Augen.

Ich schüttelte lachend den Kopf.

„Was machst du denn dann?", fragte Mira misstrauisch.

„Nichts", antwortete ich und schloss das Heft.

Sie musterte mich und runzelte die Stirn.

„Wie dem auch sei... Wir wollten draußen Karten spielen. Kommt ihr mit?", fragte Mira.

Ich biss mir auf die Lippen.

„Ich kann nicht. Ich muss das hier noch fertigmachen", erklärte ich.

„Schön. Dein Pech! Gehen wir!", rief Mira und die anderen folgten.

Nur Layla blieb neben mir sitzen.

„Ich kann gerne bei dir bleiben", sagte sie.

„Nein, geh nur! Du würdest dich hier nur langweilen! Außerdem bin ich bestimmt gleich fertig und komme nach!", erwiderte ich.

„Okay und dann erzählst du mir, was du hier machst!"

„Mache ich!"

Ich tat es nicht. Und ich ging auch nicht hinterher. Ich

erledigte die Aufgaben und brauchte fast die ganze Mittagspause dafür. Am Ende hatte ich gerade noch Zeit, um zur Toilette zu gehen und meine Bücher aus dem Schließfach zu holen.

Ich hätte gerne noch Zeit mit meinen Freunden verbracht, aber der Gedanke daran, herauszufinden, wer mich schon so lange hasste, ließ mich einfach nicht mehr los. Es war eine Chance, die ich keinesfalls verpassen durfte. Vielleicht ergab sich das nie wieder. Ich konnte endlich die Wahrheit erfahren… Es wäre so toll. Endlich konnte ich mich rächen. Dabei wusste ich noch gar nicht, wie diese Rache aussehen sollte.

In dieser Nacht konnte ich kaum schlafen. Ich machte mir solche Gedanken darüber, was ich wohl am nächsten Morgen erfahren würde. Es ging nicht nur um die Frage, wer mir das angetan hatte, sondern auch, warum und wie. Ich kam nicht zur Ruhe, so aufgeregt war ich.

Als ich dann endlich das Mädchen vor der ersten Stunde traf, lösten sich alle Zweifel in Luft auf. Es war gut, dass ich das getan hatte. Ich bereute nichts. Ich sah sie gespannt an. Doch zunächst wollte sie das Heft mit den gelösten Aufgaben sehen.

Ich holte es so schnell ich konnte aus meiner Tasche und reichte es ihr. Sie sah es sich an und lächelte.

„Super. Dankeschön!"

Damit drehte sie um und wollte gehen. Ich war fassungslos.

„Warte!", rief ich.

Sie sah noch einmal zurück.

„Sagst du mir jetzt, wer mein Tagebuch veröffentlicht hat?"

Aus reiner Höflichkeit stellte ich eine Frage, wo eigentlich eine Aufforderung stehen sollte.

Sie sah auf den Boden.

„Ach so... Oh. Ja, da muss ich dir leider gestehen, dass ich überhaupt nichts weiß...", meinte sie.

Ich ballte meine Hände zu Fäusten und ging auf sie zu. Ich würde ihr nichts antun. Das würde ich nie tun. Aber ich hatte das Bedürfnis, auf etwas einzuschlagen. Am liebsten auf sie.

„Was soll das heißen?", fragte ich wütend.

„Ich... Wir haben gestern diese vielen Hausaufgaben aufbekommen und ich hatte keine Zeit, sie zu machen, weil ich mich mit einem Jungen treffen wollte. Dann habe ich dich gesehen und mich an das erinnert, was dir passiert ist. Und da... hatte ich eben diese Idee."

Ich atmete tief ein und aus. Bloß nicht aufregen...

„Erstmal muss ich klarstellen, dass das das Abscheulichste ist, das ich je erlebt habe. Ich bin zutiefst enttäuscht und verletzt. Und außerdem hätte ich das auch so gemacht, ohne Gegenleistung!", sagte ich.

Sie nickte.

„Es tut mir auch jetzt voll leid. Aber dieses Treffen war mir sehr wichtig, weil... er bald wegzieht", sagte sie.

Nach dieser Aussage konnte ich gar nicht mehr böse sein. Wer konnte das? Es war etwas Schreckliches, jemanden zu verlieren, der einem wichtig war. Ich konnte ein Lied davon singen. Trotzdem versuchte ich, stark zu bleiben und mich nicht von ihrer Lebensgeschichte beeinflussen zu lassen.

„Ich hätte es auch ohne Gegenleistung getan! Du hättest mich nicht belügen und verarschen müssen, damit ich dir helfe!", sagte ich.

„Als ob! Du kennst mich gar nicht! Warum solltest du mir helfen?"

„Wenn ich eine Sache auf dieser Schule gelernt habe, dann, dass man immer Hilfe bekommt, wenn man sie braucht. Man ist nie wirklich allein."

„Es tut mir sehr leid", sagte sie noch einmal und ging. Erst als sie weg war, wurde mir wirklich bewusst, was das bedeutete. Zurück auf Anfang. Ohne eine Spur, ohne Hinweise oder Indizien. Ich hatte nichts. Alle meine Hoffnungen waren vergebens. Ich würde vielleicht nie erfahren, wer mein Tagebuch veröffentlicht hatte.

Liebes Tagebuch,

heute ist mir etwas wirklich Schlimmes passiert. Es ist so abscheulich und schrecklich, dass ich schon wieder aggressiv werde beim Gedanken daran. Ich verstehe nicht, wie ich so naiv und dumm sein konnte!

Gestern hat mich ein liebes und süßes Mädchen angesprochen. Wie der erste Eindruck doch täuschen konnte... Sie erzählte mir, sie wüsste, wer mein Tagebuch kopiert und in der Schule aufgehangen hatte. Im Gegenzug wollte sie, dass ich ihre Hausaufgaben für sie erledigte.

So gutgläubig, wie ich bin, habe ich mich ans Werk gemacht und der kleinen Prinzessin die Matheaufgaben gelöst. Ich habe ihr nicht einmal geholfen, sondern sie komplett alleine gemacht. Nicht, dass ich eine große Hilfe wäre, was Mathe betrifft...

Heute Morgen stellte sich dann heraus, dass sie absolut gar nichts wusste und mich mit anderen Worten nur ausgenutzt hatte. Sie hatte meine missliche Lage missbraucht, um einen Hausaufgabenservice zu bekommen. Und ich war darauf reingefallen! Es ist so grauenhaft.

Ich kann kaum in Worte fassen, wie schön es war, als ich

noch daran glaubte, dass sie mir Informationen geben würde. Ich hatte Hoffnung. Aber jetzt wird mir nur bewusst, dass ich wohl nie erfahren werde, wer mich so gedemütigt hat. Es sind schon so viele Wochen vergangen. Dass jetzt noch jemand zu mir kommt, der etwas weiß... Die Wahrscheinlichkeit geht gegen null.

Ich versuche, mich auf die Schule zu konzentrieren. Es sind noch ein paar Wochen bis zu den Sommerferien. Ich will die letzten Arbeiten gut absolvieren, damit mein Zeugnis gut wird. Heute haben wir eine Mathearbeit zurückbekommen. Ich habe eine Zwei geschrieben! Man kann gar nicht glauben, wie sehr ich mich gefreut habe! Die Arbeit ist mir zwar nicht so schwer gefallen, aber ich war trotzdem überrascht. Bei anderen ist es nicht so gut gelaufen. Matteo hat eine Fünf geschrieben. Es hat ihn nicht besonders gestört, da er überhaupt nicht gefährdet ist, versetzt zu werden. Das hat er zumindest gesagt. Bei mir hat es natürlich trotzdem ein komisches Gefühl ausgelöst, da wir bei Mason damals auch davon ausgegangen sind, dass er nicht sitzenbleiben würde. Ich will Matteo nicht auch noch verlieren, aber um ihn muss ich mir wirklich keine Sorgen machen. Ich hatte nur ein mulmiges Gefühl.

Mike hat scherzhaft auch noch gesagt, dass Matteo sitzenbleiben würde. Darauf hat Matteo nur geantwortet, dass er dann im nächsten Jahr überspringen und zurückkommen würde. Es hat mich sehr getroffen. Damals war es genauso. Als Mason gegangen ist, hat er mehreren Menschen versprochen, er würde wiederkommen. So richtig haben wir es ihm nie abgenommen. Aber er ist niemand, der ein Versprechen brechen würde. Mason hat sein Wort bisher immer gehalten.

Natürlich ist er nicht zurückgekommen. Bisher nicht. Manchmal denke ich, dass er uns vielleicht überrascht und irgendwann doch wiederkommt. Man gibt ja doch nie ganz die Hoffnung auf. Ich bin eigentlich ein sehr positiver

Mensch, aber ich will mir keine falschen Hoffnungen machen und dann enttäuscht werden.

Man darf nicht vergessen, dass sich die Situation seitdem sehr geändert hat. Früher hatte Mason einen Grund zurückzukommen: Seine Freunde waren in einer anderen Klasse. Aber jetzt hat er neue Freunde und verbringt mit denen viel mehr Zeit als mit uns. Warum sollte er etwas ändern? Es geht ihm doch gut. Wie es uns, beziehungsweise mir, dabei geht, kann ihm doch egal sein... Und das ist es auch.

Ich versinke schon wieder in Selbstmitleid und das möchte ich nicht. Dabei hätte ich gerade allen Grund dazu...

Dadurch, dass ich immer noch nicht weiß, wer das mit meinem Tagebuch war, verstärkt sich mein Misstrauen gegenüber den anderen. Unsere Verbindung, die ich in letzter Zeit so deutlich gespürt habe, zerbricht langsam. Nur, weil ich genau weiß, dass jeder von ihnen mir Leid zugefügt haben könnte.

Bis zu einem hoffentlich fröhlicheren Eintrag
Lucymaus

Kapitel 19:

Wenige Tage später hatte ich mich wieder beruhigt. Ich freute mich darüber, dass diese schlimmen Dinge vorbei waren. Mit Wasserbomben wurde ich auch kaum noch beworfen, zum Glück, denn so brauchte ich keine Wechselklamotten mit zur Schule zu nehmen. Ich hatte keine Antworten, aber immerhin war das alles vorbei. So ziemlich jeder hatte vergessen, was passiert war und ich konnte in Ruhe und Frieden mit meinen Freunden weiterleben. Vermutlich würde ich jedoch nie ganz damit abschließen können.

Matteo hatte mich in der Zwischenzeit auf seine verpatzte Arbeit angesprochen. Er hatte mir angesehen, was ich gedacht hatte. Ich war überrascht darüber, wie gut er mich tatsächlich kannte. Matteo sagte mir, ich müsste mir keine Sorgen machen, da er immer noch ein guter Schüler war und auch in Mathe eine Drei auf dem Zeugnis hatte. Ich glaubte ihm, ohne auch nur eine Sekunde zu zögern.

Gerade, als ich mit den ganzen Geschehnissen abschließen wollte, kam wieder jemand auf mich zu. Es war eine Schülerin aus der neunten Klasse, Masons Klasse. Ich hatte sie bei einem Workshop gesehen und wusste daher, dass sie Lisa hieß. Jedenfalls kam sie in der Mittagspause zu mir.

„Hallo, Lucy! Kann ich kurz mit dir reden?", fragte sie.

„Hallo? Du bist Lisa, oder?", erwiderte ich.

Sie nickte.

„Und was willst du von mir?"

„Komm mit!"

Sie deutete etwas weiter weg und ich ging einfach mit

ihr. Was hatte ich schon zu verlieren? Abgesehen von der heiß ersehnten Pause…

„Du weißt doch noch, wie damals Kopien von deinem Tagebuch gemacht wurden?"

Ich seufzte und nickte.

„Ich glaube, ich weiß, wer das war."

Ich nickte wieder.

„Lass mich raten: Du willst irgendeine Gegenleistung von mir?", fragte ich.

„Nicht irgendeine, sondern fünf Euro", antwortete sie.

„Nein, danke! Ich lasse mich nicht noch einmal verarschen!", meinte ich und ging.

Sie lief mir hinterher.

„Aber ich weiß es wirklich!"

„Dann sag mir zuerst, wer es war und dann kriegst du das Geld!", beschloss ich.

„Können wir es nicht andersherum machen?"

„So oder gar nicht!"

„Und woher weiß ich dann, dass du mir das Geld auch wirklich gibst?"

Ich zuckte mit den Schultern.

„Man könnte auch einfach mal etwas Nettes tun, ohne seinen eigenen Profit machen zu wollen."

Sie nickte.

„Na gut… Aber ich weiß nicht wirklich, wie sie heißt."

Ich lachte.

„Siehst du? Also wolltest du mich doch nur verarschen!"

„Nein, nein! Ich weiß wirklich, wer es war. Ich kenne nur ihren Namen nicht. Aber wenn ich sie sehe, dann zeige ich sie dir! Versprochen!"

Ich verschränkte die Arme vor der Brust und seufzte.

Diese Geschichte war schon wieder so absurd. Ich

machte mir keine großen Hoffnungen, doch noch etwas zu erfahren.

„Woher willst du überhaupt wissen, wer das war?", fragte ich.

Lisa erzählte:

„Ich erinnere mich noch sehr gut daran. Es war vor einigen Wochen. Wir hatten das Klassenbuch vergessen, deshalb bin ich in der ersten Stunde losgegangen, um es zu holen. Als ich dort war, habe ich gesehen, wie dieses Mädchen aus dem Kopierraum kam. Ich weiß noch, dass ich mich gewundert habe, weil man normalerweise nur Lehrer dort sieht. Aber sie hatte einige Blätter dabei. Ich konnte gar nicht genau sehen, was draufstand. Es waren ganz sicher die Kopien vom Tagebuch! Das hatte sie nämlich auch dabei. Es war so ein kleines Buch mit braunem Lederbezug und einem Gummiband darum."

Ich stockte, denn mein Tagebuch sah tatsächlich so aus. Konnte es wirklich sein, dass Lisa den Täter gesehen hatte? Ich wollte es immer noch nicht glauben, aber es hörte sich alles schlüssig an. Zumal sie damit recht, dass es in der ersten Stunde gewesen sein musste. Ich erinnerte mich noch daran, wie wir an diesem Tag die erste Stunde Ausfall hatten und ich mein Tagebuch nicht gefunden habe.

„Warum kommst du erst jetzt zu mir?", fragte ich.

„Ich hatte so viel zu tun. Wir waren auf Klassenfahrt und auf Kursfahrt. Dann war so viel schulfrei, wegen den ganzen Feiertagen und ich... habe es einfach vergessen. Tut mir leid", antwortete sie.

Ich seufzte. Wollte ich überhaupt noch wissen, wer es gewesen war? Im Moment verstand ich mich mit allen so gut! Wollte ich das wirklich kaputt machen? Aber wollte ich auf der anderen Seite mit jemandem befreundet sein, der mich verraten hatte?

„Lucy?", fragte sie.

Ich sah sie an und wusste genau, dass sie mir zeigen würde, wer es gewesen war. Sie deutete hinter mich. Dort liefen Mike, Matteo, Layla, Samuel und Evelyn zusammen über den Schulhof. Sie beachteten uns gar nicht.

„Die mit den schwarzen Haaren", meinte Lisa.

Ich schüttelte den Kopf. Das konnte nicht sein. Das war nicht möglich.

„Bist du dir sicher?", fragte ich.

„Ganz sicher! Sie war es! Hundertprozentig!"

Ich schüttelte weiter den Kopf. Das musste eine Lüge sein.

„Warum sollte ich lügen?", fragte Lisa.

„Weil du die fünf Euro haben willst?"

„Die kannst du ruhig behalten! Das ist die Wahrheit! Sie war es!"

Ich legte die Hände an die Wangen.

„Also kennst du sie?", fragte mich Lisa vorsichtig.

„Das ist meine beste Freundin!", rief ich. „Du musst dich irren!"

„Dann frag sie doch!"

Damit ging sie. Ich war ihr dankbar für ihre Informationen, aber so richtig glauben konnte ich immer noch nicht, dass Layla mir das angetan haben sollte. Wir waren Freunde. Warum sollte sie das tun? Es gab leider nur einen Weg, das herauszufinden: Ich musste sie fragen.

Ich blieb einen Moment alleine und wartete darauf, dass

die anderen zurückkamen, wo auch immer sie hingegangen waren. Währenddessen versuchte ich, mich zu beruhigen. Layla konnte es nicht gewesen sein. Das war bestimmt nur eine Verwechslung. Mein Herz klopfte schneller, als ich sah, dass die anderen wieder zu unserem Stammplatz gingen. Sie waren anscheinend in der Mensa gewesen.

Ich ging mit langsamen Schritten zu ihnen. Mit jedem Meter wuchs meine Angst, von den Leuten, die mir am meisten bedeuteten, verraten worden zu sein. Meine Freunde waren das Wichtigste für mich. Seitdem Mason weg war, klammerte ich mich umso mehr an sie.

„Lucy! Ist alles gut?", fragte mich ausgerechnet Layla, als ich auf sie zukam.

Ich sah sie einen Moment an.

„Ist es wahr, dass du mein Tagebuch veröffentlicht hast?"

In diesem Moment schien es, als wäre die Zeit stehengeblieben. Keiner in der Umgebung sagte ein Wort. Am wenigsten Layla. Sie sah mich geschockt an und schluckte. Sie wirkte... erwischt. Als sie mich ansah, kamen mir fast die Tränen.

„Woher weißt du das?", fragte sie.

„Also ist es wahr?"

Sie sah schuldbewusst auf den Boden.

„Wirklich? Warum hast du das getan?", fragte ich und ging ein paar Schritte auf sie zu.

Lay sah mich nicht einmal an. Sie schwieg.

„Layla hat Lucys Tagebuch veröffentlicht?", fragte Mira. Sie lachte kurz und fing dann an, zu klatschen. Das Schlimmste daran war, dass die anderen mit einstimmten. Sie fanden es gut, wie sie mich gedemütigt hatte.

„Ist das euer Ernst?", fragte ich mit erstickter Stimme.

„Wenn Lay das nicht getan hätte, hätten wir nie erfahren, wie du wirklich über uns denkst", erklärte Samuel.

„Nur dadurch haben wir beide uns wieder angefreundet. Sieh das mal so!", meinte Jessica.

„Ich hätte nie gedacht, dass du dich gestört fühlst, weil Layla und ich zusammen sind", sagte Matteo.

„Also sind wir das immer noch?", fragte Lay.

„Natürlich!"

Er umarmte sie.

„Also ich finde gut, was Layla gemacht hat!", sagte Mira. „Wer stimmt mir zu?"

Alle fingen an, zu klatschen. Layla hatte mich gedemütigt und ich war trotzdem die Böse in dem Film. Es war so unfair.

„Ich habe eine Packung Wasserbomben dabei. Kommt jemand mit?", fragte Mira.

Tatsächlich ging sie mit ein paar anderen zur Toilette. Ich lief weg. Einfach weg von Layla, dieser miesen Verräterin. Ich setzte mich auf eine Bank auf der anderen Seite des Schulhofs. Es war nur eine Frage der Zeit, bis die anderen kommen und mich nass machen würden. Ich weinte. Alles, woran ich bisher geglaubt hatte, schien plötzlich ganz anders zu sein.

Mason war auch mit seinen Freunden auf dem Hof. Sie saßen an einem Tisch. Er sah sogar ein paar Mal zu mir herüber, aber kam natürlich nicht. Er sah, dass ich weinte und sagte trotzdem nichts. Typisch für ihn. Dafür kam Raphael. Er war nicht dabei gewesen, als ich verkündet hatte, dass Layla das mit dem Tagebuch gewesen war.

„Hey, Lucy…", sagte er. „Matteo hat mir gerade erzählt, was passiert ist. Das tut mir ja so leid für dich."

„Wusstest du davon?", fragte ich.

„Ich hatte keine Ahnung", erwiderte er kopfschüttelnd.

Rapha legte einen Arm um mich, um mich zu trösten. Dabei wollte ich das gar nicht.

„Tut mir leid, Rapha, aber ich wäre jetzt lieber einen Moment allein", sagte ich.

Er stand auf.

„Natürlich. Ich bin aber da, falls du doch jemanden zum Reden möchtest."

„Gerade nicht, aber danke."

Raphael ging. Sobald er weg war, hörte ich eine andere Stimme:

„Gilt das auch für mich?"

Ich sah hoch zu Mason, sagte jedoch nichts. Er setzte sich neben mich.

„Was ist passiert?"

Ich schluckte.

„Weißt du noch, wie jemand damals Kopien von meinem Tagebuch im Flur aufgehangen hat?", fragte ich. Er nickte.

„Es war Layla. Das war Layla!", sagte ich.

Er sah mich weiter an. Besonders überrascht wirkte er nicht.

„Seit du weg bist, war sie immer für mich da. Und jetzt? Jetzt erfahre ich, dass sich mich belogen und betrogen hat!"

„Das tut mir wirklich leid für dich. Wenn ich dir irgendwie helfen kann…", meinte Mason.

„Du könntest einfach mal für mich da sein!", unterbrach

ich ihn.

Er wollte mich gerade in den Arm nehmen, da hörten wir Matteo:

„Hey!"

Ich war, zugegeben, etwas enttäuscht. Da war Mason einmal für mich da, und schon wurden wir wieder unterbrochen. Aber immerhin wollte Matteo mir auch helfen. Das dachte ich zumindest.

„Lucy, kann ich kurz mit Mason reden?", fragte er.

Ich war zwar etwas verblüfft. Mir ging es schlecht und er kümmerte sich nur um Mason? Aber ich nickte. Wie man es eben aus Höflichkeit machte. Und sie gingen zusammen weg. Ich war wieder allein. Einen entschuldigenden Blick bekam ich noch, aber mehr dann auch wieder nicht.

Mich quälte der Gedanke, dass Mason wieder nicht da war, obwohl ich ihn brauchte. Ich redete mir ein, dass es nicht seine Schuld war. Matteo wollte etwas von ihm. Aber es verletzte mich dennoch.

Die Mittagspause verbrachte ich mehr oder weniger allein. Ich wollte niemanden sehen, da ich mich von allen verraten fühlte. Ich hätte nie damit gerechnet, dass es Layla gewesen ist. Woher sollte ich wissen, dass meine anderen Freunde wirklich meine Freunde waren? Ich wollte alleine sein. Aber da hatte ich noch nicht gewusst, dass noch jemand auf mich zukommen würde. Denn kurz darauf sprach mich Evelyn an.

„Lucy, zu dir wollte ich!", sagte sie, als wir auf dem Schulhof aufeinander trafen.

„Was willst du? Mich auslachen? Mich fertigmachen? Dann fang an, damit ich es hinter mir habe!", erwiderte ich.

„Nein, eigentlich wollte ich etwas anderes."

„Und was?"

Sie umarmte mich ohne etwas zu sagen. Zunächst war ich überrascht, aber dann legte ich meine Arme um sie und drückte sie an mich. Es tat gut. Ich hatte das Gefühl, dass jemand mich wirklich verstand.

„Was sollte das?", fragte ich, nachdem wir uns gelöst hatten.

„Alles ziemlich heftig im Moment, oder? Du tust mir leid", antwortete Evelyn.

Ich sah sie verwundert an. War sie wirklich so nett zu mir oder war es nur ein Trick?

„Danke", meinte ich.

Sie legte eine Hand auf meine Schulter und streichelte mich ein wenig. Nach einem Lächeln, das man wirklich selten zu Gesicht bekam, ließ sie mich stehen und ging zu den anderen. Ich folgte ihr kurz darauf. Nachdem ich mich wieder etwas beruhigt hatte, wollte ich unbedingt noch einmal mit Layla reden. Wie Erwachsene. Jedes Problem konnte man doch lösen. Ich wollte das klären. Aber natürlich wurde ich schon von den anderen erwartet, die mit Wasserbomben in den Händen vor mir standen. Evelyn machte merkwürdigerweise nicht mit.

„Leute, was soll das?", fragte ich. „Ich dachte, wir hätten das vergessen."

„Man kann so etwas nicht einfach vergessen und verzeihen, wie es einem passt!", sagte Mira.

Ich hatte das komische Gefühl, dass es ihr dabei nicht nur um die Tagebucheinträge ging.

„Okay, dann lasst mich aber wenigstens mein Handy vorher wegpacken. Ich will nicht, dass es kaputt geht!", sagte ich.

„Das ist uns doch egal!", rief Mike.

„Nein, pack es weg! Wir wollen sie ärgern, aber nicht ihr Handy zerstören!", meinte Jess.

Ich holte mein Handy aus meiner Hosentasche und wollte es gerade auf die Bank legen, da streckte Eve ihre Hand aus.

„Ich halte es für dich", sagte sie.

Ich lächelte sie dankbar an und stellte mich für die anderen bereit. Dann warfen sie. Es machten fast alle mit: Mira, Jess, Layla, Matteo, Samuel und Mike. Evelyn und Raphael standen daneben, aber etwas dagegen unternehmen, taten sie auch nicht. Sie verteidigten mich nicht. Ich verübelte es ihnen nicht einmal, da sie sonst wahrscheinlich auch etwas abbekommen würden. Sie sollten nicht für mich leiden. Nicht einmal Eve.

Nachdem ihnen die Wasserbomben ausgegangen waren, war ich mal wieder vollkommen durchnässt.

„Dieses Mal kam dein geliebter Herr Brauer wohl nicht, um dich zu verteidigen", sagte Samuel lachend.

„Ich gehe mal wieder zu meinen anderen Freunden. Hoffentlich sind sie endlich wieder da!", murmelte Mira und ging.

Ich machte mich auf den Weg nach drinnen. Evelyn kam mit mir.

„Alles okay?", fragte sie.

Sie wirkte verwirrt, da es mir offensichtlich nichts ausmachte. Ich lachte.

„Ich habe Wechselklamotten mit", erklärte ich.

„Clever."

Ich holte die Sachen aus meiner Tasche und ging zur Toilette. Eve folgte mir weiterhin und ich war ihr unglaublich dankbar dafür. Ich zog mich um und sie reichte mir sogar Tücher, damit ich mich etwas abtrocknen konnte. Als ich fertig war, kam ich heraus und sie gab mir mein Handy zurück.

„Vielen Dank. Aber warum bist du plötzlich so nett zu mir?"

„Ich bin eben auch nicht aus Stein", erwiderte sie lachend.

Manchmal fiel es mir schwer, das zu glauben.

Vor dem Nachmittagsunterricht warteten wir alle vor unserem Klassenraum. Auch Layla und Matteo standen zusammen an einer Wand. Ich ging zu ihnen.

„Lay! Ich würde jetzt gerne von dir wissen, was das sollte!"

Sie sah mich schweigend an.

„Ich bin deine beste Freundin! Hast du gar kein schlechtes Gewissen?", fragte ich.

„Doch, aber…"

„Aber was?"

„Lucy…", meinte Matteo.

Er schüttelte kaum merklich den Kopf, als wollte er sagen, dass ich aufhören sollte. Aber ich dachte gar nicht daran.

„Kannst du mir wenigstens sagen, warum du das gemacht hast? Ich verstehe es nicht! Was habe ich dir getan?", fragte ich.

„Lucy, hör auf!", sagte Matteo.

„Ich möchte nicht darüber reden", meinte Layla.

Mira kam in den Flur und ging zu ihrem Klassenraum.

„Lay!", rief sie und fing an, zu klatschen. Die anderen stimmten mit ein.

Ich wollte mir das nicht länger ansehen und ging zu meinem Schließfach. Matteo kam mir nach.

„Lucy… Es tut mir leid. Ich will mich in dieser Angelegenheit wirklich nicht auf eine Seite stellen", erklärte er.

Ich sah ihn ernst an.

„Sie tut mir so etwas an und du willst mich nicht unterstützen?", fragte ich.

„Sie ist meine Freundin! Bestimmt hatte sie einen Grund, warum sie das getan hat!"

„Was für ein Grund soll das sein? Ich habe ihr nichts getan, Matteo!"

Er merkte selbst, dass ihm die Argumente ausgingen.

„Ich weiß es doch auch nicht."

„Wenn sie wirklich einen Grund hat, dann soll sie ihn mir doch wenigstens sagen!"

„Gib ihr Zeit."

Ich schnaufte. Layla war eine miese Verräterin, ich sah gar nicht ein, wieso ich mich dann noch zurückhalten sollte. Am liebsten hätte ich ihr die Augen ausgekratzt! Sie hatte es verdient…

„Ich erwarte gar nicht von dir, dass du dich genau wie sonst auch verhältst. Du sollst es bloß nicht übertreiben oder überstürzen. Verstehst du?", fragte Matteo.

„Versteh doch einmal mich! Erst habe ich Mason verloren und jetzt auch noch Layla!", erwiderte ich.

„Und dich vielleicht auch noch…"

„Du verlierst mich nicht."

Er schüttelte den Kopf.

Ich sagte nichts mehr dazu. Matteo unterstützte Layla nicht, aber mich eben auch nicht. Dabei lag ich doch eindeutig im Recht!

Der Nachmittagsunterricht zog sich wie Kaugummi. Ich saß neben dem Mädchen, das mein Tagebuch für alle

Welt zugänglich gemacht hatte. Sie hatte dafür gesorgt, dass alle mich hassten und ich teilweise noch jetzt mit Wasserbomben beworfen wurde. Ich wollte sie zur Rede stellen, das klären. Schließlich hatte ich immer noch keinen Grund, weshalb sie mir das überhaupt angetan hatte.

Ich machte innerlich zehn Kreuze, als die zwei Stunden endlich vorbei waren und ich gehen konnte. Doch zunächst wollte ich noch jemandem einen kleinen Besuch abstatten. Mein Gespräch mit Mason war nämlich meiner Ansicht nach noch nicht beendet. Sein Klassenraum war ebenfalls in unserem Flur. Da wir etwas früher gehen durften, wartete ich davor.

Pünktlich zum Klingeln kam er heraus. Er war, wie erwartet, einer der ersten, die den Raum verließen. Doch obwohl er mich sogar einen Moment ansah, ging er einfach. Ich war im ersten Moment sehr verblüfft, doch raffte mich schnell wieder auf.

„Mason!"

Er blieb stehen und drehte sich langsam um.

„Ich wollte mit dir reden über das, was passiert ist", erklärte ich.

Mason sah schuldbewusst auf den Boden.

„Ich kann nicht mit dir reden. Ich muss mich von dir fernhalten", antwortete er leise.

Er drehte sich um und wollte schon wieder gehen.

„Was soll das? Bist du schizophren oder so? Im ersten Moment willst du für mich da sein und hörst mir zu und im nächsten bist du wieder so abweisend! Ich verstehe das nicht! Du verwirrst mich!", rief ich.

„Eben, deswegen werde ich mich jetzt von dir fernhalten! Das wird alles einfacher machen."

Ich sagte nichts mehr und ließ ihn gehen.

Liebes Tagebuch,

ich kann es nicht fassen! Layla hat mein Tagebuch veröffentlicht! Meine beste Freundin ist mir derartig in den Rücken gefallen.

Fangen wir am Anfang an: Ein Mädchen kam auf mich zu und meinte, sie wüsste, wer das mit meinem Tagebuch war. Ja, schon wieder. Aber sie hatte recht. Sie konnte mir genau schildern, wie es passiert ist und wusste sogar Details, die sie nicht wissen konnte. Sie wusste, wie mein Tagebuch aussieht! Und dann hat sie gesagt, dass es Layla war.

Ich habe Lay natürlich sofort darauf angesprochen und es stimmte tatsächlich. Warum sie das gemacht hat, hat sie nicht gesagt. Ich verstehe es immer noch nicht. Die anderen fanden es sogar noch gut, was sie getan hatte! Sie haben mich wieder einmal mit Wasserbomben beworfen!

Ich verstehe Layla nicht. Wir waren so lange beste Freundinnen. Und sie sah nicht einmal so aus, als hätte sie irgendwelche Schuldgefühle. Es interessierte sie gar nicht, was sie mir damit angetan hatte. Keine Entschuldigung, keine Reue. Ich erkenne meine beste Freundin gar nicht wieder.

Mason hat mit mir geredet. Er wollte mir helfen und zuhören. Ich habe mich sehr gefreut. Es hat sich angefühlt, als hätte ich ihn wieder. Als wäre alles wieder so wie früher. Wie schön. Aber Matteo hat uns unterbrochen. Später habe ich Mason noch einmal angesprochen, weil ich mir gewünscht habe, dass er zu mir stehen und mir helfen würde. Aber das hat er einfach nicht getan. Mason hat gesagt, er wollte nicht und müsste sich von mir fernhalten. Ich werde einfach nicht schlau aus ihm.

Dafür war Eve überraschend nett zu mir. Sie hat mich kurz in den Arm genommen und mein Handy gehalten. Das hört sich jetzt nach wenig an, aber für Evelyn war das schon eine verrückte Sache. Ich frage mich immer noch, was sie damit bezwecken wollte, aber am besten hinterfrage ich das nicht weiter, sondern akzeptiere es einfach und freue mich darüber.

Alle feiern Layla, während ich mit Wasserbomben beworfen werde. Zum Glück habe ich in letzter Zeit immer Wechselklamotten dabei. Die brauche ich tatsächlich häufig. Aber es geht nicht nur darum. Ich verstehe nicht, wie alle Lay unterstützen können nach dem, was sie getan hat. Mehrmals haben sie für Laylas Aktion applaudiert. Mike meinte, so wüssten sie, was ich wirklich von ihnen denke. Jessica sagte, dass wir uns dadurch wieder angefreundet hätten. Das stimmt zwar, aber macht die Sache trotzdem nicht besser.

Mira hat gerade ein Video gepostet. Darin sieht man Layla, freudestrahlend und lachend. Es muss heute Nachmittag aufgenommen worden sein. Mira fragt sie, was sie zu der Aktion mit dem Tagebuch sagen will. Daraufhin lächelt Lay ihr übliches, bescheidenes, falsches Lächeln. Sonst habe ich ihr Lächeln geliebt, aber jetzt wirkt es auf mich nur noch abstoßend.

„Ich musste es einfach tun. Ich konnte nicht zulassen, dass sie über alle so ablästert! Ich konnte gar nicht anders, als es allen zu zeigen!", sagt Layla in dem Video. „Ich habe lange nichts gesagt, weil ich nicht wusste, wie die anderen darauf reagieren würden, aber ich freue mich sehr über das ganze positive Feedback und die Unterstützung."

Ich hasse sie so sehr. Wie kann man so falsch sein?

Bis zu einem anderen, grauenhaften Tag
Lucymaus

Kapitel 20:

Am nächsten Tag fühlte ich mich immer noch furchtbar allein. Morgens sah ich Matteo, wie er mit Mason sprach. Schon wieder. Am liebsten hätte ich zugehört, aber ich hatte zu große Angst, entdeckt zu werden. Danach wich mir Matteo nicht mehr von der Seite. Es war fast schon nervig, aber im Moment brauchte ich jemanden, der für mich da war. Matteo tauschte sogar mit Layla den Platz und wir redeten, wann immer es ging.

In der ersten Pause gingen wir dann zusammen zum Kiosk. Ich traf auf dem Weg Lisa wieder und erinnerte mich daran, dass ich ihr noch etwas schuldete.

„Hey, kommst du kurz mit?", fragte ich sie.

Sie nickte nur und kam mit.

„Wer ist das?", flüsterte Matteo mir zu.

„Sie hat mir erzählt, dass es Layla war", erklärte ich.

„Wohin gehen wir überhaupt?", fragte Lisa.

„Ich glaube, ich bin dir noch etwas schuldig."

„Ich habe doch gesagt, dass ich das Geld nicht will!"

„Möchtest du vielleicht einen Muffin? Oder eine Brezel?", bat ich an.

Sie lächelte.

„Zu einem Muffin sage ich nicht nein."

Ich kaufte ihr einen und sie verabschiedete sich wieder. Matteo und ich teilten uns eine Brezel. Als ich den Preis sah, ärgerte ich mich wieder, dass Mike keine Backwaren verkaufte. Aber wie sollten sie das machen? Sie müssten alles frisch aufbacken und mit dem Ausliefern und so funktionierte das nicht.

Wir gingen zurück auf den Schulhof und ich fragte mich

zum ersten Mal, warum Matteo mit mir viel mehr Zeit verbrachte als mit seiner Freundin. Andererseits waren alle auf ihrer Seite. Ich hatte die Unterstützung nötiger. Aber dass er mich dann auch noch auf dem Hof in den Arm nahm, wunderte mich dann doch. Er meinte es gut mit mir und es wirkte fast so, als würde er doch auf meiner Seite stehen, was mich natürlich freute… Es war trotzdem merkwürdig. In der Vergangenheit gab es nie Matteo und Lucy. Wenn, dann gab es nur Matteo, Lucy und Layla. Am besten noch mit Mike und Mason. Oder Raphael.

Ich entdeckte Mason auf dem Schulhof. Er hielt sein Handy in der Hand, aber sein Blick ging eindeutig zu uns. Dabei standen seine besten Freunde um ihn herum. Matteo half mir schon sehr gut, aber Masons Unterstützung würde mir viel mehr bedeuten. Es hörte sich fies an, aber es war die Wahrheit. Matteo war immer für mich da, das wusste ich. Und Mason… Vielleicht war das der Grund, weshalb ich spontan beschloss, zu ihm zu gehen.

„Ich komme gleich wieder!", sagte ich schnell zu Matteo und machte mich schon auf den Weg, aber er nahm meine Hand und zog mich zurück. Ich sah ihn verwirrt an.

„Du willst doch jetzt nicht wirklich zu ihm gehen, oder?", fragte er.

Ich sah auf den Boden. Doch. Genau das hatte ich vor.

„Versteh doch endlich, dass er nicht gut für dich ist! Halt dich lieber an mich!", meinte Matteo.

„Aber er… Ich will nicht, dass es so zwischen uns ist. Er ist mir immer noch unglaublich wichtig! Warum kann ich nicht einfach zu ihm gehen?"

„Weil er das nicht möchte."

„Woher willst du das wissen?"

„Das hat er gestern selbst gesagt."

Ich stockte. Ich war nicht davon ausgegangen, dass es in ihrem Gespräch um mich ging. Aber das machte mich umso neugieriger.

„Was hat er gesagt?"

Matteo seufzte.

„Ich glaube, das willst du gar nicht wissen…"

„Doch, das will ich! Sag schon!"

Er dachte einen Moment nach, dann erzählte er:

„Mason hat gesagt, dass ihn deine ständigen Stimmungsschwankungen nerven. Er findet, dass du aus einer Mücke einen Elefanten machst und die Sache viel zu ernst nimmst. Das nervt ihn."

Ich sah ihn mit offenem Mund und Tränen in den Augen an.

„Das hat er gesagt?"

Matteo nickte und legte eine Hand auf meine Schulter.

„Ja."

Ich rappelte mich wieder auf und wischte mir über die Augen.

„Na schön. Dann werde ich mich einfach von ihm fernhalten. Er hat meine Anwesenheit gar nicht verdient", sagte ich.

„Genau so ist es richtig."

Wir lächelten uns kurz an.

„Hast du Lust, nachher mit mir auf eine Party zu gehen? Jan, aus der Parallelklasse, schmeißt wieder eine super Party. Du weißt schon, er und Mira konkurrieren wieder um den Titel des Partykönigs oder der Königin natürlich", erklärte Matteo.

„Ich weiß nicht… Ich bin eigentlich nicht in der
Stimmung für Partys. Zumal wir noch eine Arbeit
schreiben."
„Ach, das ist doch nur ein Deutschdiktat!
Rechtschreibung kannst du!"
Tatsächlich ausnahmsweise mal eine Sache, die mir lag.
„Okay, dann komme ich mit. Aber nicht lange, ja?",
fragte ich.
„In Ordnung. Wir gehen, wenn du es willst."

Obwohl mir Rechtschreibung einigermaßen lag, wollte
ich am Nachmittag noch einmal die wichtigsten Regeln
durchgehen. Dafür brauchte ich mein Deutschbuch. Und
dann war es sehr unpraktisch, wenn man genau dieses
in der Schule vergaß. Ich fuhr also mit dem Bus zurück,
um es zu holen. Unser Jahrgang hatte keinen
Nachmittagsunterricht, also ging ich nicht davon aus,
jemanden zu treffen. Zum Glück.
Als ich dann jedoch in unseren Flur einbog, saß doch
jemand auf dem Sofa, den ich kannte. Ausgerechnet
Mason. Er war die letzte Person, die ich im Moment
sehen wollte. Auf seinem Schoß hatte er ein Tablet. Da er
alleine war, ging ich davon aus, dass er arbeitete. Sollte
Mason irgendwann einmal in seinem Leben arbeiten.
Ich ignorierte ihn und ging an mein Schließfach. Leider
ignorierte er mich nicht.
„Hattet ihr nach der sechsten Schluss?", fragte er.
Ich war so überrascht, dass er mich ansprach, dass ich
im ersten Moment kaum reagierte.
„Ja, also… Nein, die sechste fiel aus", brachte ich
stotternd hervor. „Was machst du?"
„Ich halte gleich ein Referat."

Ich nickte. Ich war mir allerdings nicht sicher, ob ich mich freuen sollte, dass er es selbst erarbeitete, oder enttäuscht sein sollte, weil er es anscheinend auf den letzten Drücker machte. Aber ich redete mir ein, er würde womöglich nur ein paar letzte Korrekturen vornehmen. Immerhin tat er etwas für die Schule. Früher hatten Jess und ich die meisten Referate alleine vorbereitet.

Mir kam plötzlich wieder in den Sinn, was Mason Matteo über mich gesagt hatte, und wollte am liebsten nicht eine Sekunde länger in seiner Nähe bleiben. Andererseits wollte ich wissen, ob er sich auch traute, mir das alles ins Gesicht zu sagen.

„Ich habe mit Matteo geredet", sagte ich provokant und ging einen Schritt auf ihn zu.

Mason zog eine Augenbraue nach oben, wie er es immer tat, wenn er verwirrt war.

„Er hat mir erzählt, worüber ihr gestern geredet habt", fügte ich hinzu.

Seine Augen wurden größer und er sah mich erschrocken an.

„Er hat es dir wirklich gesagt?"

„Ja, er hat mir die ganze Wahrheit erzählt. Und ich verstehe echt nicht, wieso du so etwas tust!"

„Ich kann dir das erklären…"

Ich schüttelte den Kopf.

„Schon gut, schon gut! Ich nerve dich mit meinen Stimmungsschwankungen und meinem Weinen… Dann lasse ich dich jetzt in Ruhe. Du musst dich also nicht länger belästigt fühlen."

Mason sah mich einen Moment stumm an. Es fiel mir schwer, seinen Blick zu deuten… nachdenklich?

Vielleicht ein bisschen verwirrt? Verwirrt worüber? Über meine Direktheit?

„Das hast du doch über mich gesagt, oder?", fragte ich, als nach einer Weile immer noch nichts kam.

„Ja, ja, das habe ich", erwiderte er kurz und knapp.

Ich sah ihn erwartungsvoll an.

„Und willst du nichts dazu sagen?"

„Ich weiß, das war nicht so nett von mir. Tut mir leid."

„Du bist ein Idiot, Mason! Ich hasse dich!", sagte ich noch, bevor ich ging.

Er hatte sich entschuldigt, aber manchmal reichte es einfach nicht. Ich war wirklich verletzt. Mir ging es schlecht, weil mir solche schrecklichen Dinge passierten, und er empfand das als nervig. Was sollte ich denn sagen?

Was mir aber nicht mehr aus dem Kopf ging, war der Blick, den er hatte, nachdem ich wiederholt hatte, was er vorher über mich gesagt hatte. Er wirkte regelrecht verwirrt. Als hätte er mit etwas Anderem gerechnet.

Aber was hätte ich denn sonst erzählen sollen?

Womöglich den Grund, warum er so merkwürdig war…

Ich habe gesagt, Matteo hätte mir etwas verraten. Das bedeutete, Matteo musste etwas wissen. Ich musste auf jeden Fall nachforschen.

Doch zunächst ging ich mit Matteo auf die Party eines Mitschülers von uns. Jan, um genau zu sein. Die Party verlief ziemlich unspektakulär. Wir tanzten, tranken Cocktails und lachten. Natürlich traf man auch die üblichen Verdächtigen: Mira und Raphael. Da sie mit Jan um die Partykrone stritt, musste sie natürlich selbst vor Ort sein. Und Rapha war gut mit Jan befreundet, also war es klar, dass er auch kommen würde. Matteo und ich verbrachten die Zeit aber eher alleine.

Am nächsten Tag wollte ich dann aber doch herausfinden, ob mir Matteo, ähnlich wie Layla, nur etwas vorspielte. Diese ganze Sache machte mich nur noch misstrauischer gegenüber meinen anderen Freunden. Denn ich konnte nicht mehr ruhig schlafen, ohne Gewissheit über Matteos wahres Gesicht. Es musste auch gar nichts Schlechtes sein. Vielleicht wusste er bloß etwas, das er mir verschwieg. Ich wollte es herausfinden.

Als Matteo dann vor der ersten Stunde noch einmal alleine wegging, folgte ich ihm heimlich. Er hielt an einer hinteren Ecke des Schulhofs, wo Mason schon auf ihn wartete. Merkwürdige Situation. Ich wusste nicht so recht, was ich davon halten sollte. Aber man wollte nichts überstürzen, weshalb ich erst einmal wartete und zuhörte.

„Warum hast du ihr das gesagt? Sie ist total wütend auf mich!", sagte Mason vorwurfsvoll.

„Reg dich mal ab! Irgendetwas musste ich ihr doch sagen!"

„Wenn ich mich schon von ihr fernhalten muss, dann lass sie mich doch wenigstens in guter Erinnerung behalten!"

„Sie wird dich immer in guter Erinnerung behalten, weil sie dich immer noch über alles liebt, Mason!"

„Ich weiß", sagte er seufzend.

„Dann hör endlich auf, permanent mit ihr zu reden! Damit machst du es ihr doch nur schwerer! Halt dich von ihr fern, dann wird sie dich irgendwann vergessen! Halt dich an…"

Matteo stoppte, als es klingelte.

„Ich muss los. Wir schreiben gleich eine Arbeit", sagte er und ging.

Ich beeilte mich, damit er nicht merkte, dass ich ihm gefolgt war.

Es stimmte also. Matteo wusste etwas. Ob er direkt etwas damit zu tun hatte oder Mason einredete, er sollte sich fernhalten, konnte ich nicht einschätzen. Aber ich würde es bald herausfinden. Ich brauchte bloß etwas Geduld. Dann regelte sich der Rest schon von allein.

In der ersten großen Pause redeten Mason und Matteo wieder miteinander. Ich beobachtete es aus sicherer Entfernung, bis ich wieder von ein paar nervigen Mitschülern belästigt wurde. Layla tat derweil so, als würde sie mich nicht kennen. Ich hatte kein Problem damit. Sie war für mich gestorben. Matteo tauchte dann doch wieder bei unserer Ecke auf und ich beschloss, ihn anzusprechen.

„Können wir kurz reden?", fragte ich ihn.

„Natürlich. Komm mit!"

Wir spazierten ein bisschen über den Schulhof.

„Ich möchte gerne von dir wissen…", fing ich an. „… ob du vielleicht etwas darüber weißt, warum Mason sich auf einmal von mir fernhalten möchte."

Matteo lachte.

„Nein. Ich weiß gar nichts, sonst hätte ich es dir doch schon längst erzählt."

Ich blieb stehen.

„Lüg mich nicht an! Du musst etwas wissen! Permanent redest du mit Mason! Das ist doch verdächtig und merkwürdig… Sag mir die Wahrheit, Matteo!"

„Ja, sag es ihr!", hörte ich Masons Stimme.

Er trat an uns heran und verschränkte die Arme vor der Brust.

„Mason...", flüsterte Matteo.

„Es ist mir komplett egal. Sag es ihr! Du wusstest von Anfang an, dass du es nicht ewig geheim halten kannst", sagte Mason.

Matteo nickte.

„Okay, wie soll ich dir das jetzt erklären...", meinte er.

„Sag es einfach!", forderte ich.

Ich wurde wirklich ungeduldig bei all der Geheimniskrämerei.

„Also ich bin so irgendwie..."

„Er ist in dich verliebt!", rief Mason dazwischen.

Mir rutschte fast das Herz in die Hose. Die Luft blieb mir weg und ich wusste zunächst gar nicht, was ich dazu sagen sollte.

„Stimmt das?", fragte ich.

Matteo nickte leicht.

„Aber du bist doch mit Layla zusammen!", rief ich.

„Es lief schon länger nicht mehr so gut mit uns..."

„Warum habt ihr mir das nie gesagt?"

Ich verstand nicht, warum meine Freunde mir nichts davon erzählt hatten, dass ihre Beziehung zerbrach.

„Du hattest genug eigene Probleme, da wollten wir dich nicht noch mit unseren belasten", erklärte Matteo.

Ich schüttelte den Kopf, als ich langsam realisierte, wie sehr ich meine Freunde in der letzten Zeit vernachlässigt hatte. Vielleicht war das der Grund, weshalb Layla mir das angetan hatte. Ich hatte nur noch an Mason und meine anderen Probleme gedacht und gar nicht gemerkt, wie schlecht es Lay und Matteo ging.

„Aber was hast du damit zu tun?", fragte ich Mason.

Er und Matteo sahen sich kurz an.

„Matteo kam auf mich zu und hat mir gesagt, was er für dich empfindet. Er hat mich darum gebeten, ihm freie Bahn zu lassen."

So langsam wurde mir klar, was die ganze Zeit vor meinen Augen ablief.

„Du kennst mich. Ich will meinen Freunden den Vorrang lassen, aber dieses Mal war das etwas Anderes. Wir hatten seit zwei Jahren keinen Kontakt und du bist mir wichtig. Ich wollte nicht schon wieder für meine Freunde zurückstecken. Vor allem nicht für einen Freund, zu dem ich zwei Jahre keinen Kontakt hatte. Na ja, und dann hatte Matteo eine Idee...", erklärte Mason.

„Was für eine Idee?", fragte ich mit zusammengekniffenen Augen.

Sie sahen sich kurz an.

„Wir haben auf der Konsole gespielt und dann quasi um dich gewettet...", meinte Mason.

„Der Gewinner durfte dich ganz für sich haben. Der Verlierer muss sich von dir fernhalten", fügte Matteo hinzu.

„Und wie du dir vielleicht denken kannst, hat Matteo gewonnen..."

Es war einige Sekunden still. Die Jungs sahen mich an und warteten auf meine Reaktion. Ich atmete ruhig weiter, um nicht vollkommen auszuflippen.

„Ihr seid echt das Letzte!", sagte ich schließlich. „Was fällt euch ein, mich als Preis anzusehen? Ich kann selbst entscheiden, wen von euch ich mag! Ihr könnt mich nicht einfach einem von euch zuteilen, wie es euch gerade passt!"

Ich machte eine kleine Pause und sah dann zu Matteo. „Du, mein Lieber, hast eine Freundin! Auch, wenn ich gerade alles andere als gut auf Layla zu sprechen bin, finde ich es grauenvoll, was du hier abziehst!"

Mein Blick ging zu Mason.

„Und du lässt mich nach unserem Treffen einfach sitzen, weil du eine Wette verloren hast?", fragte ich.

„Was hätte ich denn tun sollen? Es ging um Stolz und Ehre!", antwortete er.

„Scheiß doch auf Stolz und Ehre, wenn es um das Mädchen geht, das du magst! So wichtig, wie du gesagt hast, kann ich dir also doch nicht gewesen sein!"

Ich drehte um und ging. Das ging gar nicht. Ich fragte mich wirklich, was ich doch für Freunde hatte. Der eine betrog seine Freundin und der andere gab seine Freundin wegen einer Wette auf. Immerhin wusste ich jetzt, warum Mason sich so verhalten hatte. Auch wenn ich mir nun wünschte, ich wüsste es nicht. Dann hätte ich ihn in besserer Erinnerung behalten.

Ich ging zu unserer Ecke und setzte mich auf die Bank. Layla stand bei Evelyn und Mike. Ich dachte einen Moment darüber nach, zu ihr zu gehen und ihr zu sagen, dass ihr geliebter Freund eigentlich in mich verliebt war. Es würde ihr bestimmt wehtun. Vielleicht war sie dann nicht mehr so beliebt. Alle feierten ihre Aktion mit meinem Tagebuch. Ich konnte mich rächen. Dennoch entschied ich mich dagegen. Ich wollte nicht so gemein dastehen. Womöglich leugnete Matteo es und niemand glaubte mir. Dann würde ich nicht nur wie die nachtragende Kuh dastehen, sondern auch noch wie eine Lügnerin. Außerdem bereitete mir der Gedanke, dass Matteo sich bald von ihr trennen würde, viel mehr

Freude. Lay würde es bald von selbst erfahren.

Als hätte sie meine Gedanken gehört, drehte sie ihren Kopf und sah mich an. Ich hätte vielleicht wegsehen sollen, aber das tat ich nicht. Ich sah sie einfach nur an. Lay strich sich eine Haarsträhne hinters Ohr und widmete sich wieder ihrer Unterhaltung. Und das war einmal meine beste Freundin gewesen.

In den letzten Stunden setzte ich mich neben Jess, da ihre Sitznachbarin krank war. Unsere Lehrer fragten zum Glück nicht nach. Die kurze Pause vor der letzten Stunde versteckte ich mich auf dem Flur, damit Matteo bloß nicht auf die Idee kam, mich anzusprechen und zu nerven. Ich wusste nicht, ob er es jemandem erzählt hatte. Vermutlich nicht, da er immer noch eine Freundin hatte und diese das besser nicht erfuhr.

Nach der letzten Stunde lief ich sofort durch die Flure. Bloß weg, bevor Matteo kam. Ich packte meine Bücher nicht ins Schließfach, sondern haute sofort ab. Aber es half nichts. Matteo rief nach mir. Ich wollte nicht mit ihm reden und kam schließlich vor ihm draußen an. Ich sah mich um. An der Bushaltestelle musste ich warten. Er würde mich ganz sicher abfangen.

Plötzlich hielt vor meiner Nase ein Auto und die Scheibe ging runter. Evelyn saß auf dem Fahrersitz und beugte sich über den Beifahrersitz zu mir.

„Steig ein!", forderte sie.

Ich rührte mich zunächst nicht, aber als dann Matteo durch die Tür nach draußen kam, riss ich die Tür auf und setzte mich. Eve fuhr los und ich schnallte mich an.

„Danke…", murmelte ich.

Eve schmunzelte kurz. Auf ihrer Nase thronte eine dunkele Sonnenbrille, sodass ich ihre Augen nicht sah.

„Warum gehst du Matteo aus dem Weg?", fragte sie.

Ich seufzte.

„Lange Geschichte. Er mag mich wohl irgendwie und hat deswegen mit Mason um mich gewettet. Ich hatte wirklich keine Lust, mich jetzt noch mit ihm zu unterhalten.

Das war mir echt zu blöd", erklärte ich.

Evelyn runzelte die Stirn.

„Wundert mich ehrlich gesagt nicht. Denen würde ich doch alles zutrauen."

Ich nickte. Plötzlich fiel mir etwas auf.

„Warum fährst du überhaupt? Du darfst doch noch gar kein Auto fahren!"

Sie grinste.

„Eigentlich nicht. Aber ich fahre ziemlich gut und hatte keine Lust, mit dem Fahrrad zu kommen."

„Und was ist mit deinen Eltern?"

„Meine Mutter ist auf Klassenfahrt und mein Vater arbeitet und bekommt gar nicht mit, dass ich mir den Wagen geliehen habe."

„Hauptsache, du baust keinen Unfall!", sagte ich.

Sie lächelte nur. Ich lächelte auch.

Wir fuhren eine Weile durch die Stadt zu meinem Wohnviertel. Ich lehnte mich zurück und sah die meiste Zeit aus dem Fenster. Mir entging nicht, dass Evelyns Blick immer mal wieder zu mir ging.

„Du hast echt Pech im Moment, oder?", fragte sie plötzlich.

„Das kannst du laut sagen."

„Ich meine… erst Layla, diese falsche Schlange. Ich habe sie nie gemocht. Und dann auch noch Matteo, der Freund der falschen Schlange", erklärte Eve.

„Er hat es nicht böse gemeint", verteidigte ich ihn.

„Dein Ernst? Wenn man jemanden wirklich liebt, dann will man doch das Beste für den anderen und macht ihm nicht die Beziehung kaputt! Wir wissen doch alle, wie sehr du immer noch um Mason trauerst!", meinte Eve.

Ich war einen Moment lang überrascht, dass sie mich so gut kannte.

„Ich glaube nicht, dass er mich wirklich liebt. Seine Beziehung ist ihm vielleicht zu öde und er sucht Abwechslung. Er bildet es sich ein, schwärmt vielleicht ein wenig. Aber ich glaube nicht, dass er mich wirklich liebt", sagte ich.

„Ja, das kann sein… Wie steht es jetzt eigentlich um Mason? Immer noch am trauern?", fragte sie.

Dabei hatte sie kein hämisches Lächeln auf den Lippen und auch keinen auslachenden Unterton.

„Es ging mir gar nicht mal so sehr um ihn. Es ging mir um die ganze Situation. Alles ist einfach anders, seit er weg ist. Und ich vermisse die alte Zeit."

„Das kann ich verstehen. Mir geht es manchmal genauso."

Wir schwiegen eine Weile.

„Ist es nicht verrückt?", fragte sie irgendwann.

„Ist was nicht verrückt?"

„Sind wir nicht verrückt?"

„Ja, wir sind verrückt."

Wir lachten.

„Ich meine, wann haben wir uns eigentlich aus den Augen verloren? Warum genau sind wir immer noch wütend aufeinander?", fragte mich Eve.

„Keine Ahnung", sagte ich ehrlich. „Eigentlich sind wir doch reifer und sollten dieses Gehabe einfach vergessen."

„Genau!"

Ich kratzte mich am Kopf.

„Aber wie kommst du jetzt da drauf?", fragte ich.

„Na ja, ich habe gedacht, du kannst jetzt eine alte Freundin gebrauchen."

Sie fuhr in meine Straße ein. Die Adresse kannte sie entweder noch von früher oder sie hatte mich im Internet ausspioniert.

„Okay, dann tschüss, neue, alte Freundin!", sagte sie und hielt ihre Hand hoch.

Ich schlug ein.

„Bis morgen, neue, alte Freundin!"

Wir lächelten uns noch kurz an. Ich stieg aus, hielt die Tür aber noch einen Moment offen.

„Eve?", fragte ich.

Sie nahm ihre Sonnenbrille ab und sah mich an.

„Danke. Ich glaube, du kennst mich besser als alle, mit denen ich jetzt befreundet bin. Falls ich das noch bin."

„Kein Ding. Wer solche Freunde hat wie du, der braucht einfach keine Feinde mehr. Die machen dir das Leben schon schwer genug."

Ich nickte traurig.

„Mach dir keinen Kopf. Morgen ist ein anderer Tag!", sagte Eve.

„Na dann… Bis morgen! Und fahr sicher und langsam!", riet ich.

Sie lachte.

„Immer."

„Und lass dich nicht erwischen!"

„Sowieso!"

Ich lächelte.

„Ach, und Lucy? Du kannst nicht ewig vor Matteo weglaufen. Du wirst dich ihm stellen müssen", sagte Evelyn.

„Ich weiß. Aber eigentlich habe ich ihm schon alles gesagt."

„Lass dich nicht unterbuttern! Bis morgen!"

„Bis morgen!"

Liebes Tagebuch,

heute habe ich endlich die Wahrheit über Mason herausgefunden. Über den spektakulären Grund, weshalb er so plötzlich nichts mehr mit mir zu tun haben wollte. Und ich muss sagen: Ich finde es lächerlich. Absolut lächerlich. Noch nie habe ich so einen Kindergarten erlebt. Nicht einmal im Kindergarten selbst.

Noch dazu kommt, dass mein bester Freund (Matteo) sehr wohl wusste, was los war. Er ist sogar in die Sache verstrickt. Wenn nicht sogar verantwortlich. Ich bin enttäuscht. Ich habe das Gefühl, dass alle meine Freunde mich immer nur belügen. Erst Layla und jetzt Matteo. Alle fallen mir in den Rücken! Ich verstehe das nicht. Bin ich so eine schlechte Freundin? Habe ich es wirklich verdient, von den einzigen Menschen, die mir seit Masons Ehrenrunde geblieben sind, derart hintergangen zu werden?

Fangen wir ganz vorne an. Kurz nach meinem Treffen mit Mason hat er sich auch mit Matteo getroffen und ihm offensichtlich erzählt, dass wir uns mal wieder gesehen und auch geküsst haben. Matteo hat daraufhin erzählt, dass ich ihm gefalle. Offenbar in der Erwartung, dass Mason sich zurückziehen und ihm den Vortritt lassen würde. So hatte er es bisher immer getan.

Aber Mason entschied sich dieses Mal anders. Er hatte seit zwei Jahren keinen Kontakt zu Matteo und daher kümmerten ihn seine alten Freunde offensichtlich nicht mehr. Gut zu wissen. Jedenfalls haben die beiden eine Wette abgeschlossen, irgendein Videospiel gespielt, und der Gewinner durfte mich ganz für sich haben. Mason verlor und durfte deswegen kein Wort mehr mit mir reden. Dadurch, dass das so plötzlich und unerwartet kam und Mason außerdem kein guter Schauspieler war, wurde mir schnell klar, dass dort etwas nicht stimmte.

Matteo hat das alles übrigens auch die ganze Zeit überwacht. Mason sollte sich schließlich schön an sein Wort halten! Es ging um Ehre! Matteo ist ein Arsch. Ich habe mich so oft bei ihm ausgeheult, weil mir Mason fehlte und ich mich fragte, was mit ihm los sei, und er? Er hat mir geraten, ihn zu vergessen. Das wollte er aber nicht meinetwegen, sondern bloß wegen seinem persönlichen Vorteil. Ich habe echt tolle Freunde, oder?

Nichts desto trotz behalte ich Mason in guter Erinnerung. Und auch Matteo. Und Layla. Jetzt bin ich so allein wie noch nie. Denn ich denke nicht einmal daran, Matteo oder Mason oder Layla zu verzeihen. Nicht, dass Lay sich einmal bei mir entschuldigt hat. Matteo hingegen hat mir ungefähr zwanzig Nachrichten geschrieben und mich permanent in der Schule gesucht. Mason hat meine Nummer nicht und wird mich vermutlich erst morgen wieder ansprechen. Er lässt einem immer zunächst Ruhe zum Nachdenken.

Dafür ist auch etwas Schönes passiert. Eve und ich haben geredet. Ich glaube, wir könnten wieder Freundinnen werden. Aber wie immer kommt auch in diesem Beitrag das Schöne einfach zu kurz.

Gute Nacht!
Lucymaus

Kapitel 21:

„Da kommt ja dein Geliebter!", sagte Eve zu mir
augenzwinkernd am nächsten Schultag vor der ersten
Stunde.
Matteo schneite den Flur entlang zu unserem
Klassenraum. Von der anderen Seite kam Samuel.
„Und da kommt deiner", erwiderte ich.
Sie lächelte und ging ihrem Freund entgegen.
Währenddessen kam Matteo bei uns an. Er ging vorbei
an Layla, seiner Freundin, und direkt zu mir.
„Können wir reden? In der Pause?"
Ich seufzte.
„Na schön."
Wenn er mir etwas sagen wollte, sollte er das tun. Es
würde nichts an meiner Einstellung ihm gegenüber
ändern.
Matteo lächelte mir kurz zu und ging dann zu Lay. Er
legte seinen Arm um sie, als wäre nichts gewesen, als
hätte sich nichts geändert. Aber für mich hatte sich
etwas geändert. Eine ganze Menge hatte sich in den
letzten Wochen geändert. Hätte ich mich nicht mit
wieder Eve angefreundet, wäre ich jetzt ganz allein.
Evelyn war währenddessen bei Samuel und achtete gar
nicht mehr auf mich. Ich fand es schön, wie frisch
verliebt sie waren. Ich gönnte es ihr.

Im Unterricht saß ich wieder neben Layla. Sie und
Matteo tauschten ihre Plätze und ich fragte mich
zunehmend, was Lay eigentlich wusste. Es war
unwahrscheinlich, dass Matteo ihr erzählt hatte, was er
für mich empfand. Aber, dass sie einfach auf ihrem

ursprünglichen Platz saß, ohne den Grund dafür zu hinterfragen, fand ich merkwürdig. Es passte nicht zur neugierigen Layla. Wahrscheinlich hatte Matteo ihr irgendwelche Lügengeschichten erzählt. Es war mir aber eigentlich egal.

Viel mehr interessierte mich, was unser Klassenlehrer sagte, während er uns die Packliste für die Klassenfahrt gab, welche nächste Woche stattfand. Bisher hatten mir unsere Klassenfahrten immer sehr gefallen, auch wenn die Orte nicht immer nach meinem Geschmack waren. Trier war dieses Mal das Ziel. Ich war nicht wirklich begeistert davon, aber ich wollte nicht vorschnell urteilen.

Unser Lehrer erzählte begeistert, dass Trier die älteste Stadt in Deutschland war und von den Römern gegründet wurde. Er war übrigens auch unser Geschichtslehrer. Währenddessen kritzelte Layla ihre Packliste mit Kringeln und Kreisen voll. Das tat sie immer, wenn ihr langweilig war. Herr Brauer, unser Klassenlehrer, erzählte, wir würden eine Stadtführung machen, das Rheinische Landmuseum besichtigen, die Villa Borg und eine Gladiatorenshow im Amphitheater ansehen.

Ein Grund, weshalb ich mich nicht auf die Fahrt nach Trier freute, war die Zimmeraufteilung. Ich hatte ein Doppelzimmer mit Layla zusammen. Damals wusste ich noch nicht, was sie getan hatte. Sie hatte mir auch nicht gezeigt, dass sie mich irgendwie hasste. Lay war gerne mit mir auf ein Zimmer gegangen. Jetzt hatten wir den Salat. Ich war aber auch niemand, der dann nachträglich die Zimmerordnung änderte. Ich wollte keine Umstände machen.

Daher fand ich mich mit der Situation ab. Ich würde Layla die ganze Zeit ignorieren. Sie hatte es in der letzten Zeit genauso gemacht und ich rechnete nicht damit, dass sie das ändern würde. Ansonsten würde ich ihr aus dem Weg gehen. Nur beim Schlafen würde ich in ihrer Nähe sein. Trotzdem gefiel mir diese Situation ganz und gar nicht.

Als ich in der Pause gemütlich auf einer Bank saß und Musik hörte, kam Matteo zu mir und setzte sich neben mich. Meine Laune verschlechterte sich und ich schaltete widerwillig meinen Lieblingssong ab. Seinetwegen konnte ich nicht einmal meine Pause genießen.
„Ich wollte mit dir reden", sagte er.
Ich nickte nur. Das hatte ich schon gewusst.
„Ich weiß, dass du sicher sauer bist…"
Wieder ein Nicken.
„… aber ich wollte das nicht."
„Was wolltest du nicht?", fragte ich.
„Ich wollte nicht, dass du wütend bist."
Ich verdrehte die Augen. War das alles, was er zu sagen hatte?
„Nein, ernsthaft. Ich wollte deine Freundschaft zu Mason nicht zerstören."
„Meine Freundschaft? Da war mehr als eine Freundschaft, Matteo! Da war endlich, nach all der Zeit, mehr! Und du hast es kaputt gemacht! Du kennst mich! Du weißt, wie sehr ich Mason vermisst habe!"
Er sah auf den Boden.
„Meinst du nicht, dass es das Beste ist, ihn einfach zu vergessen?", fragte Matteo.
Ich sagte nichts und versuchte, mir nicht anmerken zu

lassen, wie sehr mich das verletzt hatte.

„Er ist jetzt seit zwei Jahren weg. Selbst wenn ihr wieder Kontakt aufnehmt, wird es niemals so werden wie früher. Du läufst ihm immer noch hinterher. Ich finde einfach, dass es besser wäre, einen Schlussstrich zu ziehen."

„Willst du jetzt sagen, dass du das alles nur gemacht hast, um mich zu beschützen?", fragte ich.

„Nein, ich habe das gemacht, weil…"

Er stoppte, als ihm auffiel, dass Layla zu uns sah. Sie hatte keine Ahnung, was für einen miesen Freund sie sich da geangelt hatte.

Ich bemerkte unterdessen, dass Mason mit seinen Freunden ebenfalls auf dem Hof war und immer mal wieder zu uns hinübersah. Was er sich wohl dachte?

„… du weißt schon", meinte Matteo.

„Da vorne, siehst du das?", fragte ich.

„Was?"

„Layla, deine Freundin, falls ich dich daran erinnern darf."

Er seufzte.

„Was soll das, Matteo? Ich wünsche Layla zwar gerade die Pest an den Hals, aber das finde ich echt gemein von dir."

„Ich werde noch mit ihr reden."

Ich antwortete nichts.

„Lucy, es tut mir leid. Ich hätte das nicht tun dürfen. Du darfst selbst entscheiden, mit wem du zusammen sein willst. Diese Wette war hirnrissig und unfair. Und du sollst wissen, dass ich dir niemals mehr im Weg stehen werde, wenn du mit Mason zusammen sein willst", sagte Matteo.

Ich glaubte ihm nicht wirklich. Es waren leere Worte. Das, was man eben so sagte, wenn man nicht wollte, dass jemand böse auf einen war.

„Echte Reue sieht anders aus", sagte ich.

„Es tut mir leid. Was möchtest du denn noch?", fragte Matteo.

„Ich kann das nicht einfach vergessen, auch wenn ich es möchte. Du hast mich echt verletzt. Ich habe dir vertraut und dich gefragt, ob du weißt, was mit Mason ist. Du hast es mir verschwiegen. Du warst einfach unehrlich."

„Ich weiß. Und du verdienst einen aufrichtigen Freund, das ist klar. Ich habe mich nie wirklich wohl damit gefühlt, das sollst du wissen. Kannst du wenigstens versuchen, mir zu verzeihen? Ich will nicht, dass wir auch noch Krieg haben."

Ich nickte, dabei wusste ich, dass es noch eine Weile angespannt sein würde. Aber ich war prinzipiell auch immer gegen Streit und wollte mich deshalb nicht querstellen.

Matteo stand auf und nahm meine Hand, um mich hochzuziehen.

„Kriege ich noch eine Umarmung?"

Ich fälschte ein Lächeln und nahm ihn in den Arm. Meiner Meinung hielt er mich viel zu lange fest. Als er mich losließ, lächelte er mich wieder so an, als wäre alles in bester Ordnung. Er wollte unsere Probleme einfach weglächeln und ignorieren. Ich sagte nichts.

„Matteo!"

Layla rief seinen Namen und winkte ihn mit einer Handbewegung zu sich herüber.

„Ich muss dann", meinte Matteo.

Ich nickte nur und ließ ihn gehen. Ich nahm wieder auf

meiner Bank Platz und beobachtete Eve, die ausnahmsweise mal nicht bei Samuel sondern bei Jess war. Beste Freundinnen waren wir immer noch nicht richtig, aber das musste sich wohl einfach entwickeln. Ich war zuversichtlich.

Als ich mein Handy herausnahm, sah ich, dass ich eine Nachricht von einer unbekannten Nummer bekommen hatte.

Es tut weh, dich mit ihm zu sehen

Ich sah mich um. Mein Blick blieb bei Mason hängen. Er hatte ein Handy in der Hand und sah zu mir. Es war zweifellos Mason.

Woher hast du meine Nummer?

Von Mira

Du hast noch Kontakt zu Mira?

Ich habe sie nur um deine Nummer gebeten

Ich sah stirnrunzelnd zu Mason. Was sollte ich davon halten, dass er noch Kontakt zu seiner Ex hatte? Er und Mira waren jahrelang ein Paar! Das konnte ich nicht gutheißen und er wusste es.

Schreibst du, weil du zu viel Schiss hast, persönlich mit mir zu reden?

Mason schmunzelte. Ich nicht.

Wir können auch gerne persönlich reden

     Eigentlich will ich gar nicht mit dir reden

Ach, jetzt sei doch nicht so!

        Wie?

Na so wie du bist

Ich schnaufte. Jetzt musste er auch noch Witze machen.

Komm doch schnell rüber und wir reden

   Nein, du kommst zu mir, wenn du mit mir reden willst

Mason schrieb nichts mehr, sondern kam tatsächlich. Ich
bereute meine Nachricht einen Moment, aber dann
merkte ich, dass ich selbst nicht böse auf ihn sein wollte.
Dafür mochte ich ihn einfach viel zu sehr.
„Wollen wir vielleicht ein bisschen spazieren gehen?",
fragte mich Mason.
Ich stand auf und ging mit ihm.
„Deine Freunde werden bestimmt eifersüchtig, wenn du
immer so viel Zeit mit mir verbringst."
Er lachte.
„Ach die... Nein, die lachen mich nur aus, weil du
wütend auf mich bist."
„Du hast es ihnen erzählt?"
„Klar, unter Freunden macht man das so."
Ich freute mich im Stillen, dass mich keiner von seinen

Klassenkameraden jemals angesprochen hatte.

„Aber vielleicht hast du recht und sie sind wirklich etwas eifersüchtig", fügte Mason hinzu.

Ich wusste nicht, ob er das nur sagte, um mir zuzustimmen oder es wirklich ernst meinte.

„Und ich bin neidisch auf sie, weil sie dich jeden Tag im Unterricht sehen."

„Also willst du noch Zeit mit mir verbringen?", schlussfolgerte Mason.

„Hast du etwas Anderes erwartet?"

Er schüttelte lächelnd den Kopf und sah auf den Boden. Ich musste ebenfalls schmunzeln. Mason nutzte diese entspannte Stimmung, um das schwierige Thema anzusprechen.

„Ich weiß, dass du enttäuscht von mir bist. Ich wusste einfach nicht, was ich tun sollte. Auf der einen Seite wollte ich Matteo gegenüber loyal sein, aber dir auch. Ich konnte nicht euch beide glücklich machen."

„Und dann nimmst du lieber ihn als mich?", fragte ich.

„Nein, so war das nicht gemeint. Aber ich dachte, du könntest auch mit ihm glücklich werden!"

„Aber er ohne mich nicht oder was?", antwortete ich.

„Nein!"

Mason seufzte.

„Gib mir einen Moment zum Nachdenken!", forderte er.

Ich wartete.

„Ich dachte, so würde quasi der Zufall entscheiden, wem von euch ich loyal gegenüber bin und ich müsste nicht zwischen euch wählen!", erklärte Mason.

Ich lachte.

„Ich glaube zwar nicht, dass du dir das in diesem Moment wirklich gedacht hast, aber ich lasse es mal als

Ausrede gelten", meinte ich.

„Soll heißen?"

Ich zuckte mit den Schultern.

„Ich kann dir sowieso nicht böse sein. Matteo schon, aber dir nicht. Zumal in den letzten zwei Jahren so viel passiert ist! Das muss ich dir unbedingt alles erzählen!"

„Und ich möchte alles hören."

„Okay, aber du musst mir auch erzählen, was bei dir passiert ist!"

Er nickte.

„Fang du an!", sagte Mason.

Die restliche Pause fing ich an, ihm alles aus meinem Leben zu sagen. Dass unsere Clique sich in den letzten zwei Jahren nicht mehr getroffen hatte, dass unsere Freundschaften fast auseinander gebrochen waren. Ich erzählte aber auch von Mikes Geschäft und meinen Versöhnungen mit Evelyn und Jess. Schließlich wiederholte ich auch alles, was mir in den letzten Wochen angetan wurde und von den Beweggründen der Täter. Aber mittlerweile hatte sich alles aufgeklärt.

Nach der Pause redeten wir noch so lange weiter, bis meine Lehrerin kam. Merkwürdigerweise saß jetzt wieder Matteo neben mir. Ich hinterfragte es gar nicht, sondern akzeptierte, dass Layla anscheinend alles machte, was Matteo ihr vorsetzte.

„Hast du dich mit Mason vertragen?", fragte Matteo, sobald wir saßen.

„Ich wüsste nicht, was dich das anginge."

„Ich wollte doch nur…"

„Halt dich einfach raus, Matteo!"

Er nickte nur und hielt die Klappe. Eve, die einige Plätze weiter saß, zeigte mir einen erhobenen Daumen. Ich lächelte sie an. Sie unterstützte mich. Verrückt.

„Kann es sein, dass du irgendwie wütend auf Matteo
bist?", fragte mich Mike in der zweiten Pause.
„Warum das denn?", fragte Raphael.
Ich ging davon aus, dass kein anderer zuhörte, da wir
nur zu dritt waren, aber dann kam doch noch Mira.
„Du hast Stress mit Matteo? Ich will alles wissen!"
„Könnt ihr sie nicht einfach in Ruhe lassen?", fragte
Evelyn, die nun auch noch dazukam.
Ich lächelte sie dankbar an.
Mira sah währenddessen misstrauisch zwischen uns hin
und her.
„Eve und Lucy haben ihre Probleme gelöst und sich
vertragen? Das ist ja fast so krass wie bei Youtube und
der Gema!", sagte sie.
„Übertreib nicht so!", meinte ich.
„Was ist denn jetzt mit dir und Matteo?", fragte Raphael.
„Ich will nicht darüber reden. Es ist eine lange
Geschichte und außerdem…"
Ich sah zu Layla. Auch, wenn sie mich unfassbar
enttäuscht hatte, wollte ich ihr nicht wehtun. Um
unserer jahrelangen Freundschaft willen. Lay und
Matteo waren dasselbe Traumpaar, das sie schon seit so
langer Zeit waren.
„Sag mal, kann es sein, dass zwischen dir und Matteo
etwas läuft?", fragte Mike, der meinen Blick anscheinend
gesehen hatte.
„Hä? Ich dachte, du wärst mit Mason zusammen",
meinte Raphael.
„Lucy… So langsam läuft es bei dir!", sagte Mira
lachend.

„So ein Blödsinn! Ich bin mit niemandem zusammen!
Sagt das nie wieder!", rief ich.

Mira runzelte die Stirn.

„Ich glaube, wir haben einen wunden Punkt
getroffen...", flüsterte sie. „Bist du verbittert, weil du
gerne einen Freund hättest, Lucy?"

„Nur, weil sie nicht so ein Flittchen ist wie du!", sagte
Eve.

Mira legte sich eine Hand aufs Herz, als hätte Evelyn sie
wirklich getroffen.

„Ich hatte nur einen Freund und das für zwei Jahre!",
meinte sie.

„Ach komm, Miriam! Du hättest doch damals alles
getan, um Masons Freundin zu werden! Damit du dich
über seine Beliebtheit profilieren kannst! Ohne ihn
würde dich doch niemand kennen!", sagte Eve.

„Was bist du denn plötzlich so gemein zu mir? Ich habe
doch gar nichts getan!"

„Du sollst einfach Lucy in Ruhe lassen!"

„Okay, okay! Aber was ist denn jetzt mit dir und
Matteo?"

„Nichts!", rief ich.

„Schön. Wenn du mir doch noch was erzählen willst..."

„Geh jetzt, Mira!", rief Eve.

Und Mira ging mit bösen Blicken. Wir sahen uns
kopfschüttelnd an. Dieses Mädchen war eine
unglaublich dreiste Nervensäge. Wir waren uns einig,
dass man Mira nichts erzählen durfte. Sie war nicht
dafür bekannt, viel weiter zu erzählen, aber man konnte
ihr nicht trauen. Am Ende erpresste sie Matteo oder
verkaufte die Infos. Bei Mira konnte man sich nie sicher
sein.

„Ich gehe davon aus, dass du uns dann auch nichts erzählen willst", meinte Mike.

Ich seufzte.

„Vielleicht später. Im Moment möchte ich einfach meine Ruhe."

Er nickte.

„Und ihr beide habt euch wirklich vertragen?", fragte Raphael.

Ich lachte.

„Ja, kaum zu glauben, oder?"

„Ihr seid verfeindet seit ich mich erinnern kann!", meinte Mike.

„Eigentlich waren wir früher schon einmal beste Freunde. Dann waren wir Feinde. Und jetzt wieder Freunde", erklärte Eve.

„Wie das Leben eben so spielt", meinte ich. „Ich bin aber froh, dass ich dich wieder habe. Jetzt, wo ich Streit mit Layla und Matteo habe…"

„Ich weiß. Ich habe ein viel zu großes Herz!"

Es hörte sich so ironisch an, dass wir darüber lächelten.

„Wollen wir nicht vielleicht Freitag zusammen ins Kino gehen?", fragte Mike.

Liebes Tagebuch,

es ist Sonntag und ich schreibe erst so spät, da ich diese Woche so beschäftigt war. Gestern war ich den ganzen Tag auf dem Geburtstag der Tochter meiner Cousine. Sie ist jetzt sechs Jahre alt und kommt nächstes Jahr in die Schule. Die Arme.

Freitag war ich mit Mike, Raphael und Evelyn im Kino. Wir haben uns eine Komödie angesehen. Aber viel interessanter als der Film war für mich das davor und danach. Ein

Kinobesuch ist für mich nie das Wahre, da man dabei nichts mit seinen Freunden machte. Man saß einfach nur nebeneinander und sah einen Film. Aber davor konnten wir reden und danach gingen wir noch essen. Ich hätte nie gedacht, dass wir in dieser Kombination so viel Spaß haben würden.

Die Freundschaft zwischen mir und Eve ist nicht mehr so wie früher. Das ist aber auch nicht verwunderlich, da wir viel älter und reifer geworden sind. Trotzdem habe ich das Gefühl, dass wir einander besser kennen als uns selbst. Raphael und ich verstanden uns sowieso gut und auch zu Mike habe ich ein gutes Verhältnis. Wir haben alle dieselbe Sprache gesprochen und hatten eine gute Mischung aus Witzen und ernsten Gesprächen.

Layla und Matteo waren nicht dabei. Niemand hat vorgeschlagen, sie einzuladen. Am wenigsten ich. Natürlich. Die beiden können mir im Moment schön fernbleiben. Lay und ich haben, seitdem ihre Aktion aufgeflogen ist, kaum miteinander gesprochen. Allgemein schweigt sie fast immer. Ich habe sie so noch nie erlebt und weiß gar nicht, wie ich damit umgehen soll. Ich ignoriere sie also einfach.

Matteo ist auch der letzte Mensch mit dem ich etwas zu tun haben möchte. Ich habe den anderen erzählt, was er getan hat. Mike fand die Wette an sich gar nicht so schlimm und verstand erst nach einiger Diskussion, dass das mir gegenüber nicht fair war. Raphael war sofort meiner Meinung. Aber wir waren uns alle einig, dass es ein Unding ist, sich an jemand anderen heranzumachen, wenn man eine Freundin hat. Layla tat allen leid.

Trotzdem mussten sie mir versprechen, ihr nichts zu erzählen. Ich bin mir selbst gar nicht sicher, ob ich es ihr sagen oder das doch lieber Matteo überlassen soll. Es wäre natürlich deutlich besser für die beiden, wenn er es übernimmt. Dann fühlt sie sich nicht ganz so verraten. Aber wenn er ihr nichts sagt, dann muss ich es tun. Ich kann sie doch auch nicht anlügen! Das wäre nicht nett! Aber wäre es nett, ihr das Herz zu brechen? Ich weiß es nicht.

Sowohl Mason als auch Matteo haben sich bei mir entschuldigt. Ich habe Mason verziehen, weil ich ihm sowieso nicht böse sein kann und er es außerdem nur gut gemeint hat. Er wollte das Beste für Matteo, seinen alten Freund. Wie sollte ich ihm da böse sein?

Bei Matteo ist das ganz anders. Es ist das Letzte, meine Beziehung zu zerstören, um seinen eigenen Vorteil herauszuschlagen. Wenn man jemanden liebt, dann tut man so etwas nicht! Außerdem ist er der Freund von Layla! Und das schon eine ganze Weile! Wie soll ich jemanden ernsthaft lieben, wenn ich weiß, dass er seine letzte Freundin nach Strich und Faden belogen hat? Ich weiß es nicht.

Morgen geht es auf Klassenfahrt. Ich werde mein Tagebuch mitnehmen und ab und zu reinschreiben. Mal sehen, wie es wird, mit Lay in einem Zimmer zu schlafen! Und rund um die Uhr Matteo und Mira zu sehen. Die B-Klasse kommt nämlich auch mit nach Trier. So wird die Busfahrt günstiger.

Bis in Trier!
Lucymaus

Kapitel 22:

Da saß ich also am nächsten Morgen im Bus auf dem Weg nach Trier. Neben mir saß Jessica und war die ganze Zeit schon in ihr Buch vertieft. Auf der anderen Seite des Ganges saßen ausgerechnet Layla und Matteo. Lay und ich waren beide am Gang, wie der Zufall es wollte. Unser Pärchen hielt Händchen und ich war schon kurz davor, mich zu übergeben. Samuel und Eve waren hinter uns und Mike alleine davor. Raphael und Mira saßen im vorderen Teil des Busses bei ihrer Klasse.

„Alles in Ordnung?", fragte Jess.

„Na ja, ehrlich gesagt habe ich gerade keine Lust auf diese Fahrt."

„Warum nicht?"

„Die Zimmeraufteilung."

Mir war vollkommen egal, dass Layla neben mir saß und alles hörte. Sie sollte sogar hören, was ich von ihr hielt.

„Könnt ihr euch nicht wenigstens für die fünf Tage zusammenreißen?", fragte Jessica.

Ich schüttelte den Kopf.

„Ich kann nicht einfach vergessen oder ignorieren, was sie getan hat."

„Und ihr einfach verzeihen?"

„Niemals."

Aus den Augenwinkeln schielte ich zu Layla. Sie sah nur nachdenklich auf ihre Fingernägel. Sie hatte mich auf jeden Fall gehört.

Nach der ersten Pause tauschten Matteo und Layla die Plätze. Ich vermutete, dass sie nicht länger so nahe bei mir sitzen wollte, damit sie nicht länger hören musste, wie sehr ich sie hasste. Für einen Moment fühlte ich mich böse. Aber wahrscheinlich war es doch nur Matteo, der sich wieder bei mir einschmeicheln wollte. Zum ersten Mal ging er mir wirklich auf die Nerven.

„Alles gut?", fragte er mich, während wir mit den anderen Karten spielten.

„Klar", erwiderte ich.

Er nickte.

„Ich habe eben schon zu Layla gesagt: Ihr seid immer willkommen im Zimmer von mir und Mike. Raphael wollte abends auch mal rüber kommen, damit wir spielen können. Jess, für dich gilt das Gleiche!"

Jessica sah auf.

„Was?"

„Ihr könnt abends zu uns ins Zimmer kommen, damit wir Karten spielen können", wiederholte Matteo.

„Okay."

Sie sah mich an.

„Du wirst nicht kommen, oder?", fragte Jess.

„Ich weiß nicht", sagte ich.

„Wenn es meinetwegen ist…", fing Matteo an.

„Es geht nicht immer nur um dich!", unterbrach ich ihn. Ich sah an ihm vorbei zu Layla, die Musik hörte und auf ihr Handy sah. Sie hörte nicht zu. Matteo verstand, was ich sagen wollte.

„Verstehe. Vielleicht kannst du es eines Tages vergessen", sagte er.

„Wieso sollte ich es vergessen? Sie hat sich nicht einmal für das entschuldigt, was sie mir angetan hat! Warum sollte ich ihr dann verzeihen? Kannst du mir das sagen?", fragte ich.

Matteo lehnte sich wieder zurück und sagte nichts mehr.

Ich konnte mir wieder nicht sicher sein, ob er vielleicht mehr wusste als ich oder nicht. Er hatte mich einmal belogen und mir verschwiegen, was er wusste. Wieso sollte es beim zweiten Mal anders sein?

Wir verbrachten die Busfahrt wie die vielen Pausen in der Schule: Wir spielten Karten und viele andere Spiele. Alle zusammen. Und plötzlich kamen einem die Stunden gar nicht mehr so lang vor. Es war schon stockdunkel, als wir in Trier ankamen. Wir bekamen noch schnell unsere Zimmerschlüssel und gingen dann sofort rein.

Ich schnappte mir den Schlüssel vor Layla und suchte unser Zimmer. Als ich es gefunden hatte, wartete ich auf meine Kameradin. Sie kam kurz nach mir und wir gingen rein. Es lag eine unangenehme Stimmung in der Luft. Wir sagten immer noch kein Wort, während wir unsere Sachen auspackten. Die Aufteilung des Schrankes regelte sich schon von selbst und auch wer in welchem Bett schlief, war schnell klar.

Wir gingen abwechselnd ins Bad und dann ging Lay zu Mike und Matteo. Also, ich hoffte, dass sie zu ihnen ging. Den Schlüssel nahm sie jedenfalls mit. Ich war ihr dankbar, da ich sonst wach bleiben müsste, um ihr aufzumachen. Andererseits konnte ich das Zimmer nicht verlassen, da ich keinen Schlüssel hatte. Ich müsste erst Lay suchen. Und ob die wirklich zu den Jungs ging, stand auch in den Sternen. Der letzte andere Ort wäre der Gemeinschaftsraum, der für unsere zwei Klassen zur Verfügung gestellt wurde. Ich hatte ihn noch nicht gesehen, da ich eigentlich nur noch ins Bett wollte.

Das mit dem Schlafen klappte dann aber nicht so richtig.

Ich nahm ein Buch heraus, das ich extra mitgenommen hatte, doch beim Lesen schweiften meine Gedanken immer wieder ab. Ich war so müde, dass ich mich kaum auf die Geschichte konzentrieren konnte. Handylicht hielt vom Einschlafen ab. Das hatte ich mal gelesen. Daher blieb auch mein geliebtes Smartphone ausgeschaltet.

Irgendwann später kam dann Layla zurück. Ich wusste immer noch nicht, ob sie bei den Jungs gewesen war oder woanders, aber ich wollte auch nicht fragen. Am liebsten wollte ich kein Wort mit ihr reden. Nie wieder in meinem Leben. Ich stellte mich gar nicht erst schlafend, während sie sich umzog und ins Bad ging. Ob sie Spaß gehabt hatten? Hätte ich doch mitgehen sollen? In einem Raum mit Lay und Matteo? Nein, das wollte ich eigentlich nicht.

Während ich nachdachte, legte Layla sich in ihr Bett und machte das Licht aus. Und dann lagen wir da, eine ganze Weile und sagten kein Wort. Sie schlief nicht, das wusste ich. Oder ich war mir zumindest ziemlich sicher. Layla drehte sich oft und genau wie mir war ihr diese ganze Situation super unangenehm. Ich konnte nicht schlafen, wenn ich wusste, dass sie neben mir lag. Und dann fing ich plötzlich an, alles zu erzählen, was mir in den Sinn kam:

„Ich vermisse Mason immer noch. Ich wünsche mir immer noch, dass das alles nie passiert wäre und er immer noch jeden Tag neben mir sitzen und mir zulächeln würde, wenn wir mal wieder die gleichen Gedanken hatten. Ich war unglaublich traurig, als mir dann plötzlich so gemeine Dinge angetan wurden. Aber immerhin hatte ich noch dich und Matteo."

Ich stoppte und seufzte.

„Bis ich dann erfahren habe, dass du genauso ein Teil davon warst. Meine beste Freundin hatte mich derartig hintergangen. Ich konnte es nicht fassen. Du warst mir immer unglaublich wichtig, Lay, und ich will dich eigentlich nicht verlieren. Ich wünschte, alles würde wieder wie früher sein, aber das habe nicht nur ich zu entscheiden. Dazu gehören wir beide und nach dem, was du getan hast…"

Ich legte eine kurze Pause ein.

„Ich kann das nicht einfach vergessen und verzeihen, wie Matteo sich das vorstellt. Mit Eve habe ich mich vertragen und dadurch nach so vielen Jahren eine Freundin wiedergewonnen, daher glaube ich auch, dass wir unsere Probleme eines Tages lösen können. Das Traurige ist, dass ich das Gefühl habe, diese Probleme nicht einmal zu kennen."

Layla sagte nichts, dabei wusste ich ganz genau, dass sie zuhörte. Ich sah seufzend an unsere Zimmerdecke. Etwas Licht schien durch unser Fenster ins Zimmer, sodass ich die Konturen von unserem Schrank und dem Schreibtisch sah. Man hörte nur unser leises Atmen und ab und zu das Quietschen der Matratze, wenn wir uns bewegten. Es dauerte aber nicht mehr lange, da waren wir eingeschlafen.

Ich wachte früh auf, da Layla auch früh aufstand. Sie ging duschen. Es nervte mich schon etwas, dass ich nicht mehr schlafen konnte, aber ich fand mich schnell damit ab. Ich holte mein Tagebuch aus meiner Tasche und las mir meine letzten Einträge durch. Als ich gerade einen Stift zur Hand nahm und etwas schreiben wollte, kam

Lay aus dem Bad.

Sie versuchte, nicht auf mich zu achten, aber schielte schon ab und zu auf mein Tagebuch. Schließlich hatte sie schon einmal Bekanntschaft damit gemacht. Ich fühlte mich aber nicht wohl dabei, vor ihr zu schreiben, und ließ das Büchlein daher unter mein Kopfkissen gleiten, in der Hoffnung, dass Lay es nicht gesehen hatte. Ihr war nicht zu trauen.

Ich ging ins Bad und machte mich fürs Frühstück fertig. Lay war in der Zwischenzeit schon alleine gegangen. Wenig später ging ich dann auch los. Ich setzte mich mit Samuel, Eve und Mike an einen Tisch. Layla und Matteo saßen bei Mira und zwei Anhängerinnen von ihr. Ich beobachtete sogar, wie Lay und Mira gemeinsam zur Toilette gingen. Aber darum wollte ich mich nicht kümmern. Ich hatte Evelyn, Samu und Mike. Eigentlich auch noch Raphael, aber er verbrachte im Moment wenig Zeit mit uns.

Wir blieben auch nach dem Frühstück noch eine Weile an unserem Tisch sitzen und redeten. Nahezu alle anderen Schüler waren schon wieder auf ihren Zimmern. Herr Brauer, unser Klassenlehrer, kam schließlich zu uns und sagte, dass wir bald losgingen und wir uns fertigmachen sollten. Heute machten wir nur vormittags eine Stadtführung und am Nachmittag hatten wir frei.

Ich ging auf unser Zimmer, in dem auch Layla war und telefonierte. Anscheinend mit ihrer Mutter oder ihrem Vater.

„Ja, ich bin mit Lucy auf einem Zimmer... Nein, wir verstehen uns super... Alles gut... Ich muss jetzt auflegen... Tschüss!"

Ich schmunzelte.

„Man lügt seine Eltern nicht an, Layla", sagte ich.

„Als ob du ihnen die Wahrheit sagst!"

Sie packte ihr Handy in ihre Handtasche.

„Was ist denn die Wahrheit?", fragte ich provokant.

„Dass…", sie stockte. „… es zwischen uns im Moment etwas schwierig ist."

Ich lachte. Nett ausgedrückt.

„Es ist nicht meine Schuld, dass es so ist", meinte ich.

„Und meine auch nicht!"

Ich runzelte nur die Stirn. Layla merkte es selbst und ballte ihre Hände zu Fäusten. Sie atmete tief ein und aus und schwieg. Ich wurde nicht schlau aus ihr und ließ es deshalb sein, mich weiter mit ihr zu unterhalten.

Den ganzen Vormittag wanderten wir durch die Stadt. Wir begannen am Porta Nigra, sahen uns viele verschiedene Gebäude an und besichtigten am Schluss noch die ehemaligen Thermenanlagen. Alles, was wir schon über die Römer wussten, wurde noch einmal wiederholt und unser Geschichtslehrer war glücklich. Wir versuchten verzweifelt, zuzuhören. Ich zumindest. Ich glaube, die anderen hofften einfach nur, dass wir bald frei hatten.

Schließlich war es dann soweit. Wir wollten in einer großen Runde in einem Restaurant in der Innenstadt essen, aber zuerst wollten die meisten noch kurz zurück zur Jugendherberge, die zum Glück ganz in der Nähe war. Ich schloss Layla auf, behielt jedoch den Schlüssel bei mir und blieb bei Eve. Wir redeten kurz über die Führung, als Samuel kam und seinen Arm um sie legte.

„Liebling, wir wollten doch auf dein Zimmer gehen…

Jess ist nicht da und unsere Lehrer auch nicht…"
Ich runzelte die Stirn.
„Ihr wollt doch nicht…?", fragte ich.
Eve winkte ab.
„Mach dir keinen Kopf! Ich weiß schon, was ich tue."
Ich wusste wirklich nicht, was ich davon halten sollte.
Evelyn war mutig, sie hielt sich nicht an Regeln.
Eigentlich war sie das komplette Gegenteil von mir. Ich
war viel zu schüchtern und ängstlich, um verbotene
Dinge auf der Klassenfahrt zu tun. Und mich mit
meinem Freund auf meinem Zimmer zu amüsieren…
Aber ich würde Eve nicht aufhalten.
Samuel fing an, ihren Hals zu küssen, aber sie schob ihn
weg.
„Nein, jetzt nicht."
„Wann denn dann? So eine Gelegenheit kommt nicht so
schnell wieder", sagte er.
„Okay, ich komme gleich. Vielleicht", gab Eve nach.
Er ging seufzend.
„Ich liebe dich nicht!", rief er über seine Schulter.
„Ich dich auch nicht!", erwiderte Evelyn.
Ich sah sie verwirrt an.
„Wir sind uns einfach einig, dass unsere Beziehung…
nicht so ernst ist. Wir sind locker und wollten nicht so
verkrampft sein. Für uns ist es eigentlich keine Liebe.
Deshalb sagen wir auch noch nicht, dass wir uns lieben",
erklärte sie.
Ich verstand es immer noch nicht so richtig, nickte aber
trotzdem.
„Ihr seid echt… süß zusammen. Aber ich weiß nicht,
was ich davon halten soll, dass ihr nur zusammen seid,
weil er mir Streiche gespielt hat", sagte ich.

Sie lachte.

„Er wollte mich eben beeindrucken. Ich fand es cool, auch wenn die Streiche an sich nicht so geil waren… Ich glaube, ich gehe mal lieber. Sonst habe ich morgen keinen Freund mehr", meinte Eve.

Ich nickte und ließ sie gehen.

„Viel Spaß!", rief ich ihr nach.

Sie drehte sich um.

„Wir gehen nur duschen", antwortete sie und zwinkerte mehrmals.

Ich versuchte, es mir gar nicht erst bildlich vorzustellen und machte mich auf den Weg zu meinem eigenen Zimmer. Ob Layla noch da war, war mir ziemlich egal. Ich freute mich auf das Essen mit meinen Freunden.

Als ich dann die Tür zum Zimmer aufschloss, dachte ich gar nicht erst darüber nach, anzuklopfen. Wozu auch? Ich ging nicht davon aus, dass sie sich um diese Uhrzeit umzog oder Ähnliches. Sie wusste, dass ich gleich nachkommen würde. Ich bereute es aber keinen Moment, nicht angeklopft zu haben. Denn dann hätte ich das nicht gesehen.

Da stand Lay. Fast direkt vor mir. In der Hand hielt sie mein Tagebuch. Ich würde nie vergessen, wie sie mich angesehen hatte. Geschockt, ertappt, schuldig, reuevoll. Ich wusste nicht, was sie damit vorgehabt hatte, aber das wollte ich auch gar nicht wissen. Es konnte nichts Gutes gewesen sein. Mein Gesicht musste mindestens genauso ausgesehen haben wie ihres. Keiner sagte zunächst ein Wort.

Irgendwann legte Layla das Buch auf mein Bett und schüttelte den Kopf.

„Es tut mir so leid!", sagte sie und wollte sich schon

wieder aus dem Staub machen, damit ich sie gar nicht erst zur Rede stellen konnte. Aber nicht mit mir. Ich hielt sie an ihrem Arm fest.

Sie drehte sich um und sah mir direkt in die Augen. Ich kochte vor Wut. Sie wollte es wieder tun. Bereute sie gar nichts? In diesem Moment war mir alles egal. Ich wollte ihr auch einmal wehtun. Mich rächen! Und da sagte ich das erst Beste, was mir einfiel:

„Weißt du was? Matteo liebt dich gar nicht! Er liebt nur mich!", sagte ich mit einem breiten Lächeln auf dem Gesicht.

Ihre Gesichtszüge fielen sofort und sie sah noch geschockter aus als vorher. Ich fühlte aber keine Genugtuung, sondern einen tiefen Schmerz. Das war nicht ich! Lucy war kein Mensch, der anderen gerne schadete. So etwas konnte mir keine Freude bereiten. Und das tat es auch nicht. Trotzdem fühlte ich mich unendlich mies.

Layla sagte gar nichts, sondern ging. Ich lief ihr nach. Das hatte zwei Gründe: Ich wollte mich bei ihr entschuldigen und außerdem war ich mir sicher, dass sie zu Matteo ging. Sie musste zu ihm gehen.

Tatsächlich ging sie zu seinem Zimmer, welches nicht weit von unserem entfernt war. Ich kam genau richtig, um einen Fuß in die zufallende Tür zu stellen. Layla und Matteo hatten mich nicht bemerkt und ich konnte zuhören.

„Matteo? Was soll dieser Mist? Lucy kam gerade zu mir und hat gesagt, dass du sie liebst und nicht mich!", hörte ich Lay.

„Lucy war bei dir?", erwiderte er.

„Ja! Was soll das?"

„Es ist ein bisschen was anders gelaufen und…"

Sie unterbrach ihn:

„Du musst mir nichts erklären! Ich will doch nur wissen, warum du mir nichts gesagt hast! Matteo, ich verstehe das nicht!"

„Lay, es tut mir leid."

„Spar dir das! Wie willst du denn jetzt weitermachen? Hast du darüber mal nachgedacht? Willst du noch mit mir zusammen sein?"

„Ich weiß es nicht!", sagte Matteo. „Sag du mir mal lieber, was du getan hast, dass Lucy dir das erzählt hat! Ich kenne sie und sie verrät normalerweise nichts!"

„Ich bin froh, dass sie es dieses Mal getan hat!", erwiderte Layla.

„Sag mir jetzt, was du getan hast und warum!"

Ich öffnete die Tür.

„Das würde mich auch interessieren. Warum hast du das getan, Layla?", fragte ich.

Sie seufzte fast schon genervt.

„Weil man manchmal Prioritäten setzen muss!"

Sie gestikulierte mit den Armen.

„Können wir jetzt essen gehen?", fragte sie.

„Ist das dein Ernst?", fragte ich. „Ich war deine beste Freundin, kannst du nicht normal mit mir reden?"

„Lucy, lass es einfach! Ich kann und will nicht mit dir reden! Akzeptier das doch einfach!"

Lay sah zu Matteo.

„Wir reden später, ja?"

Er nickte. Ich wusste nicht, was diese Geheimnistuerei sollte, hatte aber das Gefühl, dass sie sich mir langsam mehr anvertraute. Auch wenn ich eigentlich gar nichts wissen wollte. Am liebsten hätte ich einfach kein Wort mehr mit ihr geredet, aber wenn sie so dreist war und sich wieder mein Tagebuch schnappte, musste ich eingreifen. Sie erlaubte sich aber auch etwas!

Wir gingen alle gemeinsam essen in einem kleinen Imbiss in der Innenstadt. Ich saß neben Matteo und als wir nach dem Essen noch alle sitzenblieben, nahm er sogar kurz meine Hand und streichelte sie. Es wirkte auf mich nicht aufdringlich, eher freundschaftlich und aufmunternd. Merkwürdigerweise gefiel es mir. Ich wollte seine Hand halten.

Evelyn und Samuel waren nicht dabei. Nachdem sie in ihrem Zimmer verschwunden waren, wollte ich sie in Ruhe lassen. Außerdem gingen wir auch bald wieder zur Jugendherberge zurück. Dort verabredeten wir uns alle im Gemeinschaftsraum. Doch ich ging zunächst zu Evelyns Zimmer. Sie machte auf und ich sah sie verwirrt an. Eve hatte klitschnasse Haare und trug nur ein Handtuch.

„Ich habe gerade geduscht", erklärte sie.

Sie trat einen Schritt zur Seite, damit ich durchgehen konnte.

Ihr Zimmer sah aus wie immer. Samu lag auf dem Bett und spielte etwas an seinem Handy. Ein paar einzelne Kleidungsstücke, vermutlich von Eve, lagen auf dem Boden. Sie sammelte sie auf und ging ins Bad, um sich anzuziehen. Ich setzte mich solange auf Jessicas Hälfte und wartete.

„Und, wie war das Essen?", fragte Evelyn, als sie wieder zu uns kam.

„Gut, ich muss dir unbedingt etwas erzählen", antwortete ich.

Als ich nichts mehr sagte, verstand sie schnell, was los war.

„Samu, kannst du uns alleine lassen?", fragte Evelyn. Er sah auf.

„Klar, Mädchengespräche sind eh nichts für mich."
Damit stand Samuel auf und ging zur Tür.

„Wollen wir nachher noch etwas essen gehen, meine Süße?", fragte er.

„Oh ja! Ich habe Hunger!"

„Lucy, weißt du, wo die anderen sind?", fragte Samu mich.

„Die wollten sich im Gemeinschaftsraum treffen", antwortete ich.

„Danke."

„Wir kommen gleich nach", rief Eve ihm hinterher.
Er schloss die Tür, Evelyn setzte sich aufs Bett und sah mich erwartungsvoll an.

„Was ist los?"

„Matteo und ich... Wir haben Händchen gehalten", antwortete ich.

Eve verzog keine Miene. Sie lächelte nicht, weil sie es nicht gut fand. Das hatte ich erwartet.

„Was soll das, Lucy? Matteo ist ein mieser Verräter, du solltest ihn nicht an dich heranlassen!"

„Ich finde, du übertreibst. Es war rein freundschaftlich und mir bedeutet er immer noch sehr viel."
Sie verdrehte die Augen.

„Schön, du wirst wissen, was du tust. Ich unterstütze dich natürlich trotzdem, aber bitte... denk vorher nach. Nicht, dass du etwas tust, das du später bereust!", meinte Eve.

„Mache ich nicht. Danke! Und Eve? Das bleibt bitte

unter uns."

„Natürlich."

Sie stand auf und ging zur Tür. Ich kam ihr nach.

„Ich gehe noch kurz in mein Zimmer. Bis gleich!"

Wir gingen getrennte Wege. Während sie zum Gemeinschaftsraum lief, war ich auf dem Weg zu meinem Zimmer, um noch einen kleinen Eintrag in mein Tagebuch zu schreiben.

Liebes Tagebuch,

ich habe nicht viel Zeit zum Schreiben. Ich bin gerade in Trier auf der Klassenfahrt und möchte jede Sekunde mit meinen Freunden verbringen. Trotzdem gibt es etwas, das ich aufschreiben muss.

Matteo und ich haben einen Moment Händchen gehalten. Es war nach dem Essen in einem kleinen Restaurant. Unter dem Tisch hat er dann meine Hand genommen und mich beruhigend gestreichelt. Es war freundschaftlich, aufbauend. Als wollte er mir sagen, dass er zu mir hält und mich unterstützt.

Es ist immer noch Matteo. Der Matteo, der dafür gesorgt hat, dass Mason sich von mir ferngehalten hat und keinen Kontakt mehr wollte! Ich sollte ihn hassen. Ich hasse ihn eigentlich auch. Trotzdem sehe ich immer noch einen alten Freund in ihm. Wir haben so viel zusammen erlebt, so viel gelacht. Ich bin zugegeben etwas verwirrt. Aber ich werde sehen, wie sich alles entwickelt. Eigentlich will ich mich auch gar nicht mit Matteo streiten. Ich will, dass wir Freunde wie immer sind. Aber so einfach ist das nicht.

Ich habe niemandem davon erzählt, außer Eve. Wir sind mittlerweile so gut befreundet, dass ich mich ihr guten Gewissens anvertrauen kann. Sie war natürlich nicht davon begeistert, hat aber versprochen, es niemandem zu erzählen. Ich glaube ihr. Evelyn wird nichts sagen. Ich frage mich, wie es zwischen Lay und Matteo weitergeht. Er wird es ihr bestimmt nicht erzählen.

Höchstwahrscheinlich werden sie sich trennen. Warum sollten sie zusammenbleiben, wenn er sie nicht liebt? Aber wenn ich ihm zu verstehen gebe, dass ich nichts von ihm will... Womöglich liebt Matteo mich auch gar nicht richtig. Es ist bloß eine Schwärmerei. Ich mag Layla nicht. Wirklich nicht. Aber ich fand die beiden als Paar schon süß. Sie waren so lange zusammen, ich will nicht, dass sie sich trennen! Aber wenn sie nicht mehr zusammen sein wollen, muss ich das auch akzeptieren. Sie haben sich noch nicht getrennt. Vielleicht überlegt Matteo es sich noch einmal und merkt, dass das mit uns keine Zukunft hat. Ganz egal, was er mit Lay macht, er soll sich bloß von mir fernhalten, denn ich liebe nur Mason! Und jetzt, wo alles klar ist, möchte ich so viel Zeit wie möglich mit ihm verbringen!

Jetzt werde ich erst einmal zum Gemeinschaftsraum gehen. Vielleicht finde ich jemanden, der mich noch in die Stadt begleitet. Eigentlich sollen wir immer zu dritt gehen, aber das kriegt doch keiner mit!

Mal sehen, wann ich das nächste Mal einen Eintrag schreiben kann.

Ciao!
Lucymaus

Kapitel 23:

Ich packte mein Tagebuch unter mein Kopfkissen und machte mich anschließend auf den Weg zum Gemeinschaftsraum. Überraschenderweise sah ich dort wirklich viele meiner Klassenkameraden. Auch aus der Nebenklasse waren einige anwesend. Mira widmete sich wie so oft ihren Schachpartien und spielte gerade gegen Jess. Eve und Samuel saßen auf einem Sofa neben Lay und Matteo.

„Ich wollte noch zu diesem kleinen Souvenirladen in der Innenstadt. Will mich jemand begleiten?", fragte ich.

Es reagierte kaum jemand, doch ich sah, wie Layla Matteo mit dem Ellbogen anstupste. Sofort stand er auf, steckte lässig die Hände in die Hosentaschen und kam zu mir.

„Ich begleite dich."

Ich freute mich, dass er mitkam. Wir gingen raus aus der Jugendherberge. Draußen kamen uns unsere Lehrer entgegen.

„Wo wollt ihr denn hin?", fragte Herr Brauer.

„Wir wollen noch kurz etwas kaufen", erwiderte ich.

„Aber doch nicht zu zweit, oder?", fragte Frau Marlin misstrauisch. Sie war die weibliche Begleitlehrerin unserer Klasse.

„Nein, gleich kommen noch ein paar andere, die mitkommen wollen", log Matteo.

Sie nickten nur und gingen rein. Ich war mir nicht sicher, ob sie es uns wirklich abkauften oder es ihnen nur egal war.

Auf jeden Fall liefen wir eine Weile durch die Straße, bis wir an eine Kreuzung kamen und uns nicht sicher

waren, wo es langging. Ich lief zielsicher nach links,
doch Matteo hielt mich auf.

„Lucy? Es geht hier lang", meinte er und deutete nach
rechts.

Ich lachte.

„Nein, wir müssen nach links."

Er schüttelte den Kopf.

„Natürlich!", beteuerte ich.

„Wir müssen nach rechts. Dann kommen wir zur
ehemaligen Basilika und eine Ecke weiter an dem
großen Garten ist der Souvenirladen", erklärte Matteo.

„Ich meine wirklich, es geht nach links", wiederholte
ich.

„Vertraust du mir nicht?", fragte er.

„Vertraust *du mir* nicht?"

Wir standen einen Moment schweigend da. Dann gab
ich nach. Wie immer.

„Okay, gehen wir nach rechts."

„Wenn du dir nicht sicher bist, wo es langgeht, geh
immer rechts! Letztendlich ist links schließlich auch nur
dreimal rechts."

Ich schmunzelte über seine Aussage und ging weiter
neben ihm den Weg entlang. Schon nach wenigen
Metern sagte Matteo:

„Lucy, guck mal! Siehst du, was das ist?"

Ich verdrehte die Augen, als er auf das große
Backsteingebäude deutete.

„Die Basilika…", murmelte ich.

„Na, wer hatte recht?"

Ich verschränkte die Arme vor der Brust. Er musste sich
trotzdem nicht so aufspielen…

„Hey… Ich will wirklich nicht so sein", sagte Matteo, als

hätte er meine Gedanken gelesen.

Er legte seine Hände auf meine Schultern und drehte mich, sodass ich ihn ansehen musste.

„Du kannst mir vertrauen."

Ich nickte nur und ging weiter. Vor der Basilika war ein großer Platz, auf dem einige Skateboarder übten. Wir blieben einen Moment stehen und sahen ihnen zu.

Matteo legte einen Arm um mich und flüsterte:

„Ich könnte das genauso gut."

Ich lachte.

„Ja, sicher."

Wir gingen zum Souvenirladen, der gleich um die Ecke war. Eine Weile diskutierten wir über die verschiedenen Artikel, ehe ich mich für ein paar antike Münzen entschieden hatte.

„Gute Wahl!", sagte Matteo, als wir uns auf den Rückweg machten.

„Ich hatte ja kaum eine Wahl bei den Preisen. Im Museum war alles unbezahlbar. Für mich zumindest."

Wir gingen zurück zur Jugendherberge, doch als ich reingehen wollte, nahm Matteo meine Hand und führte mich etwas weiter.

„Was hast du vor?", fragte ich ihn.

„Ich wollte noch woanders hin."

„Wohin denn?"

„Wirst du schon sehen."

Ich runzelte die Stirn.

„Ist eine Überraschung."

Er ging zu einem Taxi, das am Straßenrand stand und redete einen Moment mit dem Fahrer. Dann winkte er mich zu sich und wir stiegen hinten ein. Ich sah während der Fahrt aus dem Fenster und spürte Matteos

Blicke auf mir. Ich wusste nicht, was das sollte. Seine
Nähe war mir etwas unangenehm und ich war mich
nicht sicher, ob ich überhaupt mit ihm hier sein wollte.
Schließlich konnte ich genauso gut in der
Jugendherberge bei den anderen sein. Vielleicht spielten
sie in diesem Moment Werwölfe, mein Lieblingsspiel.
Das Taxi hielt und ich bemerkte, dass wir sehr weit
außerhalb der Stadt waren. Matteo nahm vorsichtig
meine Hand und führte mich durch die Straßen des
kleinen Dorfes, in dem wir gelandet waren. Schließlich
waren wir angekommen. Ich sah ein breites Flussbett.
Wir liefen über einen Weg am Ufer entlang und setzten
uns schließlich auf eine Bank.
Die Sonne ging langsam am Horizont unter und von den
Häusern schien elektrisches Licht. Ich spürte den kühlen
Abendwind, der um meine freien Schultern wehte. Ein
leises Zirpen der Grillen drang in meine Ohren, sowie
das Plätschern des Wassers vom Fluss.
„Das ist unglaublich schön. Danke dafür", sagte ich.
Meine Stimme war leise, fast zerbrechlich. Ich sah zu
Matteo.
„Ich wusste, dir würde es hier gefallen. Du bist eine
kleine Romantikerin. Eine Prinzessin, die viel für schöne
Orte übrig hat. Das ist der perfekte Platz für uns zwei."
Ich schmunzelte. Es war süß, dass er mich hergebracht
hatte. Es war süß, wie viel Mühe er sich gab. Matteo
hatte sich Gedanken gemacht. Während ich leicht
zitterte, aufgrund des kühlen Windes, legte er seinen
Arm um mich und drückte mich zärtlich an sich. Ich
legte meinen Kopf an seine Schulter und genoss die
Nähe zu meinem guten Freund.
Ich war nie eine Person, die Körperkontakt mied. Bei

Gesprächen legte ich oft beiläufig einem Freund die Hand auf die Schulter. Ich umarmte andere zur Begrüßung, ganz egal, wer es war. So war es mir auch in dieser Situation nicht unangenehm, dass Matteo seinen Arm um mich gelegt hatte. Ich empfand es eher als freundschaftliche Geste und nicht als zärtlichen Liebesbeweis. Dabei vergaß ich vollkommen, dass Matteo das womöglich anders sah.

Und in dem Moment, in dem ich ihn ansah, legte er seine Lippen auf meine und küsste mich innig. Ich war zuerst so überrascht, dass ich nichts dagegen tat. Als ich so langsam realisierte, was geschah, versuchte ich einfach, es zu genießen. Ich war viel zu höflich, als dass ich ihn hätte wegstoßen können. Er liebte mich. Das hatte er mir schon mehrmals gesagt.

Tausend Dinge gingen mir durch den Kopf, aber ich blendete das alles einfach aus. Zärtlich strich Matteo mir über die Arme und Schultern. Er war liebevoll und ich fühlte mich behütet und beschützt.

Doch als er sich von mir löste und ich ihm in die Augen sah, fragte ich mich, warum ich ihn nicht einfach weggestoßen hatte. Ich liebte Mason. Und ich hatte Matteo deutlich gesagt, dass ich nichts von ihm wollte. Oder doch nicht? Hatte ich ihm irgendwelche falschen Signale gesendet?

Matteo lächelte. Er freute sich natürlich über das, was passiert war. Ich verstand nicht, wieso er weiter versuchte, bei mir zu landen. Ich liebte Mason, Mason mochte mich auch. Trotzdem mischte Matteo sich ein. Er schien gar nicht zu bemerken, wie sehr ich mich über mein eigenes Verhalten wunderte. Ich war verwirrt, aber er ignorierte es einfach. Matteo sah mich einfach nur lächelnd an. Er schloss kurz die Augen und atmete tief ein und aus.

„Wollen wir zurückgehen?", fragte Matteo mich.

Ich nickte nur, da ich nicht in der Lage war, ein Wort zu sagen.

Er nahm meine Hand und wir standen von der Bank auf. Er führte mich weg von der Mosel und zurück zu den Straßen der Stadt. Wir nahmen uns ein Taxi und setzten uns auf die Rücksitzbank. Matteo hielt immer noch meine Hand und strich beruhigend über meine Finger.

„Alles okay?", fragte er mich.

Ich nickte leicht.

„Was ist mit Layla?", erwiderte ich traurig.

„Ich werde mich heute noch von ihr trennen."

Ich fühlte mich trotzdem schuldig. In jeglicher Hinsicht. Wie sollte ich das Layla erklären? Oder Mason? Oder Eve? Wenn Mira von der Sache erfuhr, wusste es bald die ganze Schule. Ich wäre wieder das Topthema auf dem Hof. Ein zweites Mal konnte ich darauf verzichten.

Als wir spät am Abend in der Jugendherberge ankamen, waren die anderen immer noch im Gemeinschaftsraum.

„Schachmatt!", rief Mira. „Schon wieder. Will sonst noch jemand gegen mich antreten?"

Sie sah sich um. Als keiner reagierte, zuckte sie nur mit den Schultern.

„Dann eben nicht."

„Wir könnten alle zusammen Werwölfe spielen", schlug Samuel vor.

Zustimmendes Gemurmel ging durch den Raum und er stand auf, um das Spiel zu holen. Eve kam auf mich zu und ging mit mir in mein Zimmer. Sie sah aus dem

Fenster.

„Eure Aussicht ist viel besser als unsere", sagte sie.

Ich legte mich in mein Bett und spürte etwas an meinem Nacken. Als ich mich wieder aufsetzte und unter mein Kissen fasste, fand ich mein Tagebuch.

„Versteckst du es vor Layla?", fragte Eve lachend.

Ich packte es in die Schublade meines Nachttisches.

„Ja, manchmal. Ich traue ihr nicht."

„Das ist gut so. Matteo würde ich aber auch nicht trauen. Ich habe ein ganz komisches Gefühl bei diesem Kerl", meinte Evelyn.

Ich sagte nichts und sah nervös auf meine Hände.

„Lucy, was ist los?"

Ich sah auf und seufzte.

„Er hat mich geküsst."

„Was?"

Eve setzte sich zu mir aufs Bett.

„Ja, er hat mich einfach geküsst. Es ging so schnell und ich konnte gar nicht…"

„Wieso hast du das zugelassen? Aber du… du hast ihm doch klargemacht, dass du nichts von ihm willst, oder?"

Ich sagte nichts und Eve deutete dieses Schweigen richtig und verdrehte die Augen.

„Siehst du noch klar? Du gehörst zu Mason! Matteo ist ein Idiot, er hat so viel Mist gemacht! Du darfst ihm nicht vertrauen!"

„Ich finde, du übertreibst ein bisschen. Ich mag Matteo. Er gibt sich Mühe und ist für mich da. Wo ist das Problem?"

„Das Problem ist, dass du ihm falsche Hoffnungen machst, obwohl du nichts von ihm willst!"

Ich sah auf den Boden.

„Oder?", fragte Evelyn misstrauisch.

„Ich weiß nicht."

„Ach, Lucy! Das kann doch nicht dein Ernst sein!"
Ich seufzte.

„Ich bin nur etwas verwirrt. Bitte, mach mir jetzt nicht
noch Vorwürfe!"

„Wenn ich dir einen Rat geben darf... Halt dich fern von
Matteo!"
Ich nickte.

„Du hast recht. Ich werde ihm die Wahrheit sagen."
Eve sah erleichtert aus. Ich wollte mich zwar nicht von
Matteo fernhalten, aber es war unfair, ihn zu küssen und
das alles, obwohl ich Mason wollte. Aber warum hatte
ich ihn dann überhaupt geküsst? Empfand ich doch
mehr für ihn oder war es reine Höflichkeit? Die
Verwirrung in mir war immer noch groß.

„Lass uns einfach Werwölfe spielen gehen und uns
keinen Kopf um diesen Idioten machen", sagte Eve und
rutschte über das Bett.
Wir standen auf und gingen wieder in den
Gemeinschaftsraum. Die Anderen hatten schon
sämtliche Stühle zu einem Stuhlkreis zusammengestellt
und sich hingesetzt. Samuel suchte gerade alle Figuren
aus, mit denen wir spielen wollten und Eve gesellte sich
sofort zu ihm und half mit.
Ich bemerkte, wie Mira mich von der Seite musterte und
sah zu ihr.

„Ist etwas?"
Sie nickte langsam.

„Irgendwie bist du anders."
Ich sah sie nur fragend an.

„Gerötete Wangen, die Pupillen geweitet, zerzauste

Haare… Ist da etwa jemand frisch verliebt?"

Mira grinste mich wissend an. Ich fasste mir ganz automatisch an die Wangen und die Haare.

„Komm schon, mir kannst du es doch erzählen!", sagte Mira.

Ich lächelte schüchtern.

„Nein, da ist nichts."

Sie knickte ein.

„Okay, aber wenn du doch mal jemanden zum Reden suchst…"

„Dann hat sie immer noch mich!", sagte Eve, welche sich gerade neben mich setzte.

Mira hatte keine Zeit mehr, etwas zu erwidern, da Samuel das Spiel starten wollte.

Der dritte Tag verlief ähnlich wie der zweite. Wir gingen in ein Museum, hatten dann eine lange Mittagspause, in der wir essen und einkaufen gingen. Am Abend sahen wir noch eine Multimediashow, bevor wir dann zurück zur Jugendherberge gingen. Es war noch nicht so spät, weshalb wir beschlossen, uns wieder alle im Gemeinschaftsraum zu treffen. Vorher wollte ich allerdings duschen.

Als ich den Gang entlangging, hörte ich wie eine Tür zugeknallt wurde, an der ich nun vorbei ging. Es war Miras Zimmer und ich hörte Gekicher daraus.

„Was wolltest du uns erzählen?", fragte jemand, vermutlich Lara, eine von Miras Fans, die sie als Freunde bezeichnete.

„Es geht um Lucy", antwortete Miriam lachend.

Ich blieb stehen. Es ging um mich? Was wollte sie den anderen denn über mich erzählen?

„Was ist mit ihr?", fragte Naomi.

„Ich habe erfahren, dass sie und Matteo gestern beim Mittagessen im Restaurant Händchen gehalten haben. Also für mich sind sie jetzt schon das neue Traumpaar, nach seiner Trennung von Lay."

Als hätte sie meine Gedanken gelesen, fragte Lara: „Woher weißt du das überhaupt?"

Es interessierte mich brennend.

Mira seufzte.

„Na, von Lucys bester Freundin Eve! Sie hat es mir gestern Abend erzählt, während Lucy mit Matteo weg war. Ich muss sie nachher mal fragen, ob sie weiß, ob sonst noch etwas an diesem Abend passiert ist…", erzählte sie.

Mein Herz setzte für einen Moment aus. Evelyn hatte es ihr gesagt? Warum? Wieso gab sie etwas so Privates und Intimes von mir preis? Ich ging sofort zurück zum Gemeinschaftsraum, um mit Eve zu reden.

Als ich in den Raum kam, versuchte ich, meine Wut zu zügeln. Die anderen sollten das nicht unbedingt mitbekommen. Ich legte Evelyn eine Hand auf die Schulter. Sie redete gerade mit Jess und ich würde normalerweise nie ihr Gespräch unterbrechen. So unhöflich war ich nicht. Vielleicht merkte Eve mir daran an, dass etwas nicht stimmte.

„Können wir kurz reden?", fragte ich.

Sie sah mich mit einem Blick an, der genau zeigte, dass sie keine Ahnung hatte, was mit mir los war. Trotzdem kam sie mit in mein Zimmer. Kaum war die Tür zugefallen, verschränkte ich die Arme vor der Brust.

„Was fällt dir eigentlich ein, Mira von mir und Matteo zu erzählen? Das ist meine Sache! Das geht niemanden etwas an! Ich habe es dir im Vertrauen erzählt und du rennst damit zu Mira? Das ist echt das Letzte von dir!", rief ich.

Eve sah mich verwirrt an.

„Was ist los?", fragte sie.

„Du hast Mira erzählt, dass Matteo und ich Händchen gehalten haben. Sie bildet sich jetzt sonst was darauf ein."

Eve kniff die Augenbrauen zusammen.

„Nein, das stimmt nicht! Ich habe ihr nichts erzählt!", sagte sie.

Ich verdrehte die Augen.

„Ich habe doch selbst gehört, wie Mira gesagt hat, dass sie es von dir weiß!"

„Wie oft denn noch? Ich habe nichts verraten!"

„Vielleicht hast du es ihr nicht gesagt, aber irgendjemand anderem, der es dann ihr erzählt hat!", erwiderte ich.

Evelyn verdrehte die Augen.

„Ich habe es überhaupt niemandem gesagt. Was für eine Freundin wäre ich denn dann?"

Ich atmete tief ein und aus, um etwas runterzukommen.

„Woher soll Mira es sonst wissen? Ich habe es keinem gesagt, außer dir."

„Keine Ahnung! Vielleicht hat sie uns belauscht. Ihr würde ich das zutrauen."

Ich schüttelte den Kopf. Wieso gab sie es nicht einfach zu? Es machte doch keinen Sinn, es abzustreiten.

„Du glaubst mir nicht?", fragte Eve.

„Natürlich nicht! Wenn du immer noch sauer wegen damals bist, dann sag mir das einfach! Aber so eine linke Nummer abzuziehen, ist das Letzte!"

„Ey, weißt du was? Auf eine Freundin, die mir nicht

vertraut und solche Dinge unterstellt, kann ich echt verzichten!", sagte sie wütend.

Evelyn drehte sich um und ging.

„Ist das dein Ernst?", rief ich ihr nach. „Jetzt bist du auch noch sauer auf mich?"

Sie hielt an und zeigte mir den Mittelfinger. Dann ging sie.

Ich wusste nicht, wohin Eve gegangen war, aber als wir eine Viertelstunde später alle im Gemeinschaftsraum Werwölfe spielten, war sie auch wieder dabei.

Ich liebte Werwölfe, da es eine Art Rollenspiel war, bei dem man natürlich auch Schauspielern musste. Die Guten wollten die Bösen töten und die Bösen mussten natürlich so tun, als seien sie die Guten. Und man musste die Schuld den Anderen in die Schuhe schieben. Zwar war ich keine besonders gute Lügnerin, aber ich konnte gut kombinieren und das Verhalten der anderen deuten. Die Bösen spielten natürlich zusammen und am Teamplay konnte man sie manchmal erkennen.

Blöd war es nur, wenn Leute das echte Leben mit dem Spiel vermischten. So spielten Eve und Samuel die ganze Zeit zusammen. Sie wollten sich gegenseitig nicht töten und stimmten immer für die selben Leute. Es konnte natürlich auch sein, dass beide Werwölfe waren und deshalb zusammen spielten, aber das wäre schon ein großer Zufall. Ein weiteres Beispiel dafür, dass Eve das echte Leben mit unserem Spiel vermischte war, dass sie mich plötzlich töten wollte.

„Ich bin für Lucy", sagte Evelyn.

„Warum?", fragte ich irritiert.

Sie zuckte mit den Schultern.

„Ich habe gehört, dass aus deiner Richtung Geräusche kamen, während die Werwölfe wach waren."

Ich lachte.

„Ja, genau! Du suchst doch nur eine Ausrede, um mich umbringen zu können!"

Sie lächelte.

„Ja."

Sie stritt es nicht einmal ab! Ich meldete mich sofort und kam dran.

„Möchtest du etwas zu deiner Verteidigung sagen?", fragte Raphael, unser Moderator und Spielleiter.

„Nein. Ihre Aussage ist so lächerlich, da muss ich mich gar nicht erst verteidigen. Ich möchte Eve nominieren."

„Warum?", fragte Rapha.

„Weil sie mich beschuldigt und ich dieses Verhalten merkwürdig finde. Sie versucht nur, von sich selbst abzulenken."

Evelyn lachte.

„Das ist so unglaublich lächerlich! Du nominierst mich doch nur, weil ich dich nominiere."

„Und du nominierst mich ganz ohne Grund! Was ist jetzt schlimmer?"

Mira unterbrach unseren Streit schnell:

„Okay, es ist offensichtlich, dass ihr euch beide nur nominiert, weil ihr gerade Streit habt…"

Eve unterbrach sie:

„Ich kann das reale Leben von Werwölfe unterscheiden."

„Sagt die, die permanent mit ihrem Freund zusammenspielt!", meinte ich.

„Immerhin habe ich einen!"

Mira ergriff wieder das Wort:

„Worauf ich hinaus wollte: Ich stimme trotzdem für Lucy, weil ich finde, dass sie doch sehr gereizt reagiert, dafür, dass sie angeblich kein Werwolf ist. Jemand, der nichts Böses im Sinn hat, reagiert anders."

Evelyn grinste.

Das Schlimmste bei dieser Szene war, dass die anderen Mira sogar Recht gaben und ich in dieser Runde getötet wurde. Es gehörte manchmal zum Spiel, dass man starb und verlor. Das war nicht das Problem. Ich hatte einfach das Gefühl, dass die Anderen sich auf Evelyns Seite stellen würden. Wieder waren alle gegen mich. Ausgerechnet auch noch in der Runde, in der Matteo und ich das Liebespaar waren. Er starb am gebrochenem Herzen. Es war so eine furchtbare Ironie. Später erfuhr ich, dass Layla in dieser Runde Amor war. Sie hatte also uns beide ausgesucht. Ich verstand nicht, wieso.

Liebes Tagebuch,

nach einem langen Tag bin ich wieder auf meinem Zimmer. Wir waren im Rheinischen Landesmuseum. Obwohl man immer denkt, dass Museen todlangweilig sind, war es doch ganz schön. Wir haben einen Münzschatz gesehen, der hunderte von Jahren versteckt war. Ein Einbruch in dieses Museum würde sich also wirklich lohnen, haben einige meiner Mitschüler spekuliert. Ich denke aber, dass alles so gut bewacht ist, dass das Risiko geschnappt zu werden, viel zu hoch ist.

In der Mittagspause waren wir einkaufen. Ich liebte es, selbst einkaufen zu gehen. Da fühlte man sich immer so erwachsen. Aber ich war doch ein zu großes Weichei, als dass ich Alkohol kaufen würde. Eve war da ganz anders. Sie hat gleich einen Sekt mitgehen lassen. Alt genug dafür ist sie. Aber es ist eine Klassenfahrt und da ist es natürlich verboten.

Am Abend haben wir noch eine Multimediashow gesehen, bei dem sie alte Grabdenkmale beleuchtet und dann Geschichten darüber erzählt haben. Es war wie ein Hörspiel mit kleinen Bildern. Besonders interessant fand ich den Einsatz von Licht und Schatten, was das Hauptthema hier war.

Abgesehen von unserem Programm ist noch eine Menge passiert. Ich habe Matteo geküsst. Eigentlich hat er mich geküsst, aber das spielt keine Rolle, weil ich es erwidert habe. Erst war ich etwas verwirrt, doch Eve hat mich von meiner Wolke sieben wieder in die Realität geholt. Oder Wolke neun? Auf Englisch sagt man Cloud Nine. Genau wie die die Katze sieben oder neun Leben hat.

Wo war ich? Ach ja, bei Matteo und mir. Ich liebe Mason. Seit zwei Jahren, obwohl wir kaum Kontakt mehr hatten. Das muss etwas bedeuten. Das mit uns ist etwas Besonderes und ich will es nicht aufgeben. Morgen werde ich Matteo sagen, dass ich nichts von ihm will. Ich habe Angst vor dem Gespräch und seiner Reaktion, aber es muss sein. Ich kann mich nicht länger drücken.

Ich habe mich mit Eve gestritten, weil sie Mira erzählt hat, dass Matteo und ich Händchen gehalten haben. Sie hat es dann auch noch abgestritten! Aber ich habe es niemandem außer Evelyn erzählt, weil ich ihr als einzige noch vertraue! Okay, Jess und Raphael vertraue ich auch, aber über so etwas würde ich nicht mit ihnen reden.

Auf jeden Fall war es das Letzte von Eve, meine Geheimnisse weiterzuerzählen. Ich werde ihr das nicht so schnell verzeihen.

Bis zur nächsten Seite!
Lucymaus

Kapitel 24:

Ich beendete meinen Eintrag schnell, als Layla endlich aus dem Bad kam und ich mich fertigmachen konnte. Lay brauchte Ewigkeiten abends. Morgens war sie die erste, die aufstand, aber vor dem Einschlafen hatte sie die Ruhe weg.

Zehn Minuten später gingen unsere Lichter aus. Ich dachte daran, wie wir am ersten Abend hier gelegen und ich Lay mein Herz ausgeschüttet hatte. Letzte Nacht war Layla noch so lange bei Matteo gewesen, dass ich gar nicht mehr mitbekommen hatte, wie sie ins Zimmer kam. Ich wusste nicht, was sie so lange besprochen hatten, aber eigentlich war es mir auch egal.

Heute war sie aber hier. Sie lag neben mir und schlief vielleicht schon. Ich traute mich nicht, nachzusehen. Warum nicht? Vielleicht, weil das zeigte, dass ich über sie nachdachte. Dass ich mich um sie kümmerte. Dass sie mir nicht egal war. Denn das war sie nicht. War sie noch nie. Ich fragte mich, ob Lay auch gerade an mich dachte. War es ihr egal, dass ich hier so neben ihr lag? Interessierte es sie, was zwischen mir und Matteo war? Was war eigentlich zwischen ihnen?

„Es tut mir leid", sagte Layla irgendwann.

Ich hielt die Luft an. Sie entschuldigte sich. Wofür? Hatte sie sich schon irgendwann bei mir entschuldigt? Nein, ich glaubte nicht.

„Alles. Dir ging es so schlecht in letzter Zeit. Ich wäre gern für dich da gewesen, aber… es ging einfach nicht. Eigentlich geht es auch jetzt nicht."

Sie legte eine lange Pause ein. Ich hörte einfach zu und sagte nichts. Ich wollte sie nicht unterbrechen, denn ich war viel zu neugierig, was noch kommen würde.

„Aber es hört einfach nicht auf…"

Ich hörte ein Schluchzen. Weinte sie etwa?

„Es wird nie aufhören. Es tut mir doch so leid, aber…
Ich habe einen Fehler gemacht."

Ja, es war ein gewaltiger Fehler, mein Tagebuch zu
klauen, zu kopieren und in der Schule aufzuhängen!

„Wahrscheinlich schläfst du schon und bekommst gar
nicht mehr mit, was ich dir hier sage."

Nein, das tat ich nicht. Rede weiter!

„Matteo und ich haben Schluss gemacht. Es war längst
überfällig. Ich freue mich, dass ihr zueinander findet.
Anscheinend. Ich kann es nicht beurteilen, ich kann nur
Vermutungen anstellen. Ich will und werde dem nicht
im Weg stehen. Im Gegenteil. Ich unterstütze euch."

Sie überraschte mich. Ihr Freund betrog sie mit ihrer Ex
besten Freundin und sie freute sich für uns? Ich
bewunderte Layla für diese Worte. Es war nett und
zuvorkommend von ihr. Das war die Lay, die lange
meine beste Freundin gewesen war. Die Lay, die ihre
Freunde vor ihre eigenen Bedürfnisse stellte.

„Es tut mir so leid. Ich wollte das alles nicht…"

Wenn sie es nicht wollte, warum hat sie es dann getan?
Das machte keinen Sinn! Ich sagte nichts, in der
Hoffnung, dass sie weitererzählte.

„Es wird nie aufhören…", flüsterte Lay.

Ich hörte sie wieder schluchzen. Layla fing an zu
weinen. Ganz leise vergoss sie ihre Tränen. Ich sagte
nichts und versuchte nur, einzuschlafen. Doch es fiel mir
nicht leicht. Also stand ich auf und ging ins Bad. Lay
wusste nun, dass ich wach war, aber das interessierte
mich nicht. Sie hatte einen Gefühlsausbruch, aber das

war nicht meine Schuld. Als ich wieder zurück kam, lag
Layla ruhig in ihrem Bett. Ich legte mich in meines.
„Es tut mir leid", sagte Lay noch, bevor wir einschliefen.

Wir besuchten am nächsten Vormittag die Villa Borg.
Nach einer langen Anfahrt wurden wir herumgeführt
und hatten am Ende noch Zeit, etwas zu essen oder uns
umzusehen. Ich beschloss, den Moment zu nutzen, um
mit Matteo zu reden. Er lehnte an der Wand des
Gebäudes und sah zu mir herüber. Ich ging zu ihm.
„Hey", sagte ich.
„Hey."
„Wie findest du es hier?"
„Ist ganz nett."
Ich nickte und sah auf den Boden.
„Ist etwas?", fragte Matteo.
„Ich möchte mit dir reden über… uns."
Er war überrascht von meiner Antwort und runzelte die
Stirn.
„Okay… Was denkst du denn über uns?", fragte er.
Ich atmete tief ein und aus.
„Matteo… Ich mag dich wirklich sehr, aber… ich liebe
Mason. Ich weiß, was du für mich empfindest und ich
will dir wirklich nicht wehtun. Als du mich gestern
geküsst hast, war ich total überfordert. Ich habe
nachgedacht und muss dir jetzt sagen, dass das mit uns
nichts wird. Bitte verzeih mir!"
Er sah mir die ganze Zeit in die Augen und es fiel ihm
nicht einmal schwer.
„Okay."
„Okay?", fragte ich verwundert.
„Wenn das deine Entscheidung ist, dann ist das so. Ich

glaube zwar immer noch, dass du damit einen großen Fehler machst, aber…"

Ich lachte. Er lachte. Es war ein Scherz. Nichts weiter.

„Nein, ehrlich. Ich kann das vollkommen verstehen. Man kann Gefühle nicht erzwingen und wenn du nichts für mich empfindest, dann will ich dich nicht unter Druck setzen oder dir ein schlechtes Gewissen machen."

„Und wie geht es dir?", fragte ich besorgt.

„Natürlich macht es mich traurig, aber hey… So ist das Leben. Ich hoffe nur, dass es zwischen uns keine unangenehme Situation wird und wir weiterhin Freunde bleiben können. Und vielleicht änderst du deine Meinung ja doch noch irgendwann."

„Ich denke eher nicht."

„Dann ist das auch in Ordnung."

Matteo nahm mich in den Arm. Ich seufzte. Es tat mir trotzdem leid. Ich müsste wütend auf ihn sein, weil er meine Beziehung zu Mason kaputt gemacht hatte, aber so war es nicht. Er tat mir leid.

„Danke für dein Verständnis", sagte ich.

„Kein Problem. So sind Freunde eben."

Als wir alle vor unserem Bus auf Mira warteten, die mal wieder viel zu spät kam, kam Jessica zu mir.

„Wie geht es dir?", fragte sie.

„Gut, warum fragst du?"

Sie runzelte die Stirn und sah mich wissend an.

„Dein Streit mit Eve."

Ich verdrehte leicht die Augen.

„Sie hat Mira von meinem Geheimnis erzählt! Ist doch klar, dass ich wütend bin!"

„Was für ein Geheimnis?", fragte Jess.

Ich machte große Augen. Warum hatte ich das gesagt?
„Nicht so wichtig…"
„Anscheinend ja schon. Egal. Was sagt Eve denn dazu?"
„Sie streitet es ab."
„Und du glaubst ihr nicht?"
Ich verschränkte die Arme vor der Brust. Ihre Fragen
nervten mich. Das ging sie gar nichts an!
„Ich habe nur ihr davon erzählt. Woher soll Mira es
sonst wissen?"
Jess dachte nach.
„Keine Ahnung."
Mira und ihre Freundinnen kamen und wir konnten
endlich wieder zurück in die Stadt fahren.

Da unser letzter Programmpunkt für die Klassenfahrt
erst am Abend war, haben unsere Lehrer spontan
entschieden, dass wir alle zusammen noch einen
Ausflug zu einer Sommerrodelbahn machten. Ich
musste zugeben, dass es wirklich schön dort war. Im Tal
war ein atemberaubender See, auf dem Wakeboarder
Kunststücke vorführten.
Aber die Hauptattraktion war für uns alle die
Sommerrodelbahn. Ich fuhr zunächst eine Runde mit
Jess und setzte mich anschließend auf eine Bank zu den
anderen, die nicht so gerne fuhren. Man konnte alleine
und zu zweit fahren, aber ich dachte gar nicht daran,
ohne Partner zu fahren.
Ein paar andere standen vor dem kleinen Verkaufsstand
und warteten darauf, dass noch mehr fahren wollten, da
man mit einem Gruppenticket weniger bezahlte. Matteo
kam zu mir herüber.
„Hast du Lust, mit mir zu fahren? Ich zahle auch", sagte

er.

Und ich konnte natürlich nicht nein sagen.

Er kaufte mit den anderen zusammen die Tickets. Wir gingen durch den Schalter und stellten uns brav an. Matteo setzte sich zuerst hin, auf den hinteren Platz. Es war mir ganz recht. So musste er Gas geben. Als ich mich auch hinsetzte, merkte ich erst, wie nah wir beieinander saßen. Obwohl wir an diesem Tag erst alles miteinander geklärt hatten, fühlte ich mich etwas unwohl.

Die Fahrt nach oben dauerte Ewigkeiten. Eigentlich waren es nur ein paar Minuten, aber es fühlte sich viel länger an. Und desto steiler der Berg wurde, desto weiter rutschte ich gegen Matteo. Als wir endlich oben ankamen, hörte ich ihn schon finster lachen, was mir etwas Angst machte.

„Fahr ganz langsam!", befahl ich panisch.

„Natürlich!", meinte Matteo ironisch.

Er fuhr selbstverständlich nicht langsam. Ich krallte meine Fingernägel in seine Oberschenkel und schrie. Der Wind fuhr durch meine Haare und ich fragte mich, ob Matteo sie jetzt im Gesicht hatte. Die Fahrt machte zunächst nicht so viel Spaß wie die mit Jess. Doch dann, als wir ein Stück weiter unten waren, kamen wir plötzlich nach draußen und ich hatte eine unglaubliche Sicht auf das gesamte Tal mit dem wunderschönen, türkisblauen See. Die Sonne schien mir ins Gesicht und ich kam aus dem Staunen kaum mehr heraus vor so viel Schönheit.

Und plötzlich fing ich an, die Fahrt zu genießen. Ich lächelte und genoss den Wind, der uns entgegenkam.

„Das war toll!", sagte ich, als wir ausstiegen. Das

Adrenalin, das durch meine Blutbahnen floss, machte mich ganz aufgekratzt.

„Willst du nochmal?", fragte Matteo mich lachend.

„Unbedingt! Dieses Mal zahle ich auch!"

„Umso besser!"

Während ich gerade das Geld aus meiner Tasche kramte, wurde ich von Layla angetippt. Sie deutete auf Evelyn und Mira, die hinter der nächsten Ecke verschwanden.

„Ich komme gleich!", rief ich Matteo zu und schlich ihnen hinterher.

Ich war Lay dankbar dafür, dass sie mich auf die Beiden hingewiesen hatte. Sie half mir. Aber warum? Wusste sie überhaupt, worum es in dem Streit ging?

Ich blendete meine Verwirrung über Lay aus und konzentrierte mich darauf, bei dem Gespräch von Eve und Mira zuzuhören. Als ich um die Ecke blickte, sah ich gerade, wie Mira ihren Arm um Evelyn legte.

„Eve, willst du mir nicht vielleicht erzählen, was sonst noch so zwischen Lucy und Matteo vorgefallen ist? Ich habe gesehen, dass die beiden gerade zusammen gefahren sind. Du kannst mir doch bestimmt mehr dazu sagen, oder?", fragte Mira.

Sie sah Eve grinsend an und blinzelte mehrmals.

„Nein, du weißt ganz genau, dass ich so etwas nicht tue, Mira."

„Ich habe mitbekommen, dass du mit Lucy Streit hast… Wäre das nicht eine Möglichkeit, dich zu rächen für all die bösen Dinge, die sie über dich gesagt hat?"

Evelyn verdrehte die Augen.

„Nein, Mira! Ich erzähle keine Geheimnisse weiter! Ganz egal, wie gut oder schlecht ich mich mit diesen Leuten verstehe!", rief sie.

Eve überraschte mich. Konnte es sein, dass sie vielleicht doch die Wahrheit gesagt hatte? Hatte sie mein Geheimnis gar nicht weiter gesagt?

„Lass uns mal Klartext reden, Mira!", sagte Evelyn.

Mira sah sie fragend an.

„Was sollte das mit Lucy? Ich habe dir gar nichts von ihr und Matteo erzählt! Wieso behauptest du so etwas?"

„Ach Eve… Ich mag Streit. Ich mag Drama. Ich sehe gerne bei solchen Dingen zu. In meiner Welt wird es nie langweilig. Es gibt immer ein Gesprächsthema und wenn es keines gibt, dann mache ich eins. Das solltest du verstehen", erklärte Mira.

Also stimmte es. Evelyn hatte mein Geheimnis nicht weitererzählt. Ich hatte mich geirrt. Plötzlich fühlte ich mich unfassbar schuldig.

„Woher wusstest du dann davon? Und woher wusstest du, dass Lucy es nur mir erzählt hat?", fragte Eve weiter.

„Pscht!"

Mira legte ihr einen Finger auf die Lippen.

„Ich bin immer über alles perfekt informiert. Ich kenne jedes Detail über alles, was an unserer Schule so vor sich geht. Natürlich habe ich meine Quellen, aber die werde ich dir nicht preisgeben. Verstanden?"

Eve nickte verwirrt. Mira rauschte ab.

Und stieß dabei fast mit mir zusammen. Sie sah mich einen Moment an, drehte sich dann nach Eve um und ging schließlich.

„Hast du zugehört?", fragte Evelyn mich.

Ich nickte und sah beschämt auf den Boden.

„Es tut mir unfassbar leid, Eve. Du hast gesagt, dass du es nicht verraten hast und ich habe dir nicht geglaubt", sagte ich und ging auf sie zu.

„Schon okay. Wir sind eben noch nicht so lange wieder befreundet. Vertrauen muss man aufbauen und das geht am besten durch solche Dinge", erwiderte Eve.

„Ja, da hast du recht. Trotzdem war es falsch von mir. Ich hätte dir einfach glauben müssen."

„Du konntest es ja nicht wissen. Mira hat es behauptet und wenn du es wirklich keinem außer mir erzählt hast…"

„Habe ich nicht!", wiederholte ich. „Ich verstehe nicht, wie sie davon wissen konnte. Wenn du es ihr nicht gesagt hast… Und ich es ihr nicht gesagt habe…"

Ich schüttelte den Kopf. Es ergab einfach keinen Sinn.

„Es ist manchmal echt schon unheimlich, was Mira so alles weiß", meinte Eve.

„Ich hätte aber trotzdem nicht gedacht, dass sie diese Infos dann benutzt, um uns gegeneinander auszuspielen."

„Wir werden nie verstehen, was in ihrem kranken Köpfchen so alles vor sich geht."

Ich schmunzelte. Eve schmunzelte. Wir hakten uns ein und gingen zurück zu den Anderen. Ich war unglaublich froh, dass ich sie wiederhatte. Zwar hatten nach der Runde Werwölfe die meisten mitbekommen, dass wir Streit hatten, trotzdem hätte ich nicht damit gerechnet, dass uns so viele Augen anstarrten, als wir zusammen zurückkamen.

„Ist der Zickenkrieg jetzt endlich vorbei?", fragte Mike.

Ich machte mir im Nachhinein Gedanken über das Wörtchen *endlich*. Wir hatten uns nicht einmal einen Tag gestritten. War das genug, um es als *endlich* zu bezeichnen?

Auch von den Anderen kamen Kommentare:

„Freundinnen, Feindinnen, ihr zwei könnt euch auch nicht entscheiden, oder?", sagte Raphael lachend.

„Ich wusste, dass ihr es nicht lange ohneeinander aushaltet", meinte Jess.

Mira tat ganz scheinheilig:

„Ich bin ja so glücklich, dass ihr beide euch wieder vertragen habt!"

„Endlich! Jetzt heult mir Eve nicht mehr die Ohren voll!", sagte Samuel.

„Wollen wir jetzt noch eine Runde fahren?", fragte Matteo.

Die Einzige, die schwieg, war Layla. Dabei war sie diejenige gewesen, die mich auf das Gespräch von Mira und Evelyn aufmerksam gemacht hatte. Ohne sie hätten wir uns nicht vertragen. Wir sagten nichts zu ihr. Ich nickte ihr nur dankbar zu. Und ich wusste, dass sie es verstanden hatte.

Am Abend sahen wir uns eine Gladiatorenshow im ehemaligen Amphitheater an. Es war eine riesige Arena mit einer unglaublichen Akustik. Die großen Tribünen waren mittlerweile mit Gras überdeckt. Schließlich waren sie seit Zweitausend Jahren nicht benutzt worden. Trotzdem konnte man es ganz genau vor sich sehen. Die Tore, durch die die Gladiatoren und die Tiere in die Arena kamen, die breiten Zuschauermassen, ich konnte es mir vorstellen.

Der Schauspieler, der uns alles erzählte, war unglaublich. Er brachte herüber, warum man sich damals freiwillig den gefährlichen Kämpfen aussetzte. Sie bekamen viel Geld dafür, aber vor allem ging es um Ruhm und Ehre. Man wurde berühmt, alle feierten einen. Das stellte ich mir schön vor und irgendwie konnte ich es sogar verstehen, warum man das dann dachte. Trotzdem hätte ich keine Lust, mein Leben in diesen Kämpfen aufs Spiel zu setzen. Obwohl die meisten davon sowieso nur gestellt waren.

Also hatte sich gar nicht so viel geändert. Nach der Show fuhren wir zurück zur Jugendherberge. Es war spät und obwohl wir müde waren, blieben wir noch eine Weile im Gemeinschaftsraum. Wir spielten nicht zusammen, sondern saßen nur beieinander, hörten Musik oder redeten.

Ich verabschiedete mich sehr bald und ging noch kurz mit Raphael auf sein Zimmer. Wir redeten über die Fahrt und waren uns einig, dass wir gerne noch länger geblieben wären. Ich mochte besonders die Innenstadt von Trier mit dem wunderschönen Park. Und man konnte sich nie verlaufen, da alle Wege zum Marktplatz gingen.

Auch bei Rapha blieb ich nicht lange. Es war spät und ich wollte schlafen. Layla war schon fertig fürs Schlafen, als ich an der Tür klopfte. Sie öffnete wortlos und ließ mich rein. Wir redeten immer noch nicht, obwohl ich ihr schon fast verziehen hatte. Das hieß nicht, dass ich verstehen konnte, was sie getan hatte, aber die Zeit heilte eben alle Wunden. Ich konnte nicht ewig wütend sein und ohnehin war ich kein besonders nachtragender Mensch.

Zwanzig Minuten später lagen wir in unseren Betten, genau wie die Nacht davor. Vor vier Tagen war mir ihre Nähe unangenehm gewesen, aber heute nicht mehr. Es war alles so vertraut, als hätten wir uns nie zerstritten.

„Ich bin froh, dass ich mich wieder mit Eve vertragen

habe", sagte ich irgendwann.

„Ich auch", antwortete Layla.

Sie antwortete mir! Ich versuchte, dem keine größere Beachtung zu schenken und redete einfach weiter den Text, den ich mir vor zehn Minuten schon überlegt hatte.

„Eine beste Freundin ist schon etwas Schönes. Seit ich dich nicht mehr habe, ist mir Evelyn eben sehr ans Herz gewachsen. Die zwei Tage ohne ein Mädchen zum Reden waren schwer."

Ich sah an die Decke und dachte nach.

„Danke, dass du mir geholfen hast."

Ich drehte meinen Kopf zu Lay. Sie blickte ebenfalls zu mir.

„Nicht der Rede wert. Für Ex beste Freunde tut man so etwas."

Wir lächelten, doch dann wurden wir sofort wieder ernst. Die Situation zwischen uns war nicht zum Lächeln. Allgemein war das Leben nicht zum Lächeln. Meins zumindest nicht.

Liebes Tagebuch,

im Moment sitze ich im Bus auf dem Weg zurück von der Klassenfahrt nach Hause. Es war wirklich schön und ich wäre gerne noch länger geblieben. So etwas sollte bei Klassenfahrten selbstverständlich sein, ist es bei mir jedoch nicht.

Aber Trier war wirklich schön. Die Stadt, aber auch die Dinge, die wir gemacht haben. Die Sommerrodelbahn und die Gladiatorenshow waren meine Favoriten. Einfach nur mit Freunden einkaufen zu gehen kann auch etwas ganz Besonderes sein. Und das Werwölfe spielen natürlich.

Ich möchte die Fahrt nutzen, um einen Beitrag über ein

Thema zu schreiben, das mir sehr am Herzen liegt. Beste Freundinnen. Ich habe nie groß darüber nachgedacht, weil ich in meinem Leben immer Layla an meiner Seite hatte. Sie hat mich immer unterstützt. Aber nach unserem Streit habe ich mich zum ersten Mal richtig alleine gefühlt. Ich habe mich schnell mit Eve angefreundet und hattet dieses Problem nicht mehr, aber als wir uns gestritten haben, hat es mich wieder gepackt.

Es ist ein schwieriger Gedanke, sich vorzustellen, was wäre, wenn man keine beste Freundin hätte. Ich habe mich nämlich gefragt, in welchen Situationen es wirklich von Vorteil ist, eine beste Freundin zu haben. Los geht es!

1. Wenn man etwas vergessen hat. Zum Beispiel seine Bücher. Dann ist es schon toll, eine Freundin zu haben, bei der man mit rein gucken kann. Oder ein Zopfgummi für den Sportunterricht. Jungs haben die nicht.

2. Mädchen Probleme jeglicher Art. Wer kennt es nicht? Wenn man ganz schlimme Augenringe hat, gibt einem die beste Freundin Schminke. Sie flechtet dir eine wunderschöne Frisur für besondere Anlässe. Sie hilft dir bei der Auswahl des richtigen Kleides.

3. Jemanden zum Reden. Ich habe dafür glücklicherweise mein Tagebuch.

4. Wenn einem langweilig ist. Da geht nichts über eine gute Freundin, mit der man sich treffen kann. Man kann Fahrrad fahren, schwimmen gehen oder einfach nur quatschen.

5. Wenn man traurig ist. Es ist ganz normal. Jedem geht es einmal schlecht. Dann geht nichts über eine Person, die einen aufmuntert und zum Lachen bringt. Sodass es einem schnell wieder besser geht.

6. Um nicht alleine zu sein. Niemand macht gerne Dinge alleine. Abends im Dunkeln geht man ungern ohne Begleitung nach Hause. Oder auch in die Stadt. Wenn man alleine in der Innenstadt gesehen wird, steht man wie der größte Loser dar, weil man keine Freundinnen hat, die einen begleiten

könnten.

7. Um zu verleihen und zu teilen. Man teilt sich die große Pizza oder leiht einem Geld, wenn man etwas braucht.

8. Für Tipps und Ratschläge. Damit meine ich nicht nur Lebensweisheiten und Beziehungstipps, sondern vor allem Buch-, Film- und Produkttipps. Man tauscht sich aus, erzählt von seinen Lieblingen. Ich habe es immer geliebt, mit Layla kleine Buch- und Filmrunden zu machen. Wir haben beide das gleiche Buch gelesen oder gemeinsam einen Film gesehen und uns anschließend ausgetauscht. Ich weiß noch, wie wir teilweise ganze Nächte über Charaktere, Handlungen und alles Mögliche diskutiert haben.

9. Wenn man Streit hat. Immer, wenn man Stress hat, hilft es, wenn jemand mit einem zusammen die Anderen beleidigt. Zu zweit ist man einfach stärker.

10. Immer. Eigentlich kann man eine beste Freundin immer gebrauchen. Alles macht mehr Spaß mit ihr an meiner Seite. Lernen, Referate, Streitigkeiten, Shoppen, Hausaufgaben, Schwimmen, Laufen, Essen... Alles ist besser mit einer besten Freundin. Selbst Dinge, die sonst keinen Spaß machen, sind auf einmal okay. Man kann zusammen lachen, sich gegenseitig schminken und frisieren. Sie passt auf meine Sachen auf, wenn ich nicht da bin. Sie begleitet mich ins Sekretariat, wenn ich krank bin. Und gibt mir dann die Hausaufgaben. Sie erklärt mir den Unterricht, wenn ich nicht mehr mitkomme.

Wenn ein Blick reicht und man weiß, dass man dasselbe denkt, hat man sie gefunden. Die beste Freundin. Wenn man sich auch ohne Worte versteht und immer weiß, wie der andere tickt... Dann ist alles perfekt.

Natürlich gibt es auch Leute wie Mira, die viele Freunde haben, aber keine wirklich engen. Ich glaube, sie ist insgeheim sehr unglücklich und wünscht sich auch nur eine beste Freundin. Aber das ist zu weit hergeholt. Ich kenne Mira nicht gut genug und kann das nicht beurteilen.

Außerdem: Was man nicht kennt, vermisst man nicht.
Außerdem: Was man nicht kennt, vermisst man nicht. Ich bin jedenfalls froh, dass ich so lange Layla hatte und jetzt Eve habe. Sie bedeutet mir wirklich viel. Ich würde alles für sie tun und bei ihr ist es genauso. Das fühle ich. Wenn wir uns ansehen, wissen wir sofort, was der jeweils Andere denkt. Nonverbale Kommunikation ist unglaublich wichtig in einer Freundschaft. Daran merkt man, wie gut man sich wirklich kennt.

Ich bin froh, dass ich Evelyn habe und beim nächsten Mal werde ich ihr mehr vertrauen.

Bis zum nächsten Eintrag zu Hause!
Lucymaus

Kapitel 25:

Am späten Nachmittag kamen wir zu Hause an.
Während Eve und ich unser Gepäck aus dem Bus holten,
fragte sie mich, ob ich heute noch Zeit hätte.
„Ja... Warum fragst du?"
Sie zuckte mit den Schultern.
„Ich habe noch etwas vor und wollte fragen, ob du
mitkommen willst."
„Wozu?", fragte ich misstrauisch.
„Sag ich dir später. Ich bin in einer Stunde bei dir!"
Eve umarmte mich und ging zu ihrer Mutter, die sie
abholte. Verwirrt ging ich zu meinen Eltern, welche
mich zu zweit abholten. Das einzige Kind wurde eben
immer sehr verwöhnt. Ich fragte mich, was Evelyn
vorhatte.

„Mama, kann ich noch mit einer Freundin weggehen?",
fragte ich meine Mutter eine gute Stunde später.
Sie warf einen Blick auf die Uhr und runzelte die Stirn.
„Jetzt noch?"
„Ja, sie wollte noch irgendwohin gehen. Es wird nicht so
lange dauern."
„Na gut. Aber bleibt zu zweit!"
Ich nickte und ging wieder auf mein Zimmer. Fünf
Minuten später klingelte es auch schon an der Tür und
ich ging hinaus zu Eve. Sie stand mit dem Fahrrad in
unserer Einfahrt.
„Ist es so weit weg?", fragte ich.
Als sie nickte, holte ich mein Fahrrad aus der Garage
und wir fuhren zusammen durch die Stadt. Eve konnte
gut fahren. Konnte sie schon immer. Sie nahm scharfe

Kurven, fuhr viel zu schnell, sodass ich wirklich Mühe hatte, mitzuhalten.

Wir fuhren in den nördlichen Bereich der Stadt. Was wollte sie hier? Die Sonne war schon untergegangen und in der Dunkelheit sahen wir das helle Flutlicht des Fußballplatzes. Eine Mannschaft trainierte hier. Und ich wusste ganz genau, wer hier spielte.

Nachdem wir unsere Fahrräder abgestellt hatten, gingen wir zum Platz und sahen beim Training zu. Ich sah Mason sofort, wie er fleißig mit den anderen kickte. Er sah genauso toll aus wie immer, vielleicht ein bisschen verschwitzter als sonst. Ich freute mich darüber, dass er uns auch schnell entdeckte. Lächelnd hob ich meine Hand und winkte ihm. Aber Mason reagierte kaum, sondern wandte sich ab. Kein Winken, nicht einmal ein Lächeln.

Enttäuscht seufzte ich. Eve beobachtete mich von der Seite, sagte aber nichts dazu. Ich tat es damit ab, dass Mason sich gerade auf das Training konzentrieren musste. Er hatte schließlich keinen Grund, auf mich sauer zu sein.

Das Training dauerte gar nicht mehr lange. Evelyn und ich sahen zu und unterhielten uns angeregt über Fußball, obwohl wir beide nicht besonders viel Ahnung davon hatten. Sie allerdings noch mehr als ich. Nachdem sie mir zum fünften Mal erklärte, was Abseits war, hatte ich es auch endlich verstanden und fühlte mich wie der größte Fußballexperte.

Während die anderen Spieler sich umziehen gingen, kam Mason zu uns, um sich mit uns zu unterhalten. „Was macht ihr denn hier?", fragte er, nun doch lächelnd. Er freute sich, uns zu sehen. Und ich freute mich, ihn zu sehen.

„Wir sind gerade von der Klassenfahrt zurück und dachten, wir kommen mal kurz vorbei", erklärte Eve. Dann entfernte sie sich langsam, damit Mason und ich allein reden konnten. Sie blieb aber nur ein paar Meter weiter stehen, sodass sie uns noch hören konnte.

„Und? Wie war die Fahrt?", fragte Mason mich.

Ich lächelte gequält. Der Kuss mit Matteo kam mir wieder in den Sinn und ich wusste, dass ich Mason davon erzählen sollte. Ich war ihm das irgendwie schuldig.

„Schön. Wirklich schön. Mason, ich muss dir etwas sagen…"

Er nickte leicht verängstigt. Ich beschloss, es einfach geradeheraus zu sagen.

„Matteo und ich haben uns geküsst."

Nervös wartete ich auf Masons Reaktion, aber es kam nur ein Schulterzucken.

„Okay… Und?", sagte er vollkommen gleichgültig.

Ich war einen Moment so überrascht von seiner Reaktion, dass ich nichts erwidern konnte. Dann sprach ich einfach aus, was mir durch den Kopf ging:

„Stört dich das gar nicht?"

Wieder zuckte er mit den Schultern.

„Warum? Wir sind doch kein Paar. Du kannst machen, was du willst."

Ich spürte, wie sehr mich dieser Satz traf. Aber warum denn? Es war doch die Wahrheit!

„Ja, aber ich dachte, es würde dich trotzdem stören, weil wir uns doch… mögen", sagte ich unsicher.

Mason winkte ab.

„Da brauchst du dir keine Sorgen machen. Ich bin ganz

locker. Alles gut."

Er lächelte mich an.

„Du, ich muss mich jetzt umziehen. War schön, dass ihr hier wart! Ciao!"

Damit joggte er über den Platz zu den Umkleiden. Ich blieb mit schmerzendem Herzen zurück. Evelyn kam langsam zu mir und musterte mich. Schließlich legte sie ihren Arm um mich.

„Ich hatte mir dieses Treffen irgendwie anders vorgestellt."

Es war das Einzige, das sie sagte, aber es reichte mir, weil es alles beinhaltete, was ich fühlte. Sie hatte nicht erwartet, dass Mason so reagierte und mich wie ein normales Mädchen behandelte. Dabei hatte ich gehofft, so viel mehr für ihn zu sein.

Eve und ich setzten uns wieder auf die Fahrräder. Da auf den Straßen nicht mehr viel los war, konnten wir nebeneinander fahren und uns unterhalten. Ohne, dass ich etwas sagen musste, war Evelyn klar, dass ich unzufrieden war.

„Was denkst du gerade über Masons Antwort?", fragte sie mich.

Ich seufzte.

„Keine Ahnung. Ich sollte mich freuen, dass er nicht eifersüchtig oder böse ist. Aber das tue ich nicht. Ich habe einfach das Gefühl, dass es ihn nicht interessiert, dass es ihm egal ist. Wenn man jemanden wirklich liebt, ist es einem doch nicht egal, wenn diese Person jemand anderen küsst."

„Ich glaube nicht, dass es ihm egal ist", erwiderte Evelyn.

„Wieso nicht?"

„Ich habe einfach den Eindruck, dass Mason niemand ist, der gerne über seine Gefühle redet. Er frisst das eher in sich rein. Zumal er dich nicht mit Eifersucht verschrecken möchte, obwohl ihr gar nicht zusammen seid."

„Kann sein… Ja, vielleicht hast du recht. Ich sollte mir nicht so viele Gedanken darüber machen. Aber ich konnte ihm nicht einmal sagen, dass ich nichts von Matteo will und es ihm auch schon gesagt habe."

„Das kannst du ihm doch in der Schule immer noch sagen. Oder du schreibst es ihm einfach", meinte Eve. Aber ich wollte ihm nicht schreiben. Eigentlich wollte ich im Moment nur noch meine Ruhe. Wir hatten eine lange Fahrt, wenig zu essen und ich wollte mich nur noch aufs Sofa legen und Schokolade in mich hineinstopfen. Wir kamen bald bei mir zu Hause an und brachten mein Fahrrad in die Garage. Vor meiner Tür verabschiedete ich mich von Evelyn.

„Tut mir leid, dass ich dir damit den Tag ruiniert habe", sagte sie.

Ich winkte ab.

„Hast du nicht. Außerdem konntest du nicht wissen, dass das so abläuft."

Sie seufzte.

„Mach dir nicht so einen Kopf darüber. Okay?"

Ich nickte, nahm sie in den Arm und ging rein.

Entgegen meiner Erwartung sprach Mason auch am Montag in der Schule kein Wort mit mir. Er grüßte mich nicht auf den Gang, verbrachte jede Minute mit seinen Freunden. Es war deprimierend. Ich hatte das Gefühl, ich sei ihm überhaupt nicht wichtig.

Auch in der Pause saß ich allein auf der Bank. Eve war mit Samuel unterwegs, Layla sprach einige Meter entfernt mit Mira. Matteo war bei Mike und ich… Ich beobachtete Mason, wie er lachend mit seinen Freunden redete. Zum Kotzen. Raphael kam um die Ecke und gesellte sich zu Mike und Matteo. Selbst mit ihm hatte ich mittlerweile kaum noch Kontakt. Ich wollte verhindern, dass unsere Gruppe zerbrach und jetzt war es doch so gekommen.

Matteo kam zu mir herüber und setzte sich neben mich. Ich freute mich darüber.

„Was machst du?", fragte er.

„Ich warte auf die nächste Stunde."

Er lachte.

„Von mir aus könnte die Pause ruhig noch länger dauern. Physik gehört wirklich nicht zu meinen Lieblingsfächern."

„Zu meinen auch nicht. Aber es ist besser, als sich hier zu langweilen."

Darauf erwiderte er erst einmal nichts mehr. Ich sah weiter zu Mason, was Matteo schließlich auch auffiel.

„Warum gehst du nicht zu ihm? Er wird sich bestimmt freuen."

„Ich habe Freitag schon mit ihm geredet, aber…"

„Aber?"

„Es war nichts. Er hat sich kaum dafür interessiert."

„Warum nicht?"

„Mensch, Matteo!", rief ich. „Ich habe keine Ahnung, was mit ihm ist! Ich kann auch nicht in seinen Kopf gucken."

Er sah mich nur an und ich verspürte augenblicklich ein schlechtes Gewissen. Jetzt ließ ich es schon an Matteo aus.

„Tut mir leid. Du kannst auch nichts dafür. Es ist nur so frustrierend, dass er mir keine Aufmerksamkeit schenkt", sagte ich und bereute es sofort wieder. Matteo hat Gefühle für mich und ich heulte mich über Mason aus.

„Das wird schon wieder."

Er legte tröstend seinen Arm um mich. Genau in diesem Moment kamen Evelyn und Samuel um die Ecke. Eve kam zu uns und setzte sich einfach dazwischen.

„Worum geht es?", fragte sie.

„Wir haben über Mason geredet", erklärte Matteo.

Evelyn drehte sich zu mir und flüsterte:

„Du redest mit dem da über Mason?"

„Der da hat gute Ohren und ist außerdem ihr bester Freund", sagte Matteo.

„Ja, ja, bester Freund. Du hast den Beiden schon einmal alles kaputt gemacht und das würdest du, ohne mit der Wimper zu zucken, auch ein zweites Mal probieren", meinte Evelyn.

Matteo sah zu mir.

„Lucy, ich möchte mich wirklich nicht länger bei euch einmischen. Du hast mir gesagt, was du willst, und ich habe das akzeptiert."

„Ich würde ihm an deiner Stelle kein Wort glauben", meinte Eve.

Und nun war ich in einer Situation, in der ich nie sein wollte. Ich musste entscheiden, wem ich glauben sollte. Matteo war mein bester Freund seit Jahren. Neben Mason, versteht sich. Eve war lange Zeit mit mir verfeindet gewesen, aber in den letzten Wochen waren wir so eng zusammengewachsen, dass ich ihr mehr vertraute als jedem anderen.

„Ist doch auch egal jetzt!", sagte ich bloß.

Ich meinte es so. Warum musste ich ihm denn jetzt glauben oder nicht? Es konnte mir doch eigentlich egal sein, ob er es mir wünschte oder nicht. Ich würde sowieso nur das machen, was ich wollte.

Auch in der zweiten Pause sah es ähnlich aus. Ich saß auf der Bank und beobachtete Mason und seine Freunde. Die Anderen waren auf dem anderen Schulhof, da wir am anderen Ende der Schule Unterricht hatten. Ich war trotzdem wieder hierhergekommen, weil ich bei Mason sein wollte. Und vielleicht sprach er mich eher an, wenn ich alleine war.

Allerdings blieb ich das wieder nicht lange. Mira setzte sich zu mir.

„Na, stalkst du Mason?", fragte sie in einem außergewöhnlich ruhigen Ton.

„Ich stalke ihn nicht. Ich will nur in seiner Nähe sein."

Sie nickte.

„Das kann ich gut verstehen. Er ist ein toller Junge."

Darauf antwortete ich nichts und Mira sah mir genau an, dass ich unzufrieden war.

„Willst du mir erzählen, was los ist?"

Die Regel Nummer eins war, dass man Miriam Schäfer niemals ein Geheimnis anvertrauen durfte. Sie erzählte es nicht unbedingt weiter, aber man wusste nie, ob sie es nicht eines Tages gegen einen verwendete. Meistens wusste Mira trotzdem über alles Bescheid, ob man es ihr nun erzählte oder nicht.

„Ich war schließlich auch Jahre lang mit Mason zusammen. Vielleicht kann ich dir einen Tipp geben."

Damit hatte sie natürlich recht. Sie war die Einzige, die mir wirklich weiterhelfen konnte. Daher entschied ich, mich ihr anzuvertrauen. Viel zu verlieren hatte ich sowieso nicht.

„Ich habe Mason erzählt, dass ich Matteo geküsst habe…", fing ich an.

„Du hast Matteo geküsst? Wann?"

Da hatte ich schon den Salat. Wie konnte ich nur vergessen, dass Mira das noch gar nicht wusste?

„Ja, auf der Klassenfahrt. Aber bitte behalt das für dich!"

„Natürlich! Ich behalte Geheimnisse immer für mich!", sagte sie überzeugt.

Ich wusste aber ganz genau, dass das nicht stimmte. Oftmals, aber nicht immer.

„Was hat Mason denn nun gesagt? War er eifersüchtig?"

Ich sah auf meine Schuhe. Die schwarzen Ballerinas sahen immer noch aus wie neu, obwohl ich sie schon seit Jahren trug.

„Überhaupt nicht."

„Das dachte ich mir schon", meinte Mira selbstsicher.

Ich sah sie an.

„Mason ist nicht der Beziehungstyp. Er ist locker und interessiert sich mehr für seine Freunde als für seine Freundin."

Mein Blick ging wieder zu Mason. Er stand immer noch bei seinen Freunden und lachte. Mira stand auf.

„Komm! Lass uns zurückgehen. Es klingelt gleich."

Ich stand auf und ging mit ihr. Sie legte den Arm um mich.

„Mason ist ein toller Typ, der alles für die Anderen tut. Er kann schon romantisch sein. Am Valentinstag hat er immer eine Rose geschenkt. Es war natürlich nichts

Teures oder Aufwendiges, aber er hat daran gedacht",
erzählte Mira mir. „Trotzdem war er nicht der
romantische Typ. Er hat mich selten zu irgendetwas
eingeladen, hat nie meine Bücher getragen oder die Tür
für mich geöffnet. Mason wird erst aktiv, wenn man ihm
sagt, was einen stört. Und erst recht sagt er nie, was ihn
selbst stört. Er will es allen recht machen und redet nie
über seine eigenen Gefühle."

Ich war mir nicht sicher, ob sie es nicht vielleicht nur
sagte, weil sie wusste, wie romantisch ich war. Aber ich
kannte Mason auch schon lange und mir war klar, dass
sie in vielen Punkten recht hatte.

„Sollte ich dann mit ihm reden?", fragte ich.

„Versuch es. Vielleicht bringt es etwas. Mason kann sich
nicht ändern, wenn er nicht weiß, was dich stört."

„Ich habe das Gefühl, das weiß ich selbst nicht…"

„Dann kannst du ihm auch das sagen."

Wir kamen langsam bei den anderen an.

„Danke, Mira", sagte ich.

„Immer gerne."

Sie ging und ich wusste nicht, was ich von ihr halten
sollte. Normalerweise war sie nicht so nett zu mir und
gab mir erst recht keine Beziehungstipps. Was hatte zu
diesem Sinneswandel geführt? Man wusste bei Mira nie,
ob sie wirklich nur helfen oder doch nur ihren
persönlichen Vorteil herausschlagen wollte. Ich hoffte
nur, sie würde nichts davon weitererzählen.

An diesem Tag hatten wir Nachmittagsunterricht.
Mason nicht. Daher beschloss ich, direkt nach
Schulschluss mit ihm zu reden. Mira hatte recht. Ich
sollte ihm sagen, was ich dachte.

Die Anderen gingen alle zum Mittagessen und ich bat
Raphael, mir Nudeln zu kaufen. Eve hatte ich in dem
Moment nicht gefunden und da war Rapha doch der,
dem ich noch am meisten vertraute. Er stellte keine
Fragen, sondern tat einfach, worum ich ihn gebeten
hatte. Matteo war als Einziger schon weg, da sein Kurs
an diesem Tag ausfiel. Der Glückliche.
Ich ging zu Masons Klassenraum. Seine Mitschüler
strömten alle nacheinander heraus und als Letzte auch
Mason und seine Freunde. Er ging einfach an mir vorbei
und sah mich nicht einmal an. Das tat weh. Aber mir
wurde klar, dass tatsächlich etwas nicht stimmte, sonst
wäre er nicht so. Oder? Ich beschloss, ihn zu fragen.
„Mason?", fragte ich.
Er und seine Truppe drehten sich um. Einer seiner
Freunde sah ihn genervt an. Ich nervte sie. Das tat auch
weh.
„Nur einen Moment. Ich komm gleich nach!", sagte
Mason zu ihnen und kam zu mir.
Er kannte mich gut und wusste sofort, dass es mir nicht
gefiel, ihn und seine Freunde zu nerven.
„Wir gehen gleich zusammen essen, deswegen ist er so.
Das hat nichts mit dir zu tun."
Ich nickte nur, glaubte ihm aber nicht.
„Was ist denn?", fragte Mason mich, kein bisschen
genervt.
„Du weißt doch noch, wie Eve und ich Freitag bei
deinem Training waren und wir geredet haben."
Er nickte verwirrt.
„Ich fand deine Reaktion irgendwie… komisch. Und
auch heute behandelst du mich den ganzen Tag wie
Luft. Stimmt etwas nicht? Hast du ein Problem?"

Mason sah mir nicht mehr in die Augen, sondern auf den Boden.

„Nein", sagte er, doch ich wusste ganz genau, dass er log.

„Wirklich nicht? Warum interessiert es dich dann nicht, dass ich einen anderen geküsst habe? Ich konnte dir nicht einmal sagen, dass es mir nichts bedeutet hat und ich nichts von Matteo will."

Er sah überrascht aus.

„Oh… Das freut mich natürlich."

„Warum hast du dann so getan, als wäre es dir komplett egal?"

„Willst du das wirklich wissen?"

„Ja!", rief ich.

Mason atmete tief ein und wieder aus.

„Weil ich das schon wusste. Ich hatte schon Zeit gehabt, darüber nachzudenken und es zu verarbeiten."

Mir blieb beinahe die Luft weg.

„Du wusstest es schon? Wie kann das sein? Wir kamen doch erst Freitag zurück!", sagte ich.

„Es wurde mir geschrieben."

Ich schüttelte den Kopf. Jemand hatte es Mason erzählt, ohne dass ich davon wusste.

„Wer?"

„Das kann ich dir nicht sagen."

„Warum nicht?"

„Ich habe es versprochen!"

Mason hielt seine Versprechen immer. Das wusste ich und daher versuchte ich gar nicht erst weiter, etwas aus ihm herauszubekommen. Jemand hatte es ihm hinter meinem Rücken geschrieben. Das durfte nicht wahr sein. Konnte ich überhaupt noch jemandem vertrauen?

„Wie war das? Du willst gar nichts von Matteo?", fragte Mason plötzlich.

Ich verdrehte die Augen.

„Nein, natürlich nicht! Ich wollte ihn auch gar nicht küssen! Wir waren zu zweit und sind uns irgendwie näher gekommen. Aber ich empfinde nichts für ihn", erklärte ich.

„Okay, das… freut mich."

„Mich auch."

Ich schmunzelte. Es wäre eine absolute Katastrophe, wenn ich jetzt noch anfangen würde, Gefühle für Matteo zu entwickeln.

„Ich muss jetzt los. Die Anderen warten", sagte er.

„Okay, bis bald!"

„Bis bald!"

Ohne eine vernünftige Verabschiedung ging er. Ich erwartete nicht, dass er mich küsste oder so etwas, aber eine Umarmung wäre vollkommen angemessen oder dass er mir zumindest die Hand gab. Aber einfach so zu gehen… Das war Mason: Unnahbar und immer etwas geheimnisvoll.

Ich ging zu den Anderen, die in der Cafeteria aßen. Auf dem Weg wurde mir schnell klar, wer es Mason geschrieben haben musste. Evelyn hatte recht gehabt und das musste ich ihr sagen. Aber zuerst wollte ich die Person zur Rede stellen, die dafür verantwortlich war.

„Wo ist Matteo?", fragte ich, als ich am Tisch ankam und mich dazusetzte.

„Der hat doch heute Entfall", antwortete Rapha.

Stimmt! Ich erinnerte mich! Dann musste das bis morgen warten. Ich wollte so ein Thema nicht über WhatsApp klären.

„Warum?", fragte Mira misstrauisch.

„Nur so", murmelte ich.

Eve runzelte die Stirn und sah mich fragend an.

„Erzähl ich dir gleich", sagte ich.

Wir aßen und ich stellte freudig fest, dass die Anderen sogar auf mich warteten. Alle gingen nach draußen, um dort wieder Karten zu spielen, nur Eve und ich liefen in die andere Richtung, um in Ruhe zu reden. Wir sahen uns aufmerksam um, da uns niemand folgen sollte.

„Was ist los?", fragte mich Evelyn.

„Ich habe mit Mason geredet."

Sie sah mich erwartungsvoll an.

„Er wusste schon, dass Matteo und ich uns geküsst haben. Deshalb hat er so reagiert."

„Was?", fragte Eve überrascht.

Ich nickte.

„Du hast es ihm nicht geschrieben, oder?"

„Natürlich nicht!"

„Gut, ich wollte nur fragen, um sicherzugehen."

„Wer war es denn dann?"

„Das hat Mason nicht gesagt, aber eigentlich kann es ja nur einer gewesen sein."

„Matteo", sagten wir gleichzeitig.

„Ich habe es doch gewusst!", rief Eve. „Ich wusste, dass man dem nicht trauen kann! Er legt es nur darauf an, euch zu trennen!"

Ich nickte zögernd.

„Bleib ruhig. Wir wissen nicht, ob er es wirklich gewesen ist", sagte ich.

„Wer soll es sonst gewesen sein? Er ist der Einzige, der ein Motiv hat!"

Das stimmte schon.

„Wer wusste denn sonst noch von dem Kuss?", fragte Eve.

Ich zählte mit den Fingern mit:

„Du, ich, Matteo... und Layla. Aber warum sollte Lay das machen? Sie hat gar keinen Grund dazu."

„Sie hatte auch keinen Grund, dein Tagebuch zu klauen, zu kopieren und öffentlich zu machen", sagte Evelyn.

Ich dachte scharf nach.

„Vielleicht hat sie damals schon gemerkt, dass Matteo etwas für mich empfand. Vielleicht hat sie es aus Rache gemacht."

„Siehst du! Dann hat sie doch ein Motiv!"

„Ja, aber Lay hat sich mittlerweile beruhigt. Sie hat mir sogar gesagt, dass sie uns nicht im Weg stehen wird."

„Du redest ernsthaft noch mit der?"

Ich nickte. Eve schüttelte verständnislos den Kopf.

„Ich würde denen nicht trauen. Keinem von denen. Aber ich glaube, dass es Matteo war. Diesem elenden Schwindler würde ich alles zutrauen. Trotzdem sollten wir Layla auch im Auge behalten."

Ich stimmte ihr einfach zu, da ich wusste, dass sie ihre Meinung sowieso nicht ändern würde. Am nächsten Tag würde ich einfach mit Matteo reden und im Idealfall gab er es einfach zu und dann... Ja, was dann? Konnten wir befreundet sein, wenn er meine Beziehung sabotierte? Oder hatte seine Tat einen anderen Grund? Würde ich ihm das glauben, wenn er es sagte?

Liebes Tagebuch,

was für ein Tag! Ich habe das Gefühl, dass mein Leben gar nicht mehr zur Ruhe kommt. Zum Glück ist es gar nicht mehr lange bis zu den Sommerferien.

Aber was ist überhaupt passiert? Ich habe mit Mason gesprochen, nachdem wir von der Klassenfahrt zurückkamen. Und irgendwie war etwas anders. Heute habe ich dann erfahren, dass er gewusst hat, dass Matteo mich geküsst hatte, bevor ich es ihm erzählt habe. Wer sagt so etwas weiter, ohne mir davon zu berichten? Mason wollte es mir natürlich nicht sagen, aber ich bin mir fast sicher, dass es Matteo gewesen sein muss.

Was bedeutet das jetzt für mich? Das weiß ich gar nicht so genau. Mit Matteo habe ich noch nicht gesprochen, werde aber genau das morgen tun. Dann sehe ich weiter.

Eine andere Sache, die mir aktuell auch noch zu schaffen macht, sind meine üblichen Schlafprobleme. Ich schlafe zu wenig und habe komische Träume. Letzte Nacht erst habe ich geträumt, dass ich mich von Mason verabschiedet habe. Wir haben uns getroffen und einen Moment geredet. Es wirkte nicht wie ein normales Gespräch, sondern wie eine letzte Unterhaltung bevor man sich für immer verabschiedet.

Am Ende hat Mason zu mir gesagt: „Ich hoffe, du wirst glücklich." An den Rest des Gesprächs kann ich mich kaum erinnern. Aber wenn ich daran denke, verspüre ich einen tiefen Schmerz, als wäre es sehr traurig gewesen. Vielleicht war ich auch nur traurig wegen des Abschieds, ich weiß es nicht.

Jedenfalls erinnere ich mich nur noch, wie er mir diesen Satz sagte: „Ich hoffe, du wirst glücklich." Es ist ein Abschied. Er wird nicht dafür sorgen, dass ich glücklich bin. Trotzdem wünscht er es mir. Weil ich ihm wichtig bin. Weil er mich mag. Mason wirkte nicht glücklich, während er das sagte. Er wollte sich nicht verabschieden. Ich auch nicht. Aber warum tat er es dann? Wieso machte er mich nicht glücklich?

Ich denke, ich sollte nicht zu viel hineininterpretieren. Es ist schließlich auch nur ein Traum. Er hat keine Bedeutung. Warum mache ich mir immer so viele Gedanken um alles? Ich sollte einfach entspannt mein Leben leben und mir keinen Kopf über diese Dinge machen.

Im Grunde ist nämlich alles einfach. Es sind die Menschen, die die unwichtigen Situationen kompliziert machen. Die größten Probleme sind, dass wir zu wenig miteinander reden. Dadurch entstehen Missverständnisse und wir machen uns Gedanken darüber, was der Andere nun von uns denkt. Dabei könnten wir ihn einfach fragen! Es kann alles so einfach sein. Aber ich kann gut reden. Dabei bin ich doch die optimale Dramaqueen. Ich mache mir über alles Gedanken. Analysiere das Verhalten von jedem, den ich kenne, bis ins kleinste Detail. Aber auch ich kann noch dazu lernen. Manchmal sagen Menschen eben einfach etwas, ohne sich groß Gedanken darüber zu machen. Es hat nicht alles einen Grund im Leben. Wow, dieser Eintrag wird ja mal richtig tiefsinnig… Das passt gar nicht zu mir. Na ja, vielleicht. Dabei sehe ich mich eigentlich eher als fröhliche Person, der viele unschöne Dinge passiert sind. Früher war ich anders. Aber nachdem ich in letzter Zeit von allen belogen wurde, ist es vielleicht verständlich, dass ich jetzt genauer hinsehe, wem ich was erzähle oder wem ich noch Vertrauen schenke.

Evelyn kann ich sicher vertrauen. Jessica auch. Ich habe sie richtig gerne. Raphael und Mike auch. Bei Mira kann man sich nie so sicher sein, was sie eigentlich denkt. Ebenso bei Mason. Sie sind das perfekte Paar! Nein, Spaß. Und Lay und Matteo… Ich weiß nicht, was ich von ihnen halten soll. Bis vor zwei Tagen habe ich Matteo vollkommen vertraut, aber jetzt… Layla und ich nähern uns vielleicht auch wieder an. Ich werde das Leben einfach nehmen, wie es kommt!

Bis zu einer besseren Version von mir!
Lucymaus

Kapitel 26:

Ich musste mit Matteo reden. Ich musste ihn zur Rede stellen. Es konnte nicht sein, dass er mir den perfekten besten Freund vorspielte und hinter meinem Rücken meine Beziehung mit Mason zerstören wollte. Dabei spielte es auch keine Rolle, dass es zwischen uns immer noch gut lief, denn welche andere Absicht sollte Matteo gehabt haben, als mir zu schaden?

Ich sah meinen besten Freund gleich morgens vor dem Vertretungsplan. Er teilte mir mit, dass wir heute in Deutsch Vertretung hatten. Er war ganz normal. So als wäre nichts gewesen. Ich nickte zunächst nur. Dann stellte ich sicher, dass kein anderer in unserer Nähe war und ich ihm deshalb sagen konnte, was ich dachte.

„Matteo, was soll das? Wie konntest du Mason nur von unserem Kuss erzählen?", fuhr ich ihn an.

Man sah Matteo deutlich an, wie geschockt er war.

„Was ist los?", fragte er.

„Stell dich nicht dumm! Ich weiß von Mason, dass ihm jemand geschrieben hat, dass wir uns geküsst haben, bevor ich es ihm selbst erzählen konnte! Das ist echt das Letzte, Matteo!"

Er schüttelte verwirrt den Kopf.

„Ich war das nicht. Ich habe keine Ahnung, wovon du redest."

Ich verdrehte die Augen.

„Das kannst nur du gewesen sein! Mir den fürsorglichen, besten Freund vorspielen und hinter meinem Rücken meine Beziehung sabotieren... Das kommt mir irgendwie bekannt vor", sagte ich.

„Lucy, ich schwöre dir, dass ich damit nichts zu tun

habe."

Ich begann, mit den Armen zu fuchteln.

„Gib es doch einfach zu! Keiner hat irgendeinen Grund, das zu tun. Außerdem wusste sonst fast keiner davon!"

Matteo sagte nichts.

„Sag doch was!", forderte ich.

„Ich kann mich nur wiederholen: Ich war es nicht."

Langsam wurde ich wütend. Wenn er es doch wenigstens zugeben und es ihm leidtun würde… Dann hätte ich ihm vielleicht sogar noch verzeihen können. Ich war schließlich kein nachtragender Mensch. Ich konnte niemandem lange böse sein. Aber das hier machte mich wütend.

„Weißt du was? Wenn du so weiter machst, werde ich nie wieder ein Wort mit dir reden!"

„Lucy!", hörte ich eine Stimme.

Mason kam angelaufen und stellte sich zu uns.

„Hör auf damit! Matteo war es nicht", sagte er ruhig.

„Oh."

Mason drehte sich zu Matteo. Sie begrüßten sich mit einem Handschlag.

„Sorry, Bro! Ich wollte das wirklich nicht", meinte Mason.

„Schon okay."

Er war es nicht. Das hatte Mason zweifelsfrei bestätigt. Matteo hatte die Wahrheit gesagt. Er war unschuldig. Und ich war wie eine Verrückte auf ihn losgegangen und hatte ihm unterstellt, uns auseinanderbringen zu wollen. Ich fühlte mich so unendlich schlecht. Natürlich war es ein Fehler gewesen, ihm nicht zu glauben. Aber wie sollte ich das nach allem, was geschehen war? Ich merkte in diesem Moment, dass unser Vertrauen wohl stärker beschädigt worden war, als gedacht. Ich glaubte ihm nicht, obwohl ich keine Beweise hatte. Es war grauenhaft. Ich fühlte mich so mies.

„Matteo war es nicht. Wirklich nicht", sagte Mason noch einmal zu mir.

„Wer soll es denn sonst gewesen sein?", fragte ich verwirrt. „Layla?"

Er schüttelte den Kopf.

„Nein, die auch nicht. Hör auf damit, du kommst sowieso nicht darauf."

„Außer den beiden wusste es aber keiner!"

Ich verschwieg, dass ich es Evelyn auch erzählt hatte, weil ich nicht wollte, dass ihr jemand unterstellte, es weitergesagt zu haben.

„Lucy… Ich möchte es dir wirklich nicht erzählen. Ich will keine Probleme machen", sagte Mason.

Ich seufzte. Wenn er mich mit diesem Blick ansah, konnte ich gar nicht mehr böse sein.

„Ich muss jetzt zum Unterricht. Wir sehen uns!", fügte er hinzu und ging ohne sich weiter zu verabschieden.

Mein Blick ging wieder zu Matteo.

„Ich kann dir gar nicht sagen, wie unfassbar leid es mir tut. Du hast mir gesagt, dass du es nicht warst und ich habe dir nicht geglaubt. Es tut mir leid", sagte ich.

Er lächelte gequält.

„Schon gut."

Ich sah ihm an, dass es nicht gut war. Er war enttäuscht, weil die Situation zwischen uns immer noch schwierig war. Ich konnte es nur zu gut verstehen.

„Ich hätte mir wahrscheinlich auch nicht geglaubt", sagte Matteo noch. „Aber vielleicht sollten wir trotzdem darüber reden."

Ich nickte. Unsere Freundschaft hatte sich in eine ganz blöde Richtung entwickelt. Es war nötig, sich einmal ganz auszusprechen. Doch bevor wir noch ein Wort hinzufügen konnten, klingelte es und wir verschoben es auf später.

Als wir nach der ersten Stunde in einem anderen Raum Unterricht hatten, gingen Eve und ich gemeinsam dorthin. Ich wollte ihr schon die ganze Zeit von meinem Gespräch mit Matteo und Mason erzählen, aber es hatte sich einfach nicht ergeben. Nun waren wir einen Moment allein und ich konnte mit ihr reden.

„Matteo war es nicht. Er hat Mason nichts von unserem Kuss erzählt", flüsterte ich ihr zu.

Sie runzelte die Stirn.

„Woher willst du das wissen?"

„Mason hat es mir selbst gesagt."

Eve zuckte mit den Schultern.

„Dann war es wohl Layla."

Ich schüttelte den Kopf.

„Auch nicht?"

„Nein!"

„Wer war es dann?"

„Ich weiß es nicht!", sagte ich.

Wir schwiegen.

„Aber ehrlich gesagt, ist mir das auch jetzt egal", fügte ich hinzu. „Ich habe Matteo beschuldigt, obwohl er unschuldig ist."

„Verständlicherweise", sagte Eve.

„Nein. Klar, er hat Mist gebaut, aber er hat sich dafür entschuldigt und hat es verdient, dass ich ihm vertraue."

„Du bist viel zu nett, Lucy!", meinte sie, die Augen

verdrehend.

„Das sehe ich anders. Er gibt sich Mühe und es wäre falsch, sie nicht anzuerkennen…"

„Wenn du meinst… Willst du denn nicht herausfinden, von wem Mason wirklich von dem Kuss weiß?", fragte Evelyn.

Ich seufzte.

„Doch schon. Natürlich. Aber ich denke nicht, dass es eine Möglichkeit gibt, das zu erfahren. Mason ist unglaublich zuverlässig und treu. Er würde so etwas niemals weitersagen. Und ich glaube nicht, dass derjenige es zugeben wird."

„Ja, da hast du irgendwie recht. Trotzdem werde ich Augen und Ohren offen halten. Wenn ich etwas höre, sage ich dir sofort Bescheid."

„Danke, Eve."

Ich war glücklich, eine Freundin wie Eve zu haben.

Die Pause kam viel zu schnell und Matteo und ich drehten eine Runde über den Schulhof. Die ersten Minuten bestanden aus peinlichem Schweigen. Ich dachte darüber nach, was ich sagen sollte. Schließlich wusste ich nicht einmal genau, warum er dieses Gespräch führen wollte. Worauf wollte er hinaus? Was erwartete er von mir?

„Lucy…", fing er schließlich an. „Ich habe das Gefühl, dass du mir nicht vertraust."

Damit lag er richtig und das wusste er ganz genau.

„Ich meine… ich kann das verstehen. Ich habe einen Fehler gemacht, das ist mir klar. Aber kannst du mir das denn nicht verzeihen?"

Er sah mich mit einem gequälten Blick an. Ich sah mit

Sicherheit genauso aus. Mir gefiel es doch auch nicht! Aber ich konnte nichts erzwingen.

„Ich habe dir verziehen. Aber wenn das Vertrauen einmal weg ist, ist es umso schwerer, neues aufzubauen. Ich weiß nicht, ob ich das kann…"

Matteo sah auf den Boden und nickte.

„Das kann ich verstehen. Aber wenn wir einfach mehr Zeit miteinander verbringen, dann… könnte es doch wieder funktionieren. Ich will dich als Freundin nicht verlieren."

Ich lächelte.

„So schnell wirst du mich nicht los. Ich möchte eben nur, dass du weißt, wie schwierig das für mich ist. Es tut mir leid, dass ich dich verdächtigt habe. Ich will auch nicht, dass sich das wiederholt. Es ist schrecklich, dass ich so wenig Vertrauen in dich hatte", erklärte ich.

„Wie wäre es, wenn wir mal wieder alle etwas zusammen machen? Vielleicht hilft es dir dabei, zu vergessen, was passiert ist", schlug er vor.

Ich dachte kurz darüber nach und war schnell der Meinung, dass es eine gute Idee war.

„Ja, gerne. Wir könnten uns mit Mike, Raphael, Jess und Eve verabreden", meinte ich.

„Und Samuel."

Ich nickte.

„Und Mason."

Ich nickte nach kurzem Zögern.

„Und Layla."

Ich sah ihn fassungslos an.

„Matteo, ich weiß wirklich nicht, ob das eine gute Idee ist. Die Situation zwischen Lay und mir ist immer noch sehr schwierig", meinte ich. „Ist es zwischen euch anders?"

„Ja, wir sind ganz gut befreundet."

„Obwohl du sie betrogen hast?"

„Ich habe es aus Liebe getan", erklärte Matteo. „Und das
weiß Layla. Ich hatte niemals die Absicht, sie zu
verletzen."

Ich atmete tief ein und aus.

„Trotzdem wäre es mir lieber, wenn sie nicht dabei wäre.
Das würde die Stimmung nur unnötig herunterziehen."

„Das verstehe ich. Ich weiß nur nicht, ob es eine gute
Idee ist, sie auszuschließen", erwiderte Matteo.

„Nach dem, was sie gemacht hat, hat sie es nicht anders
verdient", sagte ich überzeugt.

„Aber…"

„Nein, Matteo!", unterbrach ich ihn. „Ich möchte sie
nicht dabei haben und dabei bleibt es."

„Okay."

Ich wusste, dass er leicht zu überzeugen war. Matteo
blieb nie lange standhaft, man konnte ihn leicht
beeinflussen. Wenn ich etwas wollte, bekam ich es bei
ihm auch.

Wir gingen langsam zurück zu den anderen. Ich sprach
Eve an und erzählte ihr, dass wir uns alle zusammen
treffen wollten. Sie stimmte natürlich sofort zu. Ich hatte
nichts anderes von ihr erwartet. Aus den Augenwinkeln
sah ich Jess, die auf der Bank saß und anscheinend etwas
mit Mike besprach. Womöglich ging es um die Pläne für
das Geschäft nach den Sommerferien. Ich freute mich,
dass sie sich nicht davon abgebracht haben lassen,
obwohl Evelyns Mutter ihn schon verwarnt hatte.

Eve stupste mich an und zeigte mir, ich solle doch zu
Jessica gehen und sie ebenfalls einladen. Das tat ich

natürlich auch sofort. Ich rief sie und sie kam augenblicklich.

„Wir haben vor, uns mal wieder alle zu treffen. Also du, ich, Eve, Matteo, Rapha, Mike, Samu und Mason. Hast du Lust, mitzukommen?"

Sie atmete erleichtert aus und lächelte.

„Ich bin so froh, dass du mich eingeladen hast. Ich habe gerade gehört, wie du mit Eve darüber geredet hast und hatte Angst, dass ihr mich ausschließt."

„Blödsinn!", rief Evelyn.

Ich lächelte. Wir waren ein Team und niemand wurde ausgeschlossen. Außer eine… Wenn man vom Teufel spricht: Layla kam gerade zu uns. Die Jungs sprachen anscheinend auch gerade über unser Treffen, denn plötzlich wurde alles still. Jeder sah zu Lay.

„Ist etwas?", fragte sie.

„Nein, alles gut", antwortete Matteo. „Warst du beim Vertretungsplan?"

„Ja, aber es steht nichts drauf."

Die beiden setzten sich auf die Bank und redeten über irgendetwas. Jess sah zu mir und wusste sofort, was los war.

„Du willst sie nicht einladen, oder?"

Ich nickte. Irgendwie tat es mir schon ein bisschen leid.

„Das hat die doch nicht anders verdient! Diese falsche Schlange!", sagte Evelyn und schnaubte.

„Beruhig dich! Wenn schon sollte ich auf sie sauer sein und nicht du", meinte ich.

„Doppelter Hass hält besser. Für das, was die abgezogen hat, reicht eigentlich nicht einmal das."

„Ich hasse sie nicht. Abgesehen davon, sollte niemand so behandelt werden."

„Das Schlimmste an der Sache ist aber, dass keiner außer dir wütend auf sie ist. Alle haben sie gelobt und unterstützt."

Ich runzelte die Stirn. Eve hatte genau das am meisten getan. Jess lachte. Sie beobachtete unsere Konversation stumm.

„Nein, ich fand das nie gut. Ich habe mich nur gefreut, weil ich dich damals noch gehasst habe", erklärte Evelyn.

Matteo kam einfach in unseren Kreis und öffnete schon den Mund, um etwas zu sagen, da meinte Eve:

„Weißt du, es ist ziemlich unhöflich, ein Gespräch einfach so zu unterbrechen!"

Er ignorierte sie.

„Ich habe mit den Jungs geredet. Wir wollen uns Freitag treffen. Passt das bei euch allen?", fragte er.

Wir stimmten zu.

„Wartet mal… Nach dem Wochenende haben wir nur noch Montag, Dienstag und Mittwoch Schule, oder?", fragte Jessica.

„Ja, du Blitzmerkerin", sagte Evelyn lachend.

Jess strahlte. Auch wenn sie gut in der Schule war und sie ihr womöglich besser als den anderen gefiel, freute sie sich auf die Ferien. Wie wir alle.

Ich habe Mason geschrieben und ihn gefragt, ob er Freitag Zeit hatte, und er hat zugesagt. Ruck Zuck war es Freitag und wir trafen uns alle beim Skaterplatz im Neubaugebiet. Er war leer und verlassen. Nur ein kleiner Junge war zwischenzeitlich da und fuhr ein paar Runden auf seinem Skateboard. Aber auch der verschwand schnell wieder. Dafür kamen wir alle zusammen.

Alle außer Mason waren da. Wir saßen auf der Bank neben dem kleinen Fußballfeld, welches direkt neben dem Skaterplatz war. Samuel hatte einen Ball mitgebracht und die Jungs kickten ein paar Bälle, während wir Mädchen zusahen. Nachdem sie kaputt waren, kamen sie ebenfalls zu uns.

„Wo bleibt denn Mason?", fragte Mike mich.

„Keine Ahnung", antwortete ich und zückte mein Handy. Ich sah, dass er mir eine Nachricht geschrieben hatte. „Er kommt in einer bis eineinhalb Stunden. Und er bringt Robin mit."

Robin war ein Junge aus Masons Klasse und sein bester Freund. Aber deshalb durfte er ihn nicht einfach mitbringen! Ich dachte, das würde ein Treffen wie früher werden. Nur wir. Das war mein Gedanke und anscheinend der von den anderen auch. Ein Blick reichte und wir alle dachten dasselbe.

„Ist das sein Ernst?", fragte Raphael.

„Warum kommt er so spät?", fragte Jess.

Ich zuckte mit den Schultern.

„Die sind wohl noch zusammen in der Stadt. Nachher kommt er dann."

Die Stimmung war schnell auf dem Tiefpunkt. Samuel, der dafür bekannt war, immer gute Laune zu haben, wollte schnell das Thema wechseln.

„Wie wäre es, wenn Eve und ich jetzt Getränke holen und wir es uns dann hier gemütlich machen?", fragte er. Wir stimmten zu. Es war unfassbar heiß an diesem Tag und jeder hatte maximal einen Liter dabei. Evelyn stand auf und einige fingen sofort an, Geld herauszuholen.

„Lasst das! Ich zahl schon!", meinte Samuel.

Und ganz egal, wie sehr wir diskutierten, er bestand darauf. Ich wusste, dass wir uns ein anderes Mal dafür revanchieren konnten.

„Beeilt euch!", rief Mike ihnen nach. „Und macht keinen Mist auf dem Weg!"

Eve drehte sich um und lachte. Die beiden verschwanden und wir anderen saßen da und langweilten uns. Ich trank den letzten Schluck aus meiner Flasche und hoffte sehnsüchtig, dass Eve und Samu etwas Vernünftiges mitbringen würden und keinen Alkohol oder Energydrinks.

„Ich habe auch Karten dabei", sagte ich irgendwann, aber die anderen hatten keine Lust zum Spielen.

Ich schrieb Mason an und er antwortete, er würde bald kommen. Wenn er kam, dann würde es bestimmt viel lustiger werden.

Evelyn und Samuel kamen nach einer Viertelstunde wieder. Dabei hatten sie einen Sechserträger Wasser und zwei Flaschen Cola. Ich freute mich über die Getränke. Das war eine gute Entscheidung gewesen. Raphael machte mit seiner Box Musik an und so langsam ging die Stimmung hoch. Wir Mädchen saßen auf der Bank und unterhielten uns, während die Jungs wieder ein kleines Spiel spielten.

„Und was sind eure Pläne für die Ferien?", fragte Jess.

„Ich möchte unbedingt ganz viel lesen. In der Schulzeit komme ich nie dazu. Montag gehe ich in die Stadt und kaufe mir neue Bücher. Will einer von euch mitkommen?", fragte ich.

Eve schüttelte energisch den Kopf.

„Ne, Lucy, Bücher sind so gar nicht meine Welt", meinte sie.

„Ich würde dich gerne begleiten!", sagte Jessica. „Aber Montag kann ich nicht. Warum gehen wir nicht morgen?"

„Morgen hat meine Cousine Geburtstag", antwortete ich. „Ist aber nicht so schlimm. Dann gehe ich eben allein."

Wir sahen zu den Jungs, die mittlerweile keinen Fußball mehr spielten. Stattdessen spielten sie… etwas Anderes. Je zwei von ihnen spielten Schere, Stein, Papier. Die beiden Verlierer traten dann wieder gegeneinander an. Der Gesamtverlierer wurde geschlagen. Lustig, oder? Natürlich wurde er nicht ins Gesicht geschlagen. Zwei hielten den Arm fest und der Dritte schlug mit dem Zeige- und Mittelfinger auf den Unterarm. Es klatschte laut, zwirbelte und hinterließ rote Stellen. Also, das erzählten zumindest die Jungs. Ich selbst spielte natürlich nicht mit.

„Was machen die da?", fragte ich irritiert.

„Ist ein neuer Trend. In der Parallelklasse spielen die das jeden Tag in den Pausen", erklärte Jessica.

„Warum?", fragte ich. Es ergab für mich absolut keinen Sinn, warum es ihnen Spaß machte, den anderen zu schlagen oder selbst geschlagen zu werden. Das tat doch weh!

„Ich glaube, es geht um den Nervenkitzel. Es ist wie ein Adrenalinkick", erklärte Jess.

„Das ist so verdammt dämlich."

Evelyn stand plötzlich auf.

„Ich mache mit!", sagte sie begeistert.

„Bist du wahnsinnig geworden?", fragte ich. „Sieh doch!"

Gerade hatte Matteo verloren. Raphael und Samuel

hielten seinen Arm fest. Mike grinste und freute sich schon darauf, ihn gleich mit zwei Fingern zu schlagen. Mit einer schnellen Bewegung raste seine Hand runter. Das Klatschen war fast schon lauter als Matteos schmerzerfüllte Schreie. Er zuckte zusammen und für einen Moment fürchtete ich, er würde sich auf den Boden fallen lassen.

Aber dann war alles wieder gut. Er machte einfach weiter, als wäre nichts passiert. Evelyn lief zu ihnen und wollte mitmachen. Und obwohl die Jungs anfangs etwas skeptisch waren, ließen sie sie mitspielen. Aber sie erklärten ihr, dass sie nicht bevorzugt werden würde, nur weil sie ein Mädchen war. Dabei wussten wir alle, dass sie es sehr wohl so sein würde.

„Weißt du was? Ich glaube, es geht ihnen auch darum, zu zeigen, wie stark sie doch sind. Dass sie die Schläge und Schmerzen aushalten und trotzdem weitermachen und kämpfen", sagte ich.

„Es ist wie eine Mutprobe", meinte Jessica. „Und nicht zu vergessen der Gruppenzwang. Wenn einer nicht mitmacht, steht er total blöd da."

Ich überlegte kurz und nickte dann.

„Ja, aber ich habe nicht den Eindruck, dass es einem von ihnen keinen Spaß macht. Sie machen es alle freiwillig und dann sollen sie es doch machen. Ist nicht unser Problem."

Wir sahen, dass Eve dieses Mal verloren hatte und die Jungs darüber diskutierten, wer ihr die Bestrafung geben sollte.

„Ich schlage keine Mädchen", sagte Mike entschlossen.

„Ich auch nicht. Ich bringe das nicht übers Herz", meinte auch Raphael.

„Und ich kann doch nicht meine eigene Freundin schlagen!", sagte Samuel und gestikulierte wild.

„Okay, ich mache es", erklärte Matteo sich bereit.

Die anderen hielten Evelyns Arm fest und sie machte überhaupt keine Anstalten. Sie zeigte weder Angst noch Reue. Ob das so bleiben würde? Anscheinend nicht, denn Matteo streichelte sie eher, als wirklich zuzuschlagen. Sie bekam den Mädchenbonus. Natürlich.

„Wisst ihr was? Das ist mir zu doof. Ihr seid solche Weicheier!", rief sie.

„Ich komme mit dir", beschloss Samuel.

„Samu! Was ist los mit dir?", fragte Raphael.

„Sieh dir mal meinen Arm an! Ich habe genug für heute."

Die beiden kamen zu Jessica und mir zurück. Eve meckerte weiter darüber, dass die Jungs sie nicht behandelten wie die anderen.

„Zeig mal!", sagte ich zu Samu.

Er verstand sofort, was ich meinte, und hielt uns seinen Unterarm hin. Darauf waren große rote Flecken und an einer Stelle sah man genau die Abdrücke der Finger. Wir fuhren mit unseren Fingern über seinen Arm. Er war an vielen Stellen sogar etwas geschwollen.

„Tut das nicht weh?", fragte Jess.

Samuel lächelte.

„Ein wenig… Es fördert die Durchblutung."

„Vielleicht werden dann eure letzten verbliebenen Gehirnzellen durchblutet", meinte ich.

Er lachte.

„Das macht Spaß."

„Ach, Lucy, wenn die Jungs eben darauf stehen, kann man auch nichts machen", sagte Evelyn.

Samuel konterte sofort:

„Also mir würde es gefallen, wenn du mich schlägst."

„Und willst du mich auch schlagen?", fragte sie und runzelte die Stirn.

„Wenn du das willst…"

„Gerade eben wollte ich mitmachen und ihr wolltet nicht!", rief Eve.

„Ich weiß ganz genau, dass du das nicht mögen wirst."

„Dann finde es doch heraus!"

„Dann bist du aber wütend auf mich!"

Evelyn hielt ihr seinen Arm hin. Samuel zögerte einen Moment, hob dann aber zwei Finger an und fuhr auf ihren Unterarm herab. Eve verzog schmerzerfüllt das Gesicht und zuckte.

„Ich glaube, ich lasse es doch lieber", sagte sie.

„Bist du jetzt wütend auf mich?", fragte Samuel.

Evelyn verschränkte die Arme vor der Brust.

„Nein, ich habe doch gesagt, dass du das tun sollst."

Samu nahm sie in den Arm und küsste sie auf die Wange.

„Ich liebe dich."

„Ich dich doch auch."

Für einen Moment war ich wirklich überrascht, dass ihre Beziehung nun doch ernster wurde, aber ich freute mich für die Beiden.

Nachdem sie sich gelöst hatten, setzte sich Eve zu mir und Jess.

„Wer schlägt eigentlich am härtesten?", fragte ich.

Samuel musste nicht lange über die Frage nachdenken.

„Mike ist eindeutig am schlimmsten. Deshalb lassen wir ihn auch meistens ran. Aber Raphael ist auch heftig."

In diesem Moment kamen die anderen drei auch wieder

zu uns. Ihre Unterarme waren alle rot und teilweise sogar etwas blau.

„Wo bleibt eigentlich Mason?", fragte Rapha.

Ich zückte mein Handy und schrieb ihn erneut an.

„Sie machen sich gleich auf den Weg", sagte ich.

„Wird auch langsam Zeit", meinte Mike.

Ich ging davon aus, dass Mason bald da sein würde. Aber als er nach einer weiteren halben Stunde immer noch nicht da war, schickte ich ihm erneut eine Nachricht. Dasselbe dann wieder und wieder und wieder. Jede Nachricht kam an, aber Mason las sie nicht und antwortete erst recht nicht darauf. Es wurde immer später und wir bekamen kein Lebenszeichen von ihm. Die Anderen fingen schon an, Wetten abzuschließen. Mike war der Erste, der sagte, Mason würde nicht kommen. Nach und nach schlossen sich immer mehr an. Nur Matteo und ich hielten zu Mason und sagten, er würde kommen. Zwar verspätet, aber er würde uns nicht hängen lassen. Mason hatte immer sein Wort gehalten und uns noch nie versetzt.

Drei Stunden, nachdem ich mit ihm geschrieben hatte, kamen mir langsam auch Zweifel. Allerdings sagte ich mir immer wieder, dass er kommen würde. Er musste. Auch den Anderen behauptete ich weiterhin, dass ich an Mason glaubte.

Das Schlimmste an der Sache war aber, dass wir nirgendwo hingehen konnten, weil wir ja auf Mason warten mussten. Die Anderen wollten gerne zu einer Eisdiele in der Nähe gehen oder einfach in der Gegend herum schlendern. Aber das alles ging nicht, weil wir nicht wussten, ob Mason nicht irgendwann doch noch auftauchte.

„Leute, ich muss jetzt nach Hause", sagte Raphael.

„Ja, ich auch", meinte Jess.

„Ich würde auch gerne langsam los", kam von Samuel.

Ich sagte nichts. Natürlich verstand ich, dass es langsam spät wurde. Wir hatten Stunden hier mit Kartenspielen, Fußball oder anderen Dingen verbracht. Es war heiß und unsere Getränke waren auch schon leer.

Wir holten uns beim nächsten Supermarkt noch Eis am Stiel, bevor wir uns voneinander verabschiedeten.

„Sieh es ein, Lucy. Mason wird nicht mehr kommen!", sagte Eve mir, als wir wieder an unserem Platz waren.

„Ich weiß. Ich bin nur so unfassbar enttäuscht von ihm."

„Das verstehen wir alle", meinte Matteo.

Auch die Anderen versicherten mir, dass sie alle auf meiner Seite waren und mit mir fühlten. Aber was brachte mir das? Mason war nicht da und das war das Einzige, das zählte. Ich wollte so schnell wie möglich nach Hause und mich in mein Bett kuscheln.

Liebes Tagebuch,

ich bin so unfassbar wütend, traurig, enttäuscht und alles zusammen. Heute wollten wir uns alle treffen wie in den alten Zeiten. Es war auch wirklich schön. Aber nicht alle sind gekommen. Dabei war mir nur einer wirklich wichtig: Mason. Doch ausgerechnet er hat mich im Stich gelassen.

Zunächst hat Mason nur geschrieben, dass er mit Robin, einem Freund von ihm, in der Stadt sei und später kommen würde. Das allein hat mich schon wütend gemacht. Ich wollte ein Treffen, so wie früher. Unsere alte Gruppe sollte es sein, damit ich für einen Moment vergessen konnte, wie sehr sich in den letzten zwei Jahren alles verändert hatte. Zwar

war Samuel da und Lay hat gefehlt, aber trotzdem waren es alles Leute, die ich gut kannte.

Und dann kommt Mason und will einfach eine Person reinbringen, die keiner außer ihm kennt! Robin hätte die ganze Gruppe gesprengt! Klar, für Mason ist er wichtig. Er hat eben nicht nur seine alten Freunde sondern auch seine neuen und ich glaube, dass diese sogar über uns stehen. Wieso zum Teufel dachte er, dass das eine gute Idee sei? Manch einer würde jetzt sagen, wir hätten ihm einfach schreiben sollen, dass wir Robin nicht dabei haben wollten. Aber wie sollten wir das tun? Wenn Mason uns schrieb und sagte, er wollte einen Freund mitbringen, mit dem er auch gerade unterwegs war, konnte man nicht einfach nein sagen. Man wollte nicht unhöflich sein. Wir wollten schließlich auch keinen Streit. Außerdem wünschte ich mir doch, dass Mason kam. Eigentlich traurig, dass er alles durfte, damit er bloß kam.

Womit wir genau beim Punkt wären. Er kam nämlich nicht. Und es ist nicht so, dass wir nicht lange auf ihn gewartet hatten. Wir waren Ewigkeiten da. Erst hatte Mason geschrieben, dass er in einer Stunde kommen würde. Dann hieß es, sie würden sich auf den Weg machen.

Und schließlich... kam nichts mehr. Keine Nachricht und er selbst natürlich auch nicht. Ich habe ihm unzählige Nachrichten geschickt, alle sind angekommen, aber er hat sie nicht gelesen. Wenn er wenigstens abgesagt hätte (mit guter Begründung), hätte ich noch Verständnis gehabt. Aber einfach so nicht zu kommen, ist das Asozialste und Hässlichste, das Mason jemals getan hat.

Früher war er anders. Er hat sein Wort immer gehalten und ist aufgetaucht. Er hätte nicht einmal geschrieben, dass er später kam, weil er nie später kam. Mason war einer der Wenigen, die sich immer Zeit nahmen und kamen. Ganz egal, was sonst los war. Ich verstehe diese Verwandlung nicht. Ob Robin etwas damit zu tun hat? Ich kann es nicht einschätzen. Dabei hat mir gerade dieses Treffen heute unglaublich viel bedeutet. Mason hat es mir ruiniert.

Ich bin auf der einen Seite immer noch wütend und verletzt, aber ich frage mich auch, warum er nicht gekommen ist. Natürlich frage ich mich das. Ich meine: Was, wenn ihm etwas passiert ist? Es war doch nicht normal, dass er nicht einmal seine Nachrichten las. Dann hätte er uns konsequent ignorieren müssen und das machte überhaupt keinen Sinn, da er davor noch mit mir geschrieben hatte.

Was, wenn Mason etwas zugestoßen ist und er deshalb nicht kam? Vielleicht hatte er einen Unfall oder Ähnliches. Ich mache mir irgendwie schon Sorgen um ihn, dabei ist wahrscheinlich alles in Ordnung. Es ist schwierig für mich. Auf der einen Seite will ich wütend sein, aber wenn doch etwas passiert ist, würde es mir unglaublich leid tun, auf ihn böse zu sein.

Dabei gehe ich eher davon aus, dass er uns einfach nur wegen Robin versetzt hat. Oder eine andere, schwache Ausrede hat. Ich habe ihn blockiert, weil ich eben nicht möchte, dass er mir so etwas schreibt. Ich will mich nicht einlullen lassen, aber was mache ich, wenn er mir Montag doch eine Begründung liefert? Glaube ich ihm einfach und vergesse alles? Ich weiß es nicht. Ich will keine von denen sein, mit denen man alles machen und umspringen konnte, wie es einem gerade passte.

Diese Situation ist blöd. Ich weiß nur, dass ich verdammt enttäuscht bin und niemals von Mason erwartet hätte, dass er uns versetzt. Wir haben den ganzen Nachmittag auf ihn gewartet. Alles hat sich nach ihm gerichtet und er kam einfach nicht. Früher hätte er das nicht gemacht, das ist klar. Ist Mason sich so sicher, dass wir ihm alle nachlaufen und er sich das erlauben kann? Denkt er, dass wir nur hoffen, dass wir ihm wichtig sind?

Ganz sicher nicht. Klar, wir mögen ihn alle. Aber er muss uns nachlaufen, nicht wir ihm. So wichtig ist er nicht. Ich weiß nur, dass ich so gut wie nichts weiß. Ich weiß nicht, was Mason denkt und nicht einmal, was ich selbst denke. Mal sehen, ob er Montag auf mich zukommt und sich entschuldigt. Das wäre nach dieser Aktion eigentlich das Mindeste.

Bis bald!
Lucymaus

Kapitel 27:

Der Gang in die Schule war am Montag deutlich
schwerer, als erwartet. Ich hoffte verzweifelt, Mason
nicht über den Weg zu laufen, was natürlich unmöglich
war, da unsere Klassenräume im selben Flur waren.
Selbst wenn ich ihm in den Pausen auf dem Schulhof aus
dem Weg ging, würde ich ihn immer davor und danach
sehen.
Aber wollte ich ihn überhaupt nicht sehen? Ich hätte
schon gerne gewusst, warum er Freitag nicht gekommen
war. War er wütend auf uns? Dann sollte er uns
wenigstens sagen, weshalb. Mir war klar, dass Mason
selten sagte, was er fühlte oder dachte, aber das war
absolut nicht fair.
Wie ich es schon erwartet hatte, sprach Mason mich in
der Pause an. Ich lief gerade über den Flur zur Toilette,
als er meinen Namen rief. Zuerst tat ich so, als hätte ich
nichts gehört. Ich wollte nicht mit ihm reden, weil ich
Angst hatte, dass er mich dann manipulierte und ich
ihm dann wieder verzieh.
„Lucy, bitte warte!", sagte Mason.
Ich wartete und sah ihn genervt an. Er sollte ruhig
sehen, dass ich ihm böse war. Aber das wusste er
sowieso schon.
„Ich weiß, was du denkst. Aber ich habe eine
Erklärung."
Ich runzelte die Stirn.
„Okay, ich höre", sagte ich.
„Robin und ich waren in der Stadt und von einem Dach
haben Leute Wasserbomben geworfen. Wir sind dann
also dahin gelaufen, um nachzusehen, was da los war.

Dann kam die Security vom Hotel und hat uns einfach beschuldigt, Steine geschmissen zu haben. Deshalb konnten wir nicht kommen", erklärte er.

Ich sagte zunächst nichts und ließ sacken, was ich gerade gehört hatte.

„Warum hast du nicht auf meine Nachrichten reagiert?", fragte ich schließlich.

„Ich wollte mich melden und dir absagen, aber mein Akku war leer."

Ich seufzte lang und tief.

„Das ist die verrückteste und schlechteste Ausrede, die ich je gehört habe", sagte ich.

„Was willst du damit sagen? Glaubst du mir nicht?"

Ich schüttelte den Kopf.

„Das ist so skurril, dass sich niemand das ausdenken könnte. Deshalb glaube ich dir."

Mason lächelte.

„Danke. Es tut mir auch wirklich leid, aber ich konnte nichts dafür."

Ich nickte. Es war ein unglücklicher Zwischenfall. Mason hatte uns nicht versetzen wollen. Er hatte versucht, zu kommen. Das musste man ihm anrechnen.

„Habe ich denn viel verpasst?", fragte Mason.

Ich grübelte.

„Mein Highlight war eigentlich nur das Eis und wie die anderen Jungs sich gegenseitig geschlagen haben."

„Sie haben sich geprügelt?", fragte er geschockt.

Ich lachte.

„Nein, das ist so ein Spiel."

Ich erklärte ihm, was die Jungs machten, aber im Gegensatz zu den anderen war Mason nicht so begeistert. Er sagte nichts dagegen, aber er selbst würde nicht mitmachen. Ich war überrascht von Masons Reife, aber irgendwie mochte ich die verrückte Art der anderen Jungs.

„Okay, ich gehe dann wieder. Ist alles gut zwischen uns?", fragte Mason noch.

„Klar. Du hast mir ja erklärt, was los war, und dich entschuldigt."

Er verabschiedete sich und ich blieb mit mulmigem Gefühl zurück.

Kurz darauf ging ich wieder in unsere Ecke auf dem Schulhof und setzte mich zu Eve und Jessica, die angeregt darüber diskutierten, ob Bücher oder Filme besser waren. Ich wollte sie ungern unterbrechen, allerdings musste ich Evelyn von meinem Gespräch mit Mason erzählen.

„Eve?", fragte ich nach einer Weile.

Die beiden beendeten ihre Unterhaltung und sahen mich an.

„Ich habe mit Mason geredet."

Sie runzelte die Stirn. Ich erklärte ihr kurz, was er gesagt und dass ich ihm verziehen hatte. Evelyn und Jessica hörten ruhig zu und unterbrachen mich nicht.

„Und was denkst du darüber?", fragte ich Eve direkt.

Sie zuckte mit den Schultern.

„Lucy, du musst doch wissen, was du tust. Wenn du meinst, dass er nichts dafür konnte und es ein unglücklicher Zufall war, dann ist das so", antwortete sie.

Mir gefiel ihre Antwort nicht. Ganz und gar nicht.

„Ja, aber was hättest du gemacht?", fragte ich.

„Weiß ich nicht. Ich kenne Mason nicht so gut wie du.

Wenn du glaubst, er lässt dich nicht absichtlich im Stich und hat alles versucht, um zu kommen, dann verzeih ihm das. Wenn du der Meinung bist, dass das eine einmalige Sache war, dann ist doch gut."

Ich sah sie an und Evelyn wusste ganz genau, dass mir ihre Antwort nicht gefiel.

„Ja, was soll ich dir denn sagen? Ich weiß es nicht! Ich weiß nicht, ob er lügt oder ob es ihm leidtut. Das musst du selbst entscheiden", meinte sie.

Jessica stimmte ihr zu.

Ich konnte nicht genau sagen, woran es lag, aber insgeheim wünschte ich mir, dass sie mir gesagt hätte, ich sollte ihm nicht verzeihen, sondern stark bleiben und ihm nicht alles durchgehen lassen. Vielleicht, weil es das war, was mein Gewissen mir sagte. Aber gerade durch Eve gelang es mir viel besser, es zum Schweigen zu bringen. Ich wollte Mason nicht böse sein. Ich wollte ihm verzeihen. Warum sollte ich es dann nicht tun?

Nach der Pause kam Matteo zu mir. Ich wusste zuerst nicht, was er von mir wollte. Er sagte es mir auch nicht, sondern deutete nur auf Layla. Scheinbar wollte er nicht, dass sie mithörte. Als alle in unseren Klassenraum gingen, blieben wir noch einen kurzen Moment draußen.

„Lay hat gehört, wie ich mit den Jungs über unser Treffen am Freitag geredet habe", erklärte er.

Ich tat so, als würde es mich nicht interessieren, und zuckte mit den Schultern.

„Sie weiß, dass sich alle außer ihr getroffen und wir sie bewusst ausgeschlossen haben", fügte Matteo hinzu.

„Und was hat sie gesagt?", fragte ich.

„Sie ist verdammt enttäuscht und traurig."

„Das hat sie sich selbst zuzuschreiben. Ehrlich gesagt, ist mir das gerade total egal."

War es nicht und das wussten wir. Auch wenn ich Layla hasste, wollte ich nicht, dass sie sich schlecht fühlte. Das wünschte ich niemandem, weil ich kein schlechter Mensch war.

Ich hörte nicht auf, mir Fragen zu stellen. Immer noch nicht. Wer hatte Mike vor einigen Monaten verpetzt? Woher wusste Mason von dem Kuss zwischen mir und Matteo? Und wer war der große Chef der Bande von Mike und Jess? Es waren nur noch zwei Tage bis zu den Sommerferien und ich fragte mich, ob ich überhaupt noch Antworten finden würde. Wen könnte ich noch fragen? Woher sollte ich noch Informationen bekommen?

Ich konzentrierte mich auf die Ferien. Dann hatte ich endlich wieder Zeit, mich mit den Anderen zu treffen, Bücher zu lesen und einfach auszuschlafen. Genau deshalb war ich in diesem Moment in der Stadt. Ich wollte mir neuen Lesestoff aus der Buchhandlung holen. Auch wenn ich nichts mitnahm, liebte ich es, in den Regalen zu stöbern, mir die Covers anzusehen und Klappentexte zu lesen.

So lief ich durch die Innenstadt auf dem Weg zu meiner liebsten Buchhandlung. Ich war allein unterwegs, da Jess keine Zeit und Eve keine Lust hatte. Aber das war gut so. Beim Bücherkauf war ich gerne nur für mich. Vollkommen gedankenverloren ging ich durch die Stadt und achtete nicht auf meine Umgebung. Bis jemand meinen Namen rief.

„Lucy!"

Ich erkannte die Stimme sofort. Jeder würde sie erkennen. Das helle Quietschen, das falsche Lachen... Es konnte nur Mira sein. Ich drehte mich um und entdeckte sie sofort. Kein Wunder, bei ihrem farbenfrohen, glitzernden Kleidungsstil. Sie saß in einer Eisdiele, allein, und schlürfte einen Eiskaffee oder eine Eisschokolade. Sie drehte den Strohhalm zwischen ihren Fingern und grinste mich an. Mit einer schnellen Handbewegung winkte sie mich zu sich.

„Kommst du mal kurz zu mir?"

Ich hatte keine Lust auf sie und machte keine Anstalten, das irgendwie zu verstecken.

„Ich kann jetzt nicht, ich muss wirklich weiter", sagte ich und wollte schon weitergehen, doch Mira ließ keinen Widerspruch zu.

„Setz dich jetzt!", befahl sie mit ernster Stimme.

Da konnte man schon Angst vor ihr bekommen. Jeder hörte auf Mira, wenn sie etwas wollte. Ich wusste nicht einmal, warum ich es tat. Ich tat es einfach. Womöglich war ich einfach nur neugierig, was sie von mir wollte. Aber es war selten etwas Gutes. Das Lächeln war aus Miras Gesicht verschwunden, als ich langsam zu ihrem Tisch kam.

Ich nahm ihr gegenüber Platz. Sie lächelte wieder. Ich fühlte mich aber trotzdem alles andere als wohl. Miras Art ließ mich schon merken, dass irgendetwas jetzt passierte. Allerdings hatte ich keine Ahnung, was das war. Warum wollte sie gerade mit mir reden? Was machte sie überhaupt hier? Ganz allein. Mira musterte mich und ich wusste, dass sie mir ansah, was in mir vorging. Sie sah die Angst und Verwirrung in meinen Augen. Aber sie sagte nichts und wartete darauf, dass ich aus mir herauskam.

„Du wolltest mit mir reden…", fing ich an.

Sie nickte langsam.

„Worüber?"

„Ach… so einiges", antwortete Mira, wobei ich es keinesfalls als Antwort bezeichnen würde, da meine Frage nicht beantwortet wurde.

„Mira, ich habe wirklich nicht so viel Zeit. Würdest du mir bitte sagen, was du willst? Sonst geh ich wieder", sagte ich.

Ich versuchte, mutig zu sein. Vielleicht würde sie das aus der Ruhe bringen. Aber wer wollte schon eine Miriam Schäfer aus der Ruhe bringen? Sie war unschlagbar in jeglicher Hinsicht. Mira wusste immer genau, was man dachte und wie sie darauf reagieren musste. Sie verfügte über eine Selbstbeherrschung, wie ich sie nicht kannte.

„Ich denke schon, dass du bleiben willst", sagte Mira.

Eine Antwort, mit der ich nicht gerechnet hatte. Sie gab nicht einmal eine Erklärung.

„Wie meinst du das?", fragte ich.

Es gefiel mir nicht, dass sie mich so sehr in der Hand hatte und dieses Gespräch leitete. Ich war ihr praktisch ausgeliefert.

„Warte es ab…"

Sie starrte in die Luft und überlegte einen Moment. Ich wartete geduldig.

„Du erinnerst dich sicher noch daran, wie Layla damals dein Tagebuch geklaut, kopiert und veröffentlicht hat."

Wie sollte ich das vergessen? Mein ganzes Leben hatte sich dadurch geändert.

„Nachdem es herausgekommen ist, haben alle Layla

gefeiert. Sie wurde gelobt und auf einmal von allen geliebt", erzählte Mira genervt. Sie schüttelte den Kopf.

„Ich weiß, aber warum…"

Sie unterbrach mich, indem sie ihre Hand hob. Ich ließ sie weitererzählen.

„Alle haben sie gemocht. Sie hat unglaublich an Beliebtheit gewonnen. Ich kann prinzipiell auch verstehen, warum das so ist. Aber es ist einfach unfair", sagte sie wütend.

Ich runzelte die Stirn, da ich absolut nicht verstand, was sie mir damit sagen wollte. Mira sah mich an, als wollte sie, dass ich nachfragte.

„Warum?", fragte ich.

„Weil es einfach unfair ist, dass Layla für etwas gefeiert wird, das gar nicht ihr Verdienst war."

Ich war noch verwirrter als vorher.

„Sondern meiner", fügte sie hinzu.

Ich dachte nach, aber es machte für mich immer noch keinen Sinn.

„Ich verstehe dich immer noch nicht."

Mira seufzte, genervt von meinem Unverständnis. Sie überlegte ein paar Sekunden. Wahrscheinlich fragte sie sich, wie sie es am besten für mich ausdrücken könnte.

„Lucy…", fing sie an. „Hast du dich noch nie gefragt, warum Layla das überhaupt getan hat?"

Ich stockte. Doch, das hatte ich. Ich hatte sie sogar gefragt. Eine Antwort hatte ich aber noch nicht bekommen. Weder von Lay noch von sonst jemandem.

Mira lächelte, als sie merkte, dass sie mich jetzt hatte.

„Warum hat sie es getan?", fragte ich vorsichtig.

Ihr Lächeln wurde noch breiter.

„Weil ich es so wollte."

Mir wurde richtig unheimlich. Mein Inneres drehte sich um. Mir wurde heiß und kalt. Alles kribbelte. In meinem Kopf drehte und wendete ich tausend Gedanken. Das war alles so verwirrend. Ich war schon so sehr im Ferienmodus, dass ich mich kaum konzentrieren, geschweige denn, alle Informationen aufnehmen konnte.

„Ja, Lucy. Ich habe deiner lieben Lay den Auftrag gegeben, mir Kopien von deinem Tagebuch zu besorgen. Ich hatte schon länger beobachtet, wie du dort hineingeschrieben hast und war zugegeben etwas neugierig. Natürlich musste ich wissen, was du über mich geschrieben hast. Vielleicht denkst du schlecht von mir und das könnte meinem guten Ruf schaden."

Ich fragte mich, ob ihr Ruf wirklich so gut war. Eigentlich konnte niemand Mira so richtig über den Weg trauen, aber es konnte ihr auch keiner nein sagen. Vor wenigen Minuten hatte ich mich schließlich auch zu ihr gesetzt, obwohl ich eigentlich weiter wollte.

„Als ich dann jedoch gelesen habe, wie schlecht du über alle geschrieben hast, habe ich beschlossen, es zu veröffentlichen. Die Anderen sollten schließlich auch wissen, was du wirklich über sie denkst."

Sie legte eine Pause ein und gab mir die Möglichkeit, darüber nachzudenken. Es passte zusammen. Layla hatte sich nie entschuldigt und auch nie eine Erklärung abgegeben, weil sie es gar nicht tun wollte. Sie hatte es tun müssen. Deswegen hatte sie immer geschwiegen. Ich wollte eigentlich noch weiter nachfragen, aber Mira erzählte von sich aus weiter:

„Und soll ich dir noch etwas sagen? Sie hat es sogar ein zweites Mal getan. Das ist noch gar nicht so lange her."

Ich sah ihr direkt in die Augen und sie musste gar nicht

weitererzählen. Mir ging ein Licht auf. Ich wusste alles.
Mira merkte das selbst und ließ mich darüber
nachdenken. Ich schüttelte den Kopf, als ich merkte, wie
sehr alles zusammenhing. Die Antworten waren direkt
vor meiner Nase gewesen! Wieso war ich nicht selbst
darauf gekommen?

„Du… Das warst alles du", sagte ich geschockt.
Mira lachte.

„Du warst die Drahtzieherin hinter allem!"

„Endlich merkst du es auch mal", sagte sie.
Ich beruhigte mich etwas und erklärte:

„Layla hat auf der Klassenfahrt mein Tagebuch geklaut.
Wahrscheinlich, während ich mit Matteo unterwegs war.
Daher wusstest du, was zwischen uns war! Eve hat es
dir nicht erzählt! Du wusstest es aus meinem Tagebuch!
Und dann hast du so getan, als hätte es Evelyn dir
gesagt, um einen Streit zwischen uns auszulösen."
Mira nickte.

„Ganz genau. Ich habe Lay darum gebeten und
nachdem sie sich ein bisschen gesträubt hat, hat sie es
letztlich doch getan. Es passte perfekt. Da du es
niemandem erzählt hast, musste ich es von Evelyn
wissen. Es ist kein Wunder, dass du es sofort geglaubt
hast. Zu Schade, dass du zugehört hast und daher
wusstest, dass sie es mir nicht erzählt hat", meinte sie.
Ich dachte weiter nach und schüttelte erneut den Kopf
über das, was Mira alles angerichtet hatte.

„Und du… du warst diejenige, die Mason geschrieben
hat, dass Matteo und ich uns geküsst haben. Das warst
du! Nur du!", sagte ich.
Sie lächelte. Offensichtlich war sie stolz auf das alles und
nahm meine Überraschung als Kompliment.

„Du wusstest von Layla von dem Kuss mit Matteo und hast es einfach Mason geschrieben, bevor ich es ihm persönlich sagen konnte. Wieso bin ich nicht schon früher darauf gekommen? Ich wusste doch, dass du und Mason noch im Kontakt stehen! Er hat es mir selbst geschrieben!", meinte ich.

„Ganz genau. Lay hat das alles getan, aber eben nur, weil ich es so wollte. Es ist eigentlich mein Ruhm, den sie bekommen hat. Alles war mein Plan, meine Idee und meine Ausführung. Ich habe die Kopien aufgehangen, nicht Layla. Es war meine Entscheidung, allen dein wahres Gesicht zu zeigen!", erklärte Mira.

Sie drehte weiter an ihrem Strohhalm herum und nahm einen Schluck von ihrem Getränk. Dabei brach sie nicht eine Sekunde den Blickkontakt ab. Ich atmete tief durch. Das waren eindeutig zu viele Informationen. Ich konnte immer noch kaum glauben, dass es Mira gewesen war. So etwas hätte ich ihr nie zugetraut. Klar, sie war unberechenbar, was mir nun ein weiteres Mal bestätigt wurde, aber alles war so unscheinbar und geheim abgelaufen.

„Aber… Warum tust du das? Was hast du gegen mich? Wieso willst du mir schaden?", fragte ich.

Mira ließ von ihrem Getränk ab. Ihr Blick war bitterernst. Ich erkannte Zorn und Abneigung darin.

„Dachtest du wirklich, ich würde es einfach tolerieren, dass du mit meinem Ex ausgehst?", fragte sie, obwohl die Antwort offensichtlich war.

Ich zögerte.

„Ja…", sagte ich vorsichtig.

Sie lachte. Aber es war nicht ihre übliche süße Lache, sondern eine ironische und böse.

„Nein", meinte sie. „Stell dir doch nur mal vor, was es für meinen Ruf als beliebtestes Mädchen der Schule bedeuten würde, wenn du auf einmal mit Mason zusammenkommst! Wir waren das absolute Traumpaar. Wenn wir uns trennen und er zu dir geht, wird jeder den Eindruck bekommen, du seist besser als ich. Man könnte meinen, er würde sich in einem direkten Vergleich eher für dich als für mich entscheiden. Das wäre eine Katastrophe."

Ich wusste nicht, was ich dazu sagen sollte. Zum Einen war ich etwas verärgert darüber, dass Mira sich ganz offen und ehrlich als die Beste präsentierte. Andererseits war ich nahezu schockiert darüber, wie weit sie gehen würde, um ihren Status und Stand behalten zu können. „Aber… du sabotierst unser Glück nur für deinen persönlichen Vorteil?", fragte ich.

Sie nickte ohne zu zögern.

„Natürlich. Ich kann es nicht riskieren, dass so etwas an die Öffentlichkeit gerät. Zugegeben, ich hatte etwas Glück, dass Matteo sich zeitgleich in dich verliebt hat und damit eure Beziehung noch weiter den Bach hinunterging. Aber in erster Linie ging es mir sowieso eher darum, mich an dir zu rächen. Und das habe ich eben auch getan. Mit den veröffentlichten Tagebucheinträgen, der Nachricht an Mason, deinem Streit mit Evelyn…"

„Ich kann wirklich nicht glauben, dass du dir deshalb die Hände schmutzig machst, Mira", fuhr ich sie an.

Sie verschränkte die Arme vor der Brust.

„Das habe ich nicht. Layla hat das getan. In meinem Auftrag natürlich, aber ich würde nicht riskieren, dabei erwischt zu werden so wie sie. Jetzt, wo ich weiß, dass die Anderen die Aktion unterstützen, können, nein sollen sie erfahren, dass es mein Verdienst war, nicht ihrer. Das wird mir zu noch mehr Ruhm und Ehre verhelfen."

„Oder dazu, dass alle dich fürchten."

Sie zuckte mit den Schultern.

„Das läuft aufs Gleiche hinaus", meinte sie.

Ich seufzte.

„Die einzige Sache, die ich jetzt nur nicht verstehe, ist, warum Layla das getan hat", gab ich zu.

„Weil ich es so wollte."

„Und warum sollte sie auf dich hören?"

Mira holte ihr Handy aus der Hosentasche und öffnete etwas darauf.

„Weil ich dir sonst das hier gezeigt hätte."

Damit hielt sie mir ihr Handy vor die Nase. Es war ein Foto, das mich tief traf. Darauf sah man Lay, wie sie Mason küsste. Layla und Mason. Sie küssten sich! Wieso küssten sie sich?

„Es ist schon eine Weile her. Mir wurde das Foto zugeschickt", erklärte Mira.

Ich hatte fast Tränen in den Augen.

„Was ist das? Wieso küsst sie ihn?", fragte ich.

„Das fragst du sie am besten selbst. Das Einzige, was ich sagen kann, ist, dass es aus der Zeit stammt, als ihr keinen Kontakt hattet", antwortete sie.

Ich schüttelte den Kopf. Das durfte alles nicht wahr sein. Wie konnte ich nur so blind sein?

„Und? Überrascht?", fragte Mira, leicht lächelnd.

„Von dir?", erwiderte ich.

Sie nickte. Ich schüttelte den Kopf.

„Nein, nicht wirklich. Ich traue dir so etwas zu. Ich

ärgere mich eher über mich selbst. Ich hätte mehr nachforschen sollen, weshalb Layla das getan hat. Ich hätte wissen müssen, dass du es gewesen bist, die Mason die Nachricht geschickt hat. Natürlich konnte ich von der Erpressung nichts wissen, aber…"

Sie unterbrach mich:

„Erpressung? Das war keine Erpressung! Wir hatten nur… eine Abmachung", redete sie sich raus.

Wir wussten alle drei, dass es eine Erpressung war.

„Ich muss hier weg", sagte ich und stand auf.

„Wir sehen uns morgen in der Schule!", rief Mira mir nach, während ich ging. Sie klang nun wieder ganz wie die alte, lustige, unschuldige Mira. Heute hatte sie mir gezeigt, dass sie gerade in solchen Gesprächen ganz anders sein konnte.

Liebes Tagebuch,

heute hatte ich eine wirklich krasse Unterhaltung mit Mira. Ich habe nun Antworten bekommen, aber im Nachhinein wäre ich wohl lieber unwissend geblieben.

Dann wäre mein Bild von Layla wahrscheinlich noch besser als jetzt. Sie hat Mason geküsst! Und dann hat Mira sie damit erpresst, damit sie mein Tagebuch klaut! Zwei Mal! Und dann hat Lay Mira erzählt, dass Matteo und ich uns geküsst haben. Diese hat es Mason geschrieben, damit ich ihn hasse. Laylas Leistung ist also ganz ordentlich. Sie hat es schön hingekriegt, mir mein Leben zu ruinieren.

Natürlich kam es ursprünglich alles von Mira. Sie hat auch mein Tagebuch veröffentlicht. Lay hat es nur geklaut und kopiert. Und selbst das nur auf Anweisung von Mira. Sie ist so unglaublich egoistisch und selbstsüchtig. Aber ich denke nicht, dass das etwas ändern wird. Ich wusste, dass sie so ist. Deshalb bleibt zwischen uns alles so wie es ist.

Ich werde morgen mit Layla reden. Immerhin weiß ich jetzt, warum sie sich nie entschuldigt oder über ihre Taten geredet hat. Es ging ihr so unglaublich schlecht in der letzten Zeit. Ich kenne jetzt den Grund. Jetzt wird sie reden. Um sich zu verteidigen und sich zu entschuldigen. Auf Masons Ausrede bin ich auch gespannt. Ich bin ihm nicht böse, aber er hätte mir wenigstens erzählen können, dass er etwas mit meiner besten Freundin hatte.

Was genau läuft da überhaupt? Lay hat also Matteo betrogen. Das muss er wissen. Allerdings hat er sie auch betrogen. Mit mir. Also eine ganz schön schwierige Situation. Immerhin wissen wir jetzt Bescheid. Wir können reden, alles klären und uns vielleicht irgendwann verzeihen. Wobei ich bezweifle, dass das so schnell gehen wird. Obwohl... Lay hat Mason geküsst, aber ich kenne die Hintergründe gar nicht. Außerdem war das vor unserer Zeit, also der von mir und Mason. Ich weiß nicht, was ich denken soll. Hoffentlich werde ich es morgen oder spätestens übermorgen wissen. Da beginnen nämlich endlich die Sommerferien.

Bücher habe ich mir noch keine geholt. Nach dem Gespräch mit Mira war ich so fertig, dass ich bloß nach Hause wollte und nicht mehr zur Buchhandlung gegangen bin. Ist wohl besser so. Es ging mir so schlecht. Aber immerhin kenne ich jetzt die ganze Wahrheit.

Liebe Grüße
Lucymaus

Kapitel 28:

Noch zwei Tage bis zu den Sommerferien und eine ganze Menge zu klären. Nach dem Gespräch mit Mira vom Vortag war ich fest entschlossen, mit Layla zu reden. Jetzt, da ich alles wusste, brauchte sie nichts mehr zu verheimlichen. Außerdem wollte ich von ihr wissen, wieso sie Mason geküsst hatte. Es war einfach ein Unding und sah Lay keinesfalls ähnlich.

Vor der Schule kaufte ich von Mike einen Schokoriegel. Ich brauchte Nervennahrung für das bevorstehende Gespräch. Die erste Stunde hatten wir in unserem Klassenraum, weshalb meine Mitschüler davor warteten. Layla lehnte alleine an einer Wand. Sie hatte Kopfhörer in den Ohren und ihr Handy in der Hand. Als Matteo zu ihr ging, legte sie ihre Sachen weg und unterhielt sich mit ihm. Ihre Miene war ernst wie immer in der letzten Zeit. Ich fragte mich, wann sie das letzte Mal gelächelt hatte.

Ich ging zu den Anderen, stellte meine Tasche ab und machte mich dann gleich auf den Weg zu Layla und Matteo. Ich durfte keine Zeit mehr verlieren.

„Layla, ich muss mit dir reden!", sagte ich in ernstem Ton.

Normalerweise hasste ich es, andere in ihrem Gespräch zu unterbrechen. Aber dies war eine besondere Situation. Das merkten die Beiden auch sofort. Lay zögerte. Offensichtlich war sie überrascht, dass ich sie angesprochen hatte.

„Klar... Was ist denn los?"

„Du brauchst es nicht länger verheimlichen. Ich weiß alles!", meinte ich.

Sie sah mich geschockt an. Mir entging allerdings auch nicht, dass sie und Matteo sich einen kurzen Blick zuwarfen. Dann lachte Layla nervös.

„Ich weiß nicht, was du meinst."

Ich verschränkte die Arme vor der Brust und setzte eine noch ernstere Miene auf.

„Du brauchst nicht so zu tun. Mira hat mir alles erzählt!"

Jetzt hatte ich sie. Ich merkte augenblicklich, dass Layla es nicht länger abstreiten würde. Einige Meter weiter lehnte Mira an einer Wand und sah uns grinsend zu. Als mein Blick in ihre Richtung ging, sah Layla sie auch und stürmte auf sie zu.

„Ist das dein Ernst? Wir hatten einen Deal! Ich tue, was du sagst und dann zeigst du es ihr nicht! Wieso hast du das getan?", rief Lay.

Mira blieb trotz der Aufregung die Ruhe selbst.

„Dachtest du wirklich, du könntest dich jetzt mit meinen Lorbeeren schmücken?", fragte sie todernst.

„Im Gegensatz zu dir bin ich nicht stolz auf das, was ich getan habe!"

Mira zuckte nur mit den Schultern. Es war ihr ziemlich egal, was Lay darüber dachte.

„Wir hatten eine Abmachung! Ich habe dir vertraut!", sagte Layla.

„Schließe nie einen Pakt mit dem Teufel", meinte Matteo dazu.

Mira legte eine Hand auf die Brust und sah ihn gespielt getroffen an.

„Also Matteo, ich will dir nicht zu nahe treten, aber ich denke, du kannst dich hier am wenigsten als Unschuldsengel bezeichnen. Ich muss jetzt zum

Unterricht."

Sie ging an uns vorbei und zwinkerte mir noch zu. Layla drehte sich um und sah mich an.

„Lucy, du kannst dir nicht vorstellen, wie unendlich leid mir das tut. Ich wollte nicht, dass das so kommt!", sagte sie, vollkommen ehrlich.

Ich sagte erst einmal nichts und wartete ab, was sie mir zu sagen hatte.

„Ich... wollte unsere Freundschaft nicht gefährden. Ich wollte dich nicht verlieren. Wenn du dieses Foto gesehen hättest... hätte das alles kaputt gemacht. Ich wollte dich einfach nicht verletzen", erklärte sie.

„Das hat ja super geklappt!", rief ich ironisch.

Sie nickte langsam.

„Ich wollte das nicht. Ich konnte doch nicht ahnen, dass es herauskommt, dass ich das mit deinem Tagebuch war! Hättest du das nie erfahren, wäre alles immer noch so perfekt wie früher.", antwortete sie.

„Und das macht es besser? Dass du mir hinter meinem Rücken solche Dinge antust und es damit rechtfertigst, ich würde es doch sowieso nie erfahren."

Matteo mischte sich in unsere Unterhaltung ein:

„Lucy, Lay ist nicht die Böse hier, das ist Mira. Sie hat es nur in ihrem Namen getan."

Ich beachtete ihn kaum.

„Daran bist du selbst schuld! Du hast Mason geküsst! Den Jungen, in den ich seit Ewigkeiten verliebt bin!"

Sie schüttelte den Kopf.

„Das war nicht so, wie es aussieht. Lass es mich doch erklären!", forderte sie.

Ich nickte. Heute wurde Layla endlich zugehört.

„Das war vor so langer Zeit. Ich wusste nicht, dass du

immer noch etwas für Mason empfindest. Ich dachte, du wärst lange darüber hinweg. Außerdem war da gar nichts zwischen uns! Es war ein kleiner Kuss, komplett bedeutungslos. Wir haben uns zufällig getroffen und dann hat irgendjemand das festgehalten. Ich… wollte dir nicht wehtun", erzählte sie.

Ich atmete tief ein und aus. Ihre Ausreden wollte ich nicht hören.

„Du warst zu dem Zeitpunkt mit Matteo zusammen! Und das seit so langer Zeit! Du hast ihn einfach betrogen, Layla, weißt du das?"

Wieder sahen die Beiden sich an. Matteo drehte sich zu mir um und faltete seine Hände.

„Vielleicht sollten wir dir da etwas erklären…", sagte er.

Ich sah zwischen ihnen hin und her.

„Nein…", murmelte ich, da ich Schlimmes ahnte.

Er hatte es gewusst. Deshalb hatte er während der gesamten Unterhaltung nicht einmal nachgefragt.

„Zwischen mir und Lay lief es eine ganze Weile schon nicht so gut… Der *Kuss* mit Mason war dann der Auslöser für unsere endgültige Trennung. Außerdem hatte ich damals schon Gefühle für dich", sagte Matteo.

„Warum habt ihr mir das verheimlicht?", fragte ich.

„Du hattest so viele eigene Probleme. Wir wollten dich damit nicht auch noch belasten", antwortete Layla.

„Ja und dann dachten wir, es wäre gut, wenn du nicht sofort wüsstest, was ich für dich empfinde."

Obwohl Matteo es sehr harmlos ausdrückte, verstand ich, was gemeint war.

„Ihr habt eure Beziehung weiter vorgetäuscht, damit du dich an mich heranmachen konntest?! Es ging nur darum, mein Vertrauen zu erschleichen. Und weil ich

dachte, du seist mit Lay zusammen, habe ich mir nichts
dabei gedacht."

Mit dieser Aussage hatte ich offensichtlich ins Schwarze
getroffen, denn beide sahen zu Boden und Matteo nickte
sogar leicht.

„Dann gehe ich davon aus, dass du auch von der
Erpressung wusstest, richtig?", fragte ich.

„Ja."

Ich schüttelte den Kopf. Alle hatten mich belogen! Die
ganze Zeit über! Eve hatte recht gehabt, man konnte
ihnen nicht trauen.

„Die ganze Zeit hast du über alles Bescheid gewusst. Du
wusstest, wer es war, warum sie es getan hat… und hast
ihr wahrscheinlich auch noch dabei geholfen. Ich habe
dich so oft gefragt, ob du etwas weißt. Du hast es immer
verneint. Ich habe dir vertraut, Matteo. Ich finde keine
Worte für diese Unverschämtheit", sagte ich.

Er hob den Kopf und sah mich an.

„Jetzt übertreibst du aber ein bisschen…"

„Nein, tue ich nicht! Du willst wirklich mein Freund
sein? Ich erwarte Ehrlichkeit in einer Beziehung! Und
Unterstützung! Wenn du eher auf Laylas Seite bist als
auf meiner, dann bleib doch einfach bei ihr!", fuhr ich
ihn an.

„Ich war so lange mit ihr zusammen! Wir kennen uns
seit dem Kindergarten! Was hätte ich tun sollen?", fragte
mich Matteo.

Ich sah, dass er wirklich verzweifelt war. Natürlich war
es keine einfache Situation für ihn gewesen, aber wie
war das denn erst für mich? Wer fragte mich denn nach
meinen Gefühlen? Alle dachten wieder nur an sich
selbst.

„Es geht nicht darum, dass du sie damit irgendwie verraten hättest. Du hättest uns damit vielleicht geholfen, unseren Konflikt zu lösen. Geheimnisse und Lügen sind nie der richtige Weg, denn am Ende kommt immer alles raus. So wie wir es hier auch sehen", sagte ich.

Die Beiden sahen sich an.

„Es tut mir leid", meinte Layla. „Lucy, ich wollte dich nicht verlieren. Ich hatte Angst, unsere Freundschaft zu riskieren. Auch die zu Matteo. Wenn ihr euch deshalb auch noch zerstritten hättet, hätte ich mir das nie verziehen... Ich hatte einfach Angst so wie du auch. Du hast doch selbst gesagt, dass alles anders ist, seit Mason weg ist!"

Damit traf sie mich. Ja, das hatte ich gesagt. Ich spürte immer noch den Schmerz darüber, dass unsere Gruppe sich so stark voneinander entfernt hatte.

„Mir tut es doch auch unfassbar leid", kam es von Matteo. „Es war einfach schwierig für mich. Ich wollte nicht, dass sich etwas ändert, aber andererseits konnte ich meine Gefühle auch nicht unterdrücken. Kannst du uns nicht dieses eine Mal verzeihen?"

Ich musste über seine Frage gar nicht lange nachdenken. „Vielleicht irgendwann. Jetzt im Moment..."

Ich schüttelte den Kopf.

„Es hat mich wirklich verletzt, dass ihr mich die ganze Zeit über belogen habt. Ich erkenne euch nicht wieder. Das sind nicht die optimalen Bedingungen, für eine Freundschaft. Aber nach den Sommerferien werden wir weitersehen."

Jetzt fehlte nur noch das Gespräch mit Mason.

Schließlich hatte er Layla geküsst. Layla! Meine damalige beste Freundin! Das an sich war gar nicht mal so schlimm, abgesehen davon, dass die Beiden eigentlich wissen konnten, dass ich etwas für ihn fühlte. Aber das, was ich wirklich abscheulich fand, war, dass er mir nichts davon erzählt hatte. Wir hatten uns auch getroffen und er hatte mich geküsst. Dann hätte er mir ruhig mal sagen können, dass er vor kurzem etwas mit meiner besten Freundin gehabt hatte.

Ich sah Mason das erste Mal an diesem Tag nach der Schule an der Bushaltestelle. Glücklicherweise war er allein. Ich hatte keine Lust, jetzt noch seinen Freunden über den Weg zu laufen. Immerhin wollte ich sie nicht nerven.

„Hallo", sagte ich ernst.

„Hey…"

Mason zögerte, da er mir anmerkte, dass etwas nicht stimmte. Eine gute Menschenkenntnis hatte er schon immer gehabt und es freute mich, dass er mich so gut kannte.

„Ist etwas?", fragte er besorgt.

Ich nickte und versuchte, den Blickkontakt zu halten. Es fiel mir schwer, ihm in die Augen zu sehen und mein Kopf neigte sich immer wieder Richtung Boden.

„Wieso hast du mir nicht gesagt, dass du Layla geküsst hast?"

Seine Augen wurden größer, er öffnete seinen Mund, aber ihm fehlten die Worte.

„Woher weißt du das?", fragte er schließlich.

„Das spielt keine Rolle."

Ich trat von einem Fuß auf den anderen. Es war mir wichtig, ihm zu sagen, wo genau mein Problem damit lag. Sollten wir wirklich einmal ein Paar werden, dann war es unweigerlich, dass wir ehrlich miteinander waren, und sagten, wenn uns etwas störte.

„Mason, es ist mir eigentlich egal, dass du sie geküsst hast. Das war, bevor wir wieder Kontakt hatten. Außerdem kann ich dir gar nicht böse sein, weil ich auch Matteo geküsst habe. Und das, als wir uns schon wieder näher waren. Aber weißt du, wo der Unterschied dazwischen ist?", fragte ich ihn.

„Ich habe es dir nicht gesagt", antwortete er.

Ich nickte.

„Genau das meine ich. Nach der Klassenfahrt war ich sofort bei dir und habe es dir erzählt. Das hast du nicht. Wir haben uns getroffen und das alles und du hast es nie mit einem Wörtchen erwähnt. Das finde ich nicht in Ordnung."

Mason hob seine Hände und schüttelte den Kopf.

„Aber du darfst nicht vergessen, dass Matteo und ich nicht mehr wirklich befreundet sind. Lay und du, ihr standet euch so nahe. Ich habe befürchtet, ich würde eure Freundschaft zerstören. Dabei wart ihr euch doch so wichtig. Und als ihr euch zerstritten habt, war es schon zu spät", erklärte er.

Ich spürte, wie es mir die Kehle zuschnürte. Er wollte unsere Freundschaft nicht gefährden. Das konnte ich verstehen.

„Du hast recht. Das habe ich nicht bedacht. Ich verstehe es auch grundsätzlich, aber… ich weiß auch nicht. Ich wünschte nur, du hättest es mir erzählt. Ich wäre Layla nicht böse gewesen. Sie wusste wohl nicht, dass ich noch etwas für dich empfunden habe", antwortete ich.

„Ja, aber das konnte ich doch nicht wissen. Ich dachte,

du wärst wütend. Auf uns beide. Oder zumindest verletzt", sagte Mason.

„Stimmt. Ich kann nicht abstreiten, dass es mir vermutlich das Herz gebrochen hätte. Damals wusste ich nicht, dass du mich auch magst. Ich habe dich so lange geliebt und dann küsst du meine beste Freundin... Das wäre schlimm für mich gewesen."

Er nickte und ich umarmte ihn. Zögernd umarmte Mason mich auch.

„Ich bin dir nicht böse", sagte ich und löste mich wieder von ihm.

„Lass uns das einfach alles vergessen. Neues Schuljahr, neues Glück. Vielleicht wird dann alles anders", meinte Mason.

Ich lächelte. Immer, wenn etwas Neues begann, hatte ich die leise Hoffnung, alles würde anders und besser werden. Ich hatte mich mit Evelyn vertragen und wieder Kontakt zu Mason. Es konnte nur gut werden.

„Mein Bus kommt...", sagte ich. „Sehen wir uns morgen?"

Mason nickte und verabschiedete sich von mir.

Der letzte Tag vor den Ferien brach an. Wir hatten nur drei Stunden, wobei wir wahrscheinlich in keiner einzigen Unterricht machen würden. Ich liebte die letzten Wochen vor den Sommerferien. Eis essen, Filme gucken, Spiele spielen, raus gehen,... Die ersten beiden Stunden vergingen schnell. Das Einzige, was anders war, war, dass Jess alle darum bat, in der Pause zusammenzukommen. Als ich sie fragte, wer genau gemeint war, antwortete sie nur, es ginge um die Leute, die damals beim Kleingarten dabei waren und von ihrem Job wussten.

Ich hatte schnell eine Vermutung, worum es ging, sagte den Anderen aber noch nichts. In der Pause kamen tatsächlich alle: Matteo, Rapha, Mike, Samu, Layla, Eve, Jess, Mira und ich. Wir verzogen uns in eine ruhige Ecke auf dem Schulhof. Es sollte niemand mitbekommen, was hier besprochen wurde. Es war streng geheim.

„Was soll das hier?", fragte Mike, als erster.

Wir hörten zustimmendes Gemurmel.

„Ich habe euch alle zusammengerufen, weil wir etwas Wichtiges mit euch besprechen müssen", erklärte Jessica.

Ich wunderte mich zunächst darüber, dass sie von *wir* sprach. Wen meinte sie denn noch damit?

„Kannst du nicht einfach sagen, worum es geht?", fragte Mira gelangweilt.

Ja, ja, wir wussten alle, dass Mira Besseres zu tun hatte, als sich mit uns zu unterhalten.

„Kannst du vielleicht mal gute Laune haben?", erwiderte Evelyn.

„Meine Zeit ist eben kostbar. In diesem Moment könnte ich so viel Großes leisten, anstatt hier mit euch zu sitzen", antwortete Mira.

Jessica wartete geduldig, bis alle ihr wieder zuhörten.

„Also… Es geht eigentlich darum, dass… Ihr wisst doch bestimmt noch alle, dass Mike wegen seinem Verkauf bei Frau Kassler verpetzt wurde", sagte sie und man sah ihr an, wie unwohl sie sich fühlte.

Alle nickten. Wie konnte man das vergessen?

„Das war ich", gab Rapha zu.

Er hob die Hand.

Es wurde ruhig und alle wurden still und sahen ihn an.

Jess wirkte sichtlich erleichtert, dass Raphael das Reden nun übernahm. Mike wirkte dafür eher geschockt.

„Warum hast du das getan?", fragte er.

Rapha sah zu mir.

„Es ging wirklich nicht darum, es Lucy irgendwie anzuhängen. Das war Zufall, dass es so kam. Es ging eher um eine andere Person…"

Er drehte den Kopf und sah Mike böse an.

„Was? Was habe ich dir denn getan?", fragte dieser.

Ich hatte Raphael selten so wütend erlebt. Wie er Mike ansah… hasserfüllt. Das konnte ich nicht verstehen.

„Du hast mich betrogen, du Arschloch!", rief Raphael wütend.

Mike war noch verwirrter als vorher.

„Hä? Wieso denn das?", fragte Matteo.

„Weil ich… der Chef hinter dem Ganzen bin."

Wieder war es still. Mike wurde plötzlich ganz kleinlaut. Ich wollte mehr darüber wissen.

„Wie kamst du dazu? Und wieso hast du Jessica mit ins Boot geholt? Und wie läuft das alles?", fragte ich.

Raphael lächelte mich an.

„Ich wusste, dass du das fragen würdest. Lasst es mich euch erklären…"

Wir hörten zu.

„Alles begann damit, dass mein Bruder dieses Projekt vor vielen Jahren schon gegründet hat. Er wollte es Schülern ermöglichen, günstig Snacks zu kaufen. Es kann nicht sein, dass man am Schulkiosk teilweise das Fünffache vom Discountpreis bezahlen muss. Daher hat er immer seinen Freunden Süßigkeiten mitgebracht und später angefangen, mehr als nur den Kaufpreis zu verlangen. Mittlerweile studiert er BWL und hat mir das

Geschäft überlassen."

Raphael legte eine kurze Pause ein, damit wir Fragen stellen konnten. Layla hatte eine.

„Wie kam Jessica dazu?"

Rapha sah zu Jess, um zu sehen, ob sie die Frage beantworten wollte, aber natürlich wollte sie das nicht. Jessica redete nicht gerne vor vielen Leuten.

„Meine liebe Jess war vor einiger Zeit bei mir zu Hause", fing Raphael an. „Sie hat mir erzählt, dass sie sich unbedingt ein neues Fahrrad kaufen muss, um damit zur Schule zu fahren. Aber sie hat nicht genug Geld gehabt. Bei uns haperte es zu der Zeit stark an den Abläufen. Wir brauchten jemanden, der die Waren transportierte. Da habe ich ihr angeboten, dass ich ihr das Fahrrad bezahle, wenn sie dafür ein halbes Jahr diesen Job übernimmt. Nach dem halben Jahr war sie so fest in unsere Abläufe integriert, dass wir nicht mehr auf sie verzichten konnten."

Er und Jess lächelten sich an. Offenbar waren sie in dieser Zeit stark zusammengewachsen. Ich freute mich, dass beide ein Projekt hatten, für das sie wirklich brannten.

„Schön und gut… Aber warum zum Teufel hast du mich verpetzt?", fragte Mike.

„Weil du mich betrogen hast. Du hast ohne unsere Zustimmung die Sachen zu höheren Preisen verkauft! Dachtest du echt, wir merken das nicht?", fragte Raphael.

Mike sah auf den Boden. Dann rappelte er sich wieder auf und sagte:

„Ja, was soll ich denn machen? Ich verdiene kaum etwas! Maximal zehn Cent kriege ich für so einen blöden

Schokoriegel! Jeden Tag stelle ich mich hier hin und
verkaufe und wofür? Meine Arbeit ist deutlich mehr
wert! Aber du steckst dir alles selbst in die Tasche…"
Rapha blieb trotz der harten Anschuldigungen ruhig
und erklärte:
„Ich stecke mir nichts in die eigene Tasche. Ich muss Jess
bezahlen, ich muss die Lieferanten bezahlen und du hast
keine Ahnung, wie viel Arbeit ich habe. Ich verdiene
nicht mehr als du. Abgesehen davon, war es nie mein
Ziel, irgendwie Geld zu machen. Es geht darum, gegen
die teuren Preise am Kiosk zu demonstrieren und den
Schülern zu helfen. Mehr nicht."
„Warum habt ihr ihn nicht einfach rausgeworfen?",
fragte Mira.
Es hörte sich im ersten Moment doof an, war aber
eigentlich ein guter Einwand. Wenn jemand den Chef
betrog, wurde er normalerweise einfach gekündigt.
„Dann hätte die Gefahr bestanden, dass er zur Polizei
geht oder so. Es ist besser, wenn er gezwungen ist,
aufzuhören", erklärte Rapha.
Das war sie also. Die ganze Wahrheit hinter Mikes
Geschäft. Irgendwie hatte ich es mir spektakulärer
vorgestellt, aber mir gefiel die Grundidee. Jetzt wussten
wir auch, wieso Mike verpetzt wurde. Es machte Sinn.
Ich hätte allerdings nicht gedacht, dass sein eigener Chef
dafür verantwortlich gewesen war.
„Warum erzählst du uns das alles?", fragte Samuel.
„Gute Frage. Zum Einen wollte ich, dass ihr wisst, wer
Mike verpetzt hat und warum. Außerdem möchte ich
euch bitten… mit einzusteigen und mir zu helfen",
antwortete Rapha. Jess nickte zustimmend.
„Ich habe so viel zu tun, kenne mich in vielen Dingen

nicht genug aus, bin zu unkreativ… Ich möchte, dass ihr mitmacht. Ihr alle. Jeder kann bestimmte Dinge gut und ich glaube, es würde auch Jessica gefallen, wenn andere sie auch unterstützen würden", meinte Raphael.

„Also ich mache mit", sagte ich und stand auf.

„Ich auch."

„Klar."

„Natürlich!"

„Ohne mich ist das sowieso zum Scheitern verurteilt."

Das war natürlich Mira. Innerhalb weniger Minuten hatten wir unzählige Ideen zusammengestellt. Mira wollte das Marketing übernehmen. Lay wohnte ganz in der Nähe der Schule und wir konnten ihr Grundstück für andere Projekte nutzen, wie eine Grillparty in der Mittagspause. Wir planten viel und merkten schnell, dass wir alle ein perfektes Team abgaben. Ich freute mich auf die Zusammenarbeit.

„Ich gehe noch kurz zum Schließfach", sagte ich Eve nach der letzten Stunde.

„Gut, ich warte draußen auf dich. Dann können wir zusammen gehen."

Sommerferien. Endlich. Ich konnte es kaum erwarten, nach Hause zu kommen. Nachdem ich meine Sachen weggepackt hatte und wie immer auf den Vertretungsplan sah, auf dem schon Infos zum ersten Schultag standen, ging ich durch den Hintereingang nach draußen. Plötzlich hörte ich, wie jemand meinen Namen rief.

Ich drehte um und lächelte Mason an, sobald ich ihn entdeckte. Ich konnte nicht in Worte fassen, wie sehr ich mich freute, ihn zu sehen. Und er lächelte auch! Alles war in diesem Moment perfekt, ich konnte es ganz genau spüren. Nur er und ich. Wie ich es mir immer schon gewünscht hatte.

„Ich wollte doch noch mit dir reden", sagte Mason.

Ich nickte. Er sollte einfach nur anfangen und mir sagen, was er sagen wollte.

„Die letzte Zeit war ganz schön aufregend, was?", fragte er.

„Ja, es war so viel los, dass wir kaum etwas gemeinsam machen konnten. Wir wollten wieder mehr Kontakt und uns mal treffen, aber es hat einfach nicht geklappt", antwortete ich.

„Genau. Deshalb bin ich hier."

Er lächelte. Ich lächelte. Mason kam einen Schritt auf mich zu und legte seine Hände an meine Arme.

„In letzter Zeit ist vieles falsch gelaufen und ich weiß, dass ich auch eine große Schuld daran trage. Und das, weil ich ein großer Feigling bin", sagte Mason.

Ich war überrascht von seiner Offenheit. Er machte eine kurze Pause und atmete durch.

„Ich habe dir nicht gesagt, was ich fühle. Ich habe nie gesagt, was ich wirklich gedacht habe. Und vor allem habe ich mich nicht getraut, wirklich mal einen Schritt auf dich zuzugehen. Eigentlich wünschen wir uns doch beide das Gleiche", erzählte er.

Ich nickte lächelnd. Er hatte absolut recht mit allem. Er zeigte Reife, weil er sich selbst kritisierte und zugab, dass er ebenfalls Schuld an dieser Situation hatte.

„Lucy, ich mag dich wirklich. Wir haben schon so viel Zeit verloren, aber ich will in die Zukunft sehen. In unsere Zukunft. Deshalb möchte ich dich jetzt fragen, ob du meine Freundin sein willst."

Er lächelte. Mason war offensichtlich selbst stolz darauf, dass er sich getraut hatte, mich zu fragen. Oder aber er freute sich über die Vorstellung unsere künftigen Beziehung.

Ich lächelte zunächst auch. Mein Blick ging an ihm vorbei und ich dachte plötzlich an alles, das in der letzten Zeit passiert war. So viel hatten wir durchgestanden, so viele Tränen hatte ich vergossen. Aber heute standen wir hier. Und ich hatte nun die Wahl.

„Nein."

Es kam wie von selbst, ich konnte gar nichts dagegen tun. Masons Lächeln verschwand, verständlicherweise. Ich sah ihn an.

„Es tut mir leid, aber… es geht nicht. So lange habe ich dich gemocht, aber du hast nie etwas für mich empfunden. Ich bin dir Ewigkeiten nachgelaufen, ohne Erfolg. Es ging mir ständig schlecht. Wegen dir! Klar, du konntest nicht direkt etwas dafür. Aber trotzdem kann ich nach allem, was passiert ist, nicht mit dir zusammen sein. Kann sein, dass ich diese Entscheidung irgendwann bereuen werde, sehr wahrscheinlich werde ich es sogar tun, aber hier und heute sage ich nein", sagte ich.

Ich verstand es selbst kaum. Vor wenigen Wochen wäre ich ihm kreischend um den Hals gefallen, aber es hatte sich etwas geändert.

„Es würde sich einfach falsch anfühlen, jetzt zuzusagen. Ich habe so viel wegen dir gelitten, dass ich jetzt einfach einen Schlussstrich ziehen will. Und ehrlich gesagt, möchte ich jetzt auch keinen weiteren Kontakt mehr mit dir. Ich fange ein neues Kapitel an und will mich nicht damit belasten. Wir kennen uns schon so lange… So lange bin ich dir nachgelaufen… Wir hatten zwei Jahre keinen Kontakt… Irgendwann muss man auch mal abschließen."

Ich lächelte wieder. Auch ich war stolz auf diese spontane Entscheidung.

„Irgendwann muss man auch mal abschließen", wiederholte ich.

Wahrscheinlich würde ich mich schon am nächsten Tag dafür ohrfeigen, aber es fühlte sich gut an. Auch Mason akzeptierte es und nickte. Ich wollte ihn nun auch mal wieder zu Wort kommen lassen.

„Okay."

„Okay?", fragte ich.

„Was soll ich dazu sagen? Wenn das deine Entscheidung ist, dann akzeptiere ich es natürlich. Ich kann es auch verstehen. Aber ich werde dich nie vergessen."

„Ich dich auch nicht."

Wir umarmten uns lange und es fühlte sich wie eine Verabschiedung für immer an. Dabei würden wir uns noch tausende Male über den Weg laufen. Aber es war eine mentale Verabschiedung. Und genau das hatte ich gebraucht.

Ich ließ Mason stehen. Mir stiegen fast schon Tränen in die Augen. Obwohl es das Richtige war, fühlte es sich schrecklich an. Es war nicht leicht. Evelyn stand ganz in der Nähe und hatte uns beobachtet. Sie legte einen Arm um mich und ich lächelte wieder.

„Das war das einzig Richtige. Ich bin stolz auf dich."

Ich spürte in diesem Moment etwas, das ich seit langem nicht mehr gespürt hatte: Freiheit.

Liebes Tagebuch,

es liegt etwas in der Luft. Es ist der Geruch von
Veränderung, von Fortschritt. Ich habe heute Mason einen
Korb gegeben. Den Mason, den ich seit Jahren geliebt habe.
Ich habe mir immer gesagt, sollte ich einmal die Chance
bekommen, mit ihm zusammen zu sein, würde ich auf der
Stelle zusagen. Ohne mit der Wimper zu zucken oder einen
Moment darüber nachzudenken. So verliebt war ich.
Heute hatte ich diese Chance. Und ich habe sie abgelehnt.
Warum? Das weiß ich selbst nicht mal genau. Es hat sich
einfach nicht richtig angefühlt, mit ihm nach all den Malen,
an denen er mich abgelehnt hat, jetzt zusammen zu sein. So
jemand wollte ich nie sein und bin ich auch nicht.
Ich bereue es nicht. Etwas, das sich richtig anfühlt, kann
nicht falsch sein. Oder? Heute beginnen die Sommerferien.
Sechs Wochen, in denen ich lesen, malen und mich mit
meinen Freunden treffen kann. Ich freue mich aber auch
auf das neue Schuljahr. Keine Ahnung, warum. Ich spüre
einfach, dass es toll wird. Es ist ein Neuanfang. So vieles hat
sich geändert in diesem Jahr. Trotz allem bin ich sogar noch
glücklicher als zuvor.
Und nach diesem Gespräch mit Mason heute bin ich fest
davon überzeugt, dass es in die richtige Richtung geht. Ich
habe mit ihm abgeschlossen. Das ist gut. Aber nur um das
klarzustellen: Ich habe mit ihm abgeschlossen. Nicht mehr.
Ich will ihn nicht vergessen oder aus meinen Gedanken
streichen. Auch möchte ich mir nicht einreden, wie schlecht
er denn ist. Das ist albern.
Das alles sorgt dafür, dass man sich etwas vormacht. Es
einfach nur verschleiert. Ich will Mason nicht vergessen, ihn
hassen oder Ähnliches. Ich möchte mit ihm abschließen und
ihm einfach nicht mehr nachtrauern. Die letzten zwei Jahre
kam ich nicht darüber hinweg, dass er gegangen ist. Heute
schon.

Ich behalte Mason trotzdem immer als einen sehr guten Freund in Erinnerung, mit dem ich unglaublich viel Spaß hatte. Auf den man sich immer verlassen konnte. Der für jeden Mist zu haben war. Und der total verrückt nach Fußball ist.
Auch, wenn ich mich jetzt von ihm gelöst habe, wird er immer einen festen Platz in meinem Herzen haben.

Liebe Grüße
Lucy

Das war es!

Mit der Hauptgeschichte zumindest. Wenn du
von mehr von dieser Geschichte möchtest,
findest du auf meinem Blog
(dianamondsite.wordpress.de) exklusives
Bonusmaterial! Außerdem kannst du mir dort
Fragen zu diesem Buch stellen oder etwas über
die wahre Geschichte dahinter erfahren. Schau
ruhig mal rein!
Wenn du mir deine Meinung zu diesem Roman
mitteilen möchtest, schick mir doch eine E-Mail
an dianamond@gmx.net.
Und falls dir diese Geschichte gefallen hat,
findest du auf meinem Blog alle Informationen
zu meinen weiteren Büchern und
Benachrichtigungen zu Neuerscheinungen.

Dia

Impressum

Bibliografische Information der Deutschen Nationalbibliothek: Die Deutsche Nationalbibliothek verzeichnet diese Publikation in der Deutschen Nationalbibliografie; detaillierte bibliografische Daten sind im Internet über <u>dnb.d-nb.de</u> abrufbar.

TWENTYSIX – der Self-Publishing-Verlag
Eine Kooperation zwischen der Verlagsgruppe Random House und BoD – Books on Demand

Herstellung und Verlag:
BoD – Books on Demand, Norderstedt

©2017 Diana Mond

ISBN: 9783740732660